口辩·文事·笔书:
"口笔之辨"与中古文学

The Oral Arguments, the Narration, and the Writing:
"A Discussion about Oral Expression and Writing" and
Mid-history Literature

胡大雷　著

图书在版编目(CIP)数据

口辩·文事·笔书:"口笔之辨"与中古文学/胡大雷著.—武汉:武汉大学出版社,2022.3(2023.11重印)
国家社科基金后期资助项目
ISBN 978-7-307-22523-7

Ⅰ.口… Ⅱ.胡… Ⅲ.中国文学—古代文学史—文学史研究 Ⅳ.I209.2

中国版本图书馆 CIP 数据核字(2021)第 161422 号

责任编辑:蒋培卓　　责任校对:汪欣怡　　版式设计:韩闻锦

出版发行:**武汉大学出版社**　(430072　武昌　珞珈山)
　　　　　(电子邮箱:cbs22@whu.edu.cn　网址:www.wdp.com.cn)
印刷:武汉邮科印务有限公司
开本:720×1000　1/16　印张:19.5　字数:348 千字　插页:1
版次:2022 年 3 月第 1 版　　2023 年 11 月第 2 次印刷
ISBN 978-7-307-22523-7　　定价:78.00 元

版权所有,不得翻印;凡购我社的图书,如有质量问题,请与当地图书销售部门联系调换。

国家社科基金后期资助项目(19FZWB041)

国家社科基金后期资助项目
出版说明

后期资助项目是国家社科基金设立的一类重要项目，旨在鼓励广大社科研究者潜心治学，支持基础研究多出优秀成果。它是经过严格评审，从接近完成的科研成果中遴选立项的。为扩大后期资助项目的影响，更好地推动学术发展，促进成果转化，全国哲学社会科学工作办公室按照"统一设计、统一标识、统一版式、形成系列"的总体要求，组织出版国家社科基金后期资助项目成果。

全国哲学社会科学工作办公室

目　录

绪言　"口笔之辨"刍议 …………………………………… 1
　一、"口笔之辨"：文学史的一个特殊话题 ………………… 1
　二、"口出以为言"的基本意味 ……………………………… 5
　三、"笔书以为文"的基本意味 ……………………………… 8
　四、"口出""笔书"相分 …………………………………… 10
　五、由"口出"而"笔书"与由"笔书"而"口出" ………… 17
　六、"口笔之辨"展示出的文学史 ………………………… 20

第一章　典籍与"口出""笔书" …………………………… 22
　第一节　《尚书》所见"口出以为言"与"笔书以为文"
　　　　　——兼论早期文体的原生态形式 ………………… 22
　　一、《尚书》：最早的"口""笔"关系 …………………… 22
　　二、《尚书》所认定的"口出以为言"而成文体者 ……… 24
　　三、《尚书》"口出以为言"而成文体者 ………………… 26
　　四、《尚书》中的先"笔书"后"口出"者 ……………… 36
　　五、《尚书》中单纯的"笔书"文字 ……………………… 39
　　六、《尚书》对"笔书以为文"的记载 …………………… 42
　　七、《尚书》所见文体的原生态形式 ……………………… 45
　　八、《尚书》文体影响后世的文体范式、格式 …………… 48
　第二节　《左传》所见"笔书以为文" …………………… 51
　　一、据史官著作考察早期的"笔书以为文" ……………… 51
　　二、《左传》所见"笔书以为文" ………………………… 53
　　三、《左传》"笔书以为文"的几种情况与"以治以察" … 64
　　四、《左传》录文的"口笔之辨" ………………………… 65

第三节 《释名》以"口出""笔书"的文体分类 ………………… 66
　　一、"释言语"的文体释名与"口出" ………………………… 67
　　二、"释书契"的文体释名与"笔书" ………………………… 68
　　三、"释典艺"的文体释名与"口出""笔书" ………………… 70
　　四、《释名》文体分类的启示 ………………………………… 72
第四节 《世说新语》的"口出"与"笔书" ……………………… 74
第五节 《文心雕龙》《史通》论"口出"与"笔书" …………… 76
　　一、《文心雕龙》论文体"口出""笔书"二阶段 …………… 76
　　二、《文心雕龙》论起始即"笔书"的文体 ………………… 82
　　三、《史通》论史书的"口出"与"笔书" …………………… 84

第二章 "口出以为言"与文学活动 ……………………………… 87

第一节 先秦的公共朗读 ………………………………………… 87
　　一、听政制度下的公共朗读 ………………………………… 87
　　二、法律、公务的公共朗读 ………………………………… 89
　　三、礼仪的公共朗读 ………………………………………… 92
　　四、外交的公共朗读 ………………………………………… 94
　　五、发表作品的公共朗读 …………………………………… 96
　　六、公共朗读与诸子著述 …………………………………… 98
　　七、朗读教育与技能传承 …………………………………… 99
第二节 "口出"吟唱的传播效应 ……………………………… 102
　　一、"吟唱"等通俗文体被关注
　　　　——文体的跨界表达 …………………………………… 102
　　二、歌的巨大冲击力
　　　　——文体的特殊表达方式 ……………………………… 104
　　三、风谣：以将会发生什么来引导受众
　　　　——文体表达内容的转换 ……………………………… 106
　　四、引诗："口出以为言"的议政方式进入著述 ………… 109
　　五、"吟唱"非常态化运用的传播学意义 ………………… 111
第三节 中古吟诵活动 ………………………………………… 112
　　一、吟诵与经典的学习、记忆、浸润、引用 …………… 112
　　二、吟诵与文学作品的欣赏 ……………………………… 116
　　三、吟诵与诗文创作、传播 ……………………………… 118

四、吟诵与文章音韵 ……………………………………… 123
　第四节　"说"与古小说撰作 …………………………………… 125
　　一、"说"为"口出"的解说、叙说 ……………………… 125
　　二、小说的"口出以为言"本意 ………………………… 126
　　三、"口出以为言"与"说炜晔而谲诳" ………………… 128
　　四、志怪小说的成书 ……………………………………… 130
　　五、志人小说的撰集传闻 ………………………………… 132
　　六、"各征其异说"成为小说家的主动行为 …………… 133
　第五节　"谈说之术"与"文以气为主"
　　　　　——"文气"说溯源新探 ………………………… 134
　　一、"口出"与语言态度 ………………………………… 135
　　二、"听其声，处其气"与"文以气为主" …………… 138
　　三、"谈说之术"与"养气"说 ………………………… 142
　　四、结语：辞气与文气 …………………………………… 146
　第六节　"口出以为言"与华夷翻译 …………………………… 147
　　一、外交翻译的"口出以为言" ………………………… 147
　　二、诗歌翻译的"笔书以为文" ………………………… 149
　　三、佛经翻译以"口出以为言"起始 …………………… 151
　　四、佛经翻译以"口出"为标准 ………………………… 153

第三章　文体：从"口出"到"笔书" …………………………… 156
　第一节　"口出"与文体的前"文体"状态 …………………… 156
　　一、"文体"接受者的确定 ……………………………… 157
　　二、探讨原始诗歌创作的集体生成方式 ………………… 158
　　三、探寻文学创作的语境、情景、场景 ………………… 161
　　四、"口出"及前"文体"状态向文体的转换 …………… 165
　　五、诸文体相参状态的意味 ……………………………… 166
　　六、余论 …………………………………………………… 168
　第二节　早期著述的从"口出"到"笔书" …………………… 169
　　一、采诗由"口出"而"笔书" ………………………… 169
　　二、"述旧闻而著于竹帛" ……………………………… 170
　　三、个人著述由"口出"而"笔书" …………………… 171
　　四、《国语》：春秋人物的"答述"之"语" …………… 173

五、《战国策》：为"口出"者提供"笔书"资料 …………… 175
　　六、经传经注：师传之"言"而成"笔书" ……………………… 176
　　七、史书中多有以口述而笔录者 ………………………………… 179
　　八、纂集言说活动中的众人之"言"而成书 …………………… 181
　第三节　古代"辞命"的生成 …………………………………………… 185
　　一、"受辞"与成于众人讨论
　　　　——文辞的生成之一 ………………………………………… 186
　　二、饰词专对
　　　　——文辞的生成之二 ………………………………………… 188
　　三、"读书"与"揣摩"
　　　　——文辞的生成之三 ………………………………………… 191
　　四、社会为"口出"提供"笔书"的资料
　　　　——文辞生成之四 …………………………………………… 193
　第四节　"难"体的原生态 ……………………………………………… 195
　　一、"笔书以为文"与"难"体盛行 …………………………… 196
　　二、"口出以为言"与"难"体的语境、情景、场景 ………… 198
　　三、从"难"的原生态看其各种功能 …………………………… 206
　　四、"难"与其他文体的互参 …………………………………… 211
　第五节　"连珠"体缘起 ………………………………………………… 215
　　一、问题的提出 …………………………………………………… 215
　　二、从"臣闻"考察"连珠"起源 ……………………………… 216
　　三、"上书"的"臣闻"格式连用 ……………………………… 218
　　四、《闻乐对》为"连珠"雏形 ………………………………… 221
　　五、"臣闻"与"对问"的结合 ………………………………… 223

第四章　"口出"与"笔书"之争 ……………………………………… 225
　第一节　两种史官与"口出""笔书"
　　　　　——"文胜质则史"辨 ……………………………………… 225
　　一、史官操作的原始目的与"笔书"的简略 …………………… 225
　　二、讲史及其"口出"的繁详 …………………………………… 228
　　三、"文胜质则史"的指向其一：提高叙事能力 ……………… 231
　　四、"文胜质则史"的指向其二：关注礼乐制度 ……………… 234
　　五、"文胜质则史"与史书撰作新体例 ………………………… 236

第二节 "口吃"与以"笔书"代"谈" ……………………… 237
　　一、"口出""笔书"是两种才华 ……………………… 237
　　二、玄谈的兴起与"口出""笔书"分为二途 ………… 239
　　三、口吃 …………………………………………… 241
第三节 中古时期的口语、书面语之争 ……………………… 243
　　一、王充、葛洪论口语与书面语异同 ………………… 244
　　二、诗歌的"三易"之说 ……………………………… 246
　　三、散文的骈体化进程 ………………………………… 250
　　四、在"易读诵"下的统一 …………………………… 253
　　五、口语化散文 ………………………………………… 254
第四节 中古文学批评的"口出"与"笔书" ………………… 255
　　一、口实派、大众派、舆论派文学批评 ……………… 255
　　二、口实派、大众派、舆论派文学批评的特点 ……… 259
　　三、学院派、立言派、著述派文学批评 ……………… 264
　　四、相融的契机 ………………………………………… 268
第五节 "口出以为言"与总集 ………………………………… 271
　　一、"言""语"以集合体存世 ………………………… 271
　　二、《文选》不录"言""语" ………………………… 272
　　三、从唐末开始以"言""语"命名的文体 …………… 275
　　四、"口出以为言"以文体入总集 …………………… 277
　　五、《古文辞类纂》的"书说类" …………………… 278

结束语 ………………………………………………………… 280
　第一节 "口笔之辨"与"文笔之辨" ………………………… 280
　　一、阮元《文言说》论"口笔之辨" ………………… 280
　　二、最早的"口出""笔书"与"文笔之辨" ………… 282
　　三、"口出"者与"笔书"者的地位升降与"文笔之辨" … 282
　　四、"口笔"合与"文笔"合 ………………………… 284
　第二节 "口笔之辨"与古代文体学 ………………………… 285
　　一、"口笔之辨"与文体溯源、文体命名 …………… 285
　　二、"口笔之辨"与文体的进化历程 ………………… 286
　　三、"口笔之辨"与文体分类 ………………………… 289
　　四、"口笔之辨"与文体语言体制的发展 …………… 291

第三节 "口笔之辨"四本论 …… 293
  一、"口笔"同 …… 293
  二、"口笔"异 …… 294
  三、"口笔"离 …… 295
  四、"口笔"合 …… 296

参考文献 …… 298

绪言 "口笔之辨"刍议

一、"口笔之辨"：文学史的一个特殊话题

"口出以为言"与"笔书以为文"是人类表达的两种方式与形成的结果，"口笔之辨"，就是指此二者的辨别。

古代对"口出以为言"与"笔书以为文"的辨别多有关注，《汉书·游侠·楼护传》载"谷子云笔札，楼君卿喉舌"之语①，"笔札"与"喉舌"即汉时人对两种人才的称呼。或称"笔舌"，扬雄《法言·问道》称："孰有书不由笔、言不由舌？吾见天常为帝王之笔舌也。"②王充《论衡》对"口出"与"笔书"之分有多处叙说，其《定贤》称"口出以为言，笔书以为文"③，其《自纪》有"口辩者其言深，笔敏者其文沉"④，又称"口则务在明言，笔则务在露文"⑤，称"口无择言，笔无择文"⑥，《书解》所谓"出口为言，集札为文"⑦，"出口为言，著文为篇"⑧。

又有从职业上来区分"口出以为言"与"笔书以为文"的，魏人刘劭《人物志·流业》总括士人的十二种职业：

> 盖人流之业十有二焉。有清节家，有法家，有术家，有国体，有器能，有藏否，有伎俩，有智意，有文章，有儒学，有口辨，有雄杰。⑨

---

① （汉）班固：《汉书》，中华书局1962年版，第3707页。
② 汪荣宝撰，陈仲夫点校：《法言义疏》，中华书局1987年版，第122页。
③ （汉）王充：《论衡》，上海人民出版社1974年版，第420页。
④ （汉）王充：《论衡》，上海人民出版社1974年版，第450页。
⑤ （汉）王充：《论衡》，上海人民出版社1974年版，第450页。
⑥ （汉）王充：《论衡》，上海人民出版社1974年版，第452页。
⑦ （汉）王充：《论衡》，上海人民出版社1974年版，第431页。
⑧ （汉）王充：《论衡》，上海人民出版社1974年版，第434页。
⑨ （魏）刘劭撰，王玫评注：《人物志·流业》，红旗出版社1996年版，第48页。

"文章"与"口辩"之别就是"笔书以为文"与"口出以为言"之别,其举例"能属文著述,是谓文章,司马迁、班固是也","辩不入道,而应对资给,是谓口辩,乐毅、曹丘生是也"①。

又有从社会治理的高度来论述"笔书以为文"的,《易·系辞下》:"上古结绳而治,后世圣人易之以书契,百官以治,万民以察。"②即称"笔书以为文"是为了更好的"治"。王充《论衡·齐世》解释说:

> 语称上世之人,质朴易化;下世之人,文薄难治。故《易》曰:"上古之时,结绳以治,后世易之以书契。"先结绳,易化之故;后书契,难治之验也。③

葛洪《抱朴子·喻蔽》称"发口为言,著纸为书"是不同的表达方式④,颜延之以为:"笔之为体,言之文也;经典则言而非笔,传记则笔而非言。"⑤颜延之所称之"言",兼有"口出"与"直言"的意思,以"经典"为"口出""直言"而"传记"为"笔书"来比较其文采。范文澜称颜延之的意思是:"直言事理,不加彩饰者为言,如《礼经》《尚书》之类是。言之有饰者为笔,如《左传》《礼记》之类是。其有文饰而又有韵者为文。"⑥逯钦立称其"把言、笔、文分为具有等级的三类了"⑦。《文心雕龙·章表》称尧舜的章表"并陈辞帝庭,匪假书翰",称周时的章表"言笔未分"⑧,《文心雕龙·总术》称"发口为言,属笔曰翰"⑨;《史通·外篇·杂说下》载:

> 昔魏史称朱异有口才,挚虞有笔才。故知喉舌翰墨,其辞本异。⑩

---

① (魏)刘劭撰,王玫评注:《人物志·流业》,红旗出版社1996年版,第50页。
② 《周易正义》,《十三经注疏》,上海古籍出版社1997年版,第87页。
③ (汉)王充:《论衡》,上海人民出版社1974年版,第290~291页。
④ (晋)葛洪:《抱朴子》,诸子百家丛书,上海古籍出版社1990年版,第305页。
⑤ (南朝梁)刘勰撰,詹锳义证:《文心雕龙义证》,上海古籍出版社1989年版,第1627页。
⑥ (南朝梁)刘勰撰,范文澜注:《文心雕龙注》,人民文学出版社1958年版,第658页。
⑦ 逯钦立:《说文笔》,《逯钦立文存》,中华书局2010年版,第545页。
⑧ (南朝梁)刘勰撰,詹锳义证:《文心雕龙义证》,上海古籍出版社1989年版,第820~822页。
⑨ (南朝梁)刘勰撰,詹锳义证:《文心雕龙义证》,上海古籍出版社1989年版,第1629页。
⑩ (唐)刘知幾著,(清)浦起龙通释,王煦华整理:《史通通释》,上海古籍出版社2009年版,第494页。

"其辞本异"则说的是"喉舌"与"翰墨"的表达是不一样的。又如唐柳宗元《杨评事文集后序》曰：

> 文有二道，辞令褒贬，本乎著述者也；导扬讽谕，本乎比兴者也。著述者流，盖出于《书》之谟、训，《易》之象、系，《春秋》之笔削，其要在于高壮广厚，词正而理备，谓宜藏于简册也。比兴者流，盖出于虞、夏之咏歌，殷、周之《风》《雅》，其要在于丽则清越，言畅而意美，谓宜流于谣诵也。①

柳宗元所述"文有二道"，即"藏于简册"者的"笔书以为文"与"流于谣诵"者的"口出以为言"。

对"口出"与"笔书"之辨的关注一直延续至近现代，郑献甫《自订散体骈体文序》曰：

> 春秋时卿大夫所润色讨论，战国时说士所简练揣摩，皆言语耳，非文章也。……其谓之文者，若箴、若铭、若颂、若诔，为体最古而为词皆韵。②

他认为"言语"与"其谓之文者"有区别。章太炎《国故论衡》：

> 文字初兴，本以代声气，乃其功用有胜于言者。言语仅成线耳，喻若空中鸟迹，甫见而形已逝，故一事一义得相联贯，言语司之。及夫万类坌集，棼不可理，言语之用有所不周，于是委之文字。文字之用，足以成面，故表谱图画之术兴焉，凡排比铺张，不可口说者，文字司之。③

他讨论的是"言语"与"文字"表述的区别，区分了"言语"与"文字"的不同功用及不同运用。刘师培《文章源始》：

> 至诸子之书，有文有语：《荀子·成相篇》《墨子·经上下篇》，

---

① （唐）柳宗元：《柳河东集》，上海古籍出版社2008年版，第371~372页。
② （清）郑献甫著，顾绍柏、岑贤安点校：《郑献甫集》，广西人民出版社2013年版，第1062页。
③ 章太炎：《国故论衡》，上海古籍出版社2003年版，第54页。

皆属于文者也。《庄》《列》《孔》《孟》《商》《韩》，皆属于语者也。文犹后世之文词，语犹后世之演稿(犹今世之言说也)。纵横者流，腾为口舌，语学之派别也(即所谓游说也)。

他讨论的是"文"与"语"、"文词"与"演稿"的区别。刘师培接着讨论"源出于语者"与"易语为文者"的文体：

西汉代兴，文区二体：赋、颂、箴、铭，源出于文者也(故多偶语叶音)；论、辩、书、疏，源出于语者也(论与议同贵乎口才，皆为古人互相问难之词；书、疏二体，亦以己之意达之于人者也)。①

刘师培把"口出"与"笔书"强调为"语"与"文"的不同。

或把"口出"与"笔书"之辨视为后世文体的生成问题。朱自清说：

我们的文学批评似乎始于论诗，其次论"辞"，是在春秋战国时代。论诗是论外交"赋诗"，"赋诗"是歌唱入乐的诗，论"辞"是论外交辞令或行政法令。②

"诗"为"口出以为言"，而"辞"则多有"笔书以为文"的意味。逯钦立则以颜延之、刘勰的说法，论证"言、笔、文"为具有等级意味的三类制作，称《文心雕龙》的《诠赋篇》列"郑庄之赋大隧"，"秦世不文，颇有杂赋"以及"汉初词人"这"合乎言、笔、文的三类"；又举《章表篇》《书记篇》的例子以佐证。③

叶圣陶给友人的信中回忆了"语文"的由来：

"语文"一名，始用于一九四九年华北人民政府教科书编审委员会选用中小学课本之时。前此中学称"国文"，小学称"国语"，至是乃统而一之。彼时同人之意，以为口头为"语"，书面为"文"，文本与语，不可偏指，故合言之。亦见此学科"听""说""读""写"宜并

---

① 陈引驰编校：《刘师培中古文学论集》，中国社会科学出版社1997年版，第213~214页。
② 朱自清：《诗言志辨序》，《朱自清全集》第六册，江苏教育出版社1996年版，第129页。
③ 逯钦立：《逯钦立文存》，中华书局2010年版，第546~547页。

重，诵习课本，练习作文，固为读写之事，而苟忽于听说，不注意训练，则读写之成效亦将减损。原意如此，兹承询及，特以奉告。其后有人释为"语言""文字"，有人释为"语言""文学"，皆非立此名之原意。①

社会共识是"以为口头为'语'，书面为'文'"，那么，"口出以为言"与"笔书以为文"的差异到底在什么地方？为什么令世人一直有所关注？其对语言表达与文章撰作的影响又是怎么样的？这是文学史的一个独特的话题。

"口出以为言"与"笔书以为文"的对称，以运用的工具而言，或可为"口""笔"（口出以为言，笔书以为文）对称、"出口""著文"（出口为言、著文为篇）对称；以形成的成果而言，或可为"言""文"对称，或可为"言""篇"对称，或可为"语""文"（"口头为'语'，书面为'文'"）对称。"言""笔"对称，兼取表达工具、表达成果而言，如颜延之所谓"笔之为体，言之文也"的"言""笔"对称，又如刘勰《文心雕龙·章表》称尧舜的章表"并陈辞帝庭，匪假书翰"，称周时的章表"言笔未分"的"言""笔"对称②，便以"口出以为言"为"言"，"笔书以为文"为"笔"。"口出以为言"与"笔书以为文"之辨，称为"口笔之辨"，包括"言笔之辨""言文之辨""言篇之辨""言翰之辨""语文之辨"等。③

二、"口出以为言"的基本意味

"口出以为言"，以动作代指说出言语。如《尚书·大禹谟》："惟口出好兴戎，朕言不再。"④而"言"本身，就是指说、说话。《尚书·无逸》："三年不言。"⑤《左传·隐公六年》："周桓公言于王曰：'我周之东迁，晋郑焉依！'"⑥细分一点，"言"亦是告知、告诉，或者是问。如《仪礼·聘

---

① 《中华读书报》2012年11月27日，王本华文。又见《文摘报》2012年12月13日《叶圣陶创"语文"一词》。

② （南朝梁）刘勰撰，詹锳义证：《文心雕龙义证》，上海古籍出版社1989年版，第820~822页。

③ 此处汲取国家社科基金后期资助评审专家的意见，将"言笔之辨"改为"口笔之辨"，并特对"口出以为言"与"笔书以为文"及"言笔之辨""口笔之辨""言文之辨""语文之辨"等作出说明。

④ 《尚书正义》，《十三经注疏》，上海古籍出版社1997年版，第136页。

⑤ 《尚书正义》，《十三经注疏》，上海古籍出版社1997年版，第221页。

⑥ 《春秋左传正义》，《十三经注疏》，上海古籍出版社1997年版，第1731页。

礼》："若有言，则以束帛，如享礼。"郑玄注："有言，有所告请，若有所问也。"①总之，"言"是一种口头表达，进而把表达出来的也称为"言"——"口出以为言"，即"口出"的所谓"话、言语"，如《尚书·盘庚上》："迟任有言曰：'人惟求旧，器非求旧，惟新。'"②

中国历代诗论"开山的纲领"——"诗言志"③，就涉及语言运用的问题——"言"，"志"是要用"言"这种方式来表达的。《汉书·艺文志》解释"诗言志"说得更明白：

  《书》曰："诗言志，歌咏言。"故哀乐之心感，而歌咏之声发。诵其言谓之诗，咏其声谓之歌。④

强调其"口出以为言"的性质。"诗言志"，一方面指诗抒发怀抱情感的特性，另一方面则强调诗本是一种"口出以为言"的艺术。

"言"又为"语"，如《礼记·哀公问》："其顺之，然后言其丧算。"郑玄注："言，语也。"⑤即谈话，谈论。《诗·陈风·东门之池》："彼美淑姬，可与晤语。"⑥"言"与"语"又有区别，《论语·乡党》"食不语，寝不言"，朱熹集注："答述曰语，自言曰言。"⑦"语"更强调听众。

"言"又为话。《诗·大雅·抑》："慎尔出话，敬尔威仪。"朱熹集传："话，言。""言既治民守法、防意外之患矣，又当谨其言语。"⑧话既是谈话、谈论，又是其产物，故话又为善言。

"言"的表达意味丰富。有"口出以为言"者，更要有听众，一般是一种双向活动。孔子曰："不言谁知其志？"⑨"口出以为言"是面对面表达，是言辞殷切、态度诚恳的表现，《诗经·大雅·抑》"於乎小子，未知臧否。匪手携之，言示之事。匪面命之，言提其耳"，孔颖达疏："又非但对面命语之，我又亲提撕其耳，庶其志而不忘。"⑩故"耳提面命"即谓教

---

① 《仪礼注疏》，《十三经注疏》，上海古籍出版社1997年版，第1056页。
② 《尚书正义》，《十三经注疏》，上海古籍出版社1997年版，第169页。
③ 朱自清：《诗言志辨序》，《朱自清全集》第六册，江苏教育出版社1996年版，第130页。
④ （汉）班固：《汉书》，中华书局1962年版，第1708页。
⑤ 《礼记正义》，《十三经注疏》，上海古籍出版社1997年版，第1611页。
⑥ 《毛诗正义》，《十三经注疏》，上海古籍出版社1997年版，第377页。
⑦ （宋）朱熹：《四书集注》，岳麓书社1986年版，第149页。
⑧ （宋）朱熹：《诗集传》，上海古籍出版社1980年版，第205页。
⑨ 《左传·襄公二十五年》，《十三经注疏》，上海古籍出版社1997年版，第1985页。
⑩ 《毛诗正义》，《十三经注疏》，上海古籍出版社1997年版，第556页。

海殷切，要求严格。鸿门宴前，当项伯许诺相助刘邦，也要让刘邦"旦日不可不蚤自来谢项王"①，"口出以为言"的当面表达，会起到更好的作用。面对面的口头表达还会有身体语言作辅助，《战国策·赵策四》载，赵太后新用事，明谓左右："有复言令长安君为质者，老妇必唾其面！"并"盛气"而待，以身体语言"唾""盛气"表达自己的意志，而左师触龙见太后，"入而徐趋，至而自谢"，以身体语言平缓赵太后的情绪，而后劝说成功。②《战国策·魏策四》载，秦王曰："布衣之怒，亦免冠徒跣，以头抢地尔。"这是布衣表示发怒的身体语言。唐雎曰："若士必怒，伏尸二人，流血五步，天下缟素。"一边"挺剑而起"，于是"秦王色挠，长跪而谢之，曰：'先生坐！何至于此？寡人谕矣。'"③是身体语言的"挺剑而起"起到作用。

历史上多传诵以"口出以为言"而立大功、获富贵者，《史记·淮阴侯列传》载蒯通称郦食其"郦生一士，伏轼掉三寸之舌，下齐七十余城"④。《史记·苏秦列传》载当苏秦"出游数岁，大困而归"时，兄弟嫂妹妻妾窃皆笑之，曰："周人之俗，治产业，力工商，逐什二以为务。今子释本而事口舌，困，不亦宜乎！"而苏秦最终还是通过"出其书遍观之"，"揣摩"出"此可以说当世之君矣"之"言"，谓此为可以谋得荣华富贵之"言"。⑤《史记·张仪列传》载，当张仪被诬陷而"掠笞数百"后，谓其妻曰："视吾舌尚在不？"⑥张仪觉得只要舌头在就会有立功受禄的可能。《史记·刘敬叔孙通列传》载刘邦骂刘敬"以口舌得官，今乃妄言沮吾军"⑦。《史记·留侯世家》载张良自称"以三寸舌为帝者师"⑧。《盐铁论·褒贤》称："主父偃以口舌取大官。"⑨所以《韩非子·八经》称"讷者言之疑，辩者言之信"⑩，"口出以为言"表达得好坏自然关系重大。

正因为"口出以为言"有良好的表达效果，古来一方面称赏某些人的话说得好，称臧文仲"既没，其言立"，"此之谓不朽"⑪。另一方面多有

---

① （汉）司马迁：《史记》，中华书局1982年版，第312页。
② （汉）刘向集录：《战国策》，上海古籍出版社1985年版，第768页。
③ （汉）刘向集录：《战国策》，上海古籍出版社1985年版，第922~923页。
④ （汉）司马迁：《史记》，中华书局1982年版，第2620页。
⑤ （汉）司马迁：《史记》，中华书局1982年版，第2241~2242页。
⑥ （汉）司马迁：《史记》，中华书局1982年版，第2279页。
⑦ （汉）司马迁：《史记》，中华书局1982年版，第2718页。
⑧ （汉）司马迁：《史记》，中华书局1982年版，第2047~2048页。
⑨ （汉）桓宽著，马非百注释：《盐铁论简注》，中华书局1984年版，第149页。
⑩ 陈奇猷校注：《韩非子集释》，上海人民出版社1974年版，第1029页。
⑪ 《春秋左传正义》，《十三经注疏》，上海古籍出版社1997年版，第1979页。

对"利口""巧言"的批评,以为"口出"多有伪饰,即《逸周书·芮良夫》所谓"以言取人,人饰其言"①。《尚书·周官》:"其尔典常作之师,无以利口乱厥官。"②《尚书·毕命》:"商俗靡靡,利口惟贤,余风未殄,公其念哉!"孔传:"纣以靡靡利口惟贤,覆亡国家,今殷民利口余风未绝,公其念绝之。"③称商代以说得好听的"利口"为贤而导致国家覆亡。《逸周书·武纪》:"币帛之间有巧言令色,事不成;车甲之间有巧言令色,事不捷。"④对"利口""巧言"的憎恶,到孔子时尤甚,《论语·阳货》子曰:"恶利口之覆邦家者。"⑤《论语·学而》:"巧言令色,鲜矣仁。"⑥《孟子·尽心下》:"恶利口,恐其乱信也。"⑦社会的公共评价,以表面上好听而实际上虚伪的"巧言"最为时人所痛恶。汉王符《潜夫论·浮侈》则批评日常生活中的"虚饰巧言,欲邀多福"⑧。于是有这样的说法:"是以君子避三端:避文士之笔端,避武士之锋端,避辩士之舌端。"⑨上述这些都是从反面论述"口出"的表达上的巨大威力。

三、"笔书以为文"的基本意味

"笔",《说文解字·聿部》:"聿,所以书也。楚谓之聿,吴谓之不律,燕谓之弗。从聿一。凡聿之属皆从聿。笔,秦谓之笔,从聿竹。"⑩《释名·释书契》:"笔,述也,述事而书之也。"⑪"笔"写下来的"述",是书面表达。笔,用作动词或换一种说法就是所谓"书"。《说文解字·聿部》:"书,箸也。从聿,者声。"⑫《说文解字·叙》:"箸于竹帛曰书也。"⑬《释名·释书契》:"书,庶也,纪庶物也。亦言著也,著之简纸永不灭也。"⑭相对于"言"的口头表达,"笔书以为文"指书面表达。"笔书"的用具砚台、烟墨也得到古人颂扬,王粲《砚铭》:

---

① 黄怀信:《逸周书校补注译》,西北大学出版社1996年版,第398页。
② 《尚书正义》,《十三经注疏》,上海古籍出版社1997年版,第57页。
③ 《尚书正义》,《十三经注疏》,上海古籍出版社1997年版,第245页。
④ 黄怀信:《逸周书校补注译》,西北大学出版社1996年版,第425页。
⑤ (宋)朱熹:《四书集注》,岳麓书社1986年版,第216页。
⑥ (宋)朱熹:《四书集注》,岳麓书社1986年版,第71页。
⑦ (宋)朱熹:《四书集注》,岳麓书社1986年版,第476页。
⑧ (汉)王符著,汪继培笺,彭铎校正:《潜夫论笺》,中华书局1979年版,第127页。
⑨ (汉)韩婴撰,许维遹校释:《韩诗外传集释》,中华书局1980年版,第241~242页。
⑩ (汉)许慎撰,(清)段玉裁注:《说文解字注》,上海古籍出版社1981年版,第117页。
⑪ (汉)刘熙撰,任继昉汇校:《释名汇校》,齐鲁书社2006年版,第322页。
⑫ (汉)许慎撰,(清)段玉裁注:《说文解字注》,上海古籍出版社1981年版,第117页。
⑬ (汉)许慎撰,(清)段玉裁注:《说文解字注》,上海古籍出版社1981年版,第754页。
⑭ (汉)刘熙撰,任继昉汇校:《释名汇校》,齐鲁书社2006年版,第332页。

> 昔在皇颉，爰初书契，以代结绳，民察官理，庶绩诞兴。①

李尤《墨研铭》：

> 书契既造，研墨乃陈。烟石相附，以流以申。篇籍永垂，纪志功勋。②

"笔书"与"曰""言"之类行为动作不一样之处，就在于其本来就一定是以符号乃至文字形态体现在物质载体上的，故最早的文字记录叫作"书"，《左传·隐公四年》："卫人逆公子晋于邢。冬，十二月，宣公即位。书曰：卫人立晋。"③书，或书写或刻写，强调的是以文字形式出现的记录、记载，即所谓"陈之简牍"。又有书于器物之上者，如《周礼·秋官·司约》："凡大约剂书于宗彝，小约剂书于丹图。"④就是把契约"书于"宗彝（宗庙祭祀所用酒器）、丹图上。

与"书"连用的"契"，"契"与"笔"有同义之处。契，本谓占卜时以刀凿刻龟甲，后泛指刻物。《诗·大雅·緜》："爰始爰谋，爰契我龟。"毛传："契，开也。"⑤即刻开其龟。《吕氏春秋·察今》："楚人有涉江者，其剑自舟中坠于水，遽契其舟，曰：'是吾剑之所从坠。'"⑥"契"就是刻，故称"刻舟求剑"。

唐人张怀瓘《文字论》：

> 文字者总而为言，若分而为义，则文者祖父，字者子孙。察其物形，得其文理，故谓之曰"文"。母子相生，孳乳寖多，因名之为"字"。题于竹帛，则目之曰"书"。文也者，其道焕焉。日月星辰，天之文也；五岳四渎，地之文也；城阙翰仪，人之文也。字之与书，理亦归一。因文为用，相须而成。名言诸无，宰制群有。何幽不贯，何远不经。可谓事简而应博。⑦

---

① （唐）欧阳询：《艺文类聚》，上海古籍出版社1982年版，第1057页。
② （唐）徐坚：《初学记》，中华书局1962年版，第521页。
③ 《春秋左传正义》，《十三经注疏》，上海古籍出版社1997年版，第1726页。
④ 《周礼注疏》，《十三经注疏》，上海古籍出版社1997年版，第881页。
⑤ 《毛诗正义》，《十三经注疏》，上海古籍出版社1997年版，第510页。
⑥ 《吕氏春秋》，诸子百家丛书本，上海古籍出版社1989年版，第127页。
⑦ （唐）张彦远撰，武良臣、周旭点校：《法书要录》，浙江人民美术出版社2012年版，第129页。

"文字"之义，就是"人文"是书写下来的。《尚书·序》称伏牺氏"始画八卦，造书契，以代结绳之政，由是文籍生也"①，"笔书以为文"之"文"，就是"文籍"，即形成文字者，"笔书以为文"的产生，是一个新时代的开启，在文化的传承上引起翻天覆地的变化，《淮南子·本经》称"昔者苍颉作书，而天雨粟，鬼夜哭"②，意义就在于此。"笔书以为文"使文化兴起有所依凭并有物质传承。《易·贲》："观乎天文以察时变，观乎人文以化成天下。"孔颖达疏："言圣人观察人文，则诗书礼乐之谓，当法此教而化成天下也。""人文"的基础就是"笔书以为文"，三国时秦宓称"《河》《洛》由文兴，《六经》由文起"③。"笔书以为文"产生的时代，是一个伟大的时代；《文心雕龙·原道》称"文之为德也大矣"，称"人文之元"在乎"自鸟迹代绳，文字始炳"④。《礼记·中庸》：

> 哀公问政，子曰："文武之政，布在方策。"（郑玄注："方，版也；策，简也。"）正义："言文王武王为政之道，皆布列在于方牍简策。"⑤

先王贤圣的为政之道是依靠"笔书"延续下来的。韩非子说"先王寄理于竹帛"⑥，所谓"以文书于天下"。"文籍"——文书和档案的运用，"使行政过程变得精密、规范与可靠了"⑦，由此可理解"始画八卦，造书契，以代结绳之政"，这就是文字的产生、"笔书以为文"对于社会、文化、政治、行政管理等的意义。

四、"口出""笔书"相分

"言""笔"有所不同。章太炎举例称古代仪式上既有"口出"，又有"笔书"：

---

① （南朝梁）萧统编，（唐）李善注：《文选》，中华书局1977年版，第638页。
② （汉）刘安：《淮南子》，岳麓书社2015年版，第64页。
③ （晋）陈寿撰，（南朝宋）裴松之注：《三国志》，中华书局1982年版，第974页。
④ （南朝梁）刘勰撰，詹锳义证：《文心雕龙义证》，上海古籍出版社1989年版，第11~14页。
⑤ 《礼记正义》，《十三经注疏》，上海古籍出版社1997年版，第1629页。
⑥ 陈奇猷校注：《韩非子集释》，上海人民出版社1974年版，第483页。
⑦ 阎步克：《波峰与波谷——秦汉魏晋南北朝的政治文明》，北京大学出版社2009年版，第62页。

> 古者吊有伤辞，谥有诔，祭有颂，其余皆祷祝之辞，非著竹帛者也。《上曲礼》："知生者吊，知死者伤。"《正义》曰："吊辞口致命，伤辞书之于版。"《既夕礼》："知死者赗，知生者赙。书赗于方，若九若七若五。"诸在版者，皆百名以下，其字有定。赗之多者，不过九行；伤辞多者，不过百字。①

表达情感者，可以"口出"也可以"笔书"，但送的财礼（赗、赙），则须写下来有所留存以作依凭。

"口出"稍纵即逝，而"笔书以为文"则使过去的言、事以物质文化的形态留存下来，《礼记·玉藻》所谓君王"动则左史书之，言则右史书之"②；《汉书·艺文志》所谓"左史记言，右史记事"③。只有"书"的物质文化形态才能令其成为物质的"藏"，成为档案材料，如《周礼·夏官·司马》：

> 量人掌建国之法。以分国为九州，营国城郭，营后宫，量市朝道巷门渠。造都邑，亦如之。营军之垒舍，量其市朝州涂，军社之所里。邦国之地与天下之涂数，皆书而藏之。④

当"建国之法"成为文字、图画，才能"藏之"。又《左传·昭公二十六年》载：

> 召伯盈逐王子朝，王子朝及召氏之族、毛伯得、尹氏固、南宫嚚奉周之典籍以奔楚。⑤

文字的档案材料才能搬来搬去。又如《吕氏春秋·先识》：

> 殷内史向挚见纣之愈乱迷惑也，于是载其图法，出亡之周。⑥

---

① 章太炎：《国故论衡》，上海古籍出版社2003年版，第94页。
② 《礼记正义》，《十三经注疏》，上海古籍出版社1997年版，第1473~1474页。
③ （汉）班固：《汉书》，中华书局1962年版，第1715页。
④ 《周礼注疏》，《十三经注疏》，上海古籍出版社1997年版，第842页。
⑤ 《春秋左传正义》，《十三经注疏》，上海古籍出版社1997年版，第2114页。
⑥ 《吕氏春秋》，诸子百家丛书本，上海古籍出版社1989年版，第128页。

"图法"是文字档案，才能被携带到周。

"口出"具有传播快的特点，《论语·颜渊》称"驷不及舌"①。《史记·季布列传》载："楚人谚曰'得黄金百，不如得一诺'。"而季布的声名远扬是靠曹丘"游扬足下之名于天下"得来的。②

与"口出"的传播快相比，"笔书"自有传播久的长处。《左传·襄公二十四年》有"三不朽"之说，所谓"大上有立德，其次有立功，其次有立言"③，当"立言"被记载下来，就具备了"不朽"的条件。《左传·文公六年》称"古之王者知命之不长，是以并建圣哲，树之风声，分之采物，著之话言"④，那么，"话言"如果"著之"于物质材料，比"命"更久长则有了保障。此如《墨子·尚贤下》载：

> 古者圣王，既审尚贤，欲以为政，故书之竹帛，琢之盘盂，传以遗后世子孙。⑤

只有"书之竹帛"之类，才能"传以遗后世子孙"。墨子对"笔书以为文"在传播上的意义说得很透彻，《墨子·明鬼下》说：

> 又恐后世子孙不能知也，故书之竹帛，传遗后世子孙。咸恐其腐蠹绝灭，后世子孙不得而记，故琢之盘盂、镂之金石以重之。⑥

这是指"笔书以为文"者之所以"笔书"的缘由。《墨子·兼爱下》：

> 吾非与之并世同时，亲闻其声，见其色也。以其所书于竹帛，镂于金石，琢于槃盂，传遗后世子孙者知之。⑦

这是后世从"笔书以为文"中所受益。

《淮南子·泛论》称，诸种社会现象、精神现象非常多，"皆不可胜著

---

① 《论语注疏》，《十三经注疏》，上海古籍出版社1997年版，第2503页。
② （汉）司马迁：《史记》，中华书局1982年版，第2731~2732页。
③ 《春秋左传正义》，《十三经注疏》，上海古籍出版社1997年版，第1979页。
④ 《春秋左传正义》，《十三经注疏》，上海古籍出版社1997年版，第1844页。
⑤ （清）孙诒让：《墨子间诂》，上海书店1986年版，第41页。
⑥ （清）孙诒让：《墨子间诂》，上海书店1986年版，第147页。
⑦ （清）孙诒让：《墨子间诂》，上海书店1986年版，第75页。

于书策竹帛，而藏于官府者也"，是不可能全都记载下来的，"故以機祥明之"①，即以祈禳求福来表明；换一种说法，即最为重要的事是应该"著于书策竹帛"的，虽然"不可胜著"。蔡伯喈《郭有道碑文》哀悼郭有道云：

> 凡我四方同好之人，永怀哀悼，靡所置念。乃相与惟先生之德，以谋不朽之事。佥以为先民既没，而德音犹存者，亦赖之于见述也。今其如何，而缺斯礼！于是树碑表墓，昭铭景行，俾芳烈奋于百世，令问显于无穷。②

称"德音"的留存亦依靠文字的"见述"，而为了郭有道的"德音"留存，"俾芳烈奋于百世，令问显于无穷"，所以"树碑"，既以文字，且刻于石上，以求不朽。故《史通·书志·艺文志》所称"文籍"之类的"其书五车，传之无穷，是曰不朽"③，书写成文字，才能"传之无穷"而不朽。

后汉李尤《笔铭》称"投足择言，驷不及舌；笔之过误，愆尤不灭"④，从性能上讲"口出""笔书"之别。"口出"传播得快，尤其当"择言"之时，所以"口出以为言"要慎重，即"慎言"。《论语·为政》载孔子讲"多闻阙疑，慎言其余，则寡尤"⑤，《论语·阳货》载孔子"予欲无言"⑥。《老子》说"多言数穷，不如守中"（五章）⑦，又说"希言自然"（二十三章）⑧，认为少言是符合自然的，甚至提倡"行不言之教"（二章）⑨。《鬼谷子·本经符》："言多必有数短之处。"⑩《周易·颐》："《象》曰：山下有雷，颐。君子以慎言语，节饮食。"⑪《墨子》佚文："子禽问曰：'多言有益乎？'墨子曰：'虾蟆蛙蝇，日夜恒鸣，口干舌擗，然而不听。今观晨鸡，时夜而鸣，天下振动。多言何益？唯其言之时也。'"⑫

---

① 何宁：《淮南子集释》，中华书局1998年版，第984页。
② （南朝梁）萧统编，（唐）李善注：《文选》，中华书局1977年版，第800页。
③ （唐）刘知幾著，（清）浦起龙通释，王煦华整理：《史通通释》，上海古籍出版社2009年版，第56页。
④ （唐）欧阳询：《艺文类聚》，上海古籍出版社1982年版，第1056页。
⑤ 《论语注疏》，《十三经注疏》，上海古籍出版社1997年版，第2462页。
⑥ 《论语注疏》，《十三经注疏》，上海古籍出版社1997年版，第2526页。
⑦ 任继愈：《老子新译》，上海古籍出版社1978年版，第33页。
⑧ 任继愈：《老子新译》，上海古籍出版社1978年版，第55页。
⑨ 任继愈：《老子新译》，上海古籍出版社1978年版，第29页。
⑩ 许富宏：《鬼谷子集校集注》，中华书局2008年版，第256页。
⑪ 《周易正义》，《十三经注疏》，上海古籍出版社1997年版，第41页。
⑫ 孙诒让：《墨子间诂》，上海书店1986年版，《附录》第11页。

"笔"流传得久，即使有过错亦"愆尤不灭"，但人们往往从积极意义上谈"笔书以为文"。《抱朴子》称"笔"的流传久远："孔、郑之门，耳听口受者灭绝，而托竹素者为世宝也。"① 所以《左传·襄公二十五年》载："南史氏闻大史尽死，执简以往，闻既书矣，乃还。"② 南史氏要把史实记载于"简"上，世世代代让人们知道，令乱臣贼子惧，所谓"国恶虽讳，君举必书，故贼子乱臣，天下大惧，元龟明镜，昭然可察"③。刘知幾《史通·外篇·史官建置》从史官建置的角度谈到文字记载的意义：

> 向使世无竹帛，时缺史官，虽尧、舜之与桀、纣，伊、周之与莽、卓，夷、惠之与跖、蹻，商、冒之与曾、闵，但一从物化。坟土未干，则善恶不分，妍媸永灭者矣。苟史官不绝，竹帛长存，则其人已亡，杳成空寂，而其事如在，皎同星汉。④

文字记载才能"其事如在，皎同星汉"。

"口出以为言"在传达转告时容易出错，阮元《文言说》称"同为一言，转相告语，必有愆误"，并举《说文》为证："言，从口，从辛；辛，愆也。"⑤ "口出以为言"有难以证实的缺点，所以《秦律十八种·内杂史》："有事请殹（也），必以书，毋口请，毋羁请。"⑥ 就是说一定要"笔书以为文"，才能有所依据，否则口说无凭。《商君书·定分》载，商鞅时代就规定了："诸官吏及民有问法令之所谓也于主法令之吏，皆各以其故所欲问之法令明告之。各为尺六寸之符，明书年、月、日、时、所问法令之名，以告吏民。主法令之吏不告，及之罪，而法令之所谓也，皆以吏民之所问法令之罪，各罪主法令之吏。即以左券予吏之问法令者，主法令之吏谨藏其右券木柙，以室藏之，封以法令之长印。即后有物故，以券书从事。"⑦ 即如果有人问了法令，主管官员必须明确答复，而且还要制符券以记载这次问答的内容，待以后有所查询以定罪。按照法家这一规矩，那么，《韩非子·主道》载：

---

① （宋）李昉等：《太平御览》，中华书局1960年版，第2709页。
② 《春秋左传正义》，《十三经注疏》，上海古籍出版社1997年版，第1984页。
③ （唐）魏徵等：《隋书·许善心传》，中华书局1973年版，第1429页。
④ （唐）刘知幾著，（清）浦起龙通释，王煦华整理：《史通通释》，上海古籍出版社2009年版，第280页。
⑤ （清）阮元撰，邓经元点校：《揅经室集》，中华书局1993年版，第605页。
⑥ 睡虎地秦墓竹简整理小组编：《睡虎地秦墓竹简》，文物出版社1990年版，第62页。
⑦ 高亨注译：《商君书注译》，中华书局1974年版，第527~528页。

> 故群臣陈其言，君以其言授其事，事以责其功。功当其事，事当其言，则赏；功不当其事，事不当其言，则诛。①

"群臣陈其言"应当被记载下来，以供日后是否"事当其言"的验证。其他如《论语·卫灵公》载"子张问行"，并把孔子的解释"书诸绅"②，这是学生们把孔子的"口出"记载下来，于是流传就有了依据，最后成《论语》。"笔书"还有不可更改而更令人"信"的特点，《庄子·让王》：

> 韩魏相与争侵地。子华子见昭僖侯，昭僖侯有忧色。子华子曰："今使天下书铭于君之前，书之言曰：'左手攫之则右手废，右手攫之则左手废，然而攫之者必有天下。'君能攫之乎？"③

"书铭于君之前"表示不是说说而已，而是要作为实实在在依据的。《史记·十二诸侯年表》称史书：

> 鲁君子左丘明惧弟子人人异端，各安其意，失其真，故因孔子史记具论其语，成《左氏春秋》。铎椒为楚威王傅，为王不能尽观《春秋》，采取成败，卒四十章，为《铎氏微》。赵孝成王时，其相虞卿上采《春秋》，下观近势，亦著八篇，为《虞氏春秋》。吕不韦者，秦庄襄王相，亦上观尚古，删拾《春秋》，集六国时事，以为八览、六论、十二纪，为《吕氏春秋》。及如荀卿、孟子、公孙固、韩非之徒，各往往捃摭《春秋》之文以著书，不同胜纪。④

"口出"则"人人异端，各安其意，失其真"，所以都要"著书"写下来。

"笔"又有保密性的特点，没有隔墙有耳之虞，《说苑·指武》：

> 王满生曰："臣闻圣人不言而知，非圣人者虽言不知。今欲言乎？无言乎？"周公俛念有顷，不对。王满生藉笔牍书之曰："社稷且危。"傅之于膺，周公仰视见书曰："唯唯，谨闻命矣。"明日诛

---

① 陈奇猷校注：《韩非子集释》，上海人民出版社1974年版，第68页。
② 《论语注疏》，《十三经注疏》，上海古籍出版社1997年版，第2517页。
③ （清）郭庆藩：《庄子集释》，中华书局1961年版，第969页。
④ （汉）司马迁：《史记》，中华书局1982年版，第509~510页。

管、蔡。①

王满生恐怕"口出"被窃听，只有写出来。

史载"左史记言，右史记事，事为《春秋》，言为《尚书》"②，"口出"记载下来就是"笔书"；而"口出"与"笔书"相分的结果，就有并非依据"口出"而独立的"笔书"的出现及兴盛。而且，本来就有一开始即"笔书以为文"者，如《尚书》中已有本来就形成文字的东西，《尚书·洛诰》载"王命周公后，作册逸诰"③，王国维《洛诰解》："'王命周公后'者，因烝祭告神，复于庙中以留守新邑之事册命周公，已面命而复册命者，重其事也。'诰'，谓告天下。"④"命"已书写在"册"，这是任命的依据。又，《尚书·吕刑》载"哀敬折狱，明启刑书胥占，咸庶中正"⑤，"刑书"即刑法之书，这是需要让大家都知道的，以作为判刑的依据。"命""刑书"这些官方文书都是独立的"笔"。另外，除"记事"之《春秋》，其他史书、子书、年历、谱牒等撰作，也都是不依据"言出"的独立的"笔书"。

后世人们对"笔"的优长之处更为肯定，古时所谓"文言"，高亨释曰：

> "言以足志，文以足言……言之无文，行之不远。"然则《文言》者，为用文字以记言也。⑥

其义之一就是把"口出"用文字记下来。上博简"文无隐言"，周裕锴认为：

> 所谓"言以足志，文以足言"的原意是：语言足以充分表达思想，而文字足以充分表达语言。同时，根据孔子一贯主张的语言观，"不言，谁知其志？言之无文，行之不远"这段话也可以做这样的理解，即：如果一个人不说话，谁能知道他的思想，而如果他说的话没有用书面文字记载下来，也不能传播久远。⑦

---

① （汉）刘向：《新序　说苑》，诸子百家丛书，上海古籍出版社1990年版，第131页。
② （汉）班固：《汉书·艺文志》，中华书局1962年版，第1715页。
③ 顾颉刚、刘起釪：《尚书校释译论》第三册，中华书局2005年版，第1497页。
④ 顾颉刚、刘起釪：《尚书校释译论》第三册，中华书局2005年版，第1500页。
⑤ 顾颉刚、刘起釪：《尚书校释译论》第四册，中华书局2005年版，第1995页。
⑥ 高亨：《周易大传今注》，齐鲁书社1979年版，第3页。
⑦ 周裕锴：《"文无隐言"与儒家形上等级制》，《中国文化研究》2003年春之卷，第105~106页。

诺贝尔文学奖获得者莫言在瑞士学院发表获奖演说《讲故事的人》，这次演讲中有这样的话："对一个作家来说，最好的说话方式是写作。我该说的话都写进了我的作品里。用嘴说出的话随风而散，用笔写出的话永不磨灭。""用笔写出的话永不磨灭"，一方面说"笔书"可能是来自"口出"，另一方面是说"笔书"的传播久远。

五、由"口出"而"笔书"与由"笔书"而"口出"

或"口出"或"笔书"，视场合而不同。有时同一场合，也有或"口出"或"笔书"的区别，如人们的表达经历先是"口出"，而后有"笔书"。《孟子·离娄下》："《诗》亡然后《春秋》作。"人称"诗亡"可能指的是作为音乐的诗歌已经被作为文字的诗歌取代了，显示王者统治权威的献乐被向王进谏的怨刺诗取代了。①

《金楼子·捷对篇》云：

> 夫三端为贵，舌端在焉；四科取士，言语为一。虽谍谍利口，致戒啬夫；便便为嘲，且闻谑浪。聊复记言，以观捷对。②

"三端"者，文士之笔端、武士之锋端、辩士之舌端，最重要的话，还是要用笔写下来，所谓"聊复记言，以观捷对"。《国语·鲁语上》载："(臧)文仲闻柳下季之言，曰：'信吾过也，季子之言不可不法也。'使书以为三策。"③臧文仲认为柳下季的话说得好，就要人把它记下来以为"法"，把最有价值的言辞记于书策。《新序·杂事五》载，田饶对鲁哀公说了一番话，哀公曰："吾书子之言也。"④称要把田饶的话写下来以表示重视。《新序·刺奢》载，香居谏齐宣王毋为大室，齐宣王遽召尚书曰："书之，寡人不肖，为大室，香子止寡人也。"⑤只有"笔书"下来才表示重视。于是，执笔之士很被看重，《新序·杂事一》载周舍对赵简子说："愿为谔谔之臣，墨笔操牍，随君之后，司君之过而书之，日有记也，月有效也，岁有得也。"⑥赵简子很高兴与他相处，原因就是"墨笔操牍"者使其

---

① 见罗家湘：《先秦文学制度研究》，上海古籍出版社2011年版，第198页。
② （南朝梁）萧绎著，许逸民校笺：《金楼子校笺》，中华书局2011年版，第1102页。
③ 胡文波校点：《国语》，上海古籍出版社2015年版，第112页。
④ （汉）刘向：《新序 说苑》，诸子百家丛书，上海古籍出版社1990年版，第33页。
⑤ （汉）刘向：《新序 说苑》，诸子百家丛书，上海古籍出版社1990年版，第36页。
⑥ （汉）刘向：《新序 说苑》，诸子百家丛书，上海古籍出版社1990年版，第4页。

"月有效也，岁有得也"。

　　人类的表达由"口出"而"笔书"，不仅仅是多了一种表达方式，更首先表现出社会的进步，公元前 543 年，郑国的正卿子产主持制定了刑书，先是写在竹木简上，由国家的官吏掌握施行，后把刑书铸在鼎上，让全国百姓都能够看到刑书，这是中国历史上第一次公布成文法。叔向批评说，这将导致"民知争端矣，将弃礼而征于书"①，意思是人们只尊重公开了的文字的法律。《左传·昭公二十九》载："晋赵鞅、荀寅帅师城汝滨，遂赋晋国一鼓铁，以铸刑鼎，著范宣子所为刑书焉。"仲尼曰："晋其亡乎！失其度矣。夫晋国将守唐叔之所受法度，以经纬其民，卿大夫以序守之。民是以能尊其贵，贵是以能守其业。贵贱不愆，所谓度也。文公是以作执秩之官，为被庐之法，以为盟主。今弃是度也，而为刑鼎，民在鼎矣，何以尊贵？贵何业之守？贵贱无序，何以为国？"②将法律条文铸到鼎上，公布于众，令国民周知，此是中国历史上第二次公布成文法活动。孔子认为，民观鼎而知刑法，人们只关心鼎上的法律条文，只尊重说、看到的法律条文，便不再尊重贵族，贵族便不能守其家业，贵贱无序，国便不成其国。

　　"笔书以为文"者，许多是由"口出"而来，其形态起码有四。一是"口出"记载下来就是"笔书"。如先是有占卜之"口出"而为甲骨文之"笔书"，人称"甲骨文字的出现是由巫而史的一个重要的契机和前提"③，"口出"到"笔书"在古代史职的产生上有巨大意义，进而才有"左史记言，右史记事，事为《春秋》，言为《尚书》"。二是时代演进趋势下的表达能力的自然进化，"革命创制，竹素之道稍彰，纪事记言，笔墨之官渐著"④，韩愈《送孟东野序》："人声之精者为言，文辞之于言，又其精也。"⑤三是整理"口说"而成"笔书"，如《春秋》的《公羊》《穀梁》《邹》《夹》诸传，本来只是口说流行，但后来被"笔书"写成文字。四是从"口出"到"笔书"，渐增文饰，如刘勰《文心雕龙·总术》引颜延之以为"笔之为体，言之文也；经典则言而非笔，传记则笔而非言"⑥，王运熙、杨明解释说："颜氏之意，盖以为经典文辞质朴，基本上是记录口语；后来的著述，其文辞渐与口语

---

① 《春秋左传正义》，《十三经注疏》，上海古籍出版社 1997 年版，第 2044 页。
② 《春秋左传正义》，《十三经注疏》，上海古籍出版社 1997 年版，第 2124 页。
③ 过常宝：《论中国古代史职的产生及其文化意义》，《学术界》2005 年第 3 期。
④ （唐）魏徵等：《隋书·许善心传》，中华书局 1973 年版，第 1429 页。
⑤ 卞孝萱、张清华编选：《韩愈集》，凤凰出版社 2014 年版，第 238 页。
⑥ （南朝梁）刘勰撰，詹锳义证：《文心雕龙义证》，上海古籍出版社 1989 年版，第 1627 页。

产生距离，文饰加工的成分渐多。其说大体合乎事实。"①《南齐书·刘绘传》载，南北朝时南北谈判，"事毕，当撰《语辞》"，刘绘谓人曰："无论润色未易，但得我语亦难矣。"②这是说会谈记录的一个环节就是"润色"，是对"口出以为言"的加工。

又有由"笔书"而"口出"者。一是本为"笔书"的书面表达在传播时或以"讽诵"出之，这是常识；如果书面材料遭毁坏了，还有"讽诵"流传，《汉书·艺文志》称"三百五篇，遭秦而全者，以其讽诵，不独在竹帛故也"③。二是先"笔书"以利"口出"，如现今做报告时拿着稿子念。"祝"既有"口出"，如《公羊传·襄公二十九年》："诸为君者皆轻死为勇，饮食必祝曰：'天苟有吴国，尚速有悔于予身。'"④《韩诗外传》卷十："茅父之为医也，以莞为席，以蒭为狗，北面而祝之，发十言耳，诸扶舆而来者，皆平复如故。"⑤这些都为"口出"之"言"。"祝"又有事先写好者，如《尚书·金縢》："史乃册祝曰……公归，乃纳册于金縢之匮中。"⑥《史记·鲁世家》"史策祝曰"，《集解》引郑玄曰："策，周公所作，谓简书也。祝者读此简书，以告三王。"⑦那么，周公的时代，祝文，或许是先"笔书"而后"口出"的。又如《晋书·载记·赫连勃勃》载赫连勃勃回复宋武帝刘裕的书信，事先"命其中书侍郎皇甫徽为文"，而自己"阴诵之"，然后才当着使者之面口授，以此显示自己的文才，刘裕叹曰："吾所不如也！"⑧

"口出以为言"的当场的表达以及场景、语境、情景等，也给"笔书"的撰作以很大的启发。"口出"的现实发生，有"口出"者、听众及各自的态度，有"口出"的种种原因，从专门记载春秋战国策士之"口出以为言"的《战国策》《国语》，从《论语》《孟子》《庄子》等语录体散文中，我们可以清楚地看到相关语境、情景。语录体最终过渡为专题议论文，论点集中了，层次分明了，而代价则是语境、情景之类的场景脱略了。但另一批"笔书"则想方设法搬用"口出"的现实场景，此即所谓"对问体"的泛化。如《七发》的起首：

---

① 王运熙、杨明：《魏晋南北朝文学批评史》，上海古籍出版社1989年版，第201页。
② (南朝梁)萧子显：《南齐书》，中华书局1972年版，第842页。
③ (汉)班固：《汉书》，中华书局1962年版，第1708页。
④ 《春秋公羊传注疏》，《十三经注疏》，上海古籍出版社1997年版，第2313页。
⑤ (汉)韩婴撰，许维遹校释：《韩诗外传集释》，中华书局1980年版，第346页。
⑥ 顾颉刚、刘起釪：《尚书校释译论》第三册，中华书局2005年版，第1223页。
⑦ (汉)司马迁：《史记》，中华书局1982年版，第1516~1517页。
⑧ (唐)房玄龄等：《晋书》，中华书局1974年版，第3208页。

> 楚太子有疾，而吴客往问之曰："伏闻太子玉体不安，亦少间乎？"太子曰："惫！谨谢客。"客因称曰："今时天下安宁，四宇和平，太子方富于年。意者久耽安乐，……太子岂有是乎？"太子曰："谨谢客。赖君之力，时时有之，然未至于是也。"客曰："……今如太子之病者，独宜世之君子，博见强识，承间语事，变度易意，常无离侧，以为羽翼。淹沈之乐，浩唐之心，遁佚之志，其奚由至哉！"太子曰："诺。病已，请事此言。"客曰："今太子之病，可无药石针刺灸疗而已，可以要言妙道说而去也。不欲闻之乎？"太子曰："仆愿闻之。"①

先有"口出"时的场景叙写，以下才展开七件事的叙述。又如汉大赋奠基人司马相如的《子虚赋》：

> 楚使子虚使于齐，王悉发车骑，与使者出畋。畋罢，子虚过奼乌有先生，亡是公存焉。坐定，乌有先生问曰："今日畋乐乎？"子虚曰："乐。""获多乎？"曰："少。""然则何乐？"对曰："仆乐齐王之欲夸仆以车骑之众，而仆对以云梦之事也。"曰："可得闻乎？"子虚曰："可。"②

也是先有"口出"的场景叙写，即所谓《文心雕龙·诠赋》所称"客主以首引"而稍稍显示场景。《文选》的赋、骚、七、对问、设论、论等文体，都有如此的"对问"，显示"口出以为言"的遗风。但"口出"的遗风多在早期的"笔书"，而后世曹植的《七启》、张景阳的《七命》，场景显示就弱得多。

六、"口笔之辨"展示出的文学史

"口笔之辨"告诉我们口头表达的"口出"与书面表达的"笔书"有许多的不同；"口笔之辨"告诉我们语言文字作品在产生之初的"口出"有许多状态。许多文体，有的一开始是"口出"，而后发展成为"笔书"，最早的"口出"与"笔书"有着太多的纠结与转换，"口出"与"笔书"又都有各自的发展。"口笔之辨"与文体的起源、文体的进化历程、文体的分类、文体语言体制的发展，有着密切的关系，这些都促动我们期望对"口笔之辨"

---

① （南朝梁）萧统编，（唐）李善注：《文选》，中华书局1977年版，第478~479页。
② （南朝梁）萧统编，（唐）李善注：《文选》，中华书局1977年版，第119页。

论述得更清晰一些。

当然，我们现在看到的"口出""笔书"都是文字材料，此处讨论的"口"与"笔"，"口"指典籍中以"口出"的形式出现的文字，"笔"指典籍在记载它时已经是书面文字作品了。当"笔书以为文"在社会盛行，并不意味着"口出以为言"退出历史舞台，一方面，它还可能是文章、著述的雏形，甚或就是以"口出以为言"流行、传播；另一方面，"口出以为言"成为"笔书以为文"时，前者的种种特点也对"笔书以为文"有所影响。反过来说，"笔书以为文"的盛行，也影响着"口出以为言"的表达。

以上是论述"口笔之辨"与文学史。古代文论家对"口笔之辨"有所论述，这些论述围绕"口笔之辨"与一系列文学活动展开。"口笔之辨"对作家的才华、对古代文学作品、对古代文学批评也有着很大的影响，这些都是本书的考察对象。

第一章 典籍与"口出""笔书"

第一节 《尚书》所见"口出以为言"与"笔书以为文"
——兼论早期文体的原生态形式

一、《尚书》：最早的"口""笔"关系

最早的"口笔"关系为以笔记言，其指向是把"口出以为言"构成"笔书以为文"，即书面文字作品。《汉书·艺文志》曰：

> 古之王者世有史官。君举必书，所以慎言行，昭法式也。左史记言，右史记事，事为《春秋》，言为《尚书》，帝王靡不同之。①

又，《文心雕龙·史传》曰：

> 史者，使也；执笔左右，使之记也。古者左史记言，右史书事。言经则《尚书》，事经则《春秋》也。②

这是说王言王事须即时著录。"记言"而构成书面文字作品，就是把"口出以为言"记载下来而成为"笔书以为文"。所以《文心雕龙·书记》说：

> 大舜云："书用识哉！"所以记时事也。盖圣贤言辞，总为之书，

---

① （汉）班固：《汉书》，中华书局1962年版，第1715页。
② （南朝梁）刘勰撰，詹锳义证：《文心雕龙义证》，上海古籍出版社1989年版，第560页。

> 书之为体，主言者也。①

"书之为体，主言者也"与《隋书·经籍志一》称"《书》之所兴，盖与文字俱起"②，意即《尚书》为"笔书"以"记言"的最早的代表。

《尚书》作为古史，开创了文字作品的历史，其中的"记言"，即由行为动作的"笔书"完成的，其所构成者，即文字作品的《尚书》。古代文体生成方式之一，即"由行为方式向文本方式的变迁"③，"尚书"者，记载上古的言与事，"尚书"之"书"者，即由书写之义而变迁为文本、文体之义。《尚书》是由上古史臣记载下来的虞、夏、商、周统治者在政治活动中的谈话，这些谈话，后世有演变进化为文体者，人们或称其为某些文体的源头。如《文心雕龙·宗经》称"诏、策、章、奏，则《书》发其源"④，颜之推《颜氏家训·文章篇》称"诏、命、策、檄，生于《书》者也"⑤，等等。此处论述旨在探讨文体的最早最原生态的形态。如《尚书·尧典》：

> 舜曰："咨，四岳！有能奋庸熙帝之载，使宅百揆亮采，惠畴？"佥曰："伯禹作司空。"帝曰："俞，咨！禹，汝平水土，惟时懋哉！"禹拜稽首，让于稷、契暨皋陶。⑥

前人视其中的"让"为"谢章"一类文体的最初形式，晋时刘寔《崇让表》就说：

> 昔舜以禹为司空，禹拜稽首，让于稷契及咎繇。使益为虞官，让于朱虎、熊、罴。使伯夷典三礼，让于夔龙。唐虞之时，众官初除，莫不皆让也。谢章之义，盖取于此。《书》记之者，欲以永世作则。⑦

---

① （南朝梁）刘勰撰，詹锳义证：《文心雕龙义证》，上海古籍出版社1989年版，第918页。
② （唐）魏徵等：《隋书》，中华书局1973年版，第914页。
③ 详见郭英德：《中国古代文体学论稿》，北京大学出版社2005年版，第29页。又见胡大雷：《论中古时期文体命名与文体释名》所说"以产生文体的行为动作即'做什么'来命名文体"，载《中山大学学报》2011年第4期。
④ （南朝梁）刘勰撰，詹锳义证：《文心雕龙义证》，上海古籍出版社1989年版，第78页。
⑤ （北齐）颜之推撰，王利器集解：《颜氏家训集解》，上海古籍出版社1980年版，第221页。
⑥ 顾颉刚、刘起釪：《尚书校释译论》第一册，中华书局2005年版，第191~192页。
⑦ （唐）房玄龄等：《晋书》，中华书局1974年版，第1194页。

而"让",就是出自《尚书》所录"口出以为言"。此处也是视《尚书》中的某些"口出"为文体的起源,虽然刘寔所说"《书》记之者,欲以永世作则"并非指文体,但就文体而言有的确是如此。①

二、《尚书》所认定的"口出以为言"而成文体者

一些"口出以为言"直接被《尚书》视作文体。之所以称被《尚书》认定为文体,其标志有二:一是此语言行为动作是产生文辞的,于是把此语言行为动作称作文体,且在其前加上具有创作、写作意味的动词,如"作歌""出矢言"之类;二是直称某某语言行为动作之言,如"逸言""箴言""诲言"之类。那么,这些"口出"——语言行为动作——就都是文体名。以下依次论之。

其一,歌。《皋陶谟》:

> 帝庸作歌曰:"敕天之命,惟时惟几。"乃歌曰:"股肱喜哉,元首起哉,百工熙哉!"皋陶拜手稽首飏言曰:"念哉!率作兴事,慎乃宪,钦哉!屡省乃成,钦哉!"乃赓载歌曰:"元首明哉!股肱良哉!庶事康哉!"又歌曰:"元首丛脞哉!股肱惰哉!万事堕哉!"帝曰:"俞!往钦哉!"②

"歌"就是歌唱。《易·中孚》:"或鼓或罢,或泣或歌。"③《诗·陈风·墓门》:"夫也不良,歌以讯之。"④"歌"这一"口出"的语言行为动作产生文辞,就是文体。"作歌",就是制作这一文体。"歌曰"所产生者,就是"歌"这一文体的文辞。此处"帝庸作歌曰""乃歌曰"以及皋陶的"乃赓载歌曰",可说是最早的对唱和的记载。唱和源远流长,《论语·述而》亦有

---

① 《尚书》有古今文之分,东晋梅赜(一作颐)曾向朝廷献一部古文《尚书》,清代学者已证其伪,称之为"伪古文《尚书》"。为了保证研究对象的较为纯粹、具有原始性,此章探讨《尚书》文体,依今文《尚书》。顾颉刚、刘起釪《尚书校释译论》"凡例"称:"《尚书》自元初赵孟𬱖始将伪古文本中的今文、古文分编,迄元学者吴澄、清学者段玉裁等专释今文二十八篇,确然有据,本书即承吴、段诸家成规专释今文二十八篇。"本书亦如此,依顾颉刚、刘起釪:《尚书校释译论》所录文字。与伪古文《尚书》相关的"孔安国传",称之为"伪孔传"。但即使可以确定为伪造,也是东晋之前历代对《尚书》研究的公认结论的积累,并非伪造者闭门造车一时而成,故本书对《尚书》文字的解释,有所参用。
② 顾颉刚、刘起釪:《尚书校释译论》第一册,中华书局 2005 年版,第 477 页。
③ 《周易正义》,《十三经注疏》,上海古籍出版社 1997 年版,第 71 页。
④ 《毛诗正义》,《十三经注疏》,上海古籍出版社 1997 年版,第 378 页。

"子与人歌而善，必使反之，而后和之"①的记载。

其二，矢。《盘庚》：

> 盘庚迁于殷，民不适有居。率吁众戚出，矢言曰：……②

孔传："吁，和也。率和众忧之人，出政治之言。"③刘起釪云："'矢'，誓（《尔雅》），'矢言'即誓言，古代在有某种重大行动前诰诫下级和申明纪律的讲话称为'誓言'（特别是军事行动前如此）。"④矢言，就是发誓之言。《诗·鄘风·柏舟》："之死矢靡它。"毛传："矢，誓。"⑤《论语·雍也》："子见南子，子路不说。夫子矢之曰：'予所否者，天厌之！天厌之！'"⑥"口出"之"矢"成为文体。

其三，谗。《盘庚》：

> 今予其敷心腹肾肠，历告尔百姓：于朕志，罔罪尔众；尔无共怒，协比谗言予一人。⑦

谗，说别人的坏话，说陷害人的话。《庄子·渔父》："不择是非而言，谓之谀；好言人之恶，谓之谗。"⑧这一语言动作构成文体形式。

其四，箴。《盘庚》：

> 相时憸民，犹胥顾于箴言，其发有逸口；矧予制乃短长之命！汝曷弗告朕而胥动以浮言，恐沈于众？⑨

谗、箴都是一种能产生文辞的行为动作，"谗言""箴言"即谗、箴产生的文辞，故称"谗""箴"就是称说文体，虽然此处并无文辞。

其五，诲。《洛诰》：

---

① 《论语注疏》，《十三经注疏》，上海古籍出版社1997年版，第2484页。
② 顾颉刚、刘起釪：《尚书校释译论》第二册，中华书局2005年版，第930页。
③ 《尚书正义》，《十三经注疏》，上海古籍出版社1997年版，第168页。
④ 顾颉刚、刘起釪：《尚书校释译论》第三册，中华书局2005年版，第931页。
⑤ 《毛诗正义》，《十三经注疏》，上海古籍出版社1997年版，第312页。
⑥ 《论语注疏》，《十三经注疏》，上海古籍出版社1997年版，第2479页。
⑦ 顾颉刚、刘起釪：《尚书校释译论》第二册，中华书局2005年版，第919页。
⑧ （清）郭庆藩辑：《庄子集释》，中华书局1961年版，第1029页。
⑨ 顾颉刚、刘起釪：《尚书校释译论》第二册，中华书局2005年版，第941页。

> 周公拜手稽首曰:"朕复子明辟……"王拜手稽首曰:"公不敢不敬天之休……公其以予万亿年敬天之休!拜手稽首诲言。"①

此先是周公说,接着成王称周公所出为"诲言"并表示感谢。孔传:"成王尽礼致敬于周公,求教诲之言。"②旧解"诲言"为教诲之言,《诗·小雅·绵蛮》:"饮之食之,教之诲之。"③但"于(省吾)先生周详论证'诲言'即'谋言',其义为咨言,是说成王拜手稽首于周公之谋言、咨言,而非悔言"④。又,《多士》:

> 王曰:"又曰时予,乃或(诲)言尔攸居。"⑤

段玉裁《古文尚书撰异》据唐石经在"言"前补"诲",今从之。孔传:"言汝众士当是我,勿非我也。我乃有教诲之言,则汝所当居行。"⑥

三、《尚书》"口出以为言"而成文体者

前人讨论《尚书》所录之文的文体,孔安国《尚书·序》称:"芟夷烦乱,剪截浮辞,举其宏纲,撮其机要,足以垂世立教,典、谟、训、诰、誓、命之文,凡百篇。"此"典、谟、训、诰、誓、命"皆是"口出以为言"而构成的文体,为《尚书》六体。

其一,典。孔传释《尧典》篇题:"言尧可为百代常行之道。"孔颖达疏:"称典者,以道可百代常行。"⑦《尚书》中只有这篇以"典"命名,《尚书》记言,那么,典多指尧、舜的"口出以为言""可为百代常行之道",典在尧、舜之时为"口出以为言"。但典的意味在后世有所变化,《仪礼·士昏礼》:"吾子顺先典,贶某重礼,某不敢辞,敢不承命。"郑玄注:"典,常也,法也。"⑧典,即常道,准则。典,既指尧、舜的言行"可为百代常行之道",又指文字记载下来的准则,为"笔书以为文"。《说文解字》:

---

① 顾颉刚、刘起釪:《尚书校释译论》第三册,中华书局2005年版,第1456~1457页。
② 《尚书正义》,《十三经注疏》,上海古籍出版社1997年版,第214页。
③ 《毛诗正义》,《十三经注疏》,上海古籍出版社1997年版,第498页。
④ 顾颉刚、刘起釪:《尚书校释译论》第三册,中华书局2005年版,第1467页。
⑤ 顾颉刚、刘起釪:《尚书校释译论》第三册,中华书局2005年版,第1521页。
⑥ 《尚书正义》,《十三经注疏》,上海古籍出版社1997年版,第221页。
⑦ 《尚书正义》,《十三经注疏》,上海古籍出版社1997年版,第118页。
⑧ 《仪礼正义》,《十三经注疏》,上海古籍出版社1997年版,第972页。

"典，五帝之书也。"①汉王符《潜夫论·赞学》："是故索物于夜室者，莫良于火；索道于当世者，莫良于典。典者，经也。先圣之所制。"②南朝梁刘勰《文心雕龙·原道》："玄圣创典，素王述训。"③《文心雕龙·宗经》："帝代《五典》。"④记载、宣扬"五帝"事迹言行就是文体的"典"，先代可以作为典范的重要书籍就是文体的"典"。

其二，谟。《皋陶谟》：

> 曰若稽古皋陶曰："允迪厥德，谟明弼谐。"⑤

孔传："言人君当信蹈行古人之德，谋广聪明，以辅谐其政。"⑥"允迪厥德，谟明弼谐"是开场白，以下是帝舜、禹、皋陶君臣之间的讨论、谋划。《皋陶谟》中不见"谟曰"云云，但文辞的确是因"谟"这一行为动作所产生的，这是由皋陶所说"允迪厥德，谟明弼谐"规定了的，那么，这些文辞应该是"谟"体。后世无"谟"体。

其三，训（附：训命）。《史记·殷本纪》："伊尹乃立太丁之子太甲。太甲，成汤适长孙也，是为帝太甲。帝太甲元年，伊尹作《伊训》……"⑦《孟子·万章下》："三年，以听伊尹之训己也，复归于亳。"赵岐注："以听伊尹之教训己，故复得归之于亳，反天子位也。"⑧《高宗肜日》：

> 祖己曰："惟先格王，正厥事。"乃训于王曰……⑨

"乃训于王"，孔传："祖己既言，遂以道训谏王。"⑩训，训勉、教诲、教导，"训"体，就是训导之词。《盘庚》又有大臣转述盘庚的讲话，其中有"格汝众，予告汝训汝"。《无逸》中有"训"作为行为动作意义的运用，如"非民攸训"，孔传以"非所以教民"释。⑪ 又，《酒诰》："惟土物爱，厥心

---

① （汉）许慎撰，（清）段玉裁注：《说文解字注》，上海古籍出版社1981年版，第200页。
② （汉）王符著，（清）汪继培笺：《潜夫论笺》，中华书局1979年版，第11页。
③ （南朝梁）刘勰撰，詹锳义证：《文心雕龙义证》，上海古籍出版社1989年版，第24页。
④ （南朝梁）刘勰撰，詹锳义证：《文心雕龙义证》，上海古籍出版社1989年版，第57页。
⑤ 顾颉刚、刘起釪：《尚书校释译论》第一册，中华书局2005年版，第393页。
⑥ 《尚书正义》，《十三经注疏》，上海古籍出版社1997年版，第138页。
⑦ （汉）司马迁：《史记》，中华书局1982年版，第98页。
⑧ 《孟子注疏》，《十三经注疏》，上海古籍出版社1997年版，第2738页。
⑨ 顾颉刚、刘起釪：《尚书校释译论》第二册，中华书局2005年版，第999页。
⑩ 《尚书正义》，《十三经注疏》，上海古籍出版社1997年版，第176页。
⑪ 《尚书正义》，《十三经注疏》，上海古籍出版社1997年版，第222页。

臧，聪听祖考之彝训。"①但《吕刑》所载之"训"，已是文体之"训"：

> 惟吕命王享国百年，耄，荒度作《刑》以诘四方。王曰："若古有训：蚩尤惟始作乱，延及于平民，罔不寇贼……"②

又有"训命"，《顾命》：

> 王曰："呜呼！疾大渐，惟几，病日臻，既弥留，恐不获誓言嗣，兹予审训命汝：昔君文王……"③

孔传："以此故详审教命汝。"

其四，诰（附：诰治、诰毖、诰教、诰告）。《大诰》：

> 王若曰："猷，大诰尔多邦，越尔御事……"④

孔传："周公称成王命，顺大道以告天下众国，及于御治事者，尽及之。"⑤这里的"诰"，是上对下的。古文《尚书》有《仲虺之诰》，则是臣下诰君。孔传："仲虺，臣名，以诸侯相天子。会同曰诰。"孔颖达疏："《周礼·士师》：'以五戒先后刑罚：一曰誓，用之于军旅；二曰诰，用之于会同。'是会同曰诰，诰魏于会之所设言以告众。此惟诰汤一人，而言会同者，因解诸篇'诰'义，且仲虺必对众诰汤，亦是'会同曰诰'。"⑥后世之"诰"，已成为天子、朝廷所专用。文体范围逐渐缩小、明确，"诰"之普遍意义的、上下通用的告诉、告诫、劝勉逐步演变为上对下的专用。

又有"诰治"，《康诰》：

> 周公咸勤，乃洪大诰治。⑦

杨筠如云："治，通作辞。《檀弓》郑注：'辞，犹告也。'《酒诰》'乃不用

---

① 顾颉刚、刘起釪：《尚书校释译论》第三册，中华书局2005年版，第1388页。
② 顾颉刚、刘起釪：《尚书校释译论》第四册，中华书局2005年版，第1901页。
③ 顾颉刚、刘起釪：《尚书校释译论》第四册，中华书局2005年版，第1712页。
④ 顾颉刚、刘起釪：《尚书校释译论》第三册，中华书局2005年版，第1262页。
⑤ 《尚书正义》，《十三经注疏》，上海古籍出版社1997年版，第198页。
⑥ 《尚书正义》，《十三经注疏》，上海古籍出版社1997年版，第161页。
⑦ 顾颉刚、刘起釪：《尚书校释译论》第三册，中华书局2005年版，第1292页。

我教辞'，谓教告也。《周礼·小司徒》'听其辞讼'，《小宰》'听其治讼'……'治''辞'一字可证。"①"诰治"即"诰辞"，那么，"诰"在此处已是文体名了。

又有《酒诰》之"诰毖""诰教"：

> 王若曰："明大命于妹邦。乃穆考文王肇国在西土，厥诰毖庶邦庶士越少正御事……文王诰教小子……"②

《召诰》之"诰告"：

> （周公）曰："拜手稽首，旅王若公，诰告庶殷，越自乃御事……"③

"诰毖""诰教""诰告"，除称说"诰"，还进一步强调"诰"这一行为动作的方式与意义。

又，《洛诰》，其正文无"诰"字样，只是简单地"曰"，而篇名称"诰"。《多士》，其序称"成周既成，迁殷顽民，周公以王命诰，作《多士》"④，其正文亦无"诰"字样。又，《多方》：

> 王若曰："猷告尔四国多方惟尔殷侯尹民。"⑤
> 王若曰："诰告尔多方。"⑥
> 王曰："我不惟多诰，我惟祗告尔命。"⑦

这些都具有文体的意味，但更有行为动作的意味。

"言诰"，据君王言辞而成的文告。《尚书·召诰》"拜手稽首，旅王若公，诰告庶殷，越自乃御事"，唐孔颖达疏："我为言诰，以告汝庶殷之诸侯，下自汝御事。"⑧

---

① 顾颉刚、刘起釪：《尚书校释译论》第三册，中华书局 2005 年版，第 1298 页。
② 顾颉刚、刘起釪：《尚书校释译论》第三册，中华书局 2005 年版，第 1380 页。
③ 顾颉刚、刘起釪：《尚书校释译论》第三册，中华书局 2005 年版，第 1434 页。
④ 《尚书正义》，《十三经注疏》，上海古籍出版社 1997 年版，第 219 页。
⑤ 顾颉刚、刘起釪：《尚书校释译论》第四册，中华书局 2005 年版，第 1610 页。
⑥ 顾颉刚、刘起釪：《尚书校释译论》第四册，中华书局 2005 年版，第 1610 页。
⑦ 顾颉刚、刘起釪：《尚书校释译论》第四册，中华书局 2005 年版，第 1639 页。
⑧ 《尚书正义》，《十三经注疏》，上海古籍出版社 1997 年版，第 211~212 页。

其五，誓（附：誓告）。《甘誓》：

> 大战于甘，乃召六卿。王曰："嗟！六事之人，予誓告汝：有扈氏威侮五行，怠弃三正，天用剿绝其命，今予惟共行天之罚。左不攻于左，汝不共命；右不攻于右，汝不共命；御非其马之正，汝不共命。用命，赏于祖；弗用命，戮于社。"①

孔传："将战先誓。"孔颖达疏："《曲礼》云：'约信曰誓。'将与敌战，恐其损败，与将士设约，示赏罚之信也。将战而誓，是誓之大者。"②《周礼·秋官司寇》"士师"："以五戒先后刑罚，毋使罪丽于民。一曰'誓'，用之于军旅。"③誓，军中发布有关告戒、约束将士的号令。此"誓"是夏启的行为动作，此行为动作所发出的文辞即"誓"体文字。"誓"此处以"誓告"出之，"誓"即发出号令的讲话本身，"告"则强调讲话的方式与对象。同样又有《秦誓》："公曰：'嗟！我士，听无哗！予誓告汝群言之首。'"④此"誓"是面向"我士"的。

《汤誓》为商汤动员部属征伐夏桀的誓师词，但文中无"誓曰"，只是一般性的"王曰"。孔传解题："戒誓汤士众。"疏："此经皆誓之辞也。"⑤从其中"尔不从誓言，予则孥戮汝，罔有攸赦"⑥可知，当时就称此文字为"誓"。

其六，命。《尧典》：

> 乃命羲、和：钦若昊天历象——日月星辰，敬授民时。分命羲仲：宅嵎夷曰旸谷。寅宾出日，平秩东作。日中、星鸟，以殷仲春。厥民析，鸟兽孳尾。申命羲叔：宅南交。平秩南为，敬致。日永星火，以正仲夏。厥民因，鸟兽希革。分命和仲：宅西曰昧谷。寅饯纳日，平秩西成。宵中、星虚，以殷仲秋。厥民夷，鸟兽毛毨。申命和叔：宅朔方曰幽都。平在朔易。日短、星昴，以正仲冬。厥民隩，鸟兽氄毛。⑦

---

① 顾颉刚、刘起釪：《尚书校释译论》第二册，中华书局2005年版，第854页。
② 《尚书正义》，《十三经注疏》，上海古籍出版社1997年版，第155页。
③ 《周礼注疏》，《十三经注疏》，上海古籍出版社1997年版，第874页。
④ 顾颉刚、刘起釪：《尚书校释译论》第四册，中华书局2005年版，第2168页。
⑤ 《尚书正义》，《十三经注疏》，上海古籍出版社1997年版，第160页。
⑥ 顾颉刚、刘起釪：《尚书校释译论》第二册，中华书局2005年版，第884页。
⑦ 顾颉刚、刘起釪：《尚书校释译论》第一册，中华书局2005年版，第32页。

"命"后虽无"曰",但"命"产生了文辞,这就是"命"体,"命"体的命名,是由"命"这一行为动作而来,此是帝尧之"命",故"命"为帝王的诏令。

"命"在后世有所延续,《易·姤·象》:"后以施命诰四方。"孔颖达疏:"风行草偃,天之威令,故人君法此以施教命诰于四方也。"①《独断》称:"出君下臣名曰命。"②《文心雕龙·诏策》:"皇帝御宇,其言也神。渊嘿黼扆,而响盈四表,唯诏策乎!昔轩辕唐虞,同称为'命'。命之为义,制性之本也。其在三代,事兼诰誓。誓以训戎,诰以敷政,命喻自天,故授官锡胤。《易》之《姤》象:'后以施命诰四方。'诰命动民,若天下之有风矣。……汉初定仪则,则命有四品:一曰策书,二曰制书,三曰诏书,四曰戒敕。"③秦并天下,改命曰制,《史记·秦始皇本纪》:"臣等昧死上尊号……命为'制',令为'诏'。"裴骃集解引蔡邕曰:"制书,帝者制度之命也。其文曰'制'。"④不过,这些都是"笔书"的"命"了。

"六体"以外其他的"口出以为言"构成文体者。

其一,咨。《尧典》:

  帝曰:"咨汝羲暨和:期三百有六旬有六日,以闰月定四时成岁。"⑤

  允厘百工,庶绩咸熙。帝曰:"畴咨若时登庸?"⑥

孔传释"咨"为"嗟"⑦。刘起釪云:"其实当如《说文》所释'谋事曰咨'于此更合适。"⑧蔡沈《书集传》:"畴,谁;咨,访问也;若,顺;庸,用也。尧言谁为我访问能顺时为治之人,而登用之乎?"⑨

  帝曰:"咨四岳:汤汤洪水方割,荡荡怀山襄陵,浩浩滔天。下民其咨,有能俾乂?"⑩

---

① 《周易正义》,《十三经注疏》,上海古籍出版社1997年版,第57页。
② (汉)蔡邕:《独断》,《丛书集成初编》本,商务印书馆1937年版,第5页。
③ (南朝梁)刘勰撰,詹锳义证:《文心雕龙义证》,上海古籍出版社1989年版,第724~730页。
④ (汉)司马迁:《史记》,中华书局1982年版,第236页。
⑤ 顾颉刚、刘起釪:《尚书校释译论》第一册,中华书局2005年版,第32页。
⑥ 顾颉刚、刘起釪:《尚书校释译论》第一册,中华书局2005年版,第64页。
⑦ 《尚书正义》,《十三经注疏》,上海古籍出版社1997年版,第119页。
⑧ 顾颉刚、刘起釪:《尚书校释译论》第一册,中华书局2005年版,第59页。
⑨ (宋)蔡沈:《书集传》,凤凰出版社2010年版,第5页。
⑩ 顾颉刚、刘起釪:《尚书校释译论》第一册,中华书局2005年版,第76页。

孔传:"言民咨嗟忧愁,病水困苦,故问四岳,有能治者,将使之。"①"故问四岳"云云,可知此例"咨四岳"之"咨",其"谋事曰咨"意味甚重,且有所施对象及所施内容——文辞。那么,"咨"即咨询相谋,所出文辞即"咨"体。

> 月正元日,舜格于文祖,询于四岳,辟四门,明四目,达四聪。咨十有二牧,曰:"食哉惟时,柔远能迩,惇德允元,而难任人,蛮夷率服。"②

孔传:"询,谋也。谋政治于四岳,开辟四方之门未开者,广致众贤。……咨,亦谋也。"③这里释"咨"为谋。文中有"询于四岳",可证"咨"在很多情况下都是咨询且相谋相议的意思。《文心雕龙·议对》:

> "周爰咨谋",是谓为议。议之言宜,审事宜也。《易》之《节卦》:"君子以制度数,议德行。"《周书》曰:"议事以制,政乃弗迷。"议贵节制,经典之体也。昔管仲称轩辕有明台之议,则其来远矣。洪水之难,尧咨四岳;宅揆之举,舜畴五人。三代所兴,询及刍荛。④

刘勰讲的就是"咨"体。

《左传·襄公四年》:

> 君教使臣曰:"必咨于周。"臣闻之:"访问于善为咨,咨亲为询,咨礼为度,咨事为诹,咨难为谋。"⑤

上文"命"体,臣无回复只有执行;此处帝有"咨",则臣有回复。这是"命"与"咨"的区别。"咨"对后世的直接影响就是"策问"。汉文帝时有策问贤良,汉武帝时有公孙弘、董仲舒的应试策问,刘勰《文心雕龙·议对

---

① 《尚书正义》,《十三经注疏》,上海古籍出版社1997年版,第122页。
② 顾颉刚、刘起釪:《尚书校释译论》第一册,中华书局2005年版,第191页。
③ 《尚书正义》,《十三经注疏》,上海古籍出版社1997年版,第130页。
④ (南朝梁)刘勰撰,詹锳义证:《文心雕龙义证》,上海古籍出版社1989年版,第882页。
⑤ 《春秋左传正义》,《十三经注疏》,上海古籍出版社1997年版,第1932页。

篇》载"对策"为"应诏而陈政"①,"咨"即"策问"的原初形式。

其二,告。告,即告谕。《释名·释书契》:"上敕下曰告,告,觉也,使觉悟知己意也。"②刘勰《文心雕龙·诏策》:"及晋武敕戒,备告百官。"③《隋书·百官志上》:"世子主国……文书下群官,皆言告。"④《盘庚》:

> 盘庚作,惟涉河以民迁。乃话民之弗率,诞告用亶。其有众咸造,勿亵在王庭,盘庚乃登进厥民。⑤

盘庚有三次讲话,并附一次大臣转述他的讲话。这是第一次讲话,讲话前"乃话民之弗率,诞告用亶"的"告"就是行为动作,而讲话的文字是"告"所产生的。讲话中有"今予告汝不易"⑥,又有"乃祖乃父丕乃告我高后曰"⑦,又有"予告汝于难"⑧,证"告"就是行为动作。文末又有:

> 凡尔众,其惟致告:自今至于后日,各共尔事,齐乃位,度乃口。罚及尔身,弗可悔。⑨

《尚书》中"告"作为行为动作所产生的文字还可举出一些例子来,如:

> 西伯既戡黎,祖伊恐,奔告于王曰……(《西伯戡黎》)⑩
> 惟三月,周公初于新邑洛用告商王士。(《多士》)⑪
> 惟五月丁亥,王来自奄,至于宗周。周公曰:"王若曰:猷告尔四国多方惟尔殷侯尹民……"(《多方》)⑫

---

① (南朝梁)刘勰撰,詹锳义证:《文心雕龙义证》,上海古籍出版社1989年版,第902页。
② (汉)刘熙撰,任继昉纂:《释名汇校》,齐鲁书社2006年版,第335页。
③ (南朝梁)刘勰撰,詹锳义证:《文心雕龙义证》,上海古籍出版社1989年版,第749页。
④ (唐)魏徵等:《隋书》,中华书局1973年版,第728页。
⑤ 顾颉刚、刘起釪:《尚书校释译论》第二册,中华书局2005年版,第901页。
⑥ 顾颉刚、刘起釪:《尚书校释译论》第二册,中华书局2005年版,第916页。
⑦ 顾颉刚、刘起釪:《尚书校释译论》第二册,中华书局2005年版,第914页。
⑧ 顾颉刚、刘起釪:《尚书校释译论》第二册,中华书局2005年版,第946页。
⑨ 顾颉刚、刘起釪:《尚书校释译论》第二册,中华书局2005年版,第948页。
⑩ 顾颉刚、刘起釪:《尚书校释译论》第二册,中华书局2005年版,第1047页。
⑪ 顾颉刚、刘起釪:《尚书校释译论》第三册,中华书局2005年版,第1512页。
⑫ 顾颉刚、刘起釪:《尚书校释译论》第四册,中华书局2005年版,第1610页。

> "呜呼！"王若曰："诰告尔多方……"（《多方》）①
>
> 王曰："呜呼！猷告尔有方多士暨殷多士。"（《多方》）②

其三，绥。杨树达《尚书说》释"我先后绥乃祖乃父"曰"绥，告也"③。但《盘庚》"我先后绥乃祖乃父"之"绥"并没有产生文字，而盘庚第二次讲话：

> 盘庚既迁，奠厥攸居，乃正厥位，绥爰有众。④

"绥"是一种行为动作，可证杨树达所说"绥，告也"。且文辞中又有"历告尔百姓"⑤"今我既羞告尔"⑥，证"绥，告也"就是行为动作。又，《大诰》：

> 越予冲人不卬自恤，义尔邦君，越尔多士、尹氏、御事，绥予曰："无毖于恤！不可不成乃宁考图功！"⑦

所谓"绥予曰"，孔传释为"安勉我曰"⑧，绥，也应该是"告"的意思。这里，"绥"体是被"诰"体所包容的。

其四，访。《洪范》：

> 惟十有三祀，王访于箕子。王乃言曰："呜呼！箕子。惟天阴骘下民，相协厥居，我不知其彝伦攸叙。"⑨

孔传："言我不知天所以定民之常，道理次叙，问何由。"访，即询问之体，于是以下有"箕子乃言曰"的回答，所谓"洪范九畴"云云。

其五，教。《尧典》"汝作司徒，敬敷五教在宽"⑩，未见文辞。《酒诰》：

---

① 顾颉刚、刘起釪：《尚书校释译论》第四册，中华书局2005年版，第1610页。
② 顾颉刚、刘起釪：《尚书校释译论》第四册，中华书局2005年版，第1638页。
③ 杨树达：《积微居读书记》，中华书局1962年版，第15页。
④ 顾颉刚、刘起釪：《尚书校释译论》第二册，中华书局2005年版，919页。
⑤ 顾颉刚、刘起釪：《尚书校释译论》第二册，中华书局2005年版，第919页。
⑥ 顾颉刚、刘起釪：《尚书校释译论》第二册，中华书局2005年版，第927页。
⑦ 顾颉刚、刘起釪：《尚书校释译论》第三册，中华书局2005年版，第1272页。
⑧ 《尚书正义》，《十三经注疏》，上海古籍出版社1997年版，第199页。
⑨ 顾颉刚、刘起釪：《尚书校释译论》第三册，中华书局2005年版，第1143页。
⑩ 顾颉刚、刘起釪：《尚书校释译论》第一册，中华书局2005年版，第192页。

> 王若曰："……庶士有正越庶伯君子，其尔典听朕教……"①
> 王曰："封，我西土棐徂，邦君、御事、小子，尚克用文王教，不腆于酒，故我至于今，克受殷之命。"②

"教"在后世亦为官府或长上的告谕。任昉《文章缘起·教》："汉京兆尹王尊出教告属县。"③《梁书·文学传下·刘杳》："出为余姚令，在县清洁，人有馈遗，一无所受，湘东王发教褒称之。"④又有"告教"，《立政》：

> 乃敢告教厥后曰：拜手稽首后矣！⑤

"《蔡传》则释云：'言夏之臣蹈知诚信于九德之名也。'并引吴氏曰：'古者凡以善言语人，皆谓之教，不必自上教下，而后谓之教也。'"⑥故《文心雕龙·诏策》："教者，效也，言出而民效也。契敷五教，故王侯称教。"⑦

其六，戒。《立政》：

> 周公若曰："拜手稽首，告嗣天子王矣。"用咸戒于王曰："王左右常伯、常任、准人、缀衣、虎贲。"周公曰："呜呼……"⑧

"周公若曰"，为史臣记录君主言语的用语，意为周公这样说。"周公曰"即周公之"戒"，此告戒之语即为"戒"体。萧统《文选·序》："戒出于弼匡。"⑨刘勰《文心雕龙·诏策》载："及马援已下，各贻家戒。班姬《女戒》，足称母师也。"⑩明徐师曾《文体明辨序说·戒》："按字书云：'戒者，警敕之辞，字本作诫。'文既有箴，而又有戒，则戒者，箴之别名欤？

---

① 顾颉刚、刘起釪：《尚书校释译论》第三册，中华书局2005年版，第1396页。
② 顾颉刚、刘起釪：《尚书校释译论》第三册，中华书局2005年版，第1401页。
③ 郁沅、张明高编选：《魏晋南北朝文论选》，人民文学出版社1996年版，第313页。
④ (唐)姚思廉：《梁书》，中华书局1973年版，第716页。
⑤ 顾颉刚、刘起釪：《尚书校释译论》第四册，中华书局2005年版，第1666页。
⑥ 顾颉刚、刘起釪：《尚书校释译论》第四册，中华书局2005年版，第1667页。
⑦ (南朝梁)刘勰撰，詹锳义证：《文心雕龙义证》，上海古籍出版社1989年版，第754页。
⑧ 顾颉刚、刘起釪：《尚书校释译论》第四册，中华书局2005年版，第1662页。
⑨ (南朝梁)萧统撰，(唐)李善注：《文选》，中华书局1977年版，第2页。
⑩ (南朝梁)刘勰撰，詹锳义证：《文心雕龙义证》，上海古籍出版社1989年版，第751页。

《淮南子》载《尧戒》……至汉杜笃遂作《女戒》，而后世因之。"①

其七，报诰。《顾命》：

> 王若曰："庶邦侯甸男卫，惟予一人钊报诰：昔君文武丕平，富不务咎，厎至齐信，用昭明于天下……"群公既皆听命，相揖，趋出。王释冕，反丧服。②

"报诰"，孔传："报其戒。"③前有太保等率众人"敬告天子"，故有"报诰"。

以上所述中有时同一种文体有两种目的，如"诰毖""诰教""诰告""训命""报诰"，即诰辞、诰辞、诰辞、训辞、报辞，又是毖辞、教辞、告辞、命辞、诰辞；有时篇题的文体命名与篇文有不一致者，如《费誓》篇中称"命"，篇题为"誓"，表明此二文体相近可通。

以上所述，也印证了文体的生成是以"口出以为言"出之的，是以语言行为动作出之的，这是早期文体生成及文体命名的一般情况。而语言行为动作都有各自的目的，于是我们看到语言行为动作的发出者即"口出以为言"者的主观目的在文体生成及文体命名中的主导地位，或者说，文体的用途在文体的早期形态中及早期命名中所具有的重要意义。

孔颖达称又有《尚书》"十体"的说法："说者以《书》体例有十，此六者之外，尚有征、贡、歌、范四者，并之则十矣。若《益稷》《盘庚》单言，附于十事之例。今孔不言者，不但举其机约，亦自征、贡、歌、范，非君出言之名，六者可以兼之。"④"征、贡、歌、范四者"，是依《尚书》篇题而称，孔颖达称其"非君出言之名"，故可并于六体。但是，孔颖达以"君出言之名"为文体，实质上提出了文体命名的一个主要原则，即依语言行为动作来命名文体，虽然有不尽恰当之处，但给我们以启示，我们亦是依"口出以为言"的语言行为动作所产生文辞这一现象来探讨《尚书》中的文体的，这应该是文体的最早形态。

四、《尚书》中的先"笔书"后"口出"者

现在我们从另一个角度来看问题，现今的各种讲话、报告甚至论述，

---

① （明）徐师曾：《文体明辨序说》，人民文学出版社1962年版，第140~141页。
② 顾颉刚、刘起釪：《尚书校释译论》第四册，中华书局2005年版，第1839页。
③ 《尚书正义》，《十三经注疏》，上海古籍出版社1997年版，第244页。
④ 《尚书正义》，《十三经注疏》，上海古籍出版社1997年版，第115页。

大多数的情况都是先"笔书"而后"口出"的,《尚书》也有这样的情况,这样的情况在文字作品产生的历史上又意味着什么？此即所谓先"笔书"后"口出",即先构成书面的文字作品,再有所宣读,这是语言作品由文字来表达成为主流的起始。

其一,祝文。古代祭祀神鬼或祖先的文辞,《尚书》载录的有执册而读者,《尚书·金縢》:

  公乃自以为功：为三坛,同墠。为坛于南方,北面,周公立焉,植璧秉珪,乃告太王、王季、文王。史乃册祝曰……乃卜三龟,一习吉。启籥见书,乃并是吉。公曰……公归,乃纳册于金縢之匮中,王翌日乃瘳。①

孔传:"璧以礼神。植,置也。置于三王之坐。周公秉桓珪以为贽。告,谓祝辞。"孔传:"史为册书祝辞也。"②从"乃纳册于金縢之匮中"看,"册祝"之"册"是文字书于简而编连诸简之谓,即以下"王执书以泣"之"书"③,而"祝"是行为动作。"史乃册祝曰",《史记·鲁世家》作"史策祝曰",《集解》引郑玄曰:"策,周公所作,谓简书也。祝者读此简书,以告三王。"④即周公书于策,祝执而读之。此为先有文字著录的"笔书",而后有"口出"。

又,《周书·洛诰》:

  王命作册逸祝册,惟告周公其后。⑤

《尚书校释译论》:"'祝、册'是并立的两个词,是宗教活动中告神的两个方式。《殷契粹编》第一片有'惠册用'与'惠高祖夔祝于册'之文,郭老释云:'惠册用和惠祝用为对贞,祝与册之别,盖祝以辞告,册以策告也。《书·洛诰》"作册逸祝、册"乃兼用二者,旧解失之。'"⑥王国维《洛诰解》:"'告'者,告于文王武王也。"朱骏声《尚书古注便读》:"使史逸读

---

① 顾颉刚、刘起釪:《尚书校释译论》第三册,中华书局2005年版,第1223页。
② 《尚书正义》,《十三经注疏》,上海古籍出版社1997年版,第196页。
③ 顾颉刚、刘起釪:《尚书校释译论》第三册,中华书局2005年版,第1240页。
④ (汉)司马迁:《史记》,中华书局1982年版,第1516~1517页。
⑤ 顾颉刚、刘起釪:《尚书校释译论》第三册,中华书局2005年版,第1497页。
⑥ 顾颉刚、刘起釪:《尚书校释译论》第三册,中华书局2005年版,第1498页。

祝册以告周公留洛也。"①所谓"册以策告",即执文字载录而告,先有了书面文字著录的"笔书",才有"口出"之告。

其二,命龟之辞。《大诰》"王若曰"中有这样一段:

> 天降威,用宁王遗我大宝龟绍天明。即命曰:"有大艰于西土,西土人亦不静,越兹蠢殷小腆,诞敢纪其叙;天降威,知我国有疵,民不康,曰:'予复!'反鄙我周邦,今蠢今翼日民献有十夫予翼,以于敉宁、武图功。我有大事!休?"朕卜并吉。②

"即命曰"前的文字,是"命"所产生的环境,古人占凶吉,必将所卜之事告卜人以龟占之,称为命龟,亦泛指灼龟问卜。"即命曰"的文字,即依照"命龟"以发出的话,《礼记·杂记上》:"大夫之丧,大宗人相,小宗人命龟,卜人作龟。"注:"命龟,告以所问事也。"③《周礼·春官·大卜》:"以邦事作龟之八命,一曰征,二曰象,三曰与,四曰谋,五曰果,六曰至,七曰雨,八曰瘳。"郑玄注:"国之大事待蓍而决者有八。定作其辞,于将卜以命龟也。"④《周礼·春官·大卜》:"大祭祀则视高命龟。"郑玄注:"命龟,告龟以所卜之事。"⑤即"命龟"之辞。《诗·鄘风·定之方中》"卜云其吉",毛传:"建国必卜之,故建邦能命龟……可谓有德音,可以为大夫。"唐孔颖达疏:"建邦能命龟者,命龟以迁,取吉之意。"⑥

其三,命书,即诏命之类。《尚书·洛诰》:

> 王命周公后,作册逸诰,在十有二月。⑦

王国维《洛诰解》:"'王命周公后'者,因烝祭告神,复于庙中以留守新邑之事册命周公,已面命而复册命者,重其事也。'诰',谓告天下。"⑧"册命"者,以册而命,"命"是已书写在"册",继而"口出"的。又,《尚书·顾命》:

---

① 顾颉刚、刘起釪:《尚书校释译论》第三册,中华书局 2005 年版,第 1498 页。
② 顾颉刚、刘起釪:《尚书校释译论》第三册,中华书局 2005 年版,第 1266 页。
③ 《礼记正义》,《十三经注疏》,上海古籍出版社 1997 年版,第 1551 页。
④ 《周礼注疏》,《十三经注疏》,上海古籍出版社 1997 年版,第 803 页。
⑤ 《周礼注疏》,《十三经注疏》,上海古籍出版社 1997 年版,第 804 页。
⑥ 《毛诗正义》,《十三经注疏》,上海古籍出版社 1997 年版,第 316 页。
⑦ 顾颉刚、刘起釪:《尚书校释译论》第三册,中华书局 2005 年版,第 1497 页。
⑧ 顾颉刚、刘起釪:《尚书校释译论》第三册,中华书局 2005 年版,第 1500 页。

太史秉书，由宾阶隮，御王册命。曰："皇后凭玉几，道扬末命；命汝嗣训，临君周邦，率循大卞，燮和天下，用答扬文武之光训。"①

孔传："太史持册书顾命进康王。"孔颖达疏引郑玄曰："太史东面，于殡西南而读策书，以命王嗣位之事。"②这个"命"是有"策书"的，是先以文字著录的，于是为"读"。

上述祝文、命龟与命书，不同于"左史记言"的语言文字作品的形成路径，这是先有"笔书"而后有"口出"的。此处"笔书"的物质载体主要是"册"。"册"即"策"，竹简。《尚书·金縢》"史乃册祝曰"，孔颖达疏："告神之言，书之于策……史读此策书以祝告神也。"③"册"，《说文·册部》："册，符命也，诸侯进受于王者也。象其札一长一短，中有二编之形。"段玉裁注："蔡邕《独断》曰：'策，简也。其制：长者一尺，短者半之。其次一长一短，两编下附。'"④竹简著录了文字才能称作"册"，"册"即"书"。册告，即书写在册以告。"册"，由书于竹简这一行为动作为文体命名，其构成的文体之一即《尚书·金縢》所载，原为祝册及册命、册书等诰命文字的一种，后世凡祭告、上尊号、诸祀典及帝王封赠臣下，均得用之。有祝册、立册、封册、哀册、赠册、谥册、赠谥册、祭册、赐册、免册等名目。《文选》列有"册"的一类，收汉潘勖《册魏公九锡文》，即《尚书》遗风。

五、《尚书》中单纯的"笔书"文字

《尚书》中又有纯粹的"笔书"文字，这些"笔书"文字是已经成书的，与"笔书"前或"笔书"后的"口出"没有多大关系。以下述之。

其一，典。即重要的档案文书。《尚书·多士》：

> 惟尔知，惟殷先人有册有典，殷革夏命。（孔传："言汝所亲知，殷先世有册书典籍，说殷改夏王命之意。"）⑤

《说文·丌部》："典，五帝之书也。从册在丌上，尊阁之也。庄都说：

---

① 顾颉刚、刘起釪：《尚书校释译论》第四册，中华书局2005年版，第1803页。
② 《尚书正义》，《十三经注疏》，上海古籍出版社1997年版，第240页。
③ 《尚书正义》，《十三经注疏》，上海古籍出版社1997年版，第196页。
④ （汉）许慎撰，（清）段玉裁注：《说文解字注》，上海古籍出版社1981年版，第85页。
⑤ 《尚书正义》，《十三经注疏》，上海古籍出版社1997年版，第220页。

典，大册也。"①"典"即"大册"，"有册有典"，当然是指记载在"册"上的官方文字。又，《古文尚书·胤征》："惟仲康肇位四海，胤侯命掌六师。羲和废厥职，酒荒于厥邑，胤后承王命徂征。"②出发前誓师的"告于众曰"有所引用，即"《政典》曰：'先时者杀无赦，不及时者杀无赦。'"③那么，《政典》就是彼时的官方文件集。《尧典》的命名，可说是从它而来。录于此以备考。

其二，占兆书。《尚书·金縢》：

> 乃卜三龟，一习吉。启籥见书，乃并是吉。④

孔传："开籥见占兆书，乃亦并是吉。"王引之云："'书'者，占兆之辞。'籥'者，简属，所以载书。故必启籥然后见书也。'启'谓展视之，下文'以启金縢之书'，与此同。《少仪》曰：'执策籥尚左手。''策'，蓍也。'籥'，占兆之书所载也。故并言之。《说文》曰：'籥'，书僮竹笘也，颍川人名小儿所书写为'笘'。《广雅》曰：'籥，笘觚也。'是'籥'为简属也。"（《述闻》）王国维也说："'籥'，疑亦简之类。"（《观堂读书记》）⑤占兆书一定是载录在物质载体上的，这样才能作为依据。"书"是占兆书的简称，如汉贾谊《鵩鸟赋》："异物来萃兮，私怪其故；发书占之兮，谶言其度。"⑥

其三，占兆记录。《尚书·金縢》：

> 公归，乃纳册于金縢之匮中。⑦

此"册"上记录的就是周公的占卦记录。即《尚书·金縢》所谓"说"：

> 王与大夫尽弁，以启金縢之书，乃得周公所自以为功代武王

---

① （汉）许慎撰，（清）段玉裁注：《说文解字注》，上海古籍出版社1981年影印本，第200页。
② 《尚书正义》，《十三经注疏》，上海古籍出版社1997年版，第157页。
③ 《尚书正义》，《十三经注疏》，上海古籍出版社1997年版，第158页。
④ 顾颉刚、刘起釪：《尚书校释译论》第三册，中华书局2005年版，第1223页。
⑤ 顾颉刚、刘起釪：《尚书校释译论》第三册，中华书局2005年版，第1232页。
⑥ （南朝梁）萧统撰，（唐）李善注：《文选》，中华书局，1977年版，第198页。
⑦ 顾颉刚、刘起釪：《尚书校释译论》第三册，中华书局2005年版，第1223页。

之说。①

顾颉刚、刘起釪曰："'说'，《史记》别本作'简'（见《鲁世家·集解》引徐广曰）。意同《孔传》所云'所藏请命策书本'。即祝册。王闿运谓即《周礼·大祝》'掌六祈'的'六曰说'之'说'（《尚书笺》）。就是祝册中的祝辞。"②即下文"王执书以泣"之"书"。《尚书·金縢》中，把占卦记录作为祭祀文了。这是史之"记言"而成《尚书》前就成书的。古时，是要把占卦所得及时记载下来的，《仪礼·士冠礼》"卒筮书卦"，郑玄注："书卦者，筮人以方写所得之卦。"③

其四，官府记事的簿册或文书之类。《尚书·召诰》：

越七日甲子，周公乃朝用书，命庶殷侯、甸、男邦伯。④

孙星衍疏："朝用书者，《春秋左氏·昭三十三年传》云：'士弥牟营成周，计丈数，揣高卑，度厚薄，仞沟洫，物土方，议远迩，量事期，计徒庸，虑材用，书糇粮，以令役于诸侯。'盖周公以此等书于册，以命于侯甸男之邦伯也。"⑤"周公以此等书于册"，这是已经成文的官府簿册，并非先"口出"后"笔书"。

其五，刑书。《尚书·吕刑》：

哀敬折狱，明启刑书胥占，咸庶中正。⑥

"刑书"即刑法之书。章炳麟《拾遗定本》考述"明启刑书胥占"云："《周官》五刑之属二千五百，未著'刑书'篇数。《逸周书·尝麦篇》：'唯四年孟夏，王命大正正"刑书"。太史策《刑书》九篇以升，授大正。'然则周初《刑书》九篇。《春秋》传：季孙行父称先君周公作《誓命》曰：'在《九刑》不忘。'《九刑》即《刑书》九篇。……九篇分目今不可知，据《秋官·大司寇》，分野刑、军刑、乡刑、官刑、国刑，但有五目。或律条烦多者分上

---

① 顾颉刚、刘起釪：《尚书校释译论》第三册，中华书局2005年版，第1240页。
② 顾颉刚、刘起釪：《尚书校释译论》第三册，中华书局2005年版，第1241页。
③ 《仪礼注疏》，《十三经注疏》，上海古籍出版社1997年版，第946页。
④ 顾颉刚、刘起釪：《尚书校释译论》第三册，中华书局2005年版，第1433~1434页。
⑤ 顾颉刚、刘起釪：《尚书校释译论》第三册，中华书局2005年版，第1434页。
⑥ 顾颉刚、刘起釪：《尚书校释译论》第四册，中华书局，2005年版，第1995页。

下二篇，更增具律，故得九篇矣。若《地官》州长、党正属民读法，野刑、乡刑、国刑是其所亟，军刑、官刑盖无事焉，虑非尽读九篇也。"①此"刑书"，是先形成文字再向外宣布的。故古时作为文字的"文"，有时就可以直接是指法令条文。《国语·周语上》："有不祭则修意，有不祀则修言，有不享则修文。"韦昭注："文，典法也。"②《汉书·张汤传》："与赵禹共定诸律令，务在深文，拘守职之吏。"③

以上典、占兆书、占卦记录、簿册、刑书五者，可谓"右史书事"的延续性范围的扩大。人们对"右史书事"的一般理解即《左传·庄公二十三年》"君举必书"，杜预注"书于策"④，执行者即"史"。《礼记·曲礼上》"史载笔，士载言"，郑玄注："笔，谓书具之属。言，谓会同盟要之辞。"孔颖达疏："史，谓国史，书录王事者。王若举动，史必书之；王若行往，则史载书具而从之也。不言简牍而云笔者，笔是书之主，则余载可知。"⑤"载笔""载言"互文，即携带文具以记录王事于简牍。"君举必书"，记载的是活动过程，如《春秋》所载之"事"。而此处"笔书"产生的文字作品，则是一种结果，典是重要的文书，应该是"君举必书"后再经过整理的档案文件，占兆书与占兆记录是占兆的结果，刑书是制定刑法的结果，簿册是某种事物统计的结果。这些"笔书"的意味在于，文字作品的产生，并非只是口头表达语言的附属，可以不依赖口头表达而独立形成。

六、《尚书》对"笔书以为文"的记载

《尚书》中先"口出"后"笔书"者及单纯"笔书"者，是最早的书写在物质载体上的文字作品，其特征之一，即注明是所谓的"书"。它们也是最早的"笔"体文字，古史所谓"书"即"笔"。

《古文尚书》中多有"作书"字样，《太甲上》："惟嗣王不惠于阿衡，伊尹作书曰（文略）。"后又有"伊尹乃言曰""伊尹曰"⑥，于是可知，"伊尹作书曰"为伊尹当时的行为动作，其语言表达以"书"的形式载录下来；而"伊尹乃言曰""伊尹曰"的表达则是史官记载下来的。又，《太甲中》："伊尹以冕服，奉嗣王归于亳，作书曰……"后又有"王拜手稽首曰"，⑦

---

① 顾颉刚、刘起釪：《尚书校释译论》第四册，中华书局 2005 年版，第 2048 页。
② 胡文波校点：《国语》，上海古籍出版社 2015 年版，第 3 页。
③ （汉）班固：《汉书》，中华书局 1962 年版，第 2638 页。
④ 《春秋左传正义》，《十三经注疏》，上海古籍出版社 1997 年版，第 1779 页。
⑤ 《礼记正义》，《十三经注疏》，上海古籍出版社 1997 年版，第 1250 页。
⑥ 《尚书正义》，《十三经注疏》，上海古籍出版社 1997 年版，第 164 页。
⑦ 《尚书正义》，《十三经注疏》，上海古籍出版社 1997 年版，第 164 页。

应该是王读了"书"以后的回答。又,《说命上》:"王庸作书以诰曰:'以台正于四方,惟恐德弗类,兹故弗言。恭默思道,梦帝赉予良弼,其代予言。'"①这也就是说,伊尹所言是先形成文字再口头表达的。

《尚书》中还多"作册",顾颉刚、刘起釪曰:"'作册',史官的一种。文献中常见,如《洛诰》中的'作册逸'(逸,人名)。金文中作'乍册',习见,如《乍册罿卣》。陈梦家《尚书通论》第146页举金文中有乍册丰、乍册宅、乍册休……等,与《尚书》中作册逸、作册度、作册毕公等并举。"②"作册"就是"作书"之人,撰作文字作品于物质载体竹简的人。

这些"笔"体,其书写于物质载体上有其显示的必要性及事物发展的必然性。

其一,"书用识哉"的泛化。《尚书》所谓把过失记录下来以作警戒的"书用识哉",其泛化即讲"书"的作用为永久"识哉"。《尚书·皋陶谟》:

> 帝曰:……钦四邻,庶顽谗说,若不在时,侯以明之,挞以记之,书用识哉,欲并生哉,工以纳言,时而飏之,格而承之、庸之,否则威之。③

孔释云:"书识其非,欲使改悔,与共并生。"苏轼《书传》继上句"其不率教之甚者则挞之"后云:"其小者则书其罪而记之,欲其并居而知耻也。"孙星衍《注疏》云:"《春秋繁露·度制篇》说'谁敢弗让'之义云:'朝廷有位,乡党有序。''朝廷有位'谓'侯以明之'。'乡党有序'谓乡饮酒罚不敬也。'记之'者,谓记其过。'书'者,刑书。《吕刑》云'明启刑书胥占'。"④那么,顾颉刚、刘起釪视此处的"书"为广义的记,即文书,所谓"用文书方式识其为非作歹之迹以儆之"⑤。甚或要铸于金属以志永久,《左传》"铸刑书",杜预注:"铸刑书于鼎,以为国之常法。"⑥"书用识哉"就是讲"书"的作用,而且永久"识哉"。《尚书》诸"书"体,就有这样的作用,以物质载体而流传,其准确度就高些。口耳相传时间越久而著录为文字的时代越晚,或多异文,《春秋公羊传》称"所见异辞,所闻

---

① 《尚书正义》,《十三经注疏》,上海古籍出版社1997年版,第174页。
② 顾颉刚、刘起釪:《尚书校释译论》第四册,中华书局2005年版,第1743页。
③ 顾颉刚、刘起釪:《尚书校释译论》第一册,中华书局2005年版,第441页。
④ 顾颉刚、刘起釪:《尚书校释译论》第一册,中华书局2005年版,第456~457页。
⑤ 顾颉刚、刘起釪:《尚书校释译论》第一册,中华书局2005年版,第504页。
⑥ 《春秋左传正义》"昭公六年",《十三经注疏》,上海古籍出版社1997年版,第2043页。

异辞，所传闻异辞"①，"异辞"现象的出现，就是因为没有把它们书写下来。

其二，对契约性的强调。《周易·系辞下》："上古结绳而治，后世圣人易之以书契，百官以治，万民以察，盖取诸夬。"韩康伯注："夬，决也。书契所以决断万事也。"②"结绳"是动作，"书契"也是动作。从"口出"到"笔书"，言说以文字形态著录于物质载体，这种行为动作叫"书契"。"契"，作为行为动作来说为"刻"，后"书契"统称为"书"，以"书"统称符号乃至文字体现在物质载体上，而"书"这一行为动作所产生者即称为名物之"书"，即著录于物质载体的文字作品。之所以要以文字的形态使表达之意固定下来，即"书用识哉"，是因为"书"是事涉于取信双方的。"书契"具有"相约束"的性质，即"决断万事"。

那么，"命"较早形成"书"之文字作品就具有必然性，《尚书·洛诰》"王命周公后，作册逸诰"，王国维称册命周公之事是书于册的，其原因一是"重其事也"，二是要把册命周公之事"告天下"，于是，"命"要有物质载体，其办法就是形成文字。诸侯有了这文字的"符命"，双方才能认可。这又是"笔"体文字出于双向性的要求。《尚书》"六体"中，"典"者，即"大册"，"册"之重要者，这是统称而已。"谟""训""诰""誓"四者，都是口头表达，且多是单向性的表述，只要求听众的执行。而上述"笔"体文字，一方面是告知，另一方面则是告知方也必须执行这种告知。相比起来，"笔"体的内容形成文字作品的必要性、必然性更急迫一些。

再就"祝文"而言，这些古代祭祀神鬼或祖先的文辞，是与神灵、祖先的约定，约定是双方的，就要有能够长久存在的物质依据，因此，其较早成为文字作品有现实的需要，而口头的约定必然要有物质的标识。即《周礼·秋官·司约》所谓"凡大约剂书于宗彝，小约剂书于丹图"③。约剂，古代用作凭据的文书、契券。《周礼·春官·大史》"凡邦国都鄙，及万民之有约剂者藏焉"，郑玄注："约剂，要盟之载辞及券书也。"④《周礼·秋官·士师》"凡以财狱讼者，正之以傅别约剂"，郑玄注："约剂，各所持券也。"⑤"约"又为"盟"，《左传》载"盟"，都是要有"书"的，盟，

---

① 《春秋公羊传注疏》，《十三经注疏》，上海古籍出版社1997年版，第2200页。
② 《周易正义》，《十三经注疏》，上海古籍出版社1997年版，第87页。
③ 《周礼注疏》，《十三经注疏》，上海古籍出版社1997年版，第880~881页。
④ 《周礼注疏》，《十三经注疏》，上海古籍出版社1997年版，第817页。
⑤ 《周礼注疏》，《十三经注疏》，上海古籍出版社1997年版，第875页。

古代诸侯为释疑取信而对神立誓缔约的一种仪礼，最必要的仪式多为杀牲歃血。"盟"应该是有"书"的，《左传》多有"盟"的仪式有"书"记载，只是《尚书》中没有关于盟书的记载。

其三，典、祝文、诏书命书、刑书、簿册数者皆为公家文字，而占兆书、占兆记录，又多有公用性。从更大范围讲，《礼记·曲礼》"振书端书于君前"，孔颖达疏："书，簿领也。"①《周礼·天官》："司书上士二人、中士四人。"郑玄注："司书主计会之簿书。"贾公彦疏："注言簿书者，古有简策以记事，若在君前以笏记事，后代用簿。簿，今手版。"②都是说"书"体为"多公家之言"，也即"笔"体为"多公家之言"。

七、《尚书》所见文体的原生态形式

史臣在录入文辞时还记载了其产生的原生态状况，当我们说《尚书》所见文体大多数是以"口出以为言"的语言行为动作出之，那么，我们探讨《尚书》所见文体的原生态状况，就是"口出以为言"的语言行为动作前后的存在状况。

其一，先叙说"事"，然后有"曰"，"曰"中又有"事"，"事"中又有"曰"。为了叙述出有文体意味的行为动作及产生的"曰"，其前有"曰"又有"事"。如《高宗肜日》："祖己曰：'惟先格王，正厥事。'乃训于王曰……"又如《牧誓》：

> 时甲子昧爽，王朝至于商郊牧野，乃誓。王左杖黄钺，右秉白旄以麾曰："逖矣，西土之人！"王曰："嗟！我有邦冢君御事、司徒、司马、司空、亚旅、师氏、千夫长、百夫长，及庸、蜀、羌、髳、微、卢、彭、濮人，称尔戈，比尔干，立尔矛，予其誓。"③

前文有"乃誓"，后文的"曰"就应该是"誓曰"，且文中有"予其誓"，也称这是"誓曰"。又如《金縢》"史乃册祝曰"，其前亦有丰富的"曰"及"事"。

其二，先有某某"曰"，表明了文体将是以"曰"出之的，接着在"曰"中说话者才有产生文辞的行为动作，如《甘誓》之"王曰：'嗟！六事之人，予誓告汝。'""誓"这一文体是由"予誓告汝"自述出之的，以下是文体之

---

① 《礼记正义》，《十三经注疏》，上海古籍出版社1997年版，第1257~1258页。
② 《周礼注疏》，《十三经注疏》，上海古籍出版社1997年版，第642页。
③ 顾颉刚、刘起釪：《尚书校释译论》第三册，中华书局2005年版，第1091~1095页。

文辞。又如《大诰》："王若曰：'猷大诰：尔多邦越尔御事，弗吊天降割于我家……'"①王自述"猷大诰"而展开文体之文辞。

其三，先直接标识语言行为动作，再有某某"曰"，表明"曰"者乃此文体的文辞，如《康诰》："周公咸勤，乃洪大诰治。王若曰……"本来从"王若曰"这一行为动作看不出展示的文体，但其前的"事"中所述表明了文体。

其四，文体中的文体，即以行为动作述出文辞，所述出的文辞中又含有新的行为动作述出的文辞，如前述《大诰》的"诰"辞里又有以"即命曰"出之的"命龟"的文辞。

其五，标明行为动作产生出文体的同时往往标明行为动作的对象——听众，如《尧典》"咨十有二牧曰"，《立政》"周公若曰：'拜手稽首，告嗣天子王矣。用咸戒于王曰……'"等。

那么，以行为动作产生文辞，只是《尚书》所见文体最一般的原生态状况，而行为动作本身就是"事"，在以行为动作产生出文辞之前之后，又都是伴随着具体之事的，所有能产生出文体的行为动作，都是如此，这正是《尚书》的特点。《尚书》是记言的古史，《汉书·艺文志》所谓古者"君举必书……左史记言，右史记事；事为《春秋》，言为《尚书》"②。可是人们又往往称说《尚书》的"道事"性质，如《庄子·天下》：

> 《诗》以道志，《书》以道事，《礼》以道行，《乐》以道和，《易》以道阴阳，《春秋》以道名分。③

《荀子·劝学》也有"故《书》者，政事之纪也"④的叙说，《史记·太史公自序》称"《书》记先王之事，故长于政"⑤。那么，为什么"记言"的《尚书》被称为是"道事"之作？《尧典》中记载尧对舜的考核方式为"询事考言"，《尚书》也不单单是"记言"，也遵循这"询事考言"，而我们所说的《尚书》所见文体的原生态形式，也就是《尚书》在"记言"时的"道事"及"道事"时的"记言"。这就是章学诚《文史通义·书教上》所说的：

---

① 顾颉刚、刘起釪：《尚书校释译论》第三册，中华书局2005年版，第1262页。
② (汉)班固：《汉书》，中华书局1962年版，第1715页。
③ (清)郭庆藩辑：《庄子集释》，中华书局1961年版，第1067页。
④ (清)王先谦：《荀子集解》，新编诸子集成本，中华书局1988年版，第11页。
⑤ (汉)司马迁：《史记》，中华书局1982年版，第3297页。

> 《尚书》典、谟之篇，记事而言亦具焉；训、诰之篇，记言而事亦见焉。古人事见于言，言以为事，未尝分事、言为二物也。①

《尚书》是"言"与"事"的结合，是"事"以"言"出，是"言"以"事"名，这就是《尚书》所见文体的原生态生存状态。那么，在一定情况下，"事"就是文体的命名，"言"就是文辞，于是，"事见于言，言以为事"可称为古代文体命名的基础，也是古代文体的原生态。

从《尚书》所见文体的原生态形式，我们可以看到文体形成初期更多的情况，此处以"命"为例看其综合情况，如《尧典》："帝曰：'夔！命汝典乐，教胄子……'"②先有行为动作的主动者"帝"，再有行为动作的受动者——听众"夔"，再是行为动作及行为动作所出之辞"命汝典乐"云云。又如《尧典》：

> 帝曰："龙，朕堲谗说殄行，震惊朕师。命汝作纳言，夙夜出纳朕命，惟允！"③

也是先有行为动作的主动者，再有行为动作的受动者——听众，再称说社会上出现的情况及自己的感觉，然后称"命"并出"命"的内容。那么，"命"字前后的文字是否都可视为"命"这一文体之言？又，《洛诰》：

> 周公曰："王肇称殷礼，祀于新邑，咸秩无文。予齐百工，伻从王于周，予惟曰：'庶有事。'今王即命曰：'记功宗，以功作元祀。'惟命曰：'汝受命笃弼，丕视功载，乃汝其悉自教工。'孺子其朋，孺子其朋，其往！无若火始焰焰；厥攸灼，叙弗其绝厥若。彝及抚事如。予惟以在周工往新邑，伻向即有僚，明作有功，惇大成裕，汝永有辞。"④

其中"命曰"文辞是"周公曰"转述的，此前的文字就是"命"产生的环境，就文体而言，这是"命"的生态环境。又，《召诰》：

---

① （清）章学诚撰，吕思勉评，李永圻、张耕华导读整理：《文史通义》，上海古籍出版社2008年版，第10~11页。
② 顾颉刚、刘起釪：《尚书校释译论》第一册，中华书局2005年版，第192页。
③ 顾颉刚、刘起釪：《尚书校释译论》第一册，中华书局2005年版，第192~193页。
④ 顾颉刚、刘起釪：《尚书校释译论》第三册，中华书局2005年版，第468页。

> 越七日甲子，周公乃朝用书，命庶殷侯、甸、男邦伯。厥既命殷庶，庶殷丕作。①

既称"用书"，此"命"应该是书写下来的，孔传："是时诸侯皆会，故周公乃昧爽以赋功属役，书命众殷侯、甸、男服之邦伯，使就功。"②这是称"命"的物质存在方式。又，《费誓》："公曰：嗟！人无哗，听命。"记叙的是"命"时的原始场景，而"听命"，表示行为动作的指向是文体，"命"是行为动作的指向。那么，上引这些文字整体，才是"命"这一文体在《尚书》中的原生态，即作为文体文辞的"口出"，是与各种"事"纠结在一起的。

八、《尚书》文体影响后世的文体范式、格式

《尚书》所见文体，作为文体文辞的"口出以为言"是与各种"事"纠结在一起的，在如此的纠结中，有的只有实质内容而未见固定范式，有的则显示出固定范式，如《尧典》所载"命"体，"乃命羲和：钦若昊天。历象日月星辰，敬授人时"云云应为总述语，总括以下的"命羲仲""命羲叔""命和叔"。那么，"钦若昊天"应该是此处的"命"这一文体的开场语，后代诏书"奉天承运"云云，可能就是由此而来的。又如《皋陶谟》所载"歌"体，起首"帝庸作歌曰"有"敕天之命，惟时惟几"二句，接着又是"乃歌曰""乃赓载歌曰""又歌曰"。那么，"敕天之命，惟时惟几"二句就像"钦若昊天"一样，是个总括、开场语。

又如"拜手稽首"的格式。在《尚书》中，作为固定格式的"拜手稽首"的存在有各种例子，如史臣之言、一段言辞的发语词、一段言辞的结束语，等等。"拜手稽首"的意味为赞同、感谢，如《洛诰》"王拜手稽首曰"末尾的"拜手稽首诲言"。"拜手稽首"至王莽起多有沿用，蔡邕《独断》言："汉承秦法，群臣上书皆言昧死言。王莽盗位，慕古法，去'昧死'曰'稽首'。光武因而不改。朝臣曰稽首稽首，非朝臣曰稽首再拜。"③此所谓"慕古法"，当慕《尚书》的用法吧。《独断》中记载："章者，需头，称稽首，上书谢恩陈事诣阙通者也。"④"奏者，亦需头。其京师官但言稽首。

---

① 顾颉刚、刘起釪：《尚书校释译论》第三册，中华书局2005年版，第1433～1434页。
② 《尚书正义》，《十三经注疏》，上海古籍出版社1997年版，第211页。
③ （汉）蔡邕：《独断》，《丛书集成初编》本，商务印书馆1937年版，第5页。
④ （汉）蔡邕：《独断》，《丛书集成初编》本，商务印书馆1937年版，第4页。

下言稽首以闻。"①"表者，不需头。上言臣某言，下言臣某。诚惶诚恐，稽首稽首，死罪死罪。"②当然这些都是经过改革了的。而书信前称"拜言"，后称"顿首"，也应该是《尚书》遗风。

《尚书》中有的文体是有格式的，如"誓"，《甘誓》"弗用命，戮于社"；《汤誓》"尔不从誓言，予则孥戮汝，罔有攸赦"；《牧誓》"尔所弗勖，其于尔躬有戮！"③那么，"誓"的格式就是"汝不……予则戮汝"之类的警戒。

"命"的格式则有"怎样怎样"就"汝则有大刑"之类，如《费誓》：

> 公曰："嗟！人无哗，听命！……今惟淫舍牿牛马，杜乃擭，敜乃阱，无敢伤牿。牿之伤，汝则有常刑。马牛其风，臣妾逋逃，勿敢越逐。祗复之，我商赉汝。乃越逐不复，汝则有常刑。无敢寇攘，逾垣墙、窃马牛、诱臣妾，汝则有常刑。甲戌，我惟征徐戎。峙乃糗粮，无敢不逮，汝则有大刑。鲁人三郊三遂，峙乃桢干。甲戌，我惟筑。无敢不供，汝则有无余刑，非杀。鲁人三郊三遂，峙乃刍茭，无敢不多。汝则有大刑。"④

《费誓》此段文字屡屡有"汝则有大刑"之类的警戒，可视其为文体格式。

又如《尚书》中多有"古人有言曰"之类，如《盘庚》："迟任有言曰：'人惟求旧；器非求旧，惟新。'"⑤《牧誓》："古人有言曰：'牝鸡无晨；牝鸡之晨，惟家之索。'"⑥《酒诰》："古人有言曰：'人无于水监，当于民监。'"⑦《吕刑》："若古有训：'蚩尤惟始作乱，延及于平民，罔不寇贼……'"⑧这对后世的"著述引诗"云云也是有影响的。

又如《尚书》中就有许多以"我闻"起首来发表见解的。如《洪范》有"箕子乃言曰：我闻在昔"⑨云云；《康诰》："我闻曰：'怨不在大，亦不

---

① （汉）蔡邕：《独断》，《丛书集成初编》本，商务印书馆1937年版，第4页。
② （汉）蔡邕：《独断》，《丛书集成初编》本，商务印书馆1937年版，第4页。
③ 顾颉刚、刘起釪：《尚书校释译论》第三册，中华书局2005年版，第1102页。
④ 顾颉刚、刘起釪：《尚书校释译论》第四册，中华书局2005年版，第2138页。
⑤ 顾颉刚、刘起釪：《尚书校释译论》第二册，中华书局2005年版，第944页。
⑥ 顾颉刚、刘起釪：《尚书校释译论》第三册，中华书局2005年版，第1098页。
⑦ 顾颉刚、刘起釪：《尚书校释译论》第三册，中华书局2005年版，第1409页。
⑧ 顾颉刚、刘起釪：《尚书校释译论》第四册，中华书局2005年版，第1901页。
⑨ 顾颉刚、刘起釪：《尚书校释译论》第三册，中华书局2005年版，第1146页。

在小。'"①《酒诰》有两个"我闻惟曰"的连用；《多士》有"我闻曰：上帝引逸，有夏不适逸则"②云云；《无逸》有两个"我闻"云云；《君奭》亦有"我闻"云云，等等。这令人想起"连珠体"的以"臣闻"起首的格式。又如《尚书·吕刑》：

> 王曰："吁！来，有邦有土，告尔祥刑。在今尔安百姓，何择非人，何敬非刑，何度非及。两造具备，师听五辞；五辞简孚，正于五刑；五刑不简，正于五罚；五罚不服，正于五过。"③

后世奏弹文，如庾纯《自劾》、沈约《奏弹王源》、任昉《奏弹曹景宗》等，其格式为"即主""谨案"，钱锺书云：

> "即主"以上犹立状，举其罪，"谨案"以下犹拟判，定其罚；《尚书·吕刑》所谓"词(辞)"与"正"也。④

刘师培《汉魏六朝专家文研究》称：

> 碑、铭、颂、赞之文，盖出于《书经·尧典》之首段，与《礼经》之不可增减一字者不同，本以'拟其形容，象其物宜'为尚，而不重写实，秦、汉碑铭全属此体。⑤

《尚书·尧典》首段为：

> 曰若稽古帝尧，曰放勋，钦、明、文、思、安安，允恭克让，光被四表，格于上下。克明俊德，以亲九族。九族既睦，平章百姓。百姓昭明，协和万邦。黎民于变时雍。⑥

刘师培认为汉魏六朝的碑、铭、颂、赞的歌颂之语的"不重写实"即出

---

① 顾颉刚、刘起釪：《尚书校释译论》第三册，中华书局 2005 年版，第 1313 页。
② 顾颉刚、刘起釪：《尚书校释译论》第三册，中华书局 2005 年版，第 1512 页。
③ 顾颉刚、刘起釪：《尚书校释译论》第四册，中华书局 2005 年版，第 994 页。
④ 钱锺书：《管锥编》，中华书局 1986 年版，第 1404 页。
⑤ 陈引驰编校：《刘师培中古文学论集》，中国社会科学出版社 1997 年版，第 139 页。
⑥ 《尚书正义》，《十三经注疏》，上海古籍出版社 1997 年版，第 118~119 页。

于此。

《尚书》某些文体的格式、规范对后世某些文体的影响，最可论说的是《皋陶谟》《禹贡》对赋的意义。其一，《皋陶谟》之"谟"，是几个人相互讨论谋略的形式，即对问体的格式，为后代所沿用，赋的"客主以首引"也可以是一脉相承而来的。其二，《皋陶谟》篇末，"帝庸作歌曰"前有：

> 夔曰："戛击鸣球，搏拊琴瑟以咏。祖考来格。虞宾在位，群后德让。下管鼗鼓，合止柷敔，笙镛以间。鸟兽跄跄，箫韶九成，凤皇来仪。"夔曰："于！予击石拊石，百兽率舞，庶尹允谐。"帝庸作歌曰……①

乐正夔奏乐，帝舜有歌，皋陶有和。因此，此处的"作歌"，确实是对帝舜、禹、皋陶之"谟"的一个总结。《尚书·皋陶谟》以对问体的格式记载帝舜、禹、皋陶之"谟"，最后有一个总结之"作歌"，赋作"亦归余于总乱"不也正是这样做的吗？篇末总结之义更像是"乱曰"或赋末诗歌的先声。另外，这也应该是唱和的先声吧。

这些都可视为"口出以为言"对文体的影响，包括对"笔书以为文"的影响。

第二节 《左传》所见"笔书以为文"

一、据史官著作考察早期的"笔书以为文"

《汉书·儒林传》称：

> （孔子）究观古今之篇籍，乃称曰："大哉，尧之为君也！唯天为大，唯尧则之。巍巍乎其有成功也，焕乎其有文章！"又曰："周监于二代，郁郁乎文哉！吾从周。"于是叙《书》则断《尧典》，称《乐》则法《韶舞》，论《诗》则首《周南》。缀周之礼，因鲁《春秋》，举十二公行事，绳之以文武之道，成一王法，至获麟而止。盖晚而好《易》，读之韦编三绝，而为之传。皆因近圣之事，以立先王之教，故曰："述

---

① 顾颉刚、刘起釪：《尚书校释译论》第一册，中华书局2005年版，第477页。

而不作，信而好古"；"下学而上达，知我者其天乎！"①

由孔子"究观古今之篇籍"之"观"可知，孔子所读的"篇籍"已都是"笔书以为文"者，那么，孔子所处的春秋时期，又有多少类型之"笔书"流行于世？

史官是最早使用文字记载世事的人，《左传》"襄公十四年"载：

> 史为书，瞽为诗，工诵箴谏，大夫规诲，士传言，庶人谤，商旅于市，百工献艺。②

其"补察其政"中只有"史为书"为文字记载，为"笔书以为文"。罗家湘说：

> 《左传》中有"大史""左史""内史""外史""祝史""筮史""军史""祭史"等，他们卜筮、祝祷、占梦，参与国政军政，取代了古代的祝宗巫卜的职能，但却称为史，这是由于他们不是以口语事神事君，而是使用了文字的缘故。史代替祝宗巫卜成为事神的主角，书面文体也就代替口语语体成了事神的主要形式。随着史官职能从事神转向事君，事神文辞被事君文辞所取代。史官们在制作各种档案文辞的过程中，个体意识逐渐增强，于是，带有史官个性的描述情景、解释原因、记述过程的文章就诞生了。③

此处拟以史官著作《左传》为例，对最早的一批"笔书以为文"做一考察。

《左传》是中国第一部叙事详细的编年史著作，相传是春秋末年鲁国史官左丘明根据鲁国国史《春秋》编成，记叙范围起自鲁隐公元年（前722年），迄于鲁哀公二十七年（前468年）。《左传》中多录有"成文"，文章最早的存世方式是以"成文"而被史官作为史料保存。"成文"就是已经写成的文章，"成文"在史书正式编纂前就已存在。刘知幾《史通·申左》曰：

---

① （汉）班固：《汉书》，中华书局1962年版，第3589~3590页。
② 《春秋左传正义》，《十三经注疏》，上海古籍出版社1997年版，第1958页。
③ 罗家湘：《〈逸周书〉研究》，上海古籍出版社2006年版，第118页。

又案哀三年，鲁司铎火，南宫敬叔命周人出御书，(句下并收"子服、景伯命宰人出礼书"十字，文义方足。今脱)其时于鲁文籍最备。丘明既躬为太史，博总群书，至如梼杌、纪年之流，《郑书》《晋志》之类，凡此诸籍，莫不毕睹。①

这实际上是说，《左传》的撰作，多有抄录前人"笔书以为文"处。《史通·申左》称《左传》所录"成文"：

寻《左氏》载诸大夫词令，行人应答，其文典而美，其语博而奥，述远古则委曲如存，征近代则循环可覆。必料其功用厚薄，指意深浅，谅非经营草创，出自一时，琢磨润色，独成一手。斯盖当时国史已有成文，丘明但编而次之，配《经》称《传》而行也。②

就是说，《左传》所述是以当时其他国史的记载为依据的，"当时国史已有成文，丘明但编而次之"而已。

二、《左传》所见"笔书以为文"

先述《左传》所录当时就是"笔书以为文"者。

其一，志。志，通"识"，其意为记住、记载。《国语·鲁语下》："仲尼闻之曰：'弟子志之，季氏之妇不淫矣。'"韦昭注："志，识也。"③行为动作的"志"所完成者、所构成者，即文字作品的"志"，《周礼·春官·小史》"掌邦国之志"，郑玄注引郑司农语："志，谓记也，《春秋传》所谓《周志》，《国语》所谓《郑书》之属是也。史官主书，故韩宣子聘于鲁，观书太史氏。"④又，《周礼·春官·外史》"掌四方之志"，郑玄注："志，记也，谓若鲁之《春秋》，晋之《乘》，楚之《梼杌》。"⑤又，《孔子家语·正论》"志有之"，王肃注："志，古之书也。"⑥《左传》中引有《志》《前志》《周志》《军志》《史佚之志》《仲虺之志》等，《国语·楚语上》申叔时向楚庄

---

① （唐）刘知幾著，（清）浦起龙通释，王煦华整理：《史通通释》，上海古籍出版社2009年版，第390页。
② （唐）刘知幾著，（清）浦起龙通释，王煦华整理：《史通通释》，上海古籍出版社2009年版，第392页。
③ 胡文波校点：《国语》，上海古籍出版社2015年版，第137~138页。
④ 《周礼注疏》，《十三经注疏》，上海古籍出版社1997年版，第818页。
⑤ 《周礼注疏》，《十三经注疏》，上海古籍出版社1997年版，第820页。
⑥ （魏）王肃注：《孔子家语》，上海古籍出版社1990年版，第104页。

王谈到太子的教育,"教之《故志》,使知废兴者而戒惧也"。韦昭注:"故志,谓所记前世成败之书。"①

此录《左传》中有古书意味的"志"如下:

《军志》曰:"允当则归。"(杜预注:"军志,兵书。")又曰:"知难而退。"又曰:"有德不可敌。"②(《僖公二十八年》)

"军志"即"兵书"。

《周志》有之:"勇则害上,不登于明堂。"(杜预注:"周志,周书也。")③(《文公二年》)

吾闻《前志》有之曰:"敌惠敌怨,不在后嗣。"④(《文公六年》)

《军志》曰:"先人有夺人之心。"⑤(《宣公十二年》)

史佚(杜预注:"周文王大史。")之《志》有之,曰:"非我族类,其心必异。"⑥(《成公四年》)

《前志》有之,曰:"圣达节,次守节,下失节。"⑦(《成公十五年》)

《志》所谓"多行无礼,必自及也"。⑧(《襄公四年》)

《志》(杜预注:"志,古书。")有之:"言以足志,文以足言。"⑨(《襄公二十五年》)

仲虺之《志》云:"乱者取之,亡者侮之。推亡固存,国之利也。"⑩(《襄公三十年》)

故《志》曰:"买妾不知其姓,则卜之。"⑪(《昭公元年》)

《志》曰:"能敬无灾。"又曰:"敬逆来者,天所福也。"⑫(《昭公

---

① 胡文波校点:《国语》,上海古籍出版社2015年版,第355页。
② 《春秋左传正义》,《十三经注疏》,上海古籍出版社1997年版,第1824页。
③ 《春秋左传正义》,《十三经注疏》,上海古籍出版社1997年版,第1838页。
④ 《春秋左传正义》,《十三经注疏》,上海古籍出版社1997年版,第1845页。
⑤ 《春秋左传正义》,《十三经注疏》,上海古籍出版社1997年版,第1881页。
⑥ 《春秋左传正义》,《十三经注疏》,上海古籍出版社1997年版,第1901页。
⑦ 《春秋左传正义》,《十三经注疏》,上海古籍出版社1997年版,第1914页。
⑧ 《春秋左传正义》,《十三经注疏》,上海古籍出版社1997年版,第1932页。
⑨ 《春秋左传正义》,《十三经注疏》,上海古籍出版社1997年版,第1985页。
⑩ 《春秋左传正义》,《十三经注疏》,上海古籍出版社1997年版,第2012页。
⑪ 《春秋左传正义》,《十三经注疏》,上海古籍出版社1997年版,第2024页。
⑫ 《春秋左传正义》,《十三经注疏》,上海古籍出版社1997年版,第2032页。

  古也有《志》:"克己复礼,仁也。"①(《昭公十二年》)
  《军志》有之:"先人有夺人之心,后人有待其衰。"②(《昭公二十一年》)
  《志》曰:"圣人不烦卜筮。"③(《哀公十八年》)

绝大多数为人们在谈话中的引用,少数为"君子曰"中的引用。
  其二,书。行为动作的"书写"所完成者、所构成者,即文字作品的"书"。与"曰""言"之类行为动作不一样之处在于,"书"本来就一定是以符号乃至文字形态体现在物质载体上的,"书"者,就是以文字载录者。

  子产曰:"非相违也,而相从也,四国何尤焉?《郑书》(杜预注:'郑国史书。')有之曰:'安定国家,必大焉先。'姑先安大,以待其所归。"④(《襄公三十年》)

那么,"书"前有国名者,即该国史书。
  其三,载书、盟书。

  昔周公、大公股肱周室,夹辅成王。成王劳之而赐之盟,曰:"世世子孙,无相害也。"载在盟府,大师职之。⑤(《僖公二十六年》)
  臧昭伯率从者将盟,载书曰:"戮力壹心,好恶同之。信罪之有无,缱绻从公,无通外内。"以公命示子家子。⑥(《昭公二十五年》)
  使祝为载书。⑦(《哀公二十六年》)

《周礼·秋官司寇·司盟》"司盟掌盟载之法",郑玄注:"载,盟辞也。盟者,书其辞于策,杀牲取血,坎其牲,加书于上而埋之,谓之载书。《春秋传》曰:宋寺人惠墙伊戾坎,用牲加书,为世子痤与楚客盟。"⑧载书即

---

① 《春秋左传正义》,《十三经注疏》,上海古籍出版社1997年版,第2064页。
② 《春秋左传正义》,《十三经注疏》,上海古籍出版社1997年版,第2098页。
③ 《春秋左传正义》,《十三经注疏》,上海古籍出版社1997年版,第2180页。
④ 《春秋左传正义》,《十三经注疏》,上海古籍出版社1997年版,第2013页。
⑤ 《春秋左传正义》,《十三经注疏》,上海古籍出版社1997年版,第1821页。
⑥ 《春秋左传正义》,《十三经注疏》,上海古籍出版社1997年版,第2110页。
⑦ 《春秋左传正义》,《十三经注疏》,上海古籍出版社1997年版,第2183页。
⑧ 《春秋左传正义》,《十三经注疏》,上海古籍出版社1997年版,第881页。

盟书。

载书、盟书为"笔书以为文"，其先声为"口出以为言"的口头之盟，如：

> 王弗听，负之斧钺，以徇于诸侯，使言曰："无或如齐庆封，弑其君，弱其孤，以盟其大夫。"庆封曰："无或如楚共王之庶子围，弑其君、兄之子麇而代之，以盟诸侯。"①(《昭公四年》)

或直接称为"成言""成说"形式：

> 壬戌，楚公子黑肱先至，成言于晋。(杜预注："时令尹子木止陈，遣黑肱就晋大夫成盟，载之言。")②(《襄公二十七年》)

《楚辞·离骚》："初既与余成言兮，后悔遁而有他。"朱熹集注："成言，谓成其要约之言也。"③《诗·邶风·击鼓》："死生契阔，与子成说。"朱熹集传："成说，谓成其约誓之言。"④所谓"成盟，载之言"，就是把盟以文字形式记载下来。

其四，简书。

> 狄人伐邢。管敬仲言于齐侯曰："戎狄豺狼，不可厌也。诸夏亲暱，不可弃也。宴安鸩毒，不可怀也。《诗》云：'岂不怀归，畏此简书。'简书，同恶相恤之谓也。请救邢以从简书。"⑤(《闵公元年》)

《诗·小雅·出车》："岂不怀归，畏此简书。"朱熹集传："简书，戒命也。邻国有急，则以简书相戒命也。或曰：简书，策命临遣之词也。"⑥简书有公告约定的意味。

其五，典策、典册。记载典章制度等的重要册籍。

---

① 《春秋左传正义》，《十三经注疏》，上海古籍出版社1997年版，第2035页。
② 《春秋左传正义》，《十三经注疏》，上海古籍出版社1997年版，第1995页。
③ (宋)朱熹：《楚辞集注》，上海古籍出版社1979年版，第6~7页。
④ (宋)朱熹：《诗集传》，上海古籍出版社1980年版，第19页。
⑤ 《春秋左传正义》，《十三经注疏》，上海古籍出版社1997年版，第1786页。
⑥ (宋)朱熹：《诗集传》，上海古籍出版社1980年版，第107页。

分之土田陪敦，祝、宗、卜、史，备物、典策，官司、彝器。(孔颖达疏："备物、典策，谓史官书策之典，若传之所云发凡之类，赐之以法，使依法书时事也。")①(《定公四年》)

其六，《易》《象》及卦辞、繇辞。这些都是卦书的文字。

二年春，晋侯使韩宣子来聘，且告为政而来见，礼也。观书于大史氏，见《易》《象》与《鲁春秋》，曰："周礼尽在鲁矣。吾乃今知周公之德，与周之所以王也。"②(《昭公二年》)

初，晋献公欲以骊姬为夫人，卜之，不吉；筮之，吉。公曰："从筮。"卜人曰："筮短龟长，不如从长。且其繇曰：'专之渝，攘公之羭。一薰一莸，十年尚犹有臭。'必不可。"③(《僖公四年》)

卜徒父筮之，吉。涉河，侯车败。诘之，对曰："乃大吉也，三败必获晋君。其卦遇《蛊》，曰：'千乘三去，三去之余，获其雄狐。'夫狐蛊，必其君也。《蛊》之贞，风也；其悔，山也。岁云秋矣，我落其实而取其材，所以克也。实落材亡，不败何待？"④(《僖公十五年》)

其七，《鲁春秋》。所谓"观书于大史氏"⑤。
其八，御书。御书，进于君之书。

南宫敬叔至，命周人出御书(杜预注："御书，进于君者也。")，俟于宫，曰："庀女而不在，死。"⑥(《哀公三年》)

其九，礼书。礼书，载礼之书。

子服景伯至，命宰人出礼书，以待命："命不共，有常刑。"⑦(《哀公三年》)

---

① 《春秋左传正义》，《十三经注疏》，上海古籍出版社 1997 年版，第 2134 页。
② 《春秋左传正义》，《十三经注疏》，上海古籍出版社 1997 年版，第 2029 页。
③ 《春秋左传正义》，《十三经注疏》，上海古籍出版社 1997 年版，第 1793 页。
④ 《春秋左传正义》，《十三经注疏》，上海古籍出版社 1997 年版，第 1805~1806 页。
⑤ 《春秋左传正义》，《十三经注疏》，上海古籍出版社 1997 年版，第 2029 页。
⑥ 《春秋左传正义》，《十三经注疏》，上海古籍出版社 1997 年版，第 2157 页。
⑦ 《春秋左传正义》，《十三经注疏》，上海古籍出版社 1997 年版，第 2157 页。

其十，教令之法(象魏)。

命藏《象魏》。(杜预注："《周礼·正月》：悬教令之法于象魏，使万民观之。故谓其书为《象魏》。")①(《哀公三年》)

"悬"即挂，这些教令之法是以物质的形态出现的。

其十一，《三坟》《五典》《八索》《九丘》。即"古书"者。

左史倚相趋过。王曰："是良史也，子善视之。是能读《三坟》、《五典》、《八索》、《九丘》。"(杜预注："皆古书名。")②(《昭公十二年》)

其十二，儒书。

秋八月，公及齐侯、邾子盟于顾。齐人责稽首，因歌之曰："鲁人之皋，数年不觉，使我高蹈。唯其儒书。以为二国忧。"(杜预注："言鲁据周礼，不肯答稽首，令齐、邾远至。")③(《哀公二十一年》)

汉王充《论衡·讲瑞》："儒书之文，难以实事。"④儒书，儒家之书。

其十三，铭。即刻在器物上的文字，用来警戒自己、称述功德等。

春，卫人伐邢，二礼从国子巡城，掖以赴外，杀之。……礼至为铭曰："余掖杀国子，莫余敢止。"(杜预注："恶其不知耻，诈以灭同姓，而反铭功于器。")⑤(《僖公二十五年》)

夫铭，天子令德，诸侯言时计功，大夫称伐。⑥(《襄公十九年》)

《谗鼎之铭》曰："昧旦丕显，后世犹怠。"⑦(《昭公三年》)

故其鼎铭云："一命而偻，再命而伛，三命而俯。循墙而走，亦

---

① 《春秋左传正义》，《十三经注疏》，上海古籍出版社1997年版，第2157~2158页。
② 《春秋左传正义》，《十三经注疏》，上海古籍出版社1997年版，第2064页。
③ 《春秋左传正义》，《十三经注疏》，上海古籍出版社1997年版，第2181页。
④ (汉)王充：《论衡》，上海人民出版社1974年版，第257页。
⑤ 《春秋左传正义》，《十三经注疏》，上海古籍出版社1997年版，第1820页。
⑥ 《春秋左传正义》，《十三经注疏》，上海古籍出版社1997年版，第1968页。
⑦ 《春秋左传正义》，《十三经注疏》，上海古籍出版社1997年版，第2031页。

莫余敢侮。馈于是，鬻于是，以糊余口。"①(《昭公七年》)

其十四，策命。分封之命书写在"策"上，有所依据。

> 王命尹氏及王子虎、内史叔兴父策命晋侯为侯伯……受策以出，出入三觐。②(《僖公二十八年》)
>
> 伯有既死，使大史命伯石为卿，辞。大史退，则请命焉。复命之，又辞。如是三，乃受策入拜。③(《襄公三十年》)

其十五，命书。任命之书。

> 其子蔡仲，改行帅德，周公举之，以为己卿士。见诸王而命之以蔡，其命书云："王曰：胡！无若尔考之违王命也。"④(《定公四年》)

其十六，赐命。

> 夫子受命于朝，而聘于王。王思旧勋而赐之路。复命而致之君，君不敢逆王命而复赐之，使三官书之。⑤(《昭公四年》)

赏赐之命要书写出来，有所依据。如《晏子春秋》：

> 景公谓晏子曰："昔吾先君桓公，予管仲狐与穀，其县十七，著之于帛，申之以策，通之诸侯，以为其子孙赏邑。"⑥

所谓"著之于帛，申之以策"。

其十七，勋策、勋劳书。所谓功劳记录在册。

> 冬，公至自唐，告于庙也。凡公行，告于宗庙；反行，饮至、舍

---

① 《春秋左传正义》，《十三经注疏》，上海古籍出版社1997年版，第2052页。
② 《春秋左传正义》，《十三经注疏》，上海古籍出版社1997年版，第1825~1826页。
③ 《春秋左传正义》，《十三经注疏》，上海古籍出版社1997年版，第2013页。
④ 《春秋左传正义》，《十三经注疏》，上海古籍出版社1997年版，第2135页。
⑤ 《春秋左传正义》，《十三经注疏》，上海古籍出版社1997年版，第2036~2037页。
⑥ 李万寿译注：《晏子春秋全译》，贵州人民出版社2009年版，第285页。

爵，策勋焉，礼也。（杜预注："爵，饮酒器也，既饮置爵，则书勋劳于策，言速纪有功也。"）①（《桓公二年》）

十三年春，公至自晋，孟献子书劳于庙，礼也。（杜预注："书勋劳于策也。"）②（《襄公十三年》）

其十八，赏书、赏策。赏书要"藏在盟府"。

公曰："子之教，敢不承命。抑微子，寡人无以待戎，不能济河。夫赏，国之典也，藏在盟府，不可废也，子其受之！"③（《襄公十一年》）

又，《襄公二十七年》载：宋左师请赏，曰："请免死之邑。"公与之邑六十，子罕不同意，并"削而投之"④，把写在竹简或木札上的赏令文字削去。

晋侯嘉焉，授之以策，曰："子丰有劳于晋国，余闻而弗忘。赐女州田，以胙乃旧勋。"伯石再拜稽首，受策以出。⑤（《昭公三年》）

所"赏"登记在册的，所以"受策以出"。

其十九，诸侯名策。即记载诸侯事迹的名录。

公与之宴，辞曰："君之先臣督，得罪于宋殇公，名在诸侯之策。"⑥（《文公十五年》）

卫宁惠子疾，召悼子曰："吾得罪于君，悔而无及也。名藏在诸侯之策，曰：'孙林父、宁殖出其君。'"⑦（《襄公二十年》）

从以上所述来看，因做了不恰当的事，才"在诸侯之策"。

其二十，令龟（命龟）。

---

① 《春秋左传正义》，《十三经注疏》，上海古籍出版社1997年版，第1743页。
② 《春秋左传正义》，《十三经注疏》，上海古籍出版社1997年版，第1954页。
③ 《春秋左传正义》，《十三经注疏》，上海古籍出版社1997年版，第1951页。
④ 《春秋左传正义》，《十三经注疏》，上海古籍出版社1997年版，第1997~1997页。
⑤ 《春秋左传正义》，《十三经注疏》，上海古籍出版社1997年版，第2032页。
⑥ 《春秋左传正义》，《十三经注疏》，上海古籍出版社1997年版，第1854页。
⑦ 《春秋左传正义》，《十三经注疏》，上海古籍出版社1997年版，第1970页。

十八年春，齐侯戒师期，而有疾，医曰："不及秋，将死。"公闻之，卜曰："尚无及期。"惠伯令龟，卜楚丘占之曰："齐侯不及期，非疾也。君亦不闻。令龟有咎。"二月丁丑，公薨。①（《文公十八年》）

令龟，古人占凶吉，必将所卜之事告卜人以龟占之，称为令龟、命龟。亦泛指灼龟问卜。占卜的愿望或结果用文字书写下来，系龟以收藏，《周礼·春官·占人》：

凡卜筮，既事，则系币，以比其命。岁终，则计其占之中否。（郑玄注："杜子春云：'系币者，以帛书其占，系之于龟也。'云谓既卜，筮史必书其命龟之事及兆于策，系其礼神之币而合藏焉。"）②

其二十一，刑书。

"有常无赦，在《九刑》不忘。"③（《文公十八年》）

铸刑书。……周有乱政而作《九刑》。（杜预注："周之衰，亦为刑书，谓之《九刑》。"）④（《昭公六年》）

冬，晋赵鞅、荀寅帅师城汝滨，遂赋晋国一鼓铁，以铸刑鼎，著范宣子所为刑书焉。⑤（《昭公二十九年》）

子鱼辞，曰："臣展四体，以率旧职，犹惧不给而烦刑书。"⑥（《定公四年》）

郑驷歂杀邓析，而用其《竹刑》。（杜预注："书之于竹简，故云竹刑。"）⑦（《定公九年》）

书写出来的刑法，既让大家都能看到，又表示是制定出来不可更改的。

其二十二，书（信）。

---

① 《春秋左传正义》，《十三经注疏》，上海古籍出版社1997年版，第1861页。
② 《周礼注疏》，《十三经注疏》，上海古籍出版社1997年版，第805页。
③ 《春秋左传正义》，《十三经注疏》，上海古籍出版社1997年版，第1861~1861页。
④ 《春秋左传正义》，《十三经注疏》，上海古籍出版社1997年版，第2043页。
⑤ 《春秋左传正义》，《十三经注疏》，上海古籍出版社1997年版，第2124页。
⑥ 《春秋左传正义》，《十三经注疏》，上海古籍出版社1997年版，第2134页。
⑦ 《春秋左传正义》，《十三经注疏》，上海古籍出版社1997年版，第2143页。

> 魏绛至，授仆人书，将伏剑。士鲂、张老止之。公读其书曰……①(《襄公三年》)
>
> 二月，郑伯如晋。子产寓书于子西以告宣子……②(《襄公二十四年》)
>
> 叔向使诒子产书，曰。……复书曰……③(《昭公六年》)

《左传》还有郑子家《与赵宣子书》、巫臣《遗子反书》等。

其二十三，丹书。

> 初，斐豹隶也，著于丹书。栾氏之力臣曰督戎，国人惧之。斐豹谓宣子曰："苟焚丹书，我杀督戎。"宣子喜，曰："而杀之，所不请于君焚丹书者，有如日！"④(《襄公二十三年》)

斐豹的奴隶身份是"著于丹书"上的，要改变其身份，首先要"焚丹书"。重要之事亦著于"丹书"，《大戴礼记·武王践阼》：

> 曰："昔黄帝颛顼之道存乎？意亦忽不可得见与？"师尚父曰："在丹书，王欲闻之，则齐(斋)矣！"⑤

《越绝书》载，越王把范蠡所述"以丹书帛，置之枕中，以为国宝"⑥。

其二十四，玺书。加盖印玺的文书。

> 季武子取卞，使公冶问，玺书追而与之。⑦(《襄公二十九年》)

季武子派公冶问候襄公，公冶已走，追送玺书给他，带去给襄公。

其二十五，罪书。书于木札的罪书。

---

① 《春秋左传正义》，《十三经注疏》，上海古籍出版社1997年版，第1931页。
② 《春秋左传正义》，《十三经注疏》，上海古籍出版社1997年版，第1979页。
③ 《春秋左传正义》，《十三经注疏》，上海古籍出版社1997年版，第2043~2044页。
④ 《春秋左传正义》，《十三经注疏》，上海古籍出版社1997年版，第1976页。
⑤ (清)王聘珍撰，王文锦点校：《大戴礼记解诂》，《十三经清人注疏》本，中华书局1983年版，第103页。
⑥ (汉)袁康、吴平辑录，乐祖谋点校：《越绝书》，上海古籍出版社1985年版，第94页。
⑦ 《春秋左传正义》，《十三经注疏》，上海古籍出版社1997年版，第2005页。

> 七月壬寅，(公孙黑)缢。尸诸周氏之衢，加木焉。(杜预注："书其罪于木，以加尸上。")①(《昭公二年》)

其二十六，贷书。就是借约。

> 宋亦饥，请于平公，出公粟以贷。使大夫皆贷。司城氏贷而不书。②(《襄公二十九年》)

不写借约以示不求归还。

其二十七，各种文书。

> 己丑，士弥牟营成周，计丈数，揣高卑，度厚薄，仞沟恤，物土方，议远迩，量事期，计徒庸，虑材用，书餱粮，以令役于诸侯，属役赋丈，书以授帅，而效诸刘子。韩简子临之，以为成命。③(《昭公三十二年》)

就是把工程预算"书"于簿册。《左传》"昭公十八年"有"书焚室"④云云，就是把焚烧的房屋"书"于簿册，"书"即登记。

其二十八，牒。即表册、谱籍。

> 右师不敢对，受牒而退。(孔颖达疏："牒，札也。于时号令输王粟具戌人。宋之所出人粟之数书之于牒。")⑤(《昭公二十五年》)

其二十九，书，国书。

> 公使大史固归国子之元，置之新箧，褽之以玄纁，加组带焉。置书于其上，曰："天若不识不衷，何以使下国？"⑥(《哀公十一年》)

---

① 《春秋左传正义》，《十三经注疏》，上海古籍出版社 1997 年版，第 2030 页。
② 《春秋左传正义》，《十三经注疏》，上海古籍出版社 1997 年版，第 2005 页。
③ 《春秋左传正义》，《十三经注疏》，上海古籍出版社 1997 年版，第 2128 页。
④ 《春秋左传正义》，《十三经注疏》，上海古籍出版社 1997 年版，第 2068 页。
⑤ 《春秋左传正义》，《十三经注疏》，上海古籍出版社 1997 年版，第 2109 页。
⑥ 《春秋左传正义》，《十三经注疏》，上海古籍出版社 1997 年版，第 2167 页。

这里的"书"是属外交文件的国书。

三、《左传》"笔书以为文"的几种情况与"以治以察"

《左传》或未录先秦的某些"笔书以为文",如《国语·齐语》载:

> 桓公令官长期而书伐,以告且选,选其官之贤者而复用之,曰:"有人居我官,有功休德,惟慎端悫以待时,使民以劝,绥谤言,足以补官之不善政。"①

韦昭曰:"复,白也。"此即写下功劳并推荐上报,"曰"即报告的文字。《左传》没有记载。又如《国语·吴语》载"吴王夫差既退于黄池,乃使王孙苟告劳于周"②之言,这应该是有文书的,《左传》未载吴王夫差的"告劳于周书"。又,《国语·楚语下》载观射夫"能作训辞"③,"训辞"即交接诸侯之辞,是事先有所准备的,是"笔书",《左传》未载。

从《左传》所载,又可知"笔书以为文"的文辞是需要认真准备的,《左传·襄公二十六年》载,楚国囚禁郑国印堇父献给秦国,郑人从印氏那里取财货来赎印堇父,子大叔为起草文件之官令正,写了赎词请示子产,子产认为这样写肯定不能赎回印堇父,称"受楚之功,而取货于郑,不可谓国,秦不其然",即接受了楚国的献俘,又从郑国处贪求财货,有失国家体统,秦国不会这样做。而应该说:"拜君之勤郑国,微君之惠,楚师其犹在敝邑之城下。"即感谢秦国相助郑国,没有秦国的恩惠,恐怕楚军仍兵临郑国城下。子大叔不听,把赎词送了出去,"秦人不予",于是重派使者执货币前往,用子产之辞,"而后获之"④。

上述"笔书以为文"者,从用途来看可分为几种情况:一是历史的记载,所谓"以史为鉴"的史书,如称作"志""书"的史书、《春秋》之类。二是相互有所证明,如各种名称的盟书、君王的分封赏赐、借条、下达的命令等。这是现实中应用最多者。三是官府的文件,前代留下来的文件,如丹书以及登记簿册。四是算卦用书。五是公示出来大家共同遵守的礼书、刑书,或警示公布而用的罪书。六是表达旨意,也是公事,如信函之类。七是学问之书,如儒书。

---

① 胡文波校点:《国语》,上海古籍出版社2015年版,第155页。
② 胡文波校点:《国语》,上海古籍出版社2015年版,第413~414页。
③ 胡文波校点:《国语》,上海古籍出版社2015年版,第390页。
④ 《春秋左传正义》,《十三经注疏》,上海古籍出版社1997年版,第1989~1990页。

《周易·系辞下》曰书契，"百官以治，万民以察"①，"治"者就官府而言，"察"者就百姓而言，此即"笔书以为文"的功用，除儒书外都是因为实际的需要、实际的用途而有"笔书"的。章学诚对此有所论述，《文史通义·原道中》称："盖以学者所习，不出官司典守、国家政教，而其为用，亦不出于人伦日用之常，是以但见其为不得不然之事耳，未尝别见所载之道也。"《原道下》称为："夫文字之用，为治为察，古人未尝取以为著述也。"②

四、《左传》录文的"口笔之辨"

《左传》录文，或录"口出以为言"，或录"笔书以为文"，何以见得？刘知幾《史通·申左》这样说：

> 《左氏》述臧哀伯谏桓纳鼎，周内史美其谠言；王子朝告于诸侯，闵马父嘉其辨说。凡如此类，其数实多。斯盖当时发言，形于翰墨；立名不朽，播于他邦。而丘明仍其本语，就加编次。亦犹近代《史记》载乐毅、李斯之文，《汉书》录晁错、贾生之笔。寻其实也，岂是子长稿削，孟坚雌黄所构者哉？③

刘知幾说，"当时发言，形于翰墨"者，而《左传》所谓"仍其本语，就加编次"，是以"口出以为言"的语境而出的，没有视其为"笔书以为文"。

我们再从同一段文字在史书中会有不同的记载来看，有的史书以"口出以为言"为语境载录，有的史书以"笔书以为文"为语境载录，这是古代史书的普遍现象。④ 如《左传·庄公九年》载：

> 鲍叔帅师来言曰："子纠，亲也，请君讨之。管、召，仇也，请受而甘心焉。"乃杀子纠于生窦，召忽死之。⑤

---

① 《春秋左传正义》，《十三经注疏》，上海古籍出版社1997年版，第87页。
② （清）章学诚撰，吕思勉评，李永圻、张耕华导读整理：《文史通义》，上海古籍出版社2008年版，第38、41页。
③ （唐）刘知幾著，（清）浦起龙通释，王煦华整理：《史通通释》，上海古籍出版社2009年版，第391页。
④ 董芬芬对此有详细的论述，以下所举数例亦见于其著作。董芬芬：《春秋辞令文体研究·前言》，上海古籍出版社2012年版，第8~9页。
⑤ 《春秋左传正义》，《十三经注疏》，上海古籍出版社1997年版，第1766页。

这是"口出以为言"。而《史记·齐太公世家》载：

> 齐遗鲁书曰："子纠兄弟，弗忍诛，请鲁自杀之。召忽、管仲仇也，请得而甘心醢之。不然，将围鲁。"①

说明鲍叔之言是国书之辞，这是"笔书以为文"。《左传·文公十八年》：

> 莒纪公生大子仆，又生季佗，爱季佗而黜仆，且多行无礼于国。仆因国人以弑纪公，以其宝玉来奔，纳诸宣公。公命与之邑，曰："今日必授。"②

而《国语·鲁语上》的记载则为：

> 莒太子仆弑纪公，以其宝来奔。宣公使仆人以书命季文子曰："夫莒太子不惮以吾故杀其君，而以宝来，其爱我甚矣。为我予之邑。今日必授，无逆命矣。"里革遇之而更其书曰："夫莒太子杀其君而窃其宝来，不识穷固又求自迩，为我流之于夷。今日必通，无逆命矣。"③

说明宣公之曰本为"以书命"，而"今日必授"只是"以书命"中的一句而已。因此，上述对《左传》所见"笔"体的论述，只是就《左传》所载而言，并非全部是当时的实际情况，即多有漏载者。

第三节 《释名》以"口出""笔书"的文体分类

汉末刘熙《释名序》曰：

> 夫名之于实，各有义类，百姓日称而不知其所以之意，故撰天地、阴阳、四时、邦国、都鄙、车服、丧纪，下及民庶应用之器，论

---

① （汉）司马迁：《史记》，中华书局1982年版，第1486页。
② 《春秋左传正义》，《十三经注疏》，上海古籍出版社1997年版，第1861页。
③ 胡文波校点：《国语》，上海古籍出版社2015年版，第116页。

叙指归，谓之《释名》。①

刘熙撰此书的目的是使百姓知晓日常名物事礼得名的缘由或含义。全书所释名物事礼共27类，计1500多条，其中"释言语""释书契""释典艺"三类有文体释名，涉及文体40多种。② 此处之所以称其论述者为文体，是以后世文体研究者的眼光视之，其论述者在《文章流别论》《文选》《文心雕龙》《文章缘起》《文章辨体序说》《文章明辨序说》等文体学著作中有所论及。而这三类，又不外乎"释言语"的"口出以为言"文体与"释书契""释典艺"的"笔书以为文"文体。以下述之。

一、"释言语"的文体释名与"口出"

"释言语"共170多条，论述与"言语"有关的事物、概念。其所论及的文体，刘熙自然是视其为"口出"，如：

> 文者，会集众采以成锦绣，会集众字以成辞义，如文绣然也。③
> 言，宣也，宣彼此之意也。
> 语，叙也，叙己所欲说也。
> 说，述也，宣述人意也。
> 序，杼也，拽杼其实也。④
> 颂，容也，序说其成功之形容也。
> 赞，录也，省录之也。⑤
> 铭，名也，记名其功也。
> 勒，刻也，刻识之也。
> 纪，记也，记识之也。⑥
> 哀，爱也，爱乃思念之也。⑦
> 教，效也，下所法效也。⑧

---

① 任继昉纂：《释名汇校》，齐鲁书社2006年版，第1页。
② 参见何志军：《刘熙〈释名〉与汉代文体形态研究》，《学术月刊》2010年第5期。
③ 任继昉纂：《释名汇校》，齐鲁书社2006年版，第171页。
④ 以上见任继昉纂：《释名汇校》，齐鲁书社2006年版，第176页。
⑤ 以上见任继昉纂：《释名汇校》，齐鲁书社2006年版，第177页。
⑥ 以上见任继昉纂：《释名汇校》，齐鲁书社2006年版，第178页。
⑦ 任继昉纂：《释名汇校》，齐鲁书社2006年版，第186页。
⑧ 任继昉纂：《释名汇校》，齐鲁书社2006年版，第189页。

> 难，惮也，人所忌惮也。①
> 疏，索也，获索相远也。②
> 绝，截也，如割截也。
> 祝，属也，以善恶之词相属著也。
> 诅，阻也，使人行事阻限于言也。③
> 盟，明也，告其事于神明也。
> 誓，制也，以拘制之也。④

从释与"言语"有关的事物、概念中，以上为与文体有关者，特为录出。

"释乐器"所释，为与"乐器"有关的事物、概念，应该是"乐器"所出者，即"音"或"声"，如下两条也应该是指"声"：

> 人声曰歌，歌，柯也，所歌之言是其质也。以声吟咏有上下，如草木之有柯叶也。故充冀言歌声如柯也。
> 吟，严也。其声本出于忧愁，故其声严肃，使人听之凄叹也。

就整体而言，"歌""吟"是可以视作文体的，但刘熙把此二者归入"释乐器"，就不是整体地称说"歌""吟"，而是就"乐器"谈"歌""吟"，所以有"其声本出于忧愁"地强调其"声"，所以有"所歌之言是其质也"地强调除"声"之外的"所歌之言"。因此，"释乐器"所言者就不是文体，而是把"口"也当作乐器得出的结论，而我们是把"口出"者作为一种语言表达。

二、"释书契"的文体释名与"笔书"

"释书契"，即释与"书""契"这两种动作有关的事物、概念，其所论及者有关涉文体的，刘熙自然是视其为"笔书"，如"释书契"载：

> 笔，述也，述事而书之也。⑤
> 奏，邹也；邹，狭小之言也。
> 札，栉也，编之如栉，齿相比也。

---

① 任继昉纂：《释名汇校》，齐鲁书社2006年版，第190页。
② 任继昉纂：《释名汇校》，齐鲁书社2006年版，第195页。
③ 以上见任继昉纂：《释名汇校》，齐鲁书社2006年版，第199页。
④ 以上见任继昉纂：《释名汇校》，齐鲁书社2006年版，第200页。
⑤ 任继昉纂：《释名汇校》，齐鲁书社2006年版，第322页。

简，间也，编之篇篇有间也。
簿，言可以簿疏密也。①
笏，忽也，君有教命，及所启白，则书其上。②
牒，睦也，手执之以进见，所以为恭睦也。
籍，籍也，所以籍疏人名户口也。③
檄，激也，下官所以激迎其上之书文也。④
谒，诣也；诣，告也，书其姓名于上，以告所至诣者也。
符，付也，书所敕命于上，付使传行之也。⑤
券，绻也，相约束缱绻以为限也。⑥
契，刻也，刻识其数也。⑦
策，书教令于上，所以驱策诸下也。
汉制：约敕封侯曰"册"。册，赜也。敕使整赜，不犯也。⑧
书，庶也，纪庶物也。亦言著之简纸，永不灭也。⑨
画，挂也，以五色挂物上也。⑩

书称"刺书"，以笔刺纸简之上也。又曰"写"，倒写此文也。书姓字于奏上曰"书刺"，作"再拜""起居"，字皆达其体，使书尽边，徐引笔书之，如画者也。下官刺曰"长刺"，长书中央一行而下之也。又曰"爵里刺"，书其官爵及郡县乡里也。⑪

书称"题"。题，谛也，审谛其名号也。亦言"第"，因其第次也。

书文书检曰"署"。署，予也，题所予者官号也。

上敕下曰"告"。告，觉也，使觉悟知己意也。

下言上曰"表"，思之于内，表施于外也。又曰"上"，示之于上也。又曰"言"，言其意也。⑫

---

① 以上见任继昉纂：《释名汇校》，齐鲁书社2006年版，第324页。
② 任继昉纂：《释名汇校》，齐鲁书社2006年版，第325页。
③ 以上见任继昉纂：《释名汇校》，齐鲁书社2006年版，第326页。
④ 任继昉纂：《释名汇校》，齐鲁书社2006年版，第327页。
⑤ 任继昉纂：《释名汇校》，齐鲁书社2006年版，第328页。
⑥ 任继昉纂：《释名汇校》，齐鲁书社2006年版，第329页。
⑦ 任继昉纂：《释名汇校》，齐鲁书社2006年版，第330页。
⑧ 以上见任继昉纂：《释名汇校》，齐鲁书社2006年版，第331页。
⑨ 见任继昉纂：《释名汇校》，齐鲁书社2006年版，第332页。
⑩ 任继昉纂：《释名汇校》，齐鲁书社2006年版，第333页。
⑪ 任继昉纂：《释名汇校》，齐鲁书社2006年版，第333~334页。
⑫ 以上见任继昉纂：《释名汇校》，齐鲁书社2006年版，第335页。

约，约束之也。敕，饰也，使自警饰，不敢废慢也。①

《释名》释与"书契"有关的事物、概念之名，多注意书写工具及书写载体，如笔、墨、纸、砚、笏、札、椠、牍等，还有玺、印之类封盖信物，即刘勰《文心雕龙·诔碑》论碑所谓"因器立名"②。

《释名》还多注意提交文字作品的方式，如"释书契"还载有：

　　示，示也，过所至关津，以示之也。
　　诣，启也，以君语官司，所至诣也。③

三、"释典艺"的文体释名与"口出""笔书"

《释名》"释典艺"中多述及文体。当我们理解《释名》之释是文体的"典艺"，那么"典艺"之"典"，即简册，指可以作为典范的重要书籍。《书·五子之歌》："明明我祖，万邦之君，有典有则，贻厥子孙。"孔传："典，谓经籍。"④当"典"作为常道、准则、常法或典礼、仪节之义，也需要物质记载才能显示于世，《国语·周语下》："若启先王之遗训，省其典图刑法，而观其废兴者，皆可知也。"⑤所谓"省其典图"就是阅读"笔书以为文"者。

"典艺"之"艺"，指礼、乐、射、御、书、数六种古代教学科目。《礼记·学记》："不兴其艺，不能乐学。"《注疏》："艺谓礼、乐、射、御、书、数。"⑥《论语·述而》："志于道，据于德，依于仁，游于艺。"何晏《集解》："艺，六艺也。"邢昺疏："六艺谓礼、乐、射、驭、书、数也。"⑦"六艺"中的"礼、乐、书、数"为"笔书"。"六艺"又指儒家的"六经"，即《礼》《乐》《书》《诗》《易》《春秋》。《史记·滑稽列传》："孔子曰：'六艺于治一也。《礼》以节人，《乐》以发和，《书》以道事，《诗》以达意，

---

① 任继昉纂：《释名汇校》，齐鲁书社2006年版，第336页。
② （南朝梁）刘勰撰，詹锳义证：《文心雕龙义证》，上海古籍出版社1989年版，第457页。
③ 以上见任继昉纂：《释名汇校》，齐鲁书社2006年版，第332页。
④ 《尚书正义》，《十三经注疏》，上海古籍出版社1997年版，第157页。
⑤ 胡文波校点：《国语》，上海古籍出版社2015年版，第71页。
⑥ 《礼记正义》，《十三经注疏》，上海古籍出版社1997年版，第1522页。
⑦ 《论语注疏》，《十三经注疏》，上海古籍出版社1997年版，第2481~2482页。

《易》以神化，《春秋》以义。'"①这就是指经籍、经艺了，汉王充《论衡·艺增》："言审莫过圣人，经艺万世不易。"②"笔书"可以做到"万世不易"。

"释典艺"所录有文体性质者如下：

> 三坟，坟，分也，论三才之分，天、地、人之治，其体有三也。
> 五典，典，镇也，制法所以镇定上下，其等有五也。③
> 经，径也，如径路无所不通，可常用也。④
> 仪，宜也，得事宜也。
> 传，传也，以传示后人也。
> 记，纪也，纪识之也。

传、记为"笔书"，《文心雕龙·总术》载颜延年"传、记则笔而非言"语⑤。

> 诗，之也，志之所之也。兴物而作谓之"兴"。敷布其义谓之"赋"。事类相似谓之"比"，言王政之事谓之"雅"，称颂成功谓之"颂"，随作者之志而别名之也。⑥

刘师培《论文杂记四》所谓"谣谚之作先于诗歌。厥后诗歌继兴，始著文字于竹帛"⑦。诗，"始著文字于竹帛"已是"笔书"。

> 令，领也，理领之，使不得相犯也。⑧
> 诏书，诏，昭也。人暗不见事宜，则有所犯，以此示之，使昭然知所由也。⑨
> 论，伦也，有伦理也。
> 称人之美曰"赞"。赞，纂也，纂集其美而叙之也。⑩

---

① （汉）司马迁：《史记》，中华书局1982年版，第3197页。
② （汉）王充：《论衡》，上海人民出版社1974年版，第129页。
③ 以上见任继昉纂：《释名汇校》，齐鲁书社2006年版，第337页。
④ 任继昉纂：《释名汇校》，齐鲁书社2006年版，第338页。
⑤ （南朝梁）刘勰撰，詹锳义证：《文心雕龙义证》，上海古籍出版社1989年版，第1627页。
⑥ 以上见任继昉纂：《释名汇校》，齐鲁书社2006年版，第340页。"诗"条本缺"风"。
⑦ 陈引驰编校：《刘师培中古文学论集》，中国社会科学出版社1997年版，第227页。
⑧ 任继昉纂：《释名汇校》，齐鲁书社2006年版，第343页。
⑨ 任继昉纂：《释名汇校》，齐鲁书社2006年版，第344页。
⑩ 以上见任继昉纂：《释名汇校》，齐鲁书社2006年版，第345页。

>   叙，杼也，杼泄其实，宣见之也。
>   铭，名也，述其功美，使可称名也。
>   诔，累也，累列其事而称之也。
>   谥，曳也，物在后为曳，言名之于人亦然也。①
>   谱，布也，布列见其事也。②
>   统，绪也，主绪人世类相继，如统绪也。
>   碑，披也。此本王莽时所设也，施其辘轳，以绳被其上，以引棺也。臣、子追述君父之功美，以书其上。后人因焉，无故建于道陌之头、显见之处，名其文，就谓之"碑"也。③
>   词，嗣也，令撰善言，相续嗣也。④

《释名》"释典艺"，主要也应该是文体之"笔书"者。

但《释名》"释典艺"中又有本是"口出"而后成为"笔书"者，如：

>   《国语》，记诸国君臣相与言语、谋议之得失也。⑤
>   《论语》，纪孔子与诸弟子所语之言也。⑥

"诸国君臣相与言语""孔子与诸弟子所语之言"本为"口出以为言"，但记下来就是"笔书以为文"了。

四、《释名》文体分类的启示

其一，文体分类的两分法。《释名》把其对文体的论述，分别归于"释言语""释书契""释典艺"与"释乐器"中，可知《释名》认定文体的分类实际上只有"口出"与"笔书"两大项。而同是"笔书"的"释书契""释典艺"二者相分，则是"笔书"的两大层次，前者为一般情况，后者既为意义层面上的，又指已经成书者。

其二，文体分类的"口出""笔书"两分法，又提供给我们考虑问题、考察文体从"口出"到"笔书"的新思路。《释名》中似乎有不可解者，如

---

① 以上见任继昉纂：《释名汇校》，齐鲁书社2006年版，第346页。
② 任继昉纂：《释名汇校》，齐鲁书社2006年版，第347页。
③ 以上见任继昉纂：《释名汇校》，齐鲁书社2006年版，第348页。
④ 任继昉纂：《释名汇校》，齐鲁书社2006年版，第351页。
⑤ 任继昉纂：《释名汇校》，齐鲁书社2006年版，第341页。
⑥ 任继昉纂：《释名汇校》，齐鲁书社2006年版，第342页。

"释言语"的"铭,名也,记名其功也"及"勒,刻也,刻识之也",我们现在肯定把"铭""勒"视为"书契"之类,从表意的偏旁就可以这样下结论。但刘熙把"铭""勒"二者归入"言语",或许表明它们原先应该是"言语",经历了一个从"言语"到"书契"的过程。如"铭",《礼记·祭统》:

> 夫鼎有铭,铭者,自名也。自名以称扬其先祖之美,而明著之后世者也。为先祖者,莫不有美焉,莫不有恶焉,铭之义,称美而不称恶。此孝子孝孙之心也。唯贤者能之。铭者,论撰其先祖之有德善、功烈、勋劳、庆赏、声名,列于天下,而酌之祭器,自成其名焉,以祀其先祖者也。(郑玄注:"铭,谓书之刻之以识事者也。")①

当然是先有"言语"的"称扬""论撰",后才有"明著""酌之祭器",后世看到的都是物质形态的"铭",所以有郑玄注云云。而"释典艺"之"铭,名也,述其功美,使可称名也",则真正是"书契"类的"铭"。又如"勒",《说文·革部》:"勒,马头络衔也。"②而《大戴礼记·盛德》"古者以法为衔勒"③,以控制嘴巴的衔勒比拟以法对人们行为的控制。《文选·潘岳〈西征赋〉》"俾幽死而莫鞠",李善注:"毛苌《诗传注》曰:'勒,告也。'"④《文选·班固〈东都赋〉》"勒三军,誓将士",张铣注:"勒、誓,皆教令。"⑤那么,这些地方的"勒",就是言语。这些都表明,我们理解文体释名,应该怎样追溯其最原始的情况。

其三,《释名》在"释言语"中称"文者,会集众采以成锦绣,会集众字以成辞义,如文绣然也",但现在的普遍解释是有了文字,才能称文字的作品为"文",如章太炎曰:

> 文学者,以有文字著于竹帛,故谓之文。⑥

因此,从正常的释文体而言,"文"应该在"笔书以为文"的文体之前。臆测《释名》把"文"列于"释言语"之首的原因,从"释言语"又在"释书契"

---

① 《礼记正义》,《十三经注疏》,上海古籍出版社1997年版,第1606页。
② (汉)许慎撰,(清)段玉裁注:《说文解字注》,上海古籍出版社1981年版,第110页。
③ (清)王聘珍撰,王文锦点校:《大戴礼记解诂》,《十三经清人注疏》本,中华书局1983年版,第145页。
④ (南朝梁)萧统撰,(唐)李善等注:《六臣注文选》,中华书局1987年版,第203页。
⑤ (南朝梁)萧统撰,(唐)李善等注:《六臣注文选》,中华书局1987年版,第38页。
⑥ 章太炎:《国故论衡·文学总略》,上海古籍出版社2003年版,第49页。

"释典艺"之前来看,"文"为此三者释文体之首,大有笼括、提起众文体之势,于是,《释名》把"文"列于"释言语"之首就不奇怪了。而且"文"之上本有:

> 道,导也,所以通道万物也。
> 德,得也,得事宜也。①

更可显示其总括的意味。而总括,往往是古代文论的方法之一,如传统文论在实施具体的文学评论及论述具体的文学问题时,常常喜欢追寻文学的终极存在原因与终极价值、终极意义等,似乎期望以此作为对文学的终极解释。如《文心雕龙》作为一部指导写作的书,其开篇就是《原道》,即探讨"文"的本源及"文"的普遍性、绝对性,所谓"文之为德也大矣,与天地并生者"②。又如沈约《宋书·谢灵运传论》论述情文互用的文学史与声律,而一开篇先论述诗歌的产生,所谓"民禀天地之灵,含五常之德,刚柔迭用,喜愠分情",于是"志动于中,则歌咏外发",③ 沈约要把论述的文人诗歌传统创作与诗歌产生的原始原因建立逻辑上的必然联系,这是传统文论追根究底的一种品格。又如《诗品·序》一开头谈诗歌的产生与诗歌的作用;《北史·文苑传》起始便称"夫人有六情,禀五常之秀;情感六气,顺四时之序。盖文之所起,情发于中"④,都有如此意味。

第四节 《世说新语》的"口出"与"笔书"

《世说新语》三十六门,前四门为"德行""言语""政事""文学",为孔学四门,"言语"为"口出以为言"自无疑问,"文学"为文章博学,本应该为"笔书以为文",却又有"口出"与"笔书"之分。"文学"的第一条为"郑玄在马融门下",第六十五条为"桓南郡与殷荆州共谈",以时代为序,井然不紊;第六十六条为"文帝尝令东阿王七步作诗",末条为"桓玄下都",又另以时代为序。显然,"文学"分为两大部分,人们对此有所解释,余嘉锡《笺疏》引李慈铭云:

---

① 以上见任继昉纂:《释名汇校》,齐鲁书社2006年版,第171页。
② (南朝梁)刘勰撰,詹锳义证:《文心雕龙义证》,上海古籍出版社1989年版,第2页。
③ (南朝梁)沈约:《宋书》,中华书局1974年版,第1778页。
④ (唐)李延寿:《北史》,中华书局1974年版,第2781页。

> 案临川之意分此以上为"学"，此以下为"文"。然其所谓"学"者，清言、释、老而已。①

所谓以"学"以"文"，也就是以"文章"与"博学"分类，"文章"的上部分为"博学"，下部分为"文章"。

"文章"的上部分为"博学"，以"清言"经典为主，如上部分的两条：

> 郑玄欲注《春秋传》，尚未成时，行与服子慎遇宿客舍，先未相识，服在外车上与人说己注《传》意，玄听之良久，多与己同。玄就车与语曰："吾久欲注，尚未了。听君向言，多与我同。今当尽以所注与君。"遂为服氏注。

此条是说郑玄与服子慎关于注《春秋传》的对话。

> 郑玄家奴婢皆读书。尝使一婢。不称旨，将挞之。方自陈说，玄怒，使人曳着泥中。须臾，复有一婢来，问曰："胡为乎泥中？"答曰："薄言往诉，逢彼之怒。"②

此条讲郑玄家奴婢皆读书，以《诗经》成句的话语交流。此所谓"文章博学"之"博学"，其表现则为"清言"，以经典为言论对象。其他诸条为"清言"释、老经典，同归于"文学"之"学"。

此上部分可谓"口出以为言"。只有一例似乎是特殊情况，即第七条：

> 何平叔注《老子》，始成，诣王辅嗣，见王《注》精奇，乃神伏曰："若斯人，可与论天人之际矣！"因以所注为《道德二论》。③

但此一例，实际上突出的是何平叔对王辅嗣《老子注》的赞赏，所谓"若斯人，可与论天人之际矣！"刘孝标注《世说新语》引《魏氏春秋》曰："（王）

---

① （南朝宋）刘义庆撰，（南朝梁）刘孝标注，余嘉锡笺疏：《世说新语笺疏》，上海古籍出版社1993年版，第244页。
② （南朝宋）刘义庆撰，（南朝梁）刘孝标注，余嘉锡笺疏：《世说新语笺疏》，上海古籍出版社1993年版，第192~193页。
③ （南朝宋）刘义庆撰，（南朝梁）刘孝标注，余嘉锡笺疏：《世说新语笺疏》，上海古籍出版社1993年版，第198页。

弼论道约美不如(何)晏,自然出拔过之。"也是讲他俩的"论道"。

"文章"的下部分为"文",所论谓作品创作的情况,如第二、三条:

> 魏朝封晋文王为公,备礼九锡,文王固让不受。公卿将校当诣府敦喻。司空郑冲驰遣信就阮籍求文。籍时在袁孝尼家,宿醉扶起,书札为之,无所点定,乃写付使。时人以为神笔。
>
> 左太冲作《三都赋》初成,时人互有讥訾,思意不惬。后示张公,张曰:"此二京可三。然君文未重于世,宜以经高名之士。"思乃询求于皇甫谧,谧见之嗟叹,遂为作《叙》。于是先相非贰者,莫不敛衽赞述焉。①

这是叙说撰作《为郑冲劝晋王笺》《三都赋叙》的情况。此上部分可谓对"笔书以为文"的记载。

因此我们说,《世说新语·文学》的上下两部分,也有"口出以为言"与"笔书以为文"相分的意味。此作为拟测,附著于此。

第五节 《文心雕龙》《史通》论"口出"与"笔书"

一、《文心雕龙》论文体"口出""笔书"二阶段

"口出"与"笔书"之辨,已经进入刘勰考察文体的视野之中,如《文心雕龙·总术》既引颜延之的"笔之为体,言之文也",并称"发口为言,属笔曰翰"②;《文心雕龙·章表》称尧舜的章表"并陈辞帝庭,匪假书翰",称周时的章表"言笔未分"③,等等。

《文心雕龙》讨论"口笔之辨",更着力在文体的"口出"与"笔书"两分以及如何从"口出"到"笔书"的。这里的意味有二:一是实际上表达的"口出"与"笔书";二是在"笔书"的表达阶段前,是"口出"的表达,以后才

---

① (南朝宋)刘义庆撰,(南朝梁)刘孝标注,余嘉锡笺疏:《世说新语笺疏》,上海古籍出版社1993年版,第245~247页。

② (南朝梁)刘勰撰,詹锳义证:《文心雕龙义证》,上海古籍出版社1989年版,第1627~1629页。

③ (南朝梁)刘勰撰,詹锳义证:《文心雕龙义证》,上海古籍出版社1989年版,第820~822页。

是"笔书"的"缘饰"化表达,即如章太炎所说:

> 檄之萌芽,在张仪檄楚相,徒述口语,不见缘饰。及陈琳、锺会以下,专为恣肆。颜竣檄元凶劭,其父延之,览书而知作者,亦无韵之赋也。①

以下依刘勰《文心雕龙》各章的次序,一一列举之,或有所解说。

诗,《文心雕龙·时序》:

> 时运交移,质文代变,古今情理,如可言乎!昔在陶唐,德盛化钧,野老吐"何力"之谈,郊童含"不识"之歌。有虞继作,政阜民暇,"薰风"诗于元后,"烂云"歌于列臣。尽其美者,何乃心乐而声泰也。至大禹敷土,"九序"咏功,成汤圣敬,"猗欤"作颂。逮姬文之德盛,《周南》勤而不怨;大王之化淳,《邠风》乐而不淫。幽厉昏而《板》、《荡》怒,平王微而《黍离》哀。故知歌谣文理,与世推移,风动于上,而波震于下者。②

这是述说"口出"之"言"时代的"诗"。

《文心雕龙·乐府》:

> 匹夫庶妇,讴吟土风,诗官采言,乐胥被律。③

"诗官采言",即诗进入了"笔书"的阶段,但仍是"口出"与"笔书"共存,甚至今天亦是。诗是韵语较早实现以文字著录者。

赋,《文心雕龙·诠赋》:

> 至如郑庄之赋"大隧",士蒍之赋"狐裘",结言短韵,词自己作,虽合赋体,明而未融。……繁积于宣时,校阅于成世,进御之

---

① 章太炎:《国故论衡》,上海古籍出版社2003年版,第86页。
② (南朝梁)刘勰撰,詹锳义证:《文心雕龙义证》,上海古籍出版社1989年版,第1653~1657页。
③ (南朝梁)刘勰撰,詹锳义证:《文心雕龙义证》,上海古籍出版社1989年版,第226页。

赋千有余首。①

"郑庄之赋'大隧'"云云是赋的"口出以为言"的阶段，而到"进御之赋，千有余首"，则是以"笔书以为文"为主。

颂，《文心雕龙·颂赞》：

> 昔帝喾之世，咸墨为颂，以歌《九韶》。自商以下，文理允备。夫化偃一国谓之风，风正四方谓之雅，雅容告神谓之颂。风雅序人，事兼变正；颂主告神，故义必纯美。鲁以公旦次编，商以前王追录，斯乃宗庙之正歌，非宴飨之常咏也。《时迈》一篇，周公所制，哲人之颂，规式存焉。夫民各有心，勿壅惟口。晋舆之称原田，鲁民之刺裘鞸，直言不咏，短辞以讽，丘明、子高，并谓为诵，斯则野诵之变体，浸被乎人事矣。及三闾《橘颂》，情采芬芳，比类寓意，乃覃及细物矣。②

上述"颂"为"歌""咏""讽""诵"，多有"口出以为言"的性质；以下"颂"则明言为"笔书"之"刻文"：

> 至于秦政刻文，爰颂其德；汉之惠景，亦有述容。③

赞，《文心雕龙·颂赞》：

> 赞者，明也，助也。昔虞舜之祀，乐正重赞，盖唱发之辞也。及益赞于禹，伊陟赞于巫咸，并飏言以明事，嗟叹以助辞也。故汉置鸿胪，以唱言为赞，即古之遗语也。④

以上为"口出"之"赞"，以下为"笔书"之"赞"：

---

① （南朝梁）刘勰撰，詹锳义证：《文心雕龙义证》，上海古籍出版社1989年版，第274~280页。
② （南朝梁）刘勰撰，詹锳义证：《文心雕龙义证》，上海古籍出版社1989年版，第313页~322页。
③ （南朝梁）刘勰撰，詹锳义证：《文心雕龙义证》，上海古籍出版社1989年版，第322页。
④ （南朝梁）刘勰撰，詹锳义证：《文心雕龙义证》，上海古籍出版社1989年版，第338~340页。

> 至相如属笔，始赞《荆轲》。及迁《史》固《书》，托赞褒贬，约文以总录，颂体以论辞；又纪传后评，亦同其名。①

"口出"之"赞"与"笔书"之"赞"有着相当的演变关系。

盟，《文心雕龙·祝盟》：

> 在昔三王，诅盟不及，时有要誓，结言而退。②

从前夏商周三王时期，没有成文字的盟誓，时常只是口头的约誓，说定了就行了，是"口出以为言"，如《春秋公羊传·桓公三年》称为"古者不盟，结言而退"的"胥命"："夏，齐侯、卫侯胥命于蒲。胥命者何？相命也。何言乎相命？近正也。此其为近正奈何？古者不盟，结言而退。"③

箴，《文心雕龙·铭箴》：

> 箴者，针也，所以攻疾防患，喻针石也。斯文之兴，盛于三代。夏商二箴，余句颇存。及周之辛甲，《百官箴》阙，唯《虞箴》一篇，体义备焉。迄至春秋，微而未绝。故魏绛讽君于后羿，楚子训民于在勤。战代以来，弃德务功，铭辞代兴，箴文萎绝……夫箴诵于官，铭题于器。④

箴在商周时代盛行，主要还是在"口出以为言"的阶段，所以说"箴诵于官"。

吊，《文心雕龙·哀吊》称"吊"为"宾之慰主，以至到为言也"⑤，此即"口出"，《礼记·曲礼上》"知生者吊，知死者伤"，孔颖达正义：

---

① （南朝梁）刘勰撰，詹锳义证：《文心雕龙义证》，上海古籍出版社1989年版，第342页。
② （南朝梁）刘勰撰，詹锳义证：《文心雕龙义证》，上海古籍出版社1989年版，第378页。
③ 《春秋公羊传注疏》，《十三经注疏》，上海古籍出版社1997年版，第2214页。
④ （南朝梁）刘勰撰，詹锳义证：《文心雕龙义证》，上海古籍出版社1989年版，第409~420页。
⑤ （南朝梁）刘勰撰，詹锳义证：《文心雕龙义证》，上海古籍出版社1989年版，第474页。

> 吊辞乃使口致命，伤辞当书之于板，使者读之。①

《文心雕龙·书记》所谓"又子叔敬叔，进吊书于滕君，固知行人挈辞，多被翰墨矣"②，此即所谓"伤辞当书之于板"，是"笔书以为文"。

谐，《文心雕龙·谐讔》：

> 谐之言皆也，辞浅会俗，皆悦笑也。昔齐威酣乐，而淳于说甘酒；楚襄宴集，而宋玉赋《好色》。意在微讽，有足观者。及优旃之讽漆城，优孟之谏葬马，并谲辞饰说，抑止昏暴。③

这是"口出"，但刘勰又称"子长编史，列传滑稽""魏文因俳说以著笑书"，这是由"口出"而"笔书"，至刘勰所称"潘岳丑妇之属，束皙卖饼之类，尤而效之，盖以百数"④，则是纯粹的"笔书"。

讔，《文心雕龙·谐讔》：

> 讔者，隐也。遁辞以隐意，谲譬以指事也。昔还社求拯于楚师，喻眢井而称麦麹；叔仪乞粮于鲁人，歌珮玉而呼庚癸；伍举刺荆王以大鸟，齐客讥薛公以海鱼；庄姬托辞于龙尾，臧文谬书于羊裘。⑤

"臧文谬书于羊裘"见《列女传》的记载，是臧文仲把隐语写在书信中，这自然是"笔书"，其他都为"口出"。"谐""讔"的从"口出"到"笔书"的路径有二：一为"谐""讔"的撰作主体的撰作为"笔书"，即专门的"笔书"之"谐""讔"；二是记载他人的"谐""讔"而从"口出"到"笔书"。

说，《文心雕龙·论说》：

> 说者，悦也。兑为口舌，故言资悦怿；过悦必伪，故舜惊谗说。

---

① 《礼记正义》，《十三经注疏》，上海古籍出版社1997年版，第1249页。
② （南朝梁）刘勰撰，詹锳义证：《文心雕龙义证》，上海古籍出版社1989年版，第920页。
③ （南朝梁）刘勰撰，詹锳义证：《文心雕龙义证》，上海古籍出版社1989年版，第529~530页。
④ （南朝梁）刘勰撰，詹锳义证：《文心雕龙义证》，上海古籍出版社1989年版，第530~535页。
⑤ （南朝梁）刘勰撰，詹锳义证：《文心雕龙义证》，上海古籍出版社1989年版，第539~541页。

> 说之善者:伊尹以论味隆殷,太公以辨钓兴周,及烛武行而纾郑,端木出而存鲁,亦其美也。
>
> 暨战国争雄,辨士云涌;从横参谋,长短角势;转丸骋其巧辞,飞钳伏其精术。一人之辨,重于九鼎之宝;三寸之舌,强于百万之师。六印磊落以佩,五都隐赈而封。至汉定秦楚,辨士弭节。郦君暨毕于齐镬,蒯子几入乎汉鼎。虽复陆贾籍甚,张释傅会,杜钦文辨,楼护唇舌,颉颃万乘之阶,抵噓公卿之席,并顺风以托势,莫能逆波而溯洄矣。①

以上都是"口出",以下则专门说到"笔书",所谓"不专缓颊,亦在刀笔":

> 夫说贵抚会,弛张相随,不专缓颊,亦在刀笔。范睢之言事,李斯之止逐客,并烦情入机,动言中务,虽批逆鳞,而功成计合,此上书之善说也。至于邹阳之说吴梁,喻巧而理至,故虽危而无咎矣。敬通之说鲍邓,事缓而文繁,所以历骋而罕遇也。②

檄,《文心雕龙·檄移》:

> 至周穆西征,祭公谋父称"古有威让之令,有文告之辞",即檄之本源也。及春秋征伐,自诸侯出,惧敌弗服,故兵出须名,振此威风,暴彼昏乱。刘献公之所谓"告之以文辞,董之以武师"者也。齐桓征楚,诘苞茅之阙;晋厉伐秦,责箕郜之焚。管仲、吕相,奉辞先路,详其意义,即今之檄文。暨乎战国,始称为檄。檄者,皦也。宣露于外,皦然明白也。张仪檄楚,书以尺二。明白之文,或称露布。露布者,盖露板不封,播诸视听也。③

檄的前身为"口出以为言"的"古有威让之令,令有文告之辞",到战国时则有"书以尺二"的"笔书以为文"。

章表,《文心雕龙·章表》:

---

① (南朝梁)刘勰撰,詹锳义证:《文心雕龙义证》,上海古籍出版社1989年版,第707~712页。此例中"辨"通"辩"。
② (南朝梁)刘勰撰,詹锳义证:《文心雕龙义证》,上海古籍出版社1989年版,第715~717页。
③ (南朝梁)刘勰撰,詹锳义证:《文心雕龙义证》,上海古籍出版社1989年版,第762~766页。

> 夫设官分职，高卑联事。天子垂珠以听，诸侯鸣玉以朝。敷奏以言，明试以功。故尧咨四岳，舜命八元，固辞再让之请，俞往钦哉之授，并陈辞帝庭，匪假书翰。然则敷奏以言，则章表之义也；明试以功，即授爵之典也。至太甲既立，伊尹书诫，思庸归亳，又作书以赞。文翰献替，事斯见矣。周监二代，文理弥盛。再拜稽首，对扬休命，承文受册，敢当丕显。虽言笔未分，而陈谢可见。①
>
> 前汉表谢，遗篇寡存。及后汉察举，必试章奏。左雄奏议，台阁为式；胡广章奏，天下第一：并当时之杰笔也。②

章表一开始是"敷奏以言"，既然说"周监二代"的"言笔未分"，那么周时已是章表的"笔书以为文"了。刘勰把古来"章表"文体的发展先分为两个阶段，即"匪假书翰"的口头表达阶段以及"文翰献替"的文字表达而"言笔未分"阶段。"章表"有一个由"匪假书翰"到"文翰献替"的过程，这个历史进程是肯定的，但是否就发生在伊尹时期？这也就是说，"口出"之前先"作书"，先形成一个文字的东西再"口出以为言"，在很早之前就是共识。

二、《文心雕龙》论起始即"笔书"的文体

刘勰所论的文体，有些一开始就是"笔书"的，如铭，《文心雕龙·铭箴》：

> 昔帝轩刻舆几以弼违，大禹勒笋虡而招谏。成汤盘盂，著日新之规；武王户席，题必戒之训。周公慎言于金人，仲尼革容于敧器，则先圣鉴戒，其来久矣。……夏铸九牧之金鼎，周勒肃慎之楛矢，令德之事也；吕望铭功于昆吾，仲山镂绩于庸器，计功之义也；魏颗纪勋于景钟，孔悝表勤于卫鼎，称伐之类也。③

但刘勰又说"箴诵于官，铭题于器，名目虽异，而警戒实同"④，称"警戒

---

① （南朝梁）刘勰撰，詹锳义证：《文心雕龙义证》，上海古籍出版社1989年版，第820~822页。
② （南朝梁）刘勰撰，詹锳义证：《文心雕龙义证》，上海古籍出版社1989年版，第831页。
③ （南朝梁）刘勰撰，詹锳义证：《文心雕龙义证》，上海古籍出版社1989年版，第388~394页。
④ （南朝梁）刘勰撰，詹锳义证：《文心雕龙义证》，上海古籍出版社1989年版，第420页。

实同"者有"口出"与"笔书"不同的两种文体。

碑，《文心雕龙·诔碑》：

> 碑者，埤也。上古帝皇，纪号封禅，树石埤岳，故曰碑也。周穆纪迹于弇山之石，亦古碑之意也。又宗庙有碑，树之两楹，事止丽牲，未勒勋绩。而庸器渐缺，故后代用碑，以石代金，同乎不朽，自庙徂坟，犹封墓也。①

碑一开始即为纪迹于石的，是"笔书"。

封禅文，《文心雕龙·封禅》：

> 昔黄帝神灵，克膺鸿瑞，勒功乔岳，铸鼎荆山。②

"勒功""铸鼎"，自然是最早的"笔书"。颜延之《庭诰》云：

> 荀爽云：诗者古之歌章，然则《雅》《颂》之乐篇全矣，是以后之诗者，率以歌为名。及秦勒望岱，汉祀郊宫，辞著前史者，文变之高制也。虽雅声未至，弘丽难追矣。③

从"率以歌为名"到"秦勒望岱"，即从"口出"到"笔书"，所以《庭诰》称"文变之高制也"。

书，《文心雕龙·书记》：

> 三代政暇，文翰颇疏。《春秋》聘繁，书介弥盛。绕朝赠士会以策，子家与赵宣以书，巫臣之遗子反，子产之谏范宣，详观四书，辞若对面。④

---

① （南朝梁）刘勰撰，詹锳义证：《文心雕龙义证》，上海古籍出版社1989年版，第443~444页。
② （南朝梁）刘勰撰，詹锳义证：《文心雕龙义证》，上海古籍出版社1989年版，第798页。
③ （宋）李昉等：《太平御览》，中华书局1960年版，第2639~2640页。
④ （南朝梁）刘勰撰，詹锳义证：《文心雕龙义证》，上海古籍出版社1989年版，第920页。

被称为"文翰"的"书",一开始就是"笔书"。《书记》篇又称:

> 及七国献书,诡丽辐辏;汉来笔札,辞气纷纭。观史迁之《报任安》,东方朔之难公孙,杨恽之酬会宗,子云之答刘歆,志气盘桓,各含殊采,并杼轴乎尺素,抑扬乎寸心。①

称其"笔札",称其"杼轴乎尺素",当然更是"笔书"了。

三、《史通》论史书的"口出"与"笔书"

《史通·内篇·言语》论述史书的文辞问题,其中多有普遍意义的"口笔之辨"的论证,以下述之。其云:

> 盖枢机之发,荣辱之主,言之不文,行之不远,则知饰词专对,古之所重也。②

所谓"专对",即任使节时独自随机应答。《论语·子路》:"诵诗三百,授之以政,不达;使于四方,不能专对。虽多,亦奚以为?"何晏《集解》:"专,犹独也。"③《汉书·王吉传》:"光禄勋匡衡亦举骏有专对材。"颜师古注:"谓见问即对,无所疑也。"④这是讲"口出"的阶段。

> 夫上古之世,人惟朴略,言语难晓,训释方通。是以寻理则事简而意深,考文则词艰而义释,若《尚书》载伊尹之训,皋陶之谟,《洛诰》《康诰》《牧誓》《泰誓》是也。
>
> 周监二代,郁郁乎文。大夫、行人,尤重词命,语微婉而多切,言流靡而不淫,若《春秋》载吕相绝秦,子产献捷,臧孙谏君纳鼎,魏绛对戎扬干是也。
>
> 战国虎争,驰说云涌,人持弄丸之辩,家挟飞钳之术,剧谈者以谲诳为宗,利口者以寓言为主,若《史记》载苏秦合纵,张仪连横,

---

① (南朝梁)刘勰撰,詹锳义证:《文心雕龙义证》,上海古籍出版社1989年版,第924页。
② (唐)刘知幾著,(清)浦起龙通释,王煦华整理:《史通通释》,上海古籍出版社2009年版,第138页。
③ 《论语注疏》,《十三经注疏》,上海古籍出版社1997年版,第2507页。
④ (汉)班固:《汉书》,中华书局1962年版,第3366~3367页。

范雎反间以相秦，鲁连解纷而全赵是也。①

刘知幾认为这些"言语"都是"饰词专对"。浦起龙释称上述"上古之世""周监二代""战国虎争"各为"口语一层"，并总括曰：

> 此三层为言语举似其类，由浑朴而流婉、而诡辩，皆是应声而出，非若后世假章札以为工者。②

刘知幾接着说："逮汉、魏以降，周、隋而往，世皆尚文，时无专对。运筹画策，自具于章表；献可替否，总归于笔札。""总归于笔札"者，不再是"口出以为言"，而是"笔书以为文"。于是，"宰我、子贡之道不行，苏秦、张仪之业遂废矣。假有忠言切谏，《答戏》《解嘲》，其可称者，若朱云折槛以抗愤，张纲埋轮而献直。秦宓之酬吴客，王融之答虏使，此之小辩，曾何足云"，"是以历选载言，布诸方册，自汉以下，无足观焉"。③那么，他认为汉代以前的"言语"才是"口出"，因此吕思勉评曰："古人重口舌，故其言语优于后世；后世重笔札，故其文字较胜于古人。"④刘知幾接着说此三层口语"其言皆可讽咏"的特点：

> 寻夫战国已前，其言皆可讽咏，非但笔削所致，良由体质素美。何以核诸？至如"鹑贲""鸲鹆"，童竖之谣也；"山木""辅车"，时俗之谚也；"皤腹弃甲"，城者之讴也；"原田是谋"，舆人之诵也。斯皆刍词鄙句，犹能温润若此，况乎束带立朝之士，加以多闻博古之识者哉！则知时人出言，史官入记，虽有讨论润色，终不失其梗概者也。⑤

以上所谈，均为刘知幾对"口出以为言"的论述，所以也是以"言语"命名。

---

① (唐)刘知幾著，(清)浦起龙通释，王煦华整理：《史通通释》，上海古籍出版社 2009 年版，第 138~139 页。
② (唐)刘知幾著，(清)浦起龙通释，王煦华整理：《史通通释》，上海古籍出版社 2009 年版，第 139 页。
③ (唐)刘知幾著，(清)浦起龙通释，王煦华整理：《史通通释》，上海古籍出版社 2009 年版，第 139 页。
④ 吕思勉：《史通评》，《史学与史籍七种》，上海古籍出版社 2009 年版，第 157 页。
⑤ (唐)刘知幾著，(清)浦起龙通释，王煦华整理：《史通通释》，上海古籍出版社 2009 年版，第 139 页。

刘知幾又谈到"言""事"由分载到同载。《史通·内篇·载言》先说分载：

> 古者言为《尚书》，事为《春秋》，左右二史，分尸其职。盖桓、文作霸，纠合同盟，春秋之时，事之大者也，而《尚书》阙纪；秦师败绩，缪公诫誓，《尚书》之中，言之大者也，而《春秋》靡录。此则言、事有别，断可知矣。①

这是史官记载的"言、事有别"阶段。

> 逮左氏为书，不遵古法，言之与事，同在传中。然而言事相兼，烦省合理，故使读者寻绎不倦，览讽忘疲。②

这是史官记载的"言事相兼"的阶段，以后的史书都遵循这样的记载模式。"言事相兼"对于"口笔之辨"的意义在于：使"口出"的语言环境更为清楚地表述出来，"口出"的语言环境成为文体命名的主要依据。

---

① （唐）刘知幾著，（清）浦起龙通释，王煦华整理：《史通通释》，上海古籍出版社 2009 年版，第 30 页。
② （唐）刘知幾著，（清）浦起龙通释，王煦华整理：《史通通释》，上海古籍出版社 2009 年版，第 30 页。

第二章 "口出以为言"与文学活动

第一节 先秦的公共朗读

公共朗读是先秦时代信息传播的主要方式之一。《说文·言部》："读，籀书也。"段玉裁注："《竹部》曰：籀，读书也。"①读，一是强调要有听的对象，二是要有文本的，何休注《公羊传·定公元年》"定、哀多微辞，主人习其读而问其传"之"读"，即直接曰："读，谓经。"②又如"读法"（诵读法令）、"读祝"（祭祀时宣读祈祷文）、"读鞠"（审判时，宣读起诉理由），此处的"读"，一般是有文本依据、底本依据的"读"，俗话所谓照着文字念，但也包括背诵之类。朗读，即清清楚楚地高声读诵，或称朗诵，是"口出以为言"。

一、听政制度下的公共朗读

听政，即帝王或摄政的人，上朝听取臣子报告，并决定政事，坐朝处理政务。《左传·昭公元年》："君子有四时，朝以听政，昼以访问，夕以修令，夜以安身。"③《礼记·玉藻》："君日出而视之，退适路寝听政。"④这种以耳受声的处理政务的方式，必定是要有人"口出"的，这些"口出"中就有公共诵读。

《国语·周语上》载：

> 故天子听政，使公卿至于列士献诗，瞽献曲，史献书，师箴，瞍

---

① （汉）许慎撰，（清）段玉裁注：《说文解字注》，上海古籍出版社1981年版，第90页。
② 《春秋公羊传注疏》，《十三经注疏》，上海古籍出版社1997年版，第2334页。
③ 《春秋左传正义》，《十三经注疏》，上海古籍出版社1997年版，第2024页。
④ 《礼记正义》，《十三经注疏》，上海古籍出版社1997年版，第1474页。

赋，矇诵，百工谏，庶人传语，近臣尽规，亲戚补察，瞽、史教诲，耆、艾修之，而后王斟酌焉，是以事行而不悖。①

"列士献诗""师箴""瞍赋""矇诵""庶人传语"等就是以公共诵读出之，其中的"诗"，或歌或诵。以下诸条都提到"诵"，诵，即朗诵，用有高低抑扬的腔调念。朗诵要有文本，徐锴曰："临文为诵。诵，从也，以口从其文也。"②

《国语·晋语六》载：

> 吾闻古之王者，政德既成，又听于民，于是乎使工诵谏于朝，在列者献诗使勿兜，风听胪言于市，辨祅祥于谣，考百事于朝，问谤誉于路，有邪而正之，尽戒之术也。③

其中的"工诵谏于朝""在列者献诗"等是以"口出以为言"的公共诵读出之。

《国语·楚语上》载卫武公称群臣的"训导"：

> 昔卫武公年数九十有五矣，犹箴儆于国，曰："自卿以下至于师长士，苟在朝者，无谓我老耄而舍我，必恭恪于朝，朝夕以交戒我；闻一二之言，必诵《志》而纳之，以训导我。"在舆有旅贲之规，位宁有官师之典，倚几有诵训之谏，居寝有亵御之箴，临事有瞽史之导，宴居有师工之诵。史不失书，矇不失诵，以训御之，于是乎作《懿》戒以自儆也。④

"训导"中就有公共朗读，如"诵《志》"，即朗读古代史书。《左传·襄公十四年》亦载：

> 自王以下，各有父兄子弟，以补察其政。史为书，瞽为诗，工诵箴谏，大夫规诲，士传言，庶人谤，商旅于市，百工献艺。⑤

---

① 胡文波校点：《国语》，上海古籍出版社2015年版，第7页。
② （南唐）徐锴：《说文解字系传》，中华书局1987年版，第44页。
③ 胡文波校点：《国语》，上海古籍出版社2015年版，第274页。
④ 胡文波校点：《国语》，上海古籍出版社2015年版，第370页。
⑤ 《春秋左传正义》，《十三经注疏》，上海古籍出版社1997年版，第1958页。

对天子、王公来说，听政似乎是不分地点的，即《国语·楚语上》称"在舆""位宁""倚几""居寝""临事""宴居"等；有时，"在朝"即"路寝"是最正式的，公共朗读主要是在这样的场合中。天子、王公听取的朗读，还有《周礼·春官·内史》"凡四方之事书，内史读之"，贾公彦疏："诸侯凡事有书奏白于王，内史读示王。"①又有向上位者朗读史事，如《逸周书·史记》：

> 维正月王在成周，昧爽，召三公、左史戎夫，曰："今夕朕寤，遂事惊予。"乃取遂事之要戒，俾戎夫主之，朔望以闻。②

《诗·大雅·桑柔》："大风有隧，贪人败类，听言则对，诵言如醉。"郑玄笺："贪恶之人，见道听之言则应答之，见诵《诗》《书》之言，则冥卧如醉。"③逐渐，以听为读的听政制度到战国时代就被奏章制度取代，《韩非子·八经》所谓"言陈之日，必有策籍"④，所以有秦始皇日读竹简多少斤的记载。

二、法律、公务的公共朗读

又有面向大众的公告类的公共朗读，如《周礼》中多记载"聚民"朗读。或是宣读"教治政令之法"的"读法"。《周礼·地官司徒》载：

> 州长各掌其州之教治政令之法。正月之吉，各属其州之民而读法。（贾公彦疏："谓对众读一年政令及十二教之法，使知之。"）
> 若以岁时祭祀州社，则属其民而读法，亦如之。（贾公彦疏："凡读法，皆因节会以聚民。今既祭，因聚民而读法，故云亦如之。"）
> 正岁，则读教法如初。（郑玄注："虽以正月读之，至正岁犹复读之，因此四时之正，重申之。"）
> 党正各掌其党之政令教治。及四时之孟月吉日，则属民而读邦法，以纠戒之。（贾公彦疏："上文州长唯有建子、建寅及春、秋祭

---

① 《周礼注疏》，《十三经注疏》，上海古籍出版社1997年版，第820页。
② 黄怀信：《逸周书校补注译》，三秦出版社2006年版，第344页。
③ 《毛诗正义》，《十三经注疏》，上海古籍出版社1997年版，第560页。
④ 陈奇猷校注：《韩非子集释》，上海人民出版社1974年版，第1001页。

社，四度读法。此党正四孟及下文春、秋祭禜，并正岁，一年十度读法者，以其乡大夫管五州，去民远，不读法。州长管五党，去民渐亲，故四读法。党正去民弥亲，故七读法。……案下族师十四度读法。")

正岁，属民读法而书其德行道艺。以岁时泊校比，及大比，亦如之。

族师各掌其族之戒令政事。月吉，则属民而读邦法，书其孝弟睦姻有学者。春秋祭酺，亦如之。

闾胥各掌其闾之征令，以岁时各数其闾之众寡，辨其施舍。凡春秋之祭祀、役政、丧纪之数，聚众庶。既比，则读法（贾公彦疏："凡读法，皆因节会以聚民"），书其敬敏任恤者。①

此处的"法""邦法""教法"，都是"教治政令之法""政令教治""戒令政事""征令"。"聚民"，则是"因节会以聚民"，即"凡春秋之祭祀、役政、丧纪之数，聚众庶"，有缘由相聚在一起了，就"读法"，是"口出以为言"。与"读法"相伴随的是"书"，是"笔书以为文"，如"书其德行道艺""书其孝弟睦姻有学者""书其敬敏任恤者"，这种记录的职责由党正、族师、闾胥负责。

或是法律宣判的"读书"，《周礼·秋官司寇》"至于旬，乃弊之，读书，则用法"，郑司农云："读书则用法，如今时读鞫已，乃论之。"贾公彦疏："谓行刑之时，当读刑书罪状，则用法刑之。"②

或是宣读约定、规定甚或是纪律，《周礼·秋官司寇》"凡邦之大事，聚众庶，则读其誓禁"，贾公彦疏："大事者，自是在国征伐之等。聚众庶，非诸侯之事也，则讶士读其誓命之辞及五禁之法也。"③

又有面向四方诸侯的公共朗读。《周礼·夏官司马》：

训方氏掌道四方之政事，与其上下之志。诵四方之传道。（郑玄注："道犹言也，为王说之四方诸侯也。上下，君臣也。传道，世世所传说往古之事也，为王诵之，若今论圣德尧舜之道矣。"贾公彦疏："上所云政事及上下之志，知则向王道，未必诵之。此文古昔之善

---

① 以上见《周礼注疏》，《十三经注疏》，上海古籍出版社1997年版，第717~719页。
② 《周礼注疏》，《十三经注疏》，上海古籍出版社1997年版，第873页。
③ 《周礼注疏》，《十三经注疏》，上海古籍出版社1997年版，第877页。

道，恒诵在口，王问则为王诵之，以其善道可传，故须诵之。")①

这样宣读了"往古之事"即"圣德尧舜之道"还不算，还要"正岁，则布而训四方"，郑玄注："布告以教天下，使知世所善恶。"贾公彦疏："正岁谓夏之建寅，正月则布告前所道所诵之事，教天下使知世所善恶也。"②

  撢人掌诵王志，道国之政事，以巡天下邦国而语之，使万民和说而正王面。(郑玄注："道犹言也，以王之志与政事谕说诸侯，使不迷惑。")③

这是宣讲王之志与政事。

又有官府内部宣读某些规定或原始文件以完成事务。如《周礼·春官宗伯》"与群执事读礼书而协事"，贾公彦疏："读礼书而协事，恐事有失错，物有不供故也。""读礼书"以熟晓规定，以免有误。而"祭之日，执书以次位常"④，要拿着"礼书"来执行规定。又，《周礼·春官宗伯》："大祭祀，读礼法。史以书叙昭穆之俎簋。"贾公彦疏："大史读礼法之时，小史则叙昭穆及俎簋，当依礼法之节校比之，使不差错。"⑤又，《周礼·夏官司马》"群吏撰车徒，读书契，辨号名之用"，郑玄注："读书契，以簿书校录军实之凡要。"⑥以公共朗读为校核。

法律、公务的公共朗读，有时是以巡行的方式进行的，《周礼·地官司徒》：

  正岁，则帅其属而观教法之象，徇以木铎曰："不用法者，国有常刑。"……凡四时之征令有常者，以木铎徇于市朝。

这就是所谓"天将以夫子为木铎"的意味。《论语·八佾》载贤而隐于下位者仪封人说："天下之无道也久矣，天将以夫子为木铎。"《集解》："木铎，金口木舌，施政教时所振也，言天将命孔子制作法度以号令于天下。"⑦

---

① 《周礼注疏》，《十三经注疏》，上海古籍出版社1997年版，第864页。
② 《周礼注疏》，《十三经注疏》，上海古籍出版社1997年版，第864页。
③ 《周礼注疏》，《十三经注疏》，上海古籍出版社1997年版，第865页。
④ 《周礼注疏》，《十三经注疏》，上海古籍出版社1997年版，第817页。
⑤ 《周礼注疏》，《十三经注疏》，上海古籍出版社1997年版，第818页。
⑥ 《周礼注疏》，《十三经注疏》，上海古籍出版社1997年版，第836页。
⑦ 《论语注疏》，《十三经注疏》，上海古籍出版社1997年版，第2468页。

三、礼仪的公共朗读

　　《史记·鲁周公世家》"史策祝曰"，《集解》引郑玄曰："策，周公所作，谓简书也。祝者读此简书，以告三王。"①又，《尚书·洛诰》"王命作册逸祝册"，孔颖达疏："王命有司作策书，乃使史官名逸者祝读此策。""读策告神谓之'祝'。"②《尚书·顾命》"太史秉书，由宾阶隮，御王册命。曰"，孔颖达疏引郑玄曰："太史东面，于殡西南而读策书，以命王嗣位之事。"③《尚书》的这数则材料，记载的都是西周时代"史"在礼仪的场合的公共朗读，或告先王，或告神，或告诸官员以示告天下。虽然宣读的都是执政的事，但因其是礼仪官的行为，又是在实行某种礼的规定，故称其为礼仪的公共朗读。所以《礼记·礼运》载："故先王秉蓍龟，列祭祀，瘗缯，宣祝嘏辞说。设制度，故国有礼，官有御，事有职，礼有序。"④"宣祝嘏辞说"的公共朗读就是礼仪式的。

　　以下所录，集中在丧礼上的公共朗读，也是在执行某种礼法规定。

　　"读祷"，《周礼·春官·大祝》"彻奠，言甸人读祷，付练祥"，郑玄注："祷，六辞之属。祷也，甸人丧事代王受眚灾，大祝为祷辞语之，使以祷于藉田之神也。"⑤祷，祝颂，《周礼·春官·大祝》："作六辞以通上下、亲疏、远近……五曰祷。"郑玄注："祷，贺庆言福祚之辞。"⑥

　　"读诔"，《周礼·春官·大史》"大丧，执法以莅劝防。遣之日，读诔"，郑玄注："遣，谓祖庙之庭大奠将行时也。人之道终，于此累其行而读之。"⑦诔，古代列述死者德行，表示哀悼并以之定谥，多用于上对下。《礼记·曾子问》："贱不诔贵，幼不诔长，礼也。"郑玄注："诔，累也。累列生时行迹，读之以作谥，谥当由尊者成。"⑧

　　"读赗""读遣"，读送丧的礼单与送礼人的名单。赗，以车马等物助丧家送葬。《仪礼·既夕礼》："公赗，玄纁束，马两。"郑玄注："赗，所以助主人送葬也。"贾公彦疏："案两小传皆云车马曰赗，施于生及送死

---

①　（汉）司马迁：《史记》，中华书局 1982 年版，1516~1517 页。
②　《尚书正义》，《十三经注疏》，上海古籍出版社 1997 年版，第 217 页。
③　《尚书正义》，《十三经注疏》，上海古籍出版社 1997 年版，第 240 页。
④　《礼记正义》，《十三经注疏》，上海古籍出版社 1997 年版，第 1425 页。
⑤　《周礼注疏》，《十三经注疏》，上海古籍出版社 1997 年版，第 811 页。
⑥　《周礼注疏》，《十三经注疏》，上海古籍出版社 1997 年版，第 809 页。
⑦　《周礼注疏》，《十三经注疏》，上海古籍出版社 1997 年版，第 818 页。
⑧　《礼记正义》，《十三经注疏》，上海古籍出版社 1997 年版，第 1398 页。

者，故云助主人送葬者也。"①赗要有所书写的，即礼单，《仪礼·既夕礼》"书赗于方，若九，若七，若五"，郑玄注："方，板也。书赗奠赙赠之人名与其物于板。每板若九行，若七行，若五行。"②礼单是随礼物遣送的。遣，古时随葬之物，又指遣策，书写随葬之物的简策。《仪礼·既夕礼》"读遣卒"，郑玄注："遣者，入圹之物。"③《仪礼·既夕礼》"书遣于策"，郑玄注："策，简也。遣犹送也，谓所当藏物茵以下。"贾公彦疏："则尽遣送死者明器之等并赠死者玩好之物，名字多，故书之于策。策，书名器之物，应在上文，而于此言之者，遣中并有赠物，故在宾客赠赗与赗之下，特书也。"④又，《礼记·杂记》：

> 大夫之丧，既荐马。荐马者，哭踊，出乃包奠而读书。（孔颖达疏："而读书者，书谓凡送亡者，赗，入椁之物，书也；读之者，省录之也。"）⑤

此"读书"，即读赗，读"入椁之物"而"书"。

赗是随葬的，于是有时是第二遍"读赗"，表示记录在档。《礼记·檀弓上》：

> 孟献子之丧，司徒旅归四布。夫子曰："可也。"读赗，曾子曰："非古也，是再告也。"（郑玄注："曾子言非礼祖而读赗，宾致命将行，主人之吏又读赗，所以存录之。"）⑥

丧礼中有"读丧礼""读祭礼""读乐章"。《礼记·曲礼上》：

> 居丧未葬，读丧礼，既葬，读祭礼，丧复常，读乐章。（郑玄注："为各于其时。"）居丧不言乐，祭事不言凶，公庭不言妇女。（孔颖达疏："居丧者，居父母之丧也。丧礼，谓朝夕奠下室，朔望奠殡宫，及葬等礼也，此礼皆未葬之前。既葬读祭礼者，祭礼虞卒哭祔，

---

① 《仪礼注疏》，《十三经注疏》，上海古籍出版社1997年版，第1152页。
② 《仪礼注疏》，《十三经注疏》，上海古籍出版社1997年版，第1153页。
③ 《仪礼注疏》，《十三经注疏》，上海古籍出版社1997年版，第1154页。
④ 《仪礼注疏》，《十三经注疏》，上海古籍出版社1997年版，第1153页。
⑤ 《礼记正义》，《十三经注疏》，上海古籍出版社1997年版，第1551页。
⑥ 《礼记正义》，《十三经注疏》，上海古籍出版社1997年版，第1292页。

大祥小祥之礼也。丧复常读乐章者，复常谓大祥除服之后也，乐章谓乐书之篇章，谓诗也。禫而后吉祭，故知禫后宜读之。此上三节事，须预习故，皆许读之。")①

"读丧礼""读祭礼""读乐章"是说在丧礼、祭礼之前、祭礼之后，大家习读丧礼、祭礼的规章以执行之。《礼记·曲礼上》"史载笔，士载言"，方氏曰："史，国史也。载笔，将以书未然之事；载言，欲以阅已然之事。"②朗读以往的规矩，以此来指导行为。

四、外交的公共朗读

其一，外交场合的《诗》句的公共朗读。《汉书·艺文志》：

> 古者诸侯卿大夫交接邻国，以微言相感，当揖让之时，必称《诗》以谕其志，盖以别贤不肖而观盛衰焉。③

"称《诗》以谕其志"有二，即或"歌"或"诵"，如《左传》载：

> 襄公十四年：初，公有嬖妾，使师曹诲之琴，师曹鞭之。公怒，鞭师曹三百。故师曹欲歌之，以怒孙子以报公。公使歌之，遂诵之。④
>
> 襄公二十八年：穆子不说，使工为之诵《茅鸱》，亦不知。⑤
>
> 襄公二十九年：请观于周乐。使工为之歌《周南》、《召南》。⑥

工，是专业的诗歌朗诵（"诵"）或吟唱（"歌"）的人员；《汉书·艺文志》"不歌而诵谓之赋"⑦，那么，除"诵"之外，"赋"也是公共朗读，以朗诵《诗》句来表达自己的想法。以下举几个例子。

《左传·文公十三年》：

---

① 《礼记正义》，《十三经注疏》，上海古籍出版社1997年版，第1257页。
② （元）陈澔注，万久富整理：《礼记集说》，凤凰出版社2010年版，第19页。
③ （汉）班固：《汉书》，中华书局1962年版，第1755~1756页。
④ 《春秋左传正义》，《十三经注疏》，上海古籍出版社1997年版，第1957页。
⑤ 《春秋左传正义》，《十三经注疏》，上海古籍出版社1997年版，第2000页。
⑥ 《春秋左传正义》，《十三经注疏》，上海古籍出版社1997年版，第2006页。
⑦ （汉）班固：《汉书》，中华书局1962年版，第1755页。

郑伯与公宴于棐，子家赋《鸿雁》。季文子曰："寡君未免于此。"文子赋《四月》。子家赋《载驰》之四章。文子赋《采薇》之四章。郑伯拜。公答拜。①

《左传·襄公八年》：

晋范宣子来聘，且拜公之辱，告将用师于郑。公享之，宣子赋《摽有梅》。季武子曰："谁敢哉！今譬于草木，寡君在君，君之臭味也。欢以承命，何时之有？"武子赋《角弓》。宾将出，武子赋《彤弓》。宣子曰："城濮之役，我先君文公献功于衡雍，受彤弓于襄王，以为子孙藏。匄也，先君守官之嗣也，敢不承命？"君子以为知礼。②

又，《吴越春秋四》载申包胥求秦救楚，七日七夜，口不绝声，于是秦桓公"为赋《无衣》之诗曰：岂曰无衣，与子同袍。王于兴师，与子同仇"③。

其二，诸侯间盟誓、聘问时的公共朗读。《左传·昭公元年》：

楚令尹围请用牲，读旧书，加于牲上而已。④

"读旧书"，即把旧有的盟誓读一遍，可知在盟誓中读盟书比歃血更重要。《春秋穀梁传·僖公九年》：

九月戊辰，诸侯盟于葵丘。……葵丘之会，陈牲而不杀，读书加于牲上，壹明天子之禁。⑤

"盟"时要"读(盟)书"的，这是公共朗读。又，《礼记·曲礼下》"诸侯使大夫问于诸侯曰聘，约信曰誓，莅牲曰盟"，郑玄注："坎用牲，临而读其盟书，聘礼今存，遇会誓盟礼亡。誓之辞，《尚书》见有六篇。"⑥

《仪礼·聘礼》："久无事，则聘焉。若有故，则卒聘。束帛加书将

---

① 《春秋左传正义》，《十三经注疏》，上海古籍出版社1997年版，第1852页。
② 《春秋左传正义》，《十三经注疏》，上海古籍出版社1997年版，第1940页。
③ （汉）赵晔：《吴越春秋》，江苏古籍出版社，1999年版，第51~52页。
④ 《春秋左传正义》，《十三经注疏》，上海古籍出版社1997年版，第2020页。
⑤ 《春秋穀梁传正义》，《十三经注疏》，上海古籍出版社1997年版，第2396页。
⑥ 《礼记正义》，《十三经注疏》，上海古籍出版社1997年版，第1266页。

命，百名以上书于策，不及百名书于方。主人使人与客读诸门外。"郑玄注："故谓灾患及时事相告请也。将，犹致也。名，书文也；今谓之字。策，简也。方，板也。受其意既聘，享宾，出而读之。读之不于内者，人稠处严，不得审悉。主人，主国君也。人，内史也。书必玺之。"①聘，聘问，天子与诸侯或诸侯与诸侯间的遣使通问，主国国君派人在庙门外向来宾宣读聘问文书。

又有宣读礼单核验礼品。《仪礼·聘礼》"宰书币……史读书展币"，郑玄注曰："展，犹校录也。史，幕东，西面读书。贾人坐，抚其币，每者曰：'在。'必西面者，欲君与使者俱见之也。"②

又，出使期间向自己成员宣读纪律。《仪礼·聘礼》："士帅，没其竟。誓于其竟……史读书，司马执策立于其后。"③出使，所过国要派人给使者带路直到出境。当借道时，使者在边境向自己的人进行告诫，由史宣读诫书，司马拿着策站在史的后面，以示违戒必罚。

五、发表作品的公共朗读

先秦时期亦有发表作品的公共朗读，带有文学朗读的性质，吟诵以供人欣赏或接受，如《招魂》载：

> 结撰至思（王逸注："撰，犹博也。"），兰芳假些。（王逸注："撰，犹博也。假，至也。《书》曰：假于上下。言兰芳以喻贤人，君能结撰博思，至心以思贤人，贤人即至也。"）人有所极，同心赋些。（王逸注："赋，诵也。言众座之人各欲尽情，与己同心者，独诵忠与道德。"）④

"同心赋些"，这是在宴会上朗诵作品。

先秦作家，往往在其作品中营造一个公共朗读的场面。如宋玉《高唐赋》：

> 王曰："寡人方今可以游乎？"玉曰："可。"王曰："其何如矣？"玉曰："高矣，显矣，临望远矣；广矣，普矣，万物祖矣。上属于

---

① 《仪礼注疏》，《十三经注疏》，上海古籍出版社1997年版，第1072页。
② 《仪礼注疏》，《十三经注疏》，上海古籍出版社1997年版，第1046页。
③ 《仪礼注疏》，《十三经注疏》，上海古籍出版社1997年版，第1048页。
④ （南朝梁）萧统撰，（唐）李善注：《文选》，中华书局1977年版，第476页。

天,下见于渊,珍怪奇伟,不可称论。"王曰:"试为寡人赋之。"玉曰:"唯唯。"①

在王曰"试为寡人赋之"的请求下,宋玉才有"惟高唐之大体兮,殊无物类之可仪比"云云的朗诵。相同的例子还有宋玉的《神女赋》,其先描摹一位美貌女性,所谓"其始来也,耀乎若白日初出照屋梁。其少进也,皎若明月舒其光。须臾之间,美貌横生,晔兮如华,温乎如莹。五色并驰,不可殚形,详而视之,夺人目精。其盛饰也,则罗纨绮缋盛文章,极服妙采照万方。振绣衣,被袿裳,襛不短,纤不长,步裔裔兮曜殿堂。忽兮改容,婉若游龙乘云翔。嫷被服,侻薄装,沐兰泽,含若芳,性和适,宜侍旁。顺序卑,调心肠",于是王曰:"若此盛矣,试为寡人赋之。"②以下便是"赋"。又有傅毅《舞赋》:

> 楚襄王既游云梦,使宋玉赋高唐之事。将置酒宴饮。谓宋玉曰:"寡人欲觞群臣,何以娱之?"玉曰:"臣闻歌以咏言,舞以尽意,是以论其诗不如听其声,听其声不如察其形。《激楚》《结风》《阳阿》之舞,材人之穷观,天下之至妙。噫,可进乎?"王曰:"如其郑何?"玉曰:"小大殊用,郑雅异宜。弛张之度,圣哲所施。是以乐记干戚之容,雅美蹲蹲之舞,礼设三爵之制,颂有醉归之歌。夫咸池六英,所以陈清庙、协神人也;郑卫之乐,所以娱密坐、接欢欣也。余日怡荡,非以风民也。其何害哉?"王曰:"试为寡人赋之。"玉曰:"唯唯。"③

也是同样情况。

此处是以"试为寡人赋之"之"赋"为朗诵之义来立论。试比较《登徒子好色赋》王曰:"子不好色,亦有说乎?有说则止,无说则退。"④下文又有一王曰:"试为寡人说之。""说"为解说,可知"赋"也是一种"口出"行为,而不应该理解为铺叙之义。"不歌而诵谓之赋",因材料缺乏,宋玉的这几篇赋是否真正地向君王朗诵的,已不得而知,但宋玉撰作的赋,设置了向君王朗诵的这样一个语境,则是明明白白的。

---

① (南朝梁)萧统撰,(唐)李善注:《文选》,中华书局1977年版,第265页。
② (南朝梁)萧统撰,(唐)李善注:《文选》,中华书局1977年版,第267页。
③ (南朝梁)萧统撰,(唐)李善注:《文选》,中华书局1977年版,第246~247页。
④ (南朝梁)萧统撰,(唐)李善注:《文选》,中华书局1977年版,第269页。

又有发表意见式诗作的公共朗读。《小雅·巷伯》诗人自言"寺人孟子,作为此诗。凡百君子,敬而听之"①,那就是诗撰作出来后的公共朗诵了。《墨子·公孟》称"诵诗三百,弦诗三百,歌诗三百,舞诗三百"②,当时《诗经》亦有歌有诵,《陈风·墓门》有"夫也不良,歌以讯之"的"歌"③,《小雅·四月》有"君子作歌,维以告哀"的"歌",④ 又有《小雅·节南山》"家父作诵,以究王讻"以及《大雅·崧高》"吉甫作诵,其诗孔硕"和《大雅·烝民》"吉甫作诵,穆如清风"的"诵"的说法。⑤

又有发表意见的集体朗诵,也是公共朗读,不过不是照文字朗读的,而是口头创作。如《左传·僖公二十八年》载"舆人之诵":"楚师背酅而舍,晋侯患之,听舆人之诵,曰:'原田每每,舍其旧而新是谋。'"杜预注:"恐众畏险,故听其歌诵。"⑥《左传·襄公四年》载国人之诵:"国人逆丧者皆髽。鲁于是乎始髽,国人诵之曰:'臧之狐裘,败我于狐骀。我君小子,朱儒是使。朱儒!朱儒!使我败于邾。'"⑦《左传·襄公三十年》载"舆人诵之":"(子产)从政一年,舆人诵之,曰:'取我衣冠而褚之,取我田畴而伍之。孰杀子产,吾其与之!'及三年,又诵之,曰:'我有子弟,子产诲之。我有田畴,子产殖之。子产而死,谁其嗣之?'"⑧《吕氏春秋·察贤》载国人之诵:"于是国人皆喜,相与诵之曰:'吾君好正,段干木之敬;吾君好忠,段干木之隆。'"⑨

六、公共朗读与诸子著述

荀子在如何选用文体以宣传其政治观点上有所践行。《荀子》中有《成相篇》,以民间说唱艺术来宣传自己的政治主张,即荀况把"口出以为言"的方法用来著书,以求利于更广大的世俗群众接受的一个实例。"成相",中国先秦民间说唱艺术,是一种公共演出。"相"是一种击节乐器,郑玄注《礼记·曲礼》"邻有丧,舂不相"曰:"相谓送杵声。"⑩其形制有两说,

---

① 《毛诗正义》,《十三经注疏》,上海古籍出版社1997年版,第456页。
② (清)孙诒让:《墨子间诂》,上海书店1986年版,第274页。
③ 《毛诗正义》,《十三经注疏》,上海古籍出版社1997年版,第378页。
④ 《毛诗正义》,《十三经注疏》,上海古籍出版社1997年版,第463页。
⑤ 《毛诗正义》,《十三经注疏》,上海古籍出版社1997年版,第441、567、569页。
⑥ 《春秋左传正义》,《十三经注疏》,上海古籍出版社1997年版,第1825页。
⑦ 《春秋左传正义》,《十三经注疏》,上海古籍出版社1997年版,第1934页。
⑧ 《春秋左传正义》,《十三经注疏》,上海古籍出版社1997年版,第2014页。
⑨ 《吕氏春秋》,诸子百家丛书,上海古籍出版社1989年版,第192页。
⑩ 《礼记正义》,《十三经注疏》,上海古籍出版社1997年版,第1249页。

一说为舂杵,另一说为搏拊,以手拊拍。其演唱方式,或是以手拊拍以配合说唱,或是古代舂米时所唱的歌,如史有"戚夫人舂且歌"①的记载,《汉书·艺文志》著录有《成相杂辞》十一卷,王应麟称:"相者,助也。举重劝力之歌,史所谓五羖大夫死而舂者不相杵是也。"②《荀子·成相篇》的文体字句排列整齐,换韵有一定的规律,每节都是三三七四七的文字格式。主要从两方面宣传儒家思想,一是历史经验,二是民间普遍性经验,前者如:

请成相,道圣王,尧、舜尚贤身辞让。许由、善卷,重义轻利行显明。

后者如:

治之志,后执富,君子诚之好以待。处之敦固,有深藏之能远思。

思乃精,志之荣,好而壹之神以成。精神相反,一而不贰为圣人。③

这些没有叙述故事,又没有散文说白,这应该是说唱的文本,因此不能算真正的说唱。但作者要用这种通俗的文艺形式来阐发他的政治观点,内容明白易懂,读起来朗朗上口,可说是不可多得的通俗文艺作品。先秦诸子作品虽然以理论性著称,但在著述中又介入了大众喜闻乐见的"吟唱"文体,看中了"口出以为言"的宣传形式,除了荀子是这样做的,其前还有《老子》以格言、谣谚为主的语言构成,也出自有利于传播的考虑。

七、朗读教育与技能传承

刘师培《论文杂记·四》论曰:"盖古代之时,教口'声教',故记诵之学大行,而中国词章之体,亦从此而生。"④中国古代十分讲究朗读的气韵相应,这应该是朗读技能。《吕氏春秋·应同》:"气同则合,声比则应;

---

① (汉)班固:《汉书·外戚传》,中华书局1962年版,第3937页。
② 陈国庆编:《汉书艺文志注释汇编》,中华书局1983年版,第177页。
③ (清)王先谦:《荀子集解》,新编诸子集成本,中华书局1988年版,第461~462页。
④ 陈引驰编校:《刘师培中古文学论集》,中国社会科学出版社1997年版,第227页。

鼓宫而宫动，鼓角而角动。"①《汉书·公孙弘传》："臣闻之，气同则从，声比则应。"②"比"即"和"。三国魏嵇康《声无哀乐论》称："言比成诗，声比成音，杂而咏之，聚而听之。"③直接把朗读的气韵相应与"聚而听之"联系起来。

先秦时有公共朗读的专业人才，《周礼·地官司徒》载：

> 诵训，中士二人、下士四人、史二人、徒八人。（郑玄注："能训说四方所诵习，及人所作为，及时事。"贾公彦疏："在此者，按其职云掌道方志以诏观事，以知地俗，亦是土地之事，故在此。知能训说四方所诵习事者，其职云掌道方志，谓所识四方久远之事，是其能训说四方所诵习者也。"）④

"诵训"为专门之职，由受到朗读训练的专职人员担任。古代的公共朗读，通常应该是由受过训练的官员担任的。又，《周礼·春官·瞽矇》：

> （瞽矇）讽诵诗，世奠系，鼓琴瑟。掌九德六诗之歌，以役大师。（郑玄注："讽诵诗，谓暗读之不依咏也。郑司农云：讽诵诗，主诵诗以刺君过，故《国语》曰'瞍赋矇诵'，谓诗也。"）⑤

这也是讲专业"讽诵"人才。又有公共朗读的特殊人才，《左传·昭公十二年》载：

> 左史倚相趋过。王曰："是良史也，子善视之。是能读《三坟》、《五典》、《八索》、《九丘》。"⑥

专称他"能读"，那就是别人不能读了。而随着时代的推移，某种公共朗读的特殊人才会越来越少，如到汉宣帝时《楚辞》的诵读几近失传，汉宣帝只是"博尽奇异之好，征能为《楚辞》九江被公，召见诵读"⑦，能诵读

---

① 《吕氏春秋》，诸子百家丛书，上海古籍出版社1989年版，第94页。
② （汉）班固：《汉书》，中华书局1962年版，第2616页。
③ （清）严可均：《全上古三代秦汉三国六朝文》，中华书局1958年版，第1329页。
④ 《周礼注疏》，《十三经注疏》，上海古籍出版社1997年版，第699页。
⑤ 《周礼注疏》，《十三经注疏》，上海古籍出版社1997年版，第797页。
⑥ 《春秋左传正义》，《十三经注疏》，上海古籍出版社1997年版，第2064页。
⑦ （汉）班固：《汉书·王褒传》，中华书局1962年版，第2821页。

《楚辞》已是一种本事、技能。当然,这种本事、技能是从其前辈那儿承袭下来的。

《礼记·玉藻》"徒坐不尽席尺,读书,食,则齐,豆去席尺",郑玄注:"读书声当闻尊者。"①这是在席间公共朗读的起码要求。古时的朗读本是一种教育手段,经过如此教育,朗读的技能自然有所传承。《礼记·文王世子》载:

> 凡学世子及学士,必时:春夏学干戈,秋冬学羽籥,皆于东序。小乐正学干,大胥赞之。籥师学戈,籥师丞赞之,胥鼓南。春诵夏弦,大师诏之;瞽宗秋学礼,执礼者诏之;冬读书,典书者诏之。礼在瞽宗,书在上庠。(郑玄注:"诵谓歌乐也,弦谓以丝拨诗。阳用事则学之以声,阴用事则学之以事,因时顺气,于功易成也。")②

《礼记·内则》"十有三年,学乐,诵诗,舞勺,成童舞象,学射御"③,这些集中在"诵诗"教育上。又,《周礼·春官宗伯》:"大司乐掌成均之法,以治建国之学政,而合国之子弟焉。凡有道者,有德者,使教焉。死则以为乐祖,祭于瞽宗。以乐德教国子,中、和、祗庸、孝、友;以乐语教国子,兴、道、讽、诵、言、语。"成均即学校,郑玄注"乐语"曰:"兴者,以善物喻善事。道读曰导,导者,言古以剀今也。倍文曰讽,以声节之曰诵,发端曰言,答述曰语。""乐语"之教就是教在各种场合说什么与如何说,其目的"则是培养官员——各种礼仪的主持者和担负布政、聘问之责的使者行人"④。《国语·楚语上》载申叔时论傅太子之道有"诵诗以辅相之"⑤,太子在接受"辅相"的同时,也接受了"诵诗"教育。而从"以乐语教"的"以声节之曰诵",可知公共朗读的"诵"是有一定技巧的。黄侃《文心雕龙札记》"论句读有系于音节与系于文义之异"⑥有所论述,讲到"口出以为言"的句读与"笔书以为文"的句读有不一致之处,这当然是公共朗读时应该注意的,文长不录。

早期的公共朗读,固然是口述时代书籍少、识字率低等情况下的不得

---

① 《礼记正义》,《十三经注疏》,上海古籍出版社1997年版,第1475~1476页。
② 《礼记正义》,《十三经注疏》,上海古籍出版社1997年版,第1404~1405页。
③ 《礼记正义》,《十三经注疏》,上海古籍出版社1997年版,第1471页。
④ 王昆吾:《中国早期艺术与宗教·诗六艺原始》,东方出版社1998年版,第258页。
⑤ 胡文波校点:《国语》,上海古籍出版社2015年版,第356页。
⑥ 黄侃:《文心雕龙札记》,华东师范大学出版社1996年版,第166~168页。

已而为之，但从中又可看出当时政治文化生活方面的某些特征，如法律的公开化、娱乐的大众化、礼仪的承袭化以及教育的方法化①，等等。其中的某些方面，构成我们中华文化的优秀传统，如诗文的吟诵传统、法律的公开宣讲、文艺的大众形式等，而保护这些优秀传统，也是需要我们考虑并有实际行动的。

第二节 "口出"吟唱的传播效应

"口出"与"笔书"两种表达方式，前者虽不及后者能够永久留存，但因其即兴、随机性的创作，又因其口耳相传的特性，能够得到更快捷、更广泛的传播。且其传播面广大，在政治上有着更好的效应。此处讨论先秦两汉时期作为"口出"的"吟唱"，其非常态的运用，却在传播效应上有着奇效。

一、"吟唱"等通俗文体被关注
——文体的跨界表达

政治家选用大众喜闻乐见的"吟唱"文体以进行政治宣传，就是看中了其易出口、易传播、易接受的传播效应。春秋战国时期百家争鸣，社会上不同阶级、阶层的代表人物对自然界、对社会提出了自己的见解，他们游说宣传，互相辩驳，著书立说。如齐桓公召士养士，齐宣王之时，在稷下扩置学宫，招致天下名士，儒家、道家、法家、名家、兵家、农家、阴阳家等百家之士，会集于此，自由讲学、论辩著书。他们"各著书言治乱之事，以干世主，岂可胜道哉！"②论辩是他们的主要武器。诸子百家论辩的接受对象有三：一是君王，其观点合乎君王的心愿，就能被采纳，这是最大的成功，如《商君书·更法》载"孝公平画，公孙鞅、甘龙、杜挚三大夫御于君，虑世事之变，讨正法之本，求使民之道"，公孙鞅的言论获得秦孝公的支持，"于是遂出《垦草令》"③，变法开始。二是论辩对手，驳倒对方也是一种胜利，如曹植所说"昔田巴毁五帝，罪三王，訾

---

① 如"以乐语教"的"以善物喻善事""言古以剀今""以声节之曰诵"，可知当时教育注重方法，讲究利口、赏心以及合乎人们的历史感等。
② （汉）司马迁：《史记·孟子荀卿列传》，中华书局1982年版，第2346页。
③ 高亨注译：《商君书注译》，中华书局1974年版，第13~18页。

五霸于稷下，一旦而服千人。鲁连一说，使终身杜口"①。三是其观点得到普通民众的认同，也能立于不败之地，所以墨子讲自己的言论要"下原察百姓耳目之实"及"观其中国家百姓人民之利"②。因此，如何在论辩中取得上风，是他们首先要考虑的，如《荀子·非相》就讨论"谈说之术"：

> 矜庄以莅之，端诚以处之，坚强以持之，分别以喻之，譬称以明之，欣欢、芬芗以送之，宝之，珍之，贵之，神之，如是则说常无不受。虽不说人，人莫不贵。③

"矜庄""端诚""坚强"等是指论辩谈说时的动作态度，"喻之""明之"是指论辩谈说时运用的语言方法，而要达到的效果就是"常无不受""人莫不贵"。为了这个目的，在严肃的政治论辩中介入喜闻乐见的文体来吸引大众，就成为先秦诸子著述时常常要采纳的方法。

《荀子》有《赋篇》，篇中的五篇赋，每首描写一件事物。其前半部分是一种句式较为整练而接近于诗的谜语，后半部分是一种句式较为散文化的猜测之辞，如：

> 爰有大物，非丝非帛，文理成章；非日非月，为天下明。生者以寿，死者以葬。城郭以固，三军以强。粹而王，驳而伯，无一焉而亡。臣愚不识，敢请之王？王曰：此夫文而不采者与？简然易知，而致有理者与？君子所敬，而小人所不者与？性不得则若禽兽，性得之则甚雅似者与？匹夫隆之则为圣人，诸侯隆之则一四海者与？致明而约，甚顺而体，请归之礼。④

用猜谜的方式来宣传儒家的"礼"，以"赋"的方式来宣扬"礼"，而所谓"不歌而诵谓之赋"，赋的传播方式在于吟诵，就是为了把群众喜闻乐见的"谐隐"以"口出以为言"表达出来，以利传播。

---

① （魏）曹植：《与杨德祖书》，（南朝梁）萧统撰、（唐）李善注：《文选》，中华书局1977年版，第593~594页。
② （清）孙诒让：《墨子间诂》，《诸子集成》，中华书局1954年版，第172页。
③ 王先谦：《荀子集解》，《新编诸子集成》本，中华书局1988年版，第86页。
④ 王先谦：《荀子集解》，《新编诸子集成》本，中华书局1988年版，第472~473页。

二、歌的巨大冲击力
——文体的特殊表达方式

"歌"本为个体抒发情感,《韩非子·外储说左上》称相传中的歌:"昔者舜鼓五弦之琴,歌《南风》之诗而天下治。"①《吕氏春秋·音初》详述最早的"南音""北声":

> 禹行功,见涂山之女。禹未之遇而巡省南土。涂山氏之女乃令其妾候禹于涂山之阳。女乃作歌,歌曰"候人兮猗",实始作为南音。
>
> 有娀氏有二佚女,为之九成之台,饮食必以鼓。帝令燕往视之,鸣若谧隘。二女爱而争搏之,覆以玉筐。少选,发而视之,燕遗二卵,北飞,遂不反。二女作歌一终,曰"燕燕往飞",实始作为北音。②

《文心雕龙·乐府》称其为最早的歌:

> 至于涂山歌于"候人",始为南音;有娀谣乎"飞燕",始为北声。③

最早的歌,是在生活中即兴而随机的创作。

歌虽然强调其抒发内心的特点,所谓"直言不足以申意,故长歌之,教令歌咏其诗之义以长其言"④,但只有"听"才能产生效果,《礼记·乐记》所谓"乐在宗庙上下同听之,则莫不和敬;在族长乡里之中,长幼同听之,则莫不和顺;在闺门之内,父子兄弟同听之,则莫不和亲"⑤。"乐"的作用在于"同听"。在现实生活中,人们非常关注"歌"发生场景中听众的多少,《列子·汤问》载,韩娥"因曼声哀哭,一里老幼悲愁,垂涕相对,三日不食",韩娥"复为曼声长歌,一里老幼喜跃抃舞,弗能自禁,忘向之悲也"⑥。这是称赏韩娥的歌能打动所有的人。又如宋玉《对楚王问》载:

---

① 陈奇猷校注:《韩非子集释》,上海人民出版社1974年版,第622页。
② (秦)吕不韦:《吕氏春秋》,诸子百家丛书,上海古籍出版社1989年版,第48~49页。
③ (南朝梁)刘勰撰、詹锳义证:《文心雕龙义证》,上海古籍出版社1989年版,第223页。
④ 《尚书正义》,《十三经注疏》,上海古籍出版社1997年版,第131页。
⑤ 《礼记正义》,《十三经注疏》,上海古籍出版社1997年版,第1545页。
⑥ 杨伯峻:《列子集释》,中华书局1979年版,第178页。

> 客有歌于郢中者，其始曰《下里巴人》，国中属而和者数千人。其为《阳阿》《薤露》，国中属而和者数百人。其为《阳春白雪》，国中属而和者不过数十人。引商刻羽，杂以流徵，国中属而和者不过数人而已。①

歌有"和者"，"和者"这样的听众越多，歌的传播效果越好。这里还特别指出"歌"自身具备怎样的条件，自然会获得怎样数量的听众。

在现实生活中，"歌"的巨大力量体现在集体咏唱上，如《左传·宣公二年》：

> 宋城，华元为植，巡功。城者讴曰："睅其目，皤其腹，弃甲而复。于思于思，弃甲复来。"使其骖乘谓之曰："牛则有皮，犀兕尚多，弃甲则那？"役人曰："从其有皮，丹漆若何？"华元曰："去之，夫其口众我寡。"②

城者集体咏唱，歌者少的一方以"其口众我寡"败下场来。"歌"的巨大力量又体现在集体演唱的震撼人心上，《左传·襄公十七年》载，子罕为民请命，请求停止筑台，筑者歌咏他的行为，讴曰："泽门之皙，实兴我役。邑中之黔，实慰我心。"被子罕制止，人问其故，其曰："宋国区区，而有讪有祝，祸之本也。"即如此大型咏歌会影响人心，小小的宋国承受不起。③

以集体咏唱呈现"歌"的巨大力量，并以其震撼人心而取得战争的胜利，这就是垓下之战的数十万人大合唱，甚至比《上林赋》所谓"奏陶唐氏之舞，听葛天氏之歌，千人唱，万人和，山陵为之震动，川谷为之荡波"④的场面还要宏大得多，《史记·项羽本纪》载：

> 项王军壁垓下，兵少食尽，汉军及诸侯兵围之数重。夜闻汉军四面皆楚歌，项王乃大惊曰："汉皆已得楚乎？是何楚人之多也！"⑤

---

① （南朝梁）萧统撰，（唐）李善注：《文选》，中华书局1977年版，第628页。
② 《春秋左传正义》，《十三经注疏》，上海古籍出版社1997年版，第1866页。
③ 《春秋左传正义》，《十三经注疏》，上海古籍出版社1997年版，第1964页。
④ （南朝梁）萧统撰，（唐）李善注：《文选》，中华书局1977年版，第128页。
⑤ （汉）司马迁：《史记》，中华书局1982年版，第333页。

传说中有称是张良用计,但《史记》中实际并无记载,或认为可能是同为楚人出身的刘邦部队看到数年征战而胜利在望,自发地唱起楚歌。不管是什么说法,总之都是汉军高唱楚歌瓦解了楚兵的斗志。《史记·高祖本纪》又载:

> 高祖还归,过沛,留。置酒沛宫,悉召故人父老子弟纵酒,发沛中儿得百二十人,教之歌。酒酣,高祖击筑,自为歌诗曰:"大风起兮云飞扬,威加海内兮归故乡,安得猛士兮守四方!"令儿皆和习之。①

是刘邦深谙大合唱的作用,又一次安排以大合唱来扩大自己诗作的威力。而历史上的多少例子也说明,危急时刻以"口出以为言"的大合唱来鼓动人心,其传播效应是无可比拟的。

三、风谣:以将会发生什么来引导受众
—— 文体表达内容的转换

风谣、谣俗、谣言、歌谣、童谣等,重心在"谣",歌唱而不用乐器伴奏称"谣",主要指民间流行的歌谣,《国语·晋语六》:"辨祅祥于谣。"②"谣"的功能就在于人们用以"辨祅祥",具有新闻性,其在传播上的特性,就是具有较大的传播面与拥有较广泛的群众。因此,统治阶层常常极大关注讴谣,用以视民意、辨祅祥。如《汉书·韩延寿传》载,韩延寿任颍川时考察"政教善恶","乃历召郡中长老为乡里所信向者数十人,设酒具食,亲与相对,接以礼意,人人问以谣俗,民所疾苦",颜师古注:"谣俗,谓闾里歌谣,政教善恶也"③。到东汉,官员奏事要有"谣言"为依据,如《后汉书·蔡邕传》载蔡邕上封事有"令三公谣言奏事"④之语。"歌谣"成为官员政绩的依据之一,《后汉书·方术列传》载:"和帝即位,分遣使者,皆微服单行,各至州县,观采风谣。"⑤《后汉书·循吏列传》载"光武长于民间,颇达情伪","广求民瘼,观纳风谣",甚至"亟以谣言单辞"而更换地方长官。⑥《后汉书·刘陶传》载:"光和五年,诏公

---

① (汉)司马迁:《史记》,中华书局1982年版,第389页。
② 胡文波校点:《国语》,上海古籍出版社2015年版,第274页。
③ (汉)班固:《汉书》,中华书局1962年版,第3210~3211页。
④ (南朝宋)范晔:《后汉书》,中华书局1965年版,第1996页。
⑤ (南朝宋)范晔:《后汉书》,中华书局1965年版,第2717页。
⑥ (南朝宋)范晔:《后汉书》,中华书局1965年版,第2457页。

卿以谣言举刺史、二千石为民蠹害者。"(李贤注云："谣言谓听百姓风谣善恶而黜陟之也。")"由是诸坐谣言征者悉拜议郎。"①

不可把讴谣简单地视作民间的自发产生，如《列子·仲尼》载：

> 尧乃微服游于康衢，闻儿童谣曰："立我蒸民，莫匪尔极。不识不知，顺帝之则。"尧喜问曰："谁教尔为此言？"童儿曰："我闻之大夫。"问大夫，大夫曰："古诗也。"②

从这个传说，可知童谣是人们有意识所造或所传。汉末就有人假造歌谣来伪托民意，如《汉书·王莽传》载，元始四年春，"遣大司徒司直陈崇等八人分行天下，览观风俗"，元始五年秋，"风俗使者八人还，言天下风俗齐同，诈为郡国造歌谣，颂功德，凡三万言"③，粉饰太平以讨好王莽。

讴谣本为"饥者歌其食，劳者歌其事"，"感于哀乐，缘事而发"的当前性、新闻性的吟咏，但两汉时讴谣往往有预示前景的内容，如《后汉书·五行志》载：

> 桓帝之末，京都童谣曰："茅田一顷中有井，四方纤纤不可整。嚼复嚼，今年尚可后年铙。"……(案"茅田一顷"者，言群贤众多也。"中有井"者，言虽厄穷，不失其法度也。"四方纤纤不可整"者，言奸慝大炽，不可整理。"嚼复嚼"者，京都饮酒相强之辞也。言食肉者鄙，不恤王政，徒耽宴饮歌呼而已也。"今年尚可"者，言但禁锢也。"后年铙"者，陈、窦被诛，天下大坏。)④

预示天下将要打乱。又如《后汉书·五行志》载：

> 灵帝中平中，京都歌曰："承乐世董逃，游四郭董逃，蒙天恩董逃，带金紫董逃，行谢恩董逃，整车骑董逃，垂欲发董逃，与中辞董逃，出西门董逃，瞻宫殿董逃，望京城董逃，日夜绝董逃，心摧伤董逃。"(案"董"谓董卓也，言虽跋扈，纵其残暴，终归逃窜，至于灭

---

① （南朝宋）范晔：《后汉书》，中华书局1965年版，第1851页。
② 杨伯峻：《列子集释》，中华书局1979年版，第143~144页。
③ （汉）班固：《汉书》，中华书局1962年版，第4066、4076页。
④ （南朝宋）范晔：《后汉书》，中华书局1965年版，第3283页。

族也。)①

后汉游童所作歌谣，其中"董逃"，本只以声为用而并无实义，反董人士巧妙地解说合乐的象声词"董逃"来称董卓最终要逃亡，董卓神经过敏，"以《董逃》之歌，主为己发，太禁绝之"②，或"改《董逃》为《董安》"③。或禁止它，或要改变其合乐的声词。《后汉书·五行志》载：

> 献帝践祚之初，京都童谣曰："千里草，何青青。十日卜，不得生。"(案千里草为董，十日卜为卓。凡别字之体，皆从上起，左右离合，无有从下发端者也。今二字如此者，天意若曰：卓自下摩上，以臣陵君也。青青者，暴盛之貌也。不得生者，亦旋破亡。)④

这应该是反董人士所作，用以预示董卓的败亡。

如果讴谣不仅是预示，而且还有前瞻性诉求、愿景的内容，则会极大增强其传播效应。因为从信息接受心理讲，说出受众的当前需求与潜在需求，才能打动受众、引导受众。与"口出以为言"的吟诵或批评官员过去政绩的歌谣相比，吟诵未来更有威力，这是利用人们对未来会发生什么的关注，有意识地引导舆论，以发动群众，由此而实现了传播的最高目标——听众的参与。

在动乱时代将起风云之时，这样的歌谣传播出的政治信息更有力量，对局势推波助澜，如"楚虽三户，亡秦必楚"，一来表达楚的复仇决心，二来预示秦必灭亡，增强了人们反抗暴政的信心。又如《史记·陈涉世家》载：

> 乃丹书帛曰"陈胜王"，置人所罾鱼腹中。卒买鱼烹食，得鱼腹中书，固以怪之矣。又间令吴广之次所旁丛祠中，夜篝火，狐鸣呼曰"大楚兴，陈胜王"。卒皆夜惊恐。旦日，卒中往往语，皆指目陈胜。⑤

---

① （南朝宋）范晔：《后汉书》，中华书局1965年版，第3284页。
② 《风俗通》，（宋）郭茂倩：《乐府诗集》引，中华书局1979年版，第505页。
③ （魏）杨阜：《董卓传》，（宋）郭茂倩：《乐府诗集》引，中华书局1979年版，第505页。
④ （南朝宋）范晔：《后汉书》，中华书局1965年版，第3285页。
⑤ （汉）司马迁：《史记》，中华书局1982年版，第1950页。

如此谣谚宣告了天命，人们正是在"大楚兴，陈胜王"的谣谚中走向起义。又如东汉末年黄巾起义时，造出"苍天已死，黄天当立。岁在甲子，天下大吉"①的民谣，号集民众迎接造反，给民众以胜利的希望。

四、引诗："口出以为言"的议政方式进入著述

所谓"诗言志"，即《诗经》之作本都有确定的意义指向。历史上对《诗经》之作的意义指向有不同的理解，但认为其有确定的意义指向，是一致的。

先秦贵族阶层，对"诗"应该是熟习于心的，古代"诗"本为官方教材，《礼记·文王世子》载"春诵、夏弦"为贵族教育的内容之一，郑玄注："诵，谓歌乐也；弦，谓以丝播诗。"孔颖达疏："'诵谓歌乐'者，谓口诵歌乐之篇章，不以琴瑟歌也；云'弦谓以丝播诗'者，谓以琴瑟播彼诗之音节，诗音则乐章也。"②《国语·楚语上》记载申叔所说的太子教育，有"教之诗而为之道广显德，以耀明其志"③之语，古代的教育制度使诗得以普及化。而士人对"诗"的熟习，又是经过了"赋诗言志"的训练的。春秋时代诸侯士大夫常在各种社交场合朗诵《诗》，以《诗》句表明自己的立场、观点和感情，这就是"赋诗言志"，以"口出以为言"来表达自己的意见。对于听诗的人来说，可以通过诗歌来观察赋诗者的意图。《左传》中记载的赋诗就有七十余次，主要是对现成诗歌的运用。因此，如果不懂诗，要被人轻视，如子革问倚相关于祭公谋父作《祈招》之诗以止周穆王周行天下之事，而倚相不知，于是子革断定倚相焉能知远。④ 在外交"赋诗"的场合而不懂诗，要被人笑话的，甚至要出乱子，《左传》中例子很多。

引"诗"论政在传播效应方面有着优势，一来士人对"诗"本来是熟习于心的，出口成诵而易于表达。二来"诗"本身就是以讽诵来传播的，且"诗"本来就具有诵美讥过的政治功能。《国语·周语上》："故天子听政，使公卿至于列士献诗。"⑤"听政"就是听诵美讥过。郑玄《诗谱序》："《虞书》曰：'诗言志，歌永言，声依永，律和声。'诗之道放于此乎？"孔颖达《正义》曰："谓诵美讥过之诗，其道始于此，非初作讴歌始于此也。"⑥歌

---

① （南朝宋）范晔：《后汉书》，中华书局1965年版，第2299页。
② 《礼记正义》，《十三经注疏》，上海古籍出版社1997年版，第1405页。
③ 胡文波校点：《国语》，上海古籍出版社2015年版，第191页。
④ 《春秋左传正义》，《十三经注疏》，上海古籍出版社1997年版，第2064页。
⑤ 胡文波校点：《国语》，上海古籍出版社2015年版，第7页。
⑥ 《毛诗正义》，《十三经注疏》，上海古籍出版社1997年版，第262页。

是自由抒发阶段的产物，诗则是诵美讥过。引"诗"论政，以有所依据而具有强大的说服力。

但是，有确定指向意义的"诗"怎么论证随机产生的时事政治？于是就有所谓"赋诗断章，余取所求焉"的引"诗"论证的方法。① 即引"诗"称说己意可以不顾全篇而只取其中的一段或一句，而且又把本为作诗的"比兴"用于解诗，如《论语·八佾》载：

> 子夏问曰："'巧笑倩兮，美目盼兮，素以为绚兮'何谓也？"子曰："绘事后素。"曰："礼后乎？"子曰："起予者商也，始可与言《诗》已矣。"②

由"素以为绚兮"引发"绘事后素"，再引发"礼后"为"仁"，"断章取义"以其有简短的引用而又灵活的解说，顺利实现政治论辩。《左传》中有不少引"诗"论政的具体事例，如：

> 齐侯欲以文姜妻郑大子忽。大子忽辞，人问其故，大子曰："人各有耦，齐大，非吾耦也。《诗》云：'自求多福。'在我而已，大国何为？"③

郑大子忽以"自求多福"拒绝了与大国的婚姻。又如：狄人伐邢，邢以简书告急，管敬仲以《小雅·出车》"岂不怀归，畏此简书"言于齐侯，于是齐人救邢。④ 士芮以《大雅·板》"怀德惟宁，宗子惟城"称只有修德才能巩固公子们的地位，又何必修城？⑤ 晋楚交战，楚孙叔敖引《小雅·六月》"元戎十乘，以先启行"，称应该抢先出击，才能取得胜利。⑥

孔子多有与弟子讨论《诗》句的情况，《论语·学而》载：

> 子贡曰："贫而无谄，富而无骄，何如？"子曰："可也。未若贫而乐，富而好礼者也。"子贡曰："《诗》云：'如切如磋，如琢如磨'，

---

① 《春秋左传正义》，《十三经注疏》，上海古籍出版社1997年版，第2000页。
② 《论语注疏》，《十三经注疏》，上海古籍出版社1997年版，第2466页。
③ 《春秋左传正义》，《十三经注疏》，上海古籍出版社1997年版，第1750页。
④ 《春秋左传正义》，《十三经注疏》，上海古籍出版社1997年版，第1786页。
⑤ 《春秋左传正义》，《十三经注疏》，上海古籍出版社1997年版，第1794页。
⑥ 《春秋左传正义》，《十三经注疏》，上海古籍出版社1997年版，第1881页。

其斯之谓与?"子曰:"赐也,始可与言《诗》已矣。告诸往而知来者。"①

诗句脱口而来,随意用以论证。在生活的各个方面,都有引"诗"的例子,如《庄子·外物》载:

> 儒以《诗》、《礼》发冢,大儒胪传曰:"东方作矣,事之何若?"小儒曰:"未解裙襦,口中有珠。《诗》固有之曰:'青青之麦,生于陵陂。生不布施,死何含珠为!'接其鬓,压其颅,儒以金椎控其颐,徐别其颊,无伤口中珠!"

这虽然是对儒家的讽刺,但也说明引"诗"说事的风气。

在"断章取义"解说"诗"的基础上论政,把"诗"切割成"章""句",既易于出口成诵,"诗"以其非常态形态,实现了论证的目的,也比较容易契合随机产生的时事政治。战国著述,虽然已是"笔书以为文"者,但多受"口出以为言"的影响,多有引"诗"的习惯,如《庄子》《孟子》《荀子》等,至汉代也有沿袭,如《春秋繁露》《韩诗外传》《列女传》《淮南子》《说苑》《新序》等,每每在篇末引"诗"以证其论述的观点,不可不认为是接受了"口出以为言"的引"诗"影响而为。

五、"吟唱"非常态化运用的传播学意义

"口出以为言"之"吟唱"的非常态化运用,是建立在关注接受者的基础上的。如说唱、谐隐、歌、讴谣、诗等,都因"口出以为言"自身具有某些有利于传播的特点,并且有广泛的下层接受者,于是,诸子百家对其进行运用,使自己的政治主张不仅面向上层统治阶级,而且会引起大众的注意。歌以特殊的表达方式在政治宣传中显示出巨大冲击力,也是凭借接受者对自身命运的关注而实现的。风谣以内容的转换,表达有关未来的信息,以"明天会发生什么来"引导接受者的参与。因此,从普遍意义上说,文体要实现传播效应的最大化,第一要素是要考虑到接受者。因此,上述"吟唱"文体达到传播效应的最大化,是在所谓传播过程的末项——接受者的倒逼下产生的文体变型、文体非常态层面实现的,而这些,也可以说是接受者对文体形态的反作用力。

---

① 《论语注疏》,《十三经注疏》,上海古籍出版社1997年版,第2458页。

第三节　中古吟诵活动

《尚书·序》称"古者伏牺氏之王天下也，始画八卦，造书契，以代结绳之政，由是文籍生焉"①，即开始进入"笔书以为文"的表达阶段。在"笔书以为文"的表达阶段占主体地位的中古，"口出以为言"的高级层次——吟诵——并没有消失，直至当代，仍有弘扬诗词吟诵传统的倡议及研究②。此处要讨论的是，中古时期，吟诵的机制与功用不只是诗的"享用"及传播，还涉及文学活动各个方面，比起前代来，吟诵的机制与功用在进一步的强化。

吟，吟咏，也是诵读的一种。《庄子·德充符》："倚树而吟。"成玄英疏："行则倚树而吟咏。"③诵，念诵，背诵。《周礼·春官·大司乐》："以乐语教国子：兴，道，讽，诵，言，语。"郑玄注："倍文曰讽，以声节之曰诵。"④"讽""诵"都有娴熟上口进而背诵之义。《后汉书·延笃传》："（延笃）少从颍川唐溪典受《左氏传》，旬日能讽之，典深敬焉。"⑤读，诵读，阅读，理解书文的意义。本书要讨论的"吟诵"即包含吟、诵、讽、读，是有节奏的诵读，甚或有背诵。

一、吟诵与经典的学习、记忆、浸润、引用

对于学业而言的"诵"是非常重要的，《礼记·檀弓》载："大功废业。或曰：'大功，诵可也。'"孔颖达疏："大功废业者，业谓所学，习业则身有外营，思虑他事，恐其忘哀，故废业也。诵则在身所为，其事稍静，不虑忘哀，故许其口习业。"⑥"遭丧"期间，"废业"即别的什么事情都不能做了，但还可以"诵"，举这一个例子就知人们在生活中是怎样对待"诵"的。束皙《读书赋》：

> 耽道先生，澹泊闲居，藻练精神，呼吸清虚。抗志云表，戢形陋

---

① 《尚书正义》，《十三经注疏》，上海古籍出版社1997年版，第113页。
② 如"中华吟诵的抢救、整理与研究"作为2010年度国家社科基金第二批重大招标项目获准立项，南开大学；《文学与文化》2012年第2期辟"中华古典诗词吟诵"专栏讨论，等等。
③ （清）郭庆藩：《庄子集释》，中华书局1961年版，第222~223页。
④ 《周礼注疏》，《十三经注疏》，上海古籍出版社1997年版，第787页。
⑤ （南朝宋）范晔：《后汉书》，中华书局1965年版，第2103页。
⑥ 《礼记正义》，《十三经注疏》，上海古籍出版社1997年版，第1281页。

庐，垂帷帐以隐几，被纨素而读书。抑扬嘈囋，或疾或徐，优游蕴藉，亦卷亦舒。颂《卷耳》则忠臣喜，咏《蓼莪》则孝子悲，称《硕鼠》则贪民去，唱《白驹》而贤士归。是故重华咏《诗》以终已，仲尼读《易》于身中，原宪潜吟而忘贱，颜回精勤以轻贫，倪宽口诵而芸耨，买臣行吟而负薪。贤圣其犹孳孳，况中才与小人。①

其中称读书的"颂""咏""唱""读""吟""诵"等，全为"吟诵"之类的读书出声，所以古来一直称"读书"，而不大称"看书"。

中国古代有"吟诵"传统，刘师培《论文杂记·四》论曰："上古之时，先有语言，后有文字。有声音，然后有点画；有谣谚，然后有诗歌。谣谚二体，皆为韵语。""厥后诗歌继兴，始著文字于竹帛。然当此之时，歌谣而外，复有史篇，大抵皆为韵语。""盖古代之时，教曰'声教'，故记诵之学大行，而中国词章之体，亦从此而生。"②刘师培所谓"记诵"者也就是"吟诵"，通过如此的行为，学习经典、记忆经典，进而"享用"经典、浸润于经典，进而以"吟诵"方式引用、应用经典。

其一，古人的读书，从"读"到"诵"，"诵"多有背诵义，如《世语》载夏侯荣"幼聪惠，七岁能属文，诵书日千言，经目辄识之"③，若"诵"不是背诵，"诵书日千言"那算什么。《中论·序》称徐干"未志乎学，盖已诵文数十万言矣"④，此处的"诵"，都兼有熟读后的朗朗上口，进而背诵之义，而尤在后者。如史载东吴时人阚泽"好学，居贫无资，常为人佣书，以供纸笔，所写既毕，诵读亦遍"⑤；史载陆倕"少勤学，善属文。于宅内起两间茅屋，杜绝往来，昼夜读书，如此者数载。所读一遍，必诵于口"⑥；史载沈约"笃志好学，昼夜不倦。母恐其以劳生疾，常遣减油灭火。而昼之所读，夜辄诵之，遂博通群籍，能属文"⑦。这些是说，读就是要读到会背诵。能背诵就是有才华，如《魏略》载，隗禧回答鱼豢的问

---

① （唐）欧阳询：《艺文类聚》，上海古籍出版社1982年版，第991页。
② 陈引驰编校：《刘师培中古文学论集》，中国社会科学出版社1997年版，第227页。
③ （晋）陈寿撰，（南朝宋）裴松之注：《三国志·魏书·诸夏侯曹传》注引，中华书局1982年版，第273页。
④ （清）严可均辑：《全上古三代秦汉三国六朝文·全三国文》，商务印书馆1999年版，第567页。
⑤ （晋）陈寿撰，（南朝宋）裴松之注：《三国志·吴书·阚泽传》，中华书局1982年版，第1249页。
⑥ （唐）姚思廉：《梁书·陆倕传》，中华书局1973年版，第401页。
⑦ （唐）姚思廉：《梁书·沈约传》，中华书局1973年版，第233页。

诗，"说齐、韩、鲁、毛四家义，不复执文，有如讽诵"①。有才华者，读的次数少甚至一遍则"诵"，据《益部耆旧杂记》载，杨修把曹操所撰兵书给张松看，张松"宴饮之间一看便暗诵"②。

其二，吟诵得多，会有学问大的美誉，甚或在官职的升迁上捷足先登。读、诵，往往又有抽绎的意味，《孟子·万章下》："颂其诗，读其书，不知其人，可乎？"杨伯峻注："此处'读'字涵义，既有诵读之义，亦可有抽绎之义，故译文用'研究'两字。"③又有所谓"寻诵"，即寻绎诵读。《后汉书·郑玄传》："玄日夜寻诵，未尝怠倦。"④因此，吟诵得多就是学问大，或以此称扬某人，如《三国志》称司马防"雅好《汉书》名臣列传，所讽诵者数十万言"⑤；称曹植"年十岁余，诵读诗论及辞赋数十万言，善属文"⑥。又如孔融荐荀彧称其"初涉艺文，升堂睹奥；目所一见，辄诵于口"⑦；曹丕自称"少诵诗论"⑧；《魏略》称曹植"诵俳优小说数千言讫"，还要谓淳曰："邯郸生何如邪？"⑨诵读得多也是一种本事，可能会在任官任职上享受某种优先权，如《史记》载西汉公孙弘上书，称"治礼次治掌故，以文学礼义为官"，"先用诵多者"⑩；《后汉书》载东汉周防"年十六，仕郡小吏"时，"世祖巡狩汝南，召掾史试经，防尤能诵读，拜为守丞"⑪。

其三，吟诵经典诗句或他人作品以表达生活体验。吟诵所达到的目的是个体生命对传统的记忆，是个体生命在传统中的浸润；吟诵在心的某些东西说出来，或表示个体生命的某种精神修养，或表达个体生活的某些体

---

① （晋）陈寿撰，（南朝宋）裴松之注：《三国志·魏书·王肃传》注引，中华书局1982年版，第422页。
② （晋）陈寿撰，（南朝宋）裴松之注：《三国志·蜀书·先主传》注引，中华书局1982年版，第882页。
③ 杨伯峻：《孟子译注》，中华书局1960年版，第251页。
④ （南朝宋）范晔：《后汉书》，中华书局1965年版，第1107页。
⑤ （晋）陈寿撰，（南朝宋）裴松之注：《三国志·魏书·司马朗传》注引，中华书局1982年版，第466页。
⑥ （晋）陈寿撰，（南朝宋）裴松之注：《三国志·魏书·陈思王传》，中华书局1982年版，第557页。
⑦ （晋）陈寿撰，（南朝宋）裴松之注：《三国志·魏书·荀彧传》注引，中华书局1982年版，第311页。
⑧ （宋）李昉等辑：《太平御览》，中华书局1960年版，第447页。
⑨ （晋）陈寿撰，（南朝宋）裴松之注：《三国志·魏书·王卫二刘傅传》注引，中华书局1982年版，第603页。
⑩ （汉）司马迁：《史记·儒林列传》，中华书局1982年版，第3119页。
⑪ （南朝宋）范晔：《后汉书·儒林·周防传》，中华书局1965年版，第2560页。

验与感受。如《世说新语·文学》载：

> 郑玄家奴婢皆读书。尝使一婢。不称旨，将挞之。方自陈说，玄怒，使人曳箸泥中。须臾，复有一婢来，问曰："胡为乎泥中？"答曰："薄言往诉，逢彼之怒。"①

二者之言均出自《诗经·邶风》，前者为《式微》，后者为《柏舟》，她俩的吟诵是"郑玄家奴婢皆读书"的结果。又如《世说新语·言语》载东晋简文帝登阼，忧虑皇位，召见郗超。郗超曰："大司马方将外固封疆，内镇社稷，必无若此之虑。臣为陛下以百口保之。"帝因诵庾仲初诗曰："志士痛朝危，忠臣哀主辱。"声甚凄厉。② 这是吟诵当代人的诗句表达心绪。又如《世说新语·言语》载二人以《诗经》语句相让的趣事：

> 简文作抚军时，尝与桓宣武俱入朝，更相让在前。宣武不得已而先之，因曰："伯也执殳，为王前驱。"简文曰："所谓'无小无大，从公于迈。'"③

前者为《卫风·伯兮》，后者为《鲁颂·泮宫》。又如《南史·谢晦传》：

> 武帝闻咸阳沦没，欲复北伐，晦谏以士马疲怠，乃止。于是登城北望，慨然不悦，乃命群僚诵诗，晦咏王粲诗曰："南登霸陵岸，回首望长安，悟彼下泉人，喟然伤心肝。"④

又如《魏书·李彪传》载李彪在南齐主面前吟诵阮籍诗：

> 彪将还，赜亲谓曰："卿前使还日，赋阮诗云'但愿长闲暇，后岁复来游'，果如今日。卿此还也，复有来理否？"彪答言："使臣请

---

① （南朝宋）刘义庆著，（南朝梁）刘孝标注，余嘉锡笺疏：《世说新语笺疏》，上海古籍出版社1993年版，第193页。
② （南朝宋）刘义庆著，（南朝梁）刘孝标注，余嘉锡笺疏：《世说新语笺疏》，上海古籍出版社1993年版，第118~119页。
③ （南朝宋）刘义庆著，（南朝梁）刘孝标注，余嘉锡笺疏：《世说新语笺疏》，上海古籍出版社1993年版，第116页。
④ （唐）李延寿：《南史·谢晦传》，中华书局1975年版，第522页。

重赋阮诗曰'宴衍清都中，一去永矣哉'。"①

又如《梁书·贺琛传》载梁武帝"口授敕责"贺琛常常诵经典表达自己的牢骚，"或诵《离骚》'荡荡其无人，遂不御乎千里'；或诵《老子》'知我者希，则我贵矣'"②。

《左传》中也有人们在交流时引"诗"的事例，其所录多以"《诗》云"出之，而中古时期的记载多以"诵"出之，显示出对"吟诵"的强调。

其四，吟诵或是一种专门技艺。如《汉书·王褒传》载：

> 宣帝时修武帝故事，讲论六艺群书，博尽奇异之好，征能为《楚辞》九江被公，召见诵读。③

宣帝时《楚辞》的诵读几近失传，故能诵读《楚辞》已是一种本事、技能。当然，这种本事、技能是从其前辈那儿承袭下来的。

二、吟诵与文学作品的欣赏

吟诵又是一种理解，书读百遍，其义自见。中古文人谈到自己对优秀诗歌作品的欣赏，往往要说到是反复的吟诵，既是加深理解，又是加深欣赏、反复欣赏。如卞兰《赞述太子表》：

> 太子所行，晏然休著，皆群下所常吟咏。④

杨修《答临淄王笺》：

> 损辱嘉命，蔚矣其文。诵读反覆，虽讽《雅》《颂》，不复过此。⑤

《梁书·王筠传》：

---

① （北齐）魏收：《魏书·李彪传》，中华书局1974年版，第1390页。
② （唐）姚思廉：《梁书·贺琛传》，中华书局1973年版，第546页。
③ （汉）班固：《汉书·王褒传》，中华书局1962年版，第2821页。
④ （唐）欧阳询：《艺文类聚》，上海古籍出版社1982年版，第299页。
⑤ （南朝梁）萧统撰，（唐）李善注：《文选》，中华书局1977年版，第563页。

尚书令沈约,当世辞宗,每见(王)筠文,咨嗟吟咏,以为不逮也。①

《颜氏家训·文章》:

刘孝绰当时既有重名,无所与让;唯服谢朓,常以谢诗置几案间,动静辄讽味。简文爱陶渊明文,亦复如此。②

以上这些都有这样的意思,即只有好的作品才值得"吟颂""吟咏""诵读""讽味",甚而反复为之。那么,"吟颂""吟咏""诵读""讽味"就是一种欣赏过程。甚而从语言表达来看,"吟诵"还往往与欣赏一类的语词并列在一起,如《续汉书》称孔融"及高谈教令,盈溢官曹,辞气温雅,可玩而诵"③。陈琳《答东阿王笺》这样说:

昨加恩辱命,并示《龟赋》,披览粲然。……音义既远,清辞妙句,焱绝焕炳。……载欢载笑,欲罢不能。谨韫椟玩耽,以为吟颂。④

有时是从"听"的角度来表述吟诵欣赏作品。卞兰《赞述太子表》:

窃见所作《典论》及诸赋颂,逸句烂然,沈思泉涌,华藻云浮,听之忘味。⑤

曹植《与吴季重书》:

得所来讯,文采委曲,晔若春荣,浏若清风,申咏反覆,旷若复面。其诸贤所著文章,想还所治,复申咏之也。可令憙事小吏,讽而

---

① (唐)姚思廉:《梁书·王筠传》,中华书局1973年版,第484页。
② (北齐)颜延之撰,王利器集解:《颜氏家训集解》,上海古籍出版社1980年版,第298页。
③ (晋)陈寿撰,(南朝宋)裴松之注:《三国志·魏书·崔琰传》注引,中华书局1982年版,第371页。
④ (南朝梁)萧统撰,(唐)李善注:《文选》,中华书局1977年版,第565~566页。
⑤ (唐)欧阳询:《艺文类聚》,上海古籍出版社1982年版,第299页。

诵之。①

曹植《答明帝诏表》：

> 奉诏并见圣思所作《故平原公主诔》，文义相扶，章章殊兴，句句感切；哀动神明，痛贯天地。楚王臣彪等闻臣为读，莫不挥涕。②

《金楼子·自序》：

> 吾小时，夏日夕中，下绛纱蚊绚，中有银瓯一枚，贮山阴甜酒。卧读有时至晓，率以为常。又经病疮，肘膝烂尽。比以来三十余载，泛玩众书万余矣。自余年十四，苦眼疾沈痼，比来转暗，不复能自读书。三十六年来，恒令左右唱之。曾生所谓"诵《诗》读《书》，与古人期"，兹言是也。③

当作品到了让别人诵读给自己听的程度，那就更是好作品，更值得欣赏了。有时，作品的欣赏一定是要吟诵的，因为有音韵问题，如《梁书·王筠传》载：

> （沈）约制《郊居赋》，构思积时，犹未都毕，乃要筠示其草，（王）筠读至"雌霓（五激反）连蜷"，约抚掌欣抃曰："仆尝恐人呼为霓（五鸡反）。"次至"坠石碣星"，及"冰悬坎而带坻"。筠皆击节称赞。约曰："知音者希，真赏殆绝，所以相要，政在此数句耳。"④

这是让别人吟诵自己的作品，只有吟诵，才能知道读者是否为"知音"。

三、吟诵与诗文创作、传播

《毛诗序》云：

> 诗者，志之所之也。在心为志，发言为诗。情动于中，而形于

---

① （南朝梁）萧统撰，（唐）李善注：《文选》，中华书局1977年版，第595页。
② 赵幼文：《曹植集校注》，人民文学出版社1984年版，第498页。
③ （南朝梁）萧绎撰，许逸民校笺：《金楼子校笺》，中华书局2011年版，第1357页。
④ （唐）姚思廉：《梁书·王筠传》，中华书局1973年版，第485页。

言。言之不足，故嗟叹之；嗟叹之不足，故永歌之；永歌之不足，不知手之舞之，足之蹈之也。①

诗就"言"的表达而言，或"嗟叹之"进而"永歌之"，诗的创作要以诵读出之，这是传统。中古时代，作品的撰作或有"在心为志，发言为诗"的遗风，这就是直接"口出以为言"的创作。如《汉书·游侠传·陈遵》载：

王莽素奇(陈)遵材，在位多称誉者，由是起为河南太守。既至官，当遣从史西，召善书吏十人于前，治私书谢京师故人。遵冯几，口占书吏，且省官事，书数百封，亲疏各有意，河南大惊。②

中古口占、口授以成公文的事例很多，这是一种本事。此处单述以吟诵撰作诗文之例。著名的如曹植七步诗的故事，《世说新语·文学》载：

文帝尝令东阿王七步中作诗，不成者行大法。应声便为诗曰："煮豆持作羹，漉菽以为汁。其在釜下然，豆在釜中泣。本是同根生，相煎何太急？"帝深有惭色。③

这是著名的"七步诗"的故事。《世说新语·言语》：

谢太傅寒雪日内集，与儿女讲论文义。俄而雪骤，公欣然曰："白雪纷纷何所似？"兄子胡儿曰："撒盐空中差可拟。"兄女曰："未若柳絮因风起。"公大笑乐。④

兄女即谢太傅(安的长兄)安西将军谢奕的女儿谢道韫，因此后世以"柳絮才"称指女子聪颖有诗才者。《宋书·沈庆之传》：

上尝欢饮，普令群臣赋诗，(沈)庆之手不知书，眼不识字，上

---

① 《毛诗正义》，《十三经注疏》，上海古籍出版社1997年版，第269~270页。
② (汉)班固：《汉书》，中华书局1962年版，第3711页。
③ (南朝宋)刘义庆著，(南朝梁)刘孝标注，余嘉锡笺疏：《世说新语笺疏》，上海古籍出版社1993年版，第244页。此例中"然"即"燃"。
④ (南朝宋)刘义庆著，(南朝梁)刘孝标注，余嘉锡笺疏：《世说新语笺疏》，上海古籍出版社1993年版，第130~131页。

逼令作诗，庆之曰："臣不知书，请口授师伯。"上即令颜师伯执笔，庆之口授之曰："微命值多幸，得逢时运昌。朽老筋力尽，徒步还南岗。辞荣此圣世，何愧张子房。"上甚悦，众坐称其辞意之美。①

《魏书·元勰传》：

> 后幸代都，次于上党之铜鞮山。路旁有大松树十数根。时高祖进伞，遂行而赋诗，令人示勰曰："吾始作此诗，虽不七步，亦不言远。汝可作之，比至吾所，令就之也。"时勰去帝十余步，遂且行且作，未至帝所而就。诗曰："问松林，松林经几冬？山川何如昔，风云与古同？"高祖大笑曰："汝此诗亦调责吾耳。"②

十步之间，吟咏成诗。又，《魏书·祖莹传》载：

> 尚书令王肃曾于省中咏《悲平城》诗，云："悲平城，驱马入云中。阴山常晦雪，荒松无罢风。"彭城王(元)勰甚嗟其美，欲使肃更咏，乃失语云："王公吟咏情性，声律殊佳，可更为诵《悲彭城》诗。"肃因戏勰云："何意《悲平城》为《悲彭城》也？"勰有惭色。(祖)莹在座，即云："所有《悲彭城》，王公自未见耳。"肃云："可为诵之。"莹应声云："悲彭城，楚歌四面起。尸积石梁亭，血流睢水里。"肃甚嗟赏之。勰亦大悦，退谓莹曰："即定是神口。今日若不得卿，几为吴子所屈。"③

这也是祖莹应时应景而"口出以为言"作诗，被元勰赞为"神口"。

东晋南朝时把诗作"口占"而成者称为"口号"诗体，如鲍照有《还都口号》之诗作：

> 分壤蕃帝华，列正蔼皇宫。礼宴及年暇，朝奏因岁通。维舟歇金景，结棹俟昌风。钲歌首寒物，归吹践开冬。阴沉烟塞合，萧瑟凉海空。驰霜急归节，幽云惨天容。旌鼓贯玄途，羽鹢被长江。君王迟京

---

① （南朝梁）沈约：《宋书·沈庆之传》，中华书局1974年版，第2003页。
② （北齐）魏收：《魏书·元勰传》，中华书局1974年版，第572页。
③ （北齐）魏收：《魏书·祖莹传》，中华书局1974年版，第1799页。

国,游子思乡邦。恩世共渝洽,身愿两扳逢。勉哉河济客,勤尔尺波功。①

《诗人玉屑·诗体上》有"口号体",即"口出"而作。梁时萧纲有《仰和卫尉新渝侯巡城口号诗》,庾肩吾、王筠同赋。②

史上多有文人咏诗的记载,《晋书·文苑·袁宏传》:

> 袁宏,字彦伯,侍中猷之孙也。父勖,临汝令。宏有逸才,文章绝美,曾为咏史诗,是其风情所寄。少孤贫,以运租自业。谢尚时镇牛渚,秋夜乘月,率尔与左右微服泛江。会宏在舫中讽咏,声既清会,辞又藻拔,遂驻听久之,遣问焉。答云:"是袁临汝郎诵诗。"即其咏史之作也。③

他是在吟诵自己创作的诗,这才引出知音的欣赏。《梁书·徐勉传》载徐勉自云与"一时才俊,赋诗颂咏,终日忘疲"④,称"赋诗"是要"颂咏"的,即须吟诵。

中古时代多有文学聚会,此时诗多有吟诵而出者。如王羲之组织的兰亭聚会,其《临河叙》曰:

> 永和九年,岁在癸丑,暮春之初,会于会稽山阴之兰亭,修禊事也。群贤毕至,少长咸集。此地有崇山峻岭,茂林修竹。又有清流激湍,映带左右。引以为流觞曲水,列坐其次。是日也,天朗气清,惠风和畅,娱目骋怀,信可乐也。虽无丝竹管弦之盛,一觞一咏,亦足以畅叙幽情矣。⑤

所谓"一觞一咏"即一边饮酒,一边吟诵。

有时,吟诵是始终伴随着作者的创作过程的,曹植《与丁敬(礼)书》:

---

① 丁福林:《鲍照集校注》,中华书局2012年版,第386页。
② (唐)欧阳询:《艺文类聚》,上海古籍出版社1982年版,第503、505、506页。
③ (唐)房玄龄:《晋书·袁宏传》,中华书局1974年版,第2391页。
④ (唐)姚思廉:《梁书·王筠传》,中华书局1973年版,第386~387页。
⑤ (南朝宋)刘义庆著,(南朝梁)刘孝标注,余嘉锡笺疏:《世说新语笺疏》,上海古籍出版社1993年版,第630页。

> 顷不相闻，覆相声音，亦为怪。故乘兴为书，含欣而秉笔，大笑而吐辞，亦欢欣之极也。①

他说自己是边"口出"（大笑而吐辞）边"笔书"（含欣而秉笔）来写信的。《世说新语·文学》载：

> 桓玄尝登江陵城南楼云："我今欲为王孝伯作诔。"因吟啸良久，随而下笔。一坐之间，诔以之成。②

"吟啸"是撰作前的准备，是"口出以为言"，是为"笔书以为文"做准备，所"吟啸"者，实际上就是在酝酿准备诔文的语辞。

前人总结创作过程，往往强调吟诵的作用，如陆机《文赋》所说的由"思风发于胸臆，言泉流于唇齿"到"文徽徽以溢目，音泠泠而盈耳"的创作整过程。又如刘勰《文心雕龙·神思》说：

> 文之思也，其神远矣。故寂然凝虑，思接千载；悄焉动容，视通万里。吟咏之间，吐纳珠玉之声；眉睫之前，卷舒风云之色：其思理之致乎！③

"吟咏之间，吐纳珠玉之声"是作品创作的必须。作家们也往往强调吟诵的"齿舌间得利"对自己创作才华的促发，《晋书·殷仲堪传》载：

> 仲堪能清言，善属文，每云三日不读《道德论》，便觉舌本间强。④

殷仲堪称吟诵《道德论》，才使"清言""属文"十分便利。又《世说新语·文学》载：

---

① （唐）虞世南：《北堂书钞》，中国书店1989年版，第393页。
② （南朝宋）刘义庆著，（南朝梁）刘孝标注，余嘉锡笺疏：《世说新语笺疏》，上海古籍出版社1993年版，第277页。
③ （南朝梁）刘勰撰，詹锳义证：《文心雕龙义证》，上海古籍出版社1989年版，第975页。
④ （唐）房玄龄：《晋书·殷仲堪传》，中华书局1974年版，第2192页。

> 桓宣武北征，袁虎时从，被责免官。会须露布文，唤袁倚马前令作。手不辍笔，俄得七纸，殊可观。东亭在侧，极叹其才。袁虎云："当令齿舌间得利。"①

袁虎的话是说，文章写得快，是因为已在口头多有所诵，即所谓"齿舌间得利"。故文学创作的过程，往往是吟诵与撰写结合在一起的，如史称谢安出仕之前，经常同王羲之、许询、支遁等人"出则渔弋山水，入则言咏属文"②，"言咏属文"，边吟诵与边撰写，是文学创作的常态。

四、吟诵与文章音韵

从发音上说，人们会感觉有些人的吟诵好听，如《晋书·谢安传》载：

> (谢)安本能为洛下书生咏，有鼻疾，故其音浊，名流爱其咏而弗能及，或手掩鼻以学之。③

《世说新语·雅量》载，谢安曾以"洛生咏""讽"嵇康诗作"浩浩洪流"④。于是"洛生咏"成为一种专门的技艺，南朝齐时，张融被獠贼所执，"将杀食之，融神色不动，方作洛生咏，贼异之而不害也"⑤，因能"洛生咏"而活命。广而言之，"咏"也确实是一门技艺，《南史·谢瞻传》说：谢瞻"与从叔混、族弟灵运俱有盛名，尝作《喜霁诗》，灵运写之，混咏之。王弘在坐，以为三绝"⑥。谢混之"咏"被称为"三绝"之一，"咏"当然是一门技艺了。谢混为谢安之孙，不知其"咏"与"洛生咏"有何关系。顾恺之对自己的"咏"颇为自负，史书记载：

> (顾恺之)又为吟咏，自谓得先贤风制。或请其作洛生咏，答曰："何至作老婢声！"义熙初，为散骑常侍，与谢瞻连省，夜于月下长

---

① (南朝宋)刘义庆著，(南朝梁)刘孝标注，余嘉锡笺疏：《世说新语笺疏》，上海古籍出版社1993年版，第273页。
② (唐)房玄龄：《晋书·谢安传》，中华书局1974年版，第2072页。
③ (唐)房玄龄：《晋书·谢安传》，中华书局1974年版，第2076~2077页。
④ (南朝宋)刘义庆著，(南朝梁)刘孝标注，余嘉锡笺疏：《世说新语笺疏》，上海古籍出版社1993年版，第369页。
⑤ (南朝梁)萧子显：《南齐书·张融传》，中华书局1972年版，第721页。
⑥ (唐)李延寿：《南史》，中华书局1975年版，第525页。

咏，瞻每遥赞之，恺之弥自力忘倦。①

又有称吟咏佛教经典的梵音对古代诗歌音律有影响。如《世说新语·言语》载"道壹道人好整饰音辞"②。《高僧传·释僧辩传》载：

> 永明七年二月十九日，司徒竟陵文宣王梦于佛前咏《维摩》一契，同声发而觉，即起至佛堂中，还如梦中法，更咏古《维摩》一契，便觉声韵流好，著工恒日。明旦即集京师善声沙门龙光普知、新安道兴、多宝慧忍、天保超胜，及僧辩等，集第作声。③

南齐竟陵王萧子良就因为梦中吟咏佛经之事，便召集审音定声，想让这种"声韵流好"有法可依。本来，佛法由音声而宣说，故称"声教"，所谓"声教开合，化道可知"，即教由声说，故云声教。古代中国也讲求"声教"，刘师培《论文杂记》称："古代之时，教曰'声教'，故记诵之学大行。"④此时，这两种古老的传统相合，当人们对吟诵的"清通深亮""清远遒亮"产生有意识的追求时，文学变革已悄然来临。在讲究吟诵的社会风气下，人们的"善诵书，背文讽说，音韵清辨"⑤，是受到夸赞的。人们或认为，南齐时诗歌讲求音律和谐的"永明体"，就是这样兴起的。⑥ 南朝梁沈约《答陆厥问声韵书》："若以文章之音韵，同弦管之声曲，则美恶妍蚩，不得顿相乖反。"沈约《宋书·谢灵运传论》讲到"永明体"规则：

> 夫五色相宣，八音协畅，由乎玄黄律吕，各适物宜。欲使宫羽相变，低昂互节，若前有浮声，则后须切响。一简之内，音韵尽殊；两句之中，轻重悉异。⑦

沈约说"作五言诗，善用四声，则讽咏而流靡"⑧，"梁高祖重陈郡谢朓

---

① （唐）房玄龄：《晋书·顾恺之传》，中华书局1974年版，第2405页。
② （南朝宋）刘义庆著，（南朝梁）刘孝标注，余嘉锡笺疏：《世说新语笺疏》，上海古籍出版社1993年版，第146页。
③ （南朝梁）释慧皎撰，汤用彤校注：《高僧传》，中华书局1992年版，第503页。
④ 陈引驰编校：《刘师培中古文学论集》，中国社会科学出版社1997年版，第227页。
⑤ （唐）姚思廉：《梁书·周舍传》，中华书局1973年版，第375页。
⑥ 陈寅恪先生称四声之说很可能是受转读佛经声调的影响而成立的，人们对此说虽然有不同意见，但佛教对古代音韵的影响还是有的。
⑦ （南朝梁）沈约：《宋书·谢灵运传》，中华书局1974年版，第1779页。
⑧ （日）弘法大师撰，王利器校注：《文镜秘府论·四声论》，中国社会科学出版社1983年版，第102页。

诗，常曰：'不读谢诗三日，觉口臭。'"①谢朓自己也说"好诗圆美流转如弹丸"②，沈约《伤谢朓》以"调与金石谐"来夸赞他的诗③，这些都是从吟诵角度称说"善用四声"的效果。这就是由吟诵而起步的中国古代诗歌格律化的形成。

通过以上分析，我们知道作为"口出以为言"的吟诵已成为中古文学活动的必须，吟诵无所不在，贯穿着整个文学活动的始终：既是文学欣赏与理解的步骤，又是文学创作的伴随；既是文学聚会的中心活动，又是文学聚会成果的展示；既是一种美的欣赏与享受，又是美的创造的动力；既是文学接受，又是文学传播。如此完整地把握吟诵，或许对今日提倡诗文吟诵有完整的认识。

第四节 "说"与古小说撰作

说，作为一种行为动作，《说文解字》释为"谈说"④，《易·咸》："咸其辅颊舌，滕口说也。"高亨注："滕口说，谓翻腾其口谈，即所谓'口若悬河'。"其产品即"言"，故有"说，言也"之类的解释。"口出以为言"正是"谈说"与"言"构成的整体。但"说"又显示出"口出以为言"与"笔书以为文"的种种纠葛，以下述之。

一、"说"为"口出"的解说、叙说

《荀子·致士》"诵说而不陵不犯，可以为师"，杨倞注："诵，谓诵经；说，谓解说。"⑤《文选·张衡〈西京赋〉》"愿闻所以辩之之说也"，薛综注："说，犹分别解说。"⑥《汉书·叙传上》：

> 时上方乡学，郑宽中、张禹朝夕入说《尚书》《论语》于金华殿中，诏(班)伯受焉。⑦

---

① （宋）李昉等编：《太平广记》引《谈薮》，中华书局1961年版，第1483页。
② （唐）李延寿：《南史·王筠传》，中华书局1975年版，第609页。
③ 逯钦立辑校：《先秦汉魏晋南北朝诗》，中华书局1983年版，第1653页。
④ （清）段玉裁注：《说文解字注》，上海古籍出版社1981年版，第93页。
⑤ 王先谦：《荀子集解》，《新编诸子集成》本，中华书局1988年版，第263页。
⑥ （南朝梁）萧统撰，（唐）李善注：《文选》，中华书局1977年版，第5页。
⑦ （汉）班固：《汉书》，中华书局1962年版，第4198页。

这种解说经典的行为就是"说",先是"口出以为言",即所谓"朝夕入说《尚书》《论语》"云云。及"笔书以为文"而形成的著作就是文本的"说"。《易》"十翼"之一《说卦》之"说"是对卦的解说。检《汉书·艺文志》,其《六艺略》有"说"如下:《易》之《略说》,《书》之《欧阳说义》,《诗经》之《鲁说》《韩说》,《礼》之《〈中庸〉说》《〈明堂阴阳〉说》,《论语》之《齐说》《鲁夏侯说》《鲁安昌侯说》《鲁王骏说》《燕传说》,《孝经》之《长孙氏说》《江氏说》《翼氏说》《后氏说》《安昌侯说》《〈弟子职〉说》等,以上之"说",当为解说、解释之义。《汉书·艺文志》的《诸子略》之"道家",载录有《老子傅氏经说》、《老子徐氏经说》、刘向《说老子》等。以上之"说",作为文体来说,都是对他人著述、观点的解说,并不突出"口出以为言"。

《汉书·艺文志·六艺略》中批评汉末烦琐经学:

> 后世经传既已乖离,博学者又不思多闻阙疑之义,而务碎义逃难,便辞巧说,破坏形体。说五字之文,至于二三万言。①

"便辞巧说""说五字之文"之"说",都为解说之"说",这些"说"本是"口出以为言",被"笔书以为文"记载下来。

二、小说的"口出以为言"本意

《荀子·正名》:

> 故知者论道而已矣,小家珍说之所愿皆衰矣。②

"小家珍说"指不合大道的琐屑之言。"小说"的"小",是强调其不合大道,称"小说"本是琐屑之言,《庄子·外物》所谓"饰小说以干县令,其于大达亦远矣"③。"小说"即琐碎的言谈及所能表现的小的道理,桓谭言"小说家合丛残小语,近取譬论,以作短书,治身理家,有可观之辞"④。

《文心雕龙·诸子》称:

---

① (汉)班固:《汉书》,中华书局1962年版,第1723页。
② 王先谦:《荀子集解》,《新编诸子集成》本,中华书局1988年版,第429页。
③ (清)郭庆藩:《庄子集释》,中华书局1960年版,第925页。
④ (南朝梁)萧统撰,(唐)李善注:《文选》注引《桓子新论》,中华书局1977年版,第444页。

至鬻熊知道，而文王咨询，余文遗事，录为《鬻子》。①

所谓"录"，就是"笔书以为文"了。《汉书·艺文志》的《诸子略》"道家类"著录有《鬻子》二十二卷，《诸子略》之"小说家"著录有《鬻子说》（原注：后世所加），《诸子略》之"小说家"类还著录有《伊尹说》（原注：其语浅薄，似依托也）、《黄帝说》（原注：迂诞依托）、《封禅方说》（原注：武帝时）、《虞初周说》（原注：河南人，武帝时以方士侍郎，号黄车使者）等②，当都是刘勰所云"余文遗事，录为《鬻子》"之类。除《封禅方说》外，都标明作者，虽然大多是依托，但从书名看是这些作者自己的"说"，那也是"口出以为言"，是自家的言论，而不是对别人言论的解说，且又是"说"的集合体。

　　而据《汉书·艺文志》所述，"小说"已是纯粹的"口出以为言"，其曰：

　　小说家者流，盖出于稗官，街谈巷语，道听途说者之所造也。孔子曰："虽小道，必有可观者焉，致远恐泥，是以君子弗为也。"然亦弗灭也，闾里小知者之所及，亦使缀而不忘。如或一言可采，此亦刍荛狂夫之议也。③

所谓"街谈巷语，道听途说"就是"口出以为言"的。"小说"就是把"口出以为言"的"街谈巷语，道听途说"而"笔出以为文"。换一种说法，"小说"就是"口出以为言"的"街谈巷语，道听途说"的"笔书以为文"化。《隋书·经籍志三》对"小说"的解释，延续其本是"街谈巷语，道听途说"的性质并强化了采集的过程：

　　小说者，街说巷语之说也。《传》载舆人之诵，《诗》美询于刍荛。古者圣人在上，史为书，瞽为诗，工诵箴谏，大夫规诲，士传言而庶人谤。孟春，徇木铎以求歌谣，巡省观人诗，以知风俗。过则正之，失则改之，道听途说，靡不毕纪。④

---

① （南朝梁）刘勰撰，詹锳义证：《文心雕龙义证》，上海古籍出版社1979年版，第624页。
② （汉）班固：《汉书》，中华书局1962年版，第1744~1745页。
③ （汉）班固：《汉书》，中华书局1962年版，第1745页。
④ （唐）魏徵等：《隋书》，中华书局1973年版，第1012页。

"舆人之诵"指普通百姓对某件事议论不停,纷纷发表意见。从"询于刍荛"的求歌谣到"靡不毕纪",就是"笔书以为文"的过程。《隋书·经籍志三》又曰:

> 《周官》,诵训"掌道方志,以诏观事;掌道方慝,以诏辟忌,以知地俗",而训方氏"掌道四方之政事,与其上下之志,诵四方之传道而观衣物",是也。孔子曰:"虽小道,必有可观者焉,致远恐泥。"①

则称《周礼》中就有职官称说四方久远之事、四方禁忌、四方诸侯政事等,以有利于治理,小说也是这些内容与作用。合而言之,"小说"就是把"街谈巷语,道听途说"这些传闻缀集起来,"笔书以为文",进而汲取各种各样的信息以助于修身、理家、治国。

《庄子》、《汉志》、桓谭、《隋志》说清楚了小说的产生是"街谈巷语,道听途说"的"丛残小语"的集合,即传闻的集合构成小说。而小说这种文体之所以被社会认可,也正是因为传闻的特性。传闻,一是真实性强,人们在叙说自己或别人的所闻所见;二是传播面广,普及面广。社会正是利用传闻的这种特点,为宣传某种信念、传扬某种传统而创制了小说。反过来讲,也正是小说文体的创制,克服了传闻因是"口出以为言"而既零碎又转瞬即逝的弱点,因"笔书以为文"而保持完整并流传更久,所谓"缀而不忘"。文学史也印证了传闻变成小说的历程。

三、"口出以为言"与"说炜晔而谲诳"

最早论述"说"体的是录入《文选》的陆机《文赋》,其称"说炜晔而谲诳"。《文选六臣注》李善曰:"说以感动为先,故炜晔谲诳。"五臣之李周翰注曰:"说者,辩词也。辩口之词,明晓前事,诡谲虚诳,务感人心。"王闿运曰:"说当回人之意,改已成之事,谲诳之使反于正,非尚诈也。"许文雨曰:"炜晔之说,即刘勰'言资悦怪'之谓,兼远符于时利义贞之义。而谲诳之说,刘勰独持忠信以肝胆献主之义,反驳陆说,不知陆氏乃述战国纵横家游说之旨也。"②范文澜说:"士衡盖指战国策士而言。彦和

---

① (唐)魏徵等:《隋书》,中华书局1973年版,第1012页。
② (晋)陆机撰,张少康集释:《文赋集释》引,上海古籍出版社1984年版,第85~86页。

谓言资悦怿，正即炜烨之义。"①此处的"说"，当是立足于以叙事为说理的，是"辩说"，是日后小说的特性。

魏晋南北朝小说家们在理论上也提出了要把小说作品写得更美、更有艺术性，以求能更完美地表达小说创作的目的。葛洪《神仙传》自序谈到其前辈所撰的神仙列传一类小说时说："昔秦大夫阮仓，所记有数百人；刘向所撰，又有七十一人……刘向所述殊甚简要，美事不举。此传虽深妙奇异，不可尽载，犹存大体。窃谓有愈于向，多所遗弃也。"②对前辈作品缺乏艺术性，"殊甚简略，美事不举"提出批评，强调自己的作品"虽深妙奇异，不可尽载，犹存大体。窃谓有愈于向，多所遗弃也"，认为自己的作品思想意义上要"深妙"，故事情节上要"奇异"，认为自己作品的艺术性要超过刘向。这种对小说艺术性的公开追求，是以前所不曾有过的。

《拾遗记》，晋人王嘉（子年）撰，梁人萧绮录。萧绮在《拾遗序记》中，曾批评王嘉的撰写原则，并提出自己的撰写原则，要求真正写出有丰富的艺术性的作品来。他说：

> 辞趣过诞，意旨迂阔，推理陈迹，恨为繁冗。多涉祯祥之书，博采神仙之事，妙万物而为言，盖绝世而弘博矣！世德陵夷，文颇缺略，绮更删其繁紊，纪其实美，搜刊幽秘，捃采残落，言匪浮诡，事弗空诬，推详往迹，则影彻经史，考验真怪，则叶附图籍。若其道业远者，则辞省朴素，世德近者，则文存靡丽，编言贯物，使宛然成章。③

首先，萧绮强调"实美"而反对"繁紊"，"实美"是针对"繁紊"提出的，这里的"实美"应与葛洪所言"美事"相似，即真正优美的故事，而"繁紊"则鱼龙相杂，所谓"辞趣过诞"者、"意旨迂阔"者，应都在删裁之列。

其次，萧绮强调"文存靡丽"，不主张"纪事存补"。他以"数运则与世推移，风政则因时回改"为论据，认为文学也是进化的，小说也是如此，要前进的，"道业远者，则辞省朴素"，先前辞语朴素的作品还可以说得过去，而"世德近者，则文存靡丽，编言贯物，使宛然成章"，如今则要

---

① （南朝梁）刘勰撰，范文澜注：《文心雕龙注》，人民文学出版社1958年版，第357~358页。
② （晋）葛洪：《神仙传》，《丛书集成初编》本，中华书局1991年版，第1页。
③ （后秦）王嘉撰，（南朝梁）萧绮录，齐治平校注：《拾遗记》，中华书局1981年版，第21页。

语言华丽，以便更好地表现故事内容。鲁迅所说唐代小说的"叙述宛转，文辞华艳"①，与萧绮所提倡的"文存靡丽"的继承关系是显而易见的。

以上正应阎步克所称两种史官："史官记其大略于简册之上，其详情则由瞽矇讽诵"②，"口出以为言"者则更突出文采。

四、志怪小说的成书

志怪小说本为撰集传闻而成书。王嘉《拾遗记》"博物志"条：

> 张华字茂先，挺生聪慧之德，好观秘异图纬之部，捃采天下遗逸，自书契之始，考验神怪，及世间闾里所说，造《博物志》四百卷，奏于武帝。③

其撰集《博物志》，也包括把"世间闾里所说"搜集起来。

志怪小说的诞生也由清谈所致，因为人物或有与鬼神牵扯的传闻，如《异林》记载钟繇遇女鬼一事，末称"叔父清河太守说如此"云云，④ 这就是陆云谈起来的。葛洪《抱朴子·疾谬》中称，有才之士所谈者，有"鬼神之情状，万物之变化，殊方之奇怪"等，⑤ 即是。南朝宋徐益寿《记闻》"萧正人"条：

> 琅邪太守许诚言尝言，幼时与中外兄弟，夜中言及鬼神。其中雄猛者，或言："吾不信邪，何处有鬼？"言未终，前檐头鬼忽垂下二胫，胫甚壮大，黑毛且长，足履于地。言者走匿。内弟萧正人，沉静少言，独不惧，直抱鬼胫，以解衣束之甚急。鬼举胫至檐，正人束之，不得升，复下，如此数四。既无救者，正人放之，鬼遂灭。而正人无他。⑥

此称小说是由记载他人之言而成的，故其小说集名为"记闻"。

---

① 鲁迅：《中国小说史略》，湖南大学出版社2014年版，第45页。
② 《乐师、史官文化传承之异同及意义》，阎步克：《乐师与史官——传统政治文化与政治制度论集》，生活·读书·新知三联书店2001年版，第94页。
③ 侯忠义：《中国文言小说参考资料》，北京大学出版社1985年版，第108页。
④ （晋）陈寿撰，（南朝宋）裴松之注：《三国志·魏书·钟繇传》注引，中华书局1982年版，第396页。
⑤ （晋）葛洪：《抱朴子》，诸子百家丛书本，上海古籍出版社1990年版，第245页。
⑥ （宋）李昉：《太平广记》（谈恺本）第八册，北京图书馆出版社2009年版，第615页。

把鬼怪故事保存下来，以警示世人。志怪小说《搜神记》，其序称其成书曰：

> 虽考先志于载籍，收遗逸于当时，盖非一耳一目之所亲闻睹也，亦安敢谓无失实者哉！卫朔失国，二传互其所闻；吕望事周，子长存其两说，若此比类，往往有焉。从此观之，闻见之难一，由来尚矣。夫书赴告之定辞，据国史之方策，犹尚若兹，况仰述千载之前，记殊俗之表，缀片言于残阙，访行事于故老，将使事不二迹，言无异途，然后为信者，固亦前史之所病。然而国家不废注记之官，学士不绝诵览之业，岂不以其所失者小，所存者大乎！今之所集，设有承于前载者，则非余之罪也。若使采访近世之事，苟有虚错，愿与先贤前儒分其讥谤。及其著述，亦足以明神道之不诬也。①

"考先志于载籍，收遗逸于当时"及"缀片言于残阙，访行事于故老""采访近世之事"云云，其中就有纂辑于人们口头流传者一途。而称"盖非一耳一目之所亲闻睹也，亦安敢谓无失实者哉"，称小说具有"虚"的性质。既然如此"虚"，为什么还允许小说存在，这就是"岂不以其所失者小，所存者大乎"。其中重要原因之一，就是以虚辅正、以虚证实，如干宝《搜神记序》称其书"亦足以明神道之不诬也"。《隋志》称"道听途说，靡不毕纪"，这就进入了"笔书以为文"。

应劭《风俗通义·正失》曰：

> 谨按《太史记》：燕太子丹质秦，始皇遇之益不善，丹恐而亡归。归求勇士荆轲、秦武阳，函樊於期之首，贡督亢之地图。秦王大悦，礼而见之。变起两楹之间，事败而荆轲立死。始皇大怒，乃益发兵伐燕。燕王走保辽东，使使斩丹以谢秦，燕亦遂灭。丹畏死逃归耳，自为其父所戮，手足纪绝，安在其能使雨粟其余云云乎！原其所以有兹语者，丹实好士，无所爱吝也，故闾阎小论饰成之耳。②

他说出"闾阎小论饰成之"的原因，就是在肯定燕太子丹这样的人。

郭宪《汉武帝别国洞冥记序》：

---

① （唐）房玄龄等：《晋书》，中华书局1974年版，第2150页。
② （汉）应劭撰，吴树平校释：《风俗通义校释》，天津人民出版社1980年版，第69页。

> 宪家世述道书，推求先圣往贤之所撰集，不可穷尽，千室不能藏，万乘不能载，犹有漏逸。或言浮诞，非政教所同，经文史官记事，故略而不取，盖偏国殊方，并不在录。愚谓古囊余事，不可得而弃。况汉武帝，明俊特异之主，东方朔因滑稽浮诞，以匡谏洞心于道教，使冥迹之奥，昭然显著。今籍旧史之所不载者，聊以闻见，撰《洞冥记》四卷，成一家之书，庶明博君子该而异焉。武帝以欲穷神仙之事，故绝域遐方，贡其珍异奇物，及道术之人，故于汉世盛于群主也。故编次之云尔。①

此为张扬道教。又有为佛教宣传者，如《冥祥记》，其材料来源，一是各种佛教灵异记，二是所谓作者自己的"闻见"，即对"口出以为言"的记录。

五、志人小说的撰集传闻

玄学崇尚清谈、论辩的风气，清谈、论辩对人物的关注，又与小说文体的兴起紧密相关。

志人小说的成书，本有社会流传的"口出以为言"，而后"笔书以为文"的撰集传闻，纂集社会流传的众人之"言"而成书，例子很多。《文心雕龙·谐讔》称"魏文因俳说以著笑书"②，世传曹丕《笑书》是把"口出以为言"的"俳说"而"笔书以为文"的。《语林》的成书也很有典型意义，书称"语林"，就是把"口出以为言"而"笔书以为文"。《世说新语·轻诋》篇刘孝标注引《续晋阳秋》说："河东裴启撰汉、魏以来迄于今时，言语应对之可称者，谓之《语林》。时人多好其事，文遂流行。"③"言语"为稍纵即逝者，撰而成集，自然受到社会欢迎，就是把所谓"言语对应之可称者"而"笔书"成书。《世说新语·文学》篇又说，"袁彦伯作《名士传》成，见谢公。公笑曰：'我尝与诸人道江北事，特作狡狯耳，彦伯遂以箸书。'"④，亦是如此成书。《世说新语·轻诋》又载其消亡的原因，就在于谢安称其虚构，称"裴郎乃可不恶，何得为复饮酒"与"目支道林如九方皋之相马，略其玄黄，取其俊逸"二语，自己并未说过，是裴郎"自为此辞

---

① 侯忠义：《中国文言小说参考资料》，北京大学出版社1985年版，第99页。
② （南朝梁）刘勰撰，詹锳义证：《文心雕龙义证》，上海古籍出版社1989年版，第533页。
③ （南朝宋）刘义庆著，（南朝梁）刘孝标注，余嘉锡笺疏：《世说新语笺疏》，上海古籍出版社1993年版，第844页。
④ （南朝宋）刘义庆著，（南朝梁）刘孝标注，余嘉锡笺疏：《世说新语笺疏》，上海古籍出版社1993年版，第272页。

耳"，批评此为"裴氏学"，"于此《语林》遂废"①。这也正是"口出以为言"与"笔书以为文"的区别所在。当事情以"口出以为言"流行时，虚拟、荒诞等与事实不符，还都在可以接受的范围值内。而当"笔书以为文"成为物质形态时，这些东西将像《释名·释书契》所说"著之简纸，永不灭也"②，那就是当事人所不能容忍的了。

又有《世说新语》，从书名的"说""语"就可知其纂集于世人的"口出以为言"。四库馆臣曰：

> 黄伯思《东观余论》谓《世说》之名肇于刘向，其书已亡，故(刘)义庆所集名《世说新书》。段成式《酉阳杂俎》引王敦澡豆事，尚作《世说新书》可证，不知何人改为《新语》，盖近世所传。然相沿已久，不能复正矣。所记分三十八门，上起后汉，下迄东晋，皆轶事琐语，足为谈助。③

六、"各征其异说"成为小说家的主动行为

在六朝时期，"搜奇记逸"占据着小说的中心位置，到了唐代，作为文人的小说作家的主体地位得到了确认与强调。唐代传奇小说作家群体的形成及"各征其异说"的活动方式是小说作家这种主体自我与自主认识强化的标志。唐代传奇小说作家群体的形成及"各征其异说"的活动方式促使文人在小说中反思自身的生活与命运。

唐传奇作家往往在小说末尾叙述小说创作的动机与过程，从中我们可以看到小说作家群体的形成与他们的活动情况。沈既济在《任氏传》末尾讲：

> 建中二年，既济自左拾遗于金吴。将军裴冀、京兆少尹孙成、户部郎中崔需、右拾遗陆淳，皆谪居东南，自秦徂吴，水陆同道。时前拾遗朱放，因旅游而随焉。浮颍涉淮，方舟沿流，昼宴夜话，各征其异说。众君子闻任氏之事，共深叹骇，因请既济传之，以志异云。④

---

① （南朝宋）刘义庆著，（南朝梁）刘孝标注，余嘉锡笺疏：《世说新语笺疏》，上海古籍出版社1993年版，第843~844页。
② （汉）刘熙撰，任继昉汇校：《释名汇校》，齐鲁书社2006年版，第332页。
③ （清）永瑢：《四库全书总目》，中华书局1965年版，第1182页。
④ 鲁迅校录：《唐宋传奇集》，齐鲁书社1997年版，第21页。

"各征其异说"，即各自都在创撰小说；"共深叹骇"，即《任氏传》的主要创作者是沈既济，但其他人也提供了意见。李公佐在《庐江冯媪传》的末尾也讲：

> 元和六年夏五月，江淮从事李公佐使至京，回次汉南，与渤海高钺、天水赵儹、河南宇文鼎会于传舍。宵话征异，各尽见闻。钺具道其事，公佐为之传。①

"宵话征异，各尽见闻"，这也是一个小说作家群体的活动情况。确切地说，《庐江冯媪传》就是高、李两人共同的作品。白行简在《李娃传》末尾讲：

> 贞元中，予与陇西(李)公佐话妇人操烈之品格，因遂述汧国之事。公佐拊掌竦听，命予为传。乃握管濡翰，疏而存之。②

从中可以看出，白行简的创作是在李公佐的鼓励并互相切磋下完成的。

之所以不厌其烦地举了三个唐代的例证来表明经常有文人聚在一起讲自己肚子里的故事，或对某一故事大家都发表意见，是要说明唐代小说作家群体的形成及共同活动是比较普遍的，而小说作家群体的形成与共同活动，该是小说作家群体自觉的标志。

第五节 "谈说之术"与"文以气为主"
——"文气"说溯源新探

曹丕《典论·论文》提出"文以气为主"，溯源"文气"说，人们多从宇宙观、人体精神来考察。其实，考察"文气"说的缘起或先声，还有一个途径，即从"口笔之辨"来展开。人类表达经历先是"口出"，而后有"笔书"，先是口头表达，后有书面表达，"笔书以为文"是随着文字的出现才有可能的。那么，"口出"与"气"是否也有某种关联？"口出"之"气"又与"笔书以为文"之"气"有什么联系与不同？此处拟对这些问题作一考察。

---

① 鲁迅校录：《唐宋传奇集》，齐鲁书社1997年版，第59页。
② 鲁迅校录：《唐宋传奇集》，齐鲁书社1997年版，第69页。

一、"口出"与语言态度

表达见诸文字,但人们发现,有时身体动作也能像"口出"一样表达意思,如《吕氏春秋·审应览·重言》:

> 齐桓公与管仲谋伐莒,谋未发而闻于国,桓公怪之,曰:"与仲父谋伐莒,谋未发而闻于国,其故何也?"管仲曰:"国必有圣人也。"……东郭牙至。管仲曰:"此必是已。"乃令宾者延之而上,分级而立。管子曰:"子邪言伐莒者?"对曰:"然。"管仲曰:"我不言伐莒,子何故言伐莒?"对曰:"臣闻君子善谋,小人善意。臣窃意之也。"管仲曰:"我不言伐莒,子何以意之?"对曰:"臣闻君子有三色:显然喜乐者,钟鼓之色也;湫然清静者,衰绖之色也;艴然充盈、手足矜者,兵革之色也。日者臣望君之在台上也,艴然充盈、手足矜者,此兵革之色也。君呿而不唫,所言者'莒'也;君举臂而指,所当者莒也。臣窃以虑诸侯之不服者,其惟莒乎!臣故言之。"凡耳之闻,以声也。今不闻其声,而以其容与臂,是东郭牙不以耳听而闻也。桓公、管仲虽善匿,弗能隐矣。故圣人听于无声,视于无形。詹何、田子方、老耽是也。①

那么,伴随着"口出"的行为动作,尤其是语言态度更能表达内心的真实意思,如《左传·文公十二年》载:

> 臾骈曰:"使者目动而言肆,惧我也,将遁矣。"(杜预注:"目动,心不安;言肆,声放失常节。")②

臾骈从使者的行为动作"目动"与语言态度的"言肆"看出其内心的隐秘想法。

《韩非子·八经》:"讷者言之疑;辩者言之信。"③"口出"表达得怎么样,是"讷"还是"辩",看起来是纯粹的形式,却决定着办事的效果。先秦时非常重视诸如"讷"还是"辩"之类"口出"时的语言态度,甚至认

---

① (秦)吕不韦:《吕氏春秋》,诸子百家丛书,上海古籍出版社1989年版,第154~155页。
② 《春秋左传正义》,《十三经注疏》,上海古籍出版社1997年版,第1852页。
③ 陈奇猷校注:《韩非子集释》,上海人民出版社1974年版,第1029页。

为语言态度决定着"口出"的意义表达,《韩非子·难言》就举出种种事例:

> 臣非非难言也,所以难言者,言顺比滑泽,洋洋纚纚然,则见以为华而不实。敦祗恭厚,鲠固慎完,则见以为掘而不伦。多言繁称,连类比物,则见以为虚而无用。总微说约,径省而不饰,则见以为刿而不辩。激急亲近,探知人情,则见以为谮而不让。闳大广博,妙远不测,则见以为夸而无用。家计小谈,以具数言,则见以为陋。言而近世,辞不悖逆,则见以为贪生而谀上。言而远俗,诡躁人间,则见以为诞。捷敏辩给,繁于文采,则见以为史。殊释文学,以质信言,则见以为鄙。时称《诗》《书》,道法往古,则见以为诵。此臣非之所以难言而重患也。①

人们是把言语者"顺比滑泽,洋洋纚纚然""敦祗恭厚,鲠固慎完"等语言态度,当作语言的"华而不实""掘而不伦"来接受的,这是从言语者在言语时的语言态度出发谈实际效果,可见语言态度在"口出"时的重要性。只因为语言态度如此,而被人们如此接受,或许这并非言语者"口出"的初衷。于是,就有人把行为动作、语言态度看作所谓"不言之言",《管子·心术下》:

> 人能正静者,筋韧而骨强;能戴者大圆,体乎大方,镜大清者,视乎大明。正静不失,日新其德,昭知天下,通于四极。全心在中不可匿,外见于形容,可知于颜色。善气迎人,亲如弟兄;恶气迎人,害于戈兵。不言之言,闻于雷鼓。②

"外见于形容,可知于颜色"的"善气""恶气"之类,就是"不言之言"。

因此,"口出"时的语言态度事关重大,而在当时的现实生活中,因为"口出"时的行为动作、语言态度招致失败或顺利达到目的的例子很多,以下略举几例。《左传·昭公十一年》载:

---

① 陈奇猷校注:《韩非子集释》,上海人民出版社1974年版,第48~49页。
② (春秋)管仲撰,吴文涛、张善良编著:《管子》,北京燕山出版社1995年版,第287~288页。

单子会韩宣子于戚，视下言徐。叔向曰："单子其将死乎！朝有著定，会有表，衣有襘，带有结。会朝之言，必闻于表著之位，所以昭事序也。视不过结、襘之中，所以道容貌也。言以命之，容貌以明之，失则有阙。今单子为王官伯，而命事于会，视不登带，言不过步，貌不道容，而言不昭矣。不道，不共；不昭，不从。无守气矣。"①

叔向从单子"口出"时"视下言徐"的语言态度，得出"单子其将死乎"的结论，这是反面案例。《后汉书·窦融传》载：

（窦）融自以非旧臣，一旦入朝，在功臣之右，每召会进见，容貌辞气卑恭已甚，帝以此愈亲厚之。②

窦融"容貌辞气卑恭已甚"的语言态度使皇帝对其"愈亲厚之"。《后汉书·江革传》载江革以"辞气愿款，有足感动人者"的语言态度使自己获救：

江革字次翁，齐国临淄人也。少失父，独与母居。遭天下乱，盗贼并起，革负母逃难，备经阻险，常采拾以为养。数遇贼，或劫欲将去，革辄涕泣求哀，言有老母，辞气愿款，有足感动人者。贼以是不忍犯之，或乃指避兵之方，遂得俱全于难。③

"口出"时的行为动作、语言态度可不重视乎？于是，人们普遍认为言语制胜的因素有二，所谓"义正""词严"。王充《论衡·物势》：

一堂之上，必有论者；一乡之中，必有讼者。讼必有曲直，论必有是非，非而曲者为负，是而直者为胜。亦或辩口利舌，辞喻横出为胜；或讷弱缀踏，蹑蹇不比者为负。以舌论讼，犹以剑戟斗也。利剑长戟，手足健疾者胜；顿刀短矛，手足缓留者负。夫物之相胜，或以筋力，或以气势，或以巧便。小有气势，口足有便，则能以小而制

---

① 《春秋左传正义》，《十三经注疏》，上海古籍出版社1997年版，第2060页。
② （南朝宋）范晔：《后汉书》，中华书局1965年版，第807页。
③ （南朝宋）范晔：《后汉书》，中华书局1965年版，第1302页。

大；大无骨力，角翼不劲，则以大而服小。①

是非或曲直与辩口利舌或讷弱缀跇，此二者相合，才是"口出"之"言"完整的力量，即所谓"物之相胜"的"筋力""气势""巧便"。

二、"听其声，处其气"与"文以气为主"

对"口出"所要表达的内容，《论语·卫灵公》载孔子曰："辞达而已矣。"②而"口出"时的语言态度如此被人们看重，这是说"口出以为言"的内容表达与"口出"时的语言态度具有某种一致性，即"口出"时的语言态度表达着与"口出以为言"相同的意味，甚至表达着比"口出以为言"更深层的意味。《易·系辞下》载：

> 将叛者其辞惭，中心疑者其辞枝，吉人之辞寡，躁人之辞多，诬善之人其辞游，失其守者其辞屈。③

辞之"惭""枝""寡""多""游""屈"都是语言态度，这些语言态度表达出言语者更深层次的、更真实的内心，所谓"叛""疑""吉""躁""诬善""失其守"。其实这也是说，言语者有什么样的品性，就有什么样的语言态度，《论语·颜渊》所谓"仁者其言也讱"④，这是正面称说；《论语·学而》所谓"巧言令色，鲜矣仁"⑤，这是反面称说。当人们认为语言态度表达的是言语者更深层次的意味、更真实的内心时，语言态度就成为"口出"时最为重要的因素。

因此，所谓以"口出以为言"观"志"的"考言"，就是考察语言态度以观人的性格乃至品性。《逸周书·官人》载：

> 二曰：方与之言，以观其志。□渊其器，宽以悌，其色俭而不谄；其礼先人，其言后人，见其所不足，曰益者也。好临人以色，高人以气，贤人以言，防其所不足，发其所能，曰损者也。其貌直□□□，其言正而不私；不饰其美，不隐其恶，不防其过，曰有质者

---

① （汉）王充：《论衡》，上海人民出版社1974年版，第49~50页。
② 《论语注疏》，《十三经注疏》，上海古籍出版社1997年版，第2519页。
③ 《周易正义》，《十三经注疏》，上海古籍出版社1997年版，第91页。
④ 《论语注疏》，《十三经注疏》，上海古籍出版社1997年版，第2502页。
⑤ 《论语注疏》，《十三经注疏》，上海古籍出版社1997年版，第2457页。

也。其貌曲媚，其言工巧；饰其见物，务其小证，以故自说，曰无质者也。……设之以物而数决，敬之以卒而度应，不文而辩，曰有虑者也。……移易以言志不能固，已诺无决，曰弱志者也。……顺予之弗为喜，非夺之弗为怒，沉静而寡言，多稽而险貌，曰质静者也。屏言弗顾，自顺而弗让，非是而强之，曰始诬者也。……华废而诬，巧言令色，皆以无为有者也。此之谓考言。①

所谓"方与之言，以观其志"，就是以"口出以为言"来"观志"。其中"其言后人""贤人以言""其言正而不私""其言工巧""不文而辩""移易以言志不能固""沉静而寡言""屏言弗顾""巧言令色"等语言态度，一一对应"益者""损者""有质者""无质者""有虑者""弱志者""质静者""始诬者""无为有者"，实际上就是以"口出"时的行为动作、语言态度考察这是一个怎样的人。

又有《国语·周语下》载单穆公讨论"口""耳""目"三者关系，提出"口出"时的行为动作、语言态度就是"气"，所谓"气在口为言"：

夫耳目，心之枢机也，故必听和而视正。听和则聪，视正则明。聪则言听，明则德昭。听言昭德，则能思虑纯固。以言德于民，民歆而德之，则归心焉。上得民心，以殖义方，是以作无不济，求无不获，然则能乐。夫耳内和声，而口出美言（韦昭注：耳闻和声，则口有美言，此感于物也），以为宪令，而布诸民，正之以度量，民以心力，从之不倦。成事不贰，乐之至也。口内味而耳内声，声味生气。（韦昭注：口内五味，则耳乐五声；耳乐五声，则志气生也。）气在口为言，在目为明。言以信名（韦昭注：信，审也。名，号令也），明以时动。名以成政，动以殖生。政成生殖，乐之至也。若视听不和，而有震眩，则味入不精，不精则气佚，气佚则不和。于是乎有狂悖之言，有眩惑之明，有转易之名，有过慝之度。出令不信，刑政放纷，动不顺时，民无据依，不知所力，各有离心。②

"口出"之"言"与耳、目之听、视构成"和"的关系，就能"口出美言"。此三者"和"则"志气生"，就不会产生"气佚则不和"的情况。我们更注意到

---

① 黄怀信：《逸周书校补注译》，三秦出版社2006年版，第306~307页。
② 胡文波校点：《国语》，上海古籍出版社2015年版，第82~83页。

这里提出的"气",即所谓"气在口为言"。《毛诗序》提出"诗者,志之所之也,在心为志,发言为诗;情动于中,而形于言"①,"诗"是"志"与"言"的特殊关系。而"气在口为言",则是"气"与"口出以为言"的一般关系,即"气"与"口出以为言"都有如此的关系。《文心雕龙·杂文》:

> 宋玉含才,颇亦负俗,始造对问,以申其志,放怀寥廓,气实使之。②

这是从作家选用文体证明"气在口为言"的例子,宋玉以"对问"展示其"放怀寥廓"。

《逸周书·官人》又把"口出"时的行为动作、语言态度就是"气"论述得完完整整,其称:

> 三曰:诚在其中,必见诸外。以其声,处其实。气初生物,物生有声。声有刚柔、清浊、好恶,咸发于声。心气华设者,其声流散;心气顺信者,其声顺节;心气鄙戾者,其声醒丑;心气宽柔者,其声温和。信气中易,义气时舒,和气简备,勇气壮力。听其声,处其气。考其所为,观其所由。以其前,观其后;以其隐,观其显;以其小,占其大。此之谓视声。③

这里认为各种"气"有各自的特性,所谓"信气中易,义气时舒,和气简备,勇气壮力"。这里更把不同的"心气"与不同的语言态度联系在一起,认为有什么样的"心气"就有什么样的语言态度,所谓"心气华设者,其声流散"云云。最后提出"听其声,处其气"。

"听其声,处其气"讲的就是"言以气为主"成为社会公认,当"笔书以为文"逐渐盛行并取得与"口出以为言"相同的地位,那么,"文以气为主"的提出应该是自然而然的事。"口出"时的语言态度是属于言语者个性的某些东西,现在人们把个性的某些东西与"口出"之"言"联系在一起讨论,那么,为什么不能把"笔书"之"文"与作家个性的某些东西联系在一起讨论呢?这应该就是"口出"时的行为动作语言态度与"口出以为言"的一致

---

① 《毛诗正义》,《十三经注疏》,上海古籍出版社1997年版,第269~270页。
② (南朝梁)刘勰撰,詹锳义证:《文心雕龙义证》,上海古籍出版社1989年版,第489页。
③ 黄怀信:《逸周书校补注译》,三秦出版社2006年版,第309页。

性的讨论对建安时期"文气"说的影响。

建安时曹丕就把"文"的撰作及其风格与作家的才质、个性联系在一起,曹丕《典论·论文》提出:

> 文以气为主,气之清浊有体,不可力强而致。譬诸音乐,曲度虽均,节奏同检,至于引气不齐,巧拙有素,虽在父兄,不能以移子弟。

又称"徐干时有齐气""应玚和而不壮""刘桢壮而不密"等。其称孔融最有典型意义,把"体气高妙"视作其"然不能持论,理不胜词""杂以嘲戏"的必然结果。① 曹丕《与吴质书》称"公干有逸气,但未遒耳",称王粲"惜其体弱,不足起其文",最具典型意义的是把"伟长独怀文抱质,恬淡寡欲,有箕山之志,可谓彬彬君子者矣"与其"著《中论》二十余篇,成一家之言,辞义典雅"联系起来论述。②

当然,无论"口出"还是"笔书","气"都是内在的,刘勰《文心雕龙·定势》就说:

> 刘桢云:"文之体指,虚实强弱,使其辞已尽而势有余,天下一人耳,不可得也。"公干所谈,颇亦兼气。然文之任势,势有刚柔,不必壮言慷慨,乃称势也。③

强调"气"在言辞、文章中都是内在的,并不是说外在的"壮言慷慨"就可称得上"气",俗话有所谓"色厉内荏",就是称外在过分的壮言慷慨而实际上没什么东西。又如葛洪《抱朴子外篇·酒戒》:

> 管辂年少,希当剧谈,故假酒势以助胆气。若过其量,亦必迷错。④

即便是外在"剧谈","假酒势以助胆气"之类非但显示不出来"以助胆

---

① (南朝梁)萧统撰,(唐)李善注:《文选》,中华书局1977年版,第720页。
② (南朝梁)萧统撰,(唐)李善注:《文选》,中华书局1977年版,第591页。
③ (南朝梁)刘勰撰,詹锳义证:《文心雕龙义证》,上海古籍出版社1989年版,第1131页。
④ (晋)葛洪撰,杨明照校笺:《抱朴子外篇校笺》,中华书局1991年版,第597页。

气",反而只落得"迷错"的下场。

三、"谈说之术"与"养气"说

应该注意到各种不同言语时的语言态度是有各自不同意味的，或许更能反映言语者所期望表达的效果。孔子在不同场合的"口出"有着不同的行为动作、语言态度，《论语·乡党》载：

> 孔子于乡党，恂恂如也，似不能言者。(朱熹集注：恂恂，信实之貌。似不能言者，谦卑逊顺。不以贤知先人也。乡党，父兄宗族之所在，故孔子居之，其容貌辞气如此。)其在宗庙、朝廷，便便言，唯谨尔。(朱熹集注：便便，辩也。宗庙，礼法之所在；朝廷，政事之所出。言不可以不明辨。故必详问而极言之，但谨而不放尔。)①

此一节，记孔子在乡党、宗庙、朝廷言貌之不同。

以下一节，记孔子在朝廷事上语言之不同：

> 朝，与下大夫言，侃侃如也；与上大夫言，訚訚如也。(朱熹集注：许氏《说文》："侃侃，刚直也。""訚訚，和悦而诤也。")君在，踧踖如也。与与如也。(朱熹集注：君在，视朝也。踧踖，恭敬不宁之貌。与与，威仪中适之貌。)②

孔子改变语言风格，其愿望或目的是要对方能顺利接受自己的语言所表达的内容。我们看到，先秦人们所论语言风格，大都是与如何接受语言或判断语言结合起来的，一是所谓什么人说什么话，二是从语言来判断人的情性品德，即孔子所称"不知言，无以知人也"③。这些与内容紧密结合的语言风格，具有强烈的实用性，而不是论证或叙说语言风格本身。倒是《论语·乡党》中对孔子语言风格的记载，进入对个性的语言风格的记载与评述。《论语·乡党》所载的最突出的意义，在于告诉人们，"口出"时的行为动作、语言态度有时是可以自己控制、主观而为的。《韩诗外传》卷九则论言语制胜不在"辞气甚隘，颜色甚变"：

---

① (宋)朱熹：《四书集注》，岳麓书社1986年版，第145~146页。
② (宋)朱熹：《四书集注》，岳麓书社1986年版，第146页。
③ 《论语·尧曰》，(宋)朱熹：《四书集注》，岳麓书社1986年版，第235页。

传曰：孔子过康子，子张、子夏从。孔子入坐，二子相与论，终日不决。子夏辞气甚隘，颜色甚变。子张曰："子亦闻夫子之论议邪？徐言閒閒，威仪翼翼。后言先默，得之推让，巍巍乎，荡荡乎，道有归矣！小人之论也，专意自是，言人之非。瞋目扼腕，疾言喷喷，口沸目赤，一幸得胜，疾笑嗌嗌。威仪固陋，辞气鄙俗，是以君子贱之也。"①

这里提出了许多"君子贱之"的"辞气鄙俗"。孔子的事例与子夏的事例从正反两方面说明，"口出"时的行为动作、语言态度，即"口出"时追求一种什么样的"气"，是需要认真对待的。这就是《孟子·公孙丑上》载孟子曰：

不得于心，勿求于气，可；不得于言，勿求于心，不可。夫志，气之帅也；气，体之充也。（赵岐注：志，心所念虑也，所以充满形体为喜怒也。志，帅气而行之，度其可否也。）夫志至焉，气次焉（志为至要之本，气为其次焉）；故曰："持其志，无暴其气。"（赵岐注：暴，乱也。言志所向，气随之，当正持其志，无乱其气，妄以喜怒加人也。）②

杨伯峻释曰：

不能在思想上得到胜利，便不去求助于意气，是对的；不能在言语上得到胜利，便不去求助于思想，是不对的。因为思想意志是意气感情的主帅，意气感情是充满体内的力量。思想意志到了哪里，意气感情也就在哪里表现出来。所以我说："要坚定自己的思想意志，也不要滥用自己的意气感情。"③

于是就提出了"善养浩然之气"的问题。《孟子·公孙丑上》载：

曰："我知言，我善养吾浩然之气。""敢问何谓浩然之气？"曰：

---

① （汉）韩婴撰，许维遹校释：《韩诗外传集释》，中华书局1980年版，第333页。
② 《孟子注疏》，《十三经注疏》，上海古籍出版社1997年版，第2685页。
③ 杨伯峻：《孟子译注》，中华书局1960年版，第61~65页。

>"难言也。其为气也，至大至刚，以直养而无害，则塞于天地之间。其为气也，配义与道，无是，馁也。是集义所生者，非袭义而取之也。行有不慊于心，则馁也。"①

孟子善言辞，他自称"岂好辩哉？予不得已也"②，"善养吾浩然之气"之"知言"，就应该是知道怎么说话，知道在"志至"情况下则"气"次之。孟子善言辞，这是其以作家身份对自身的要求。而所谓"知言"，即对他人言辞的一种理解与判断评价，这就是文学批评。孟子在强调自身道德的基础上，提出"我知言"，这种作为批评家的自信是难能可贵的。

于是又有"谈说之术"的提出。一是从"口出以为言"的接受而言，刘向《说苑》载鬼谷子称什么叫"善说"：

>人之不善而能矫之者，难矣。说之不行，言之不从者，其辩之不明也；既明而不行者，持之不固也；既固而不行者，未中其心之所善也。辩之明之，持之固之，又中其人之所善，其言神而珍，白而分，能入于人之心，如此而说不行者，天下未尝闻也。此之谓善说。③

称"善说"的要点，不仅在于"辩之明""持之固"，还在于能不能有的放矢，即"中其心之所善也""能入于人之心"。二是从"谈说之术"而言，《荀子·非相》称：

>凡说之难：以至高遇至卑，以至治接至乱。未可直至也，远举则病缪，近世则病佣。善者于是间也，亦必远举而不缪，近世而不佣，与时迁徙，与世偃仰，缓急、嬴绌，府然若渠匽、檃栝之于己也，曲得所谓焉，然而不折伤。……谈说之术：矜庄以莅之，端诚以处之，坚强以持之，分别以喻之，譬称以明之，欣欢、芬芗以送之，宝之，珍之，贵之，神之，如是则说常无不受。虽不说人，人莫不贵。夫是之谓能贵其所贵。《传》曰："唯君子为能贵其所贵。"此之谓也。④

他力主加强表达方法，即"术"，认为只要方法得当，虽然语言接受方可

---

① 《孟子注疏》，《十三经注疏》，上海古籍出版社1997年版，第2685页。
② 《孟子注疏》，《十三经注疏》，上海古籍出版社1997年版，第2714页。
③ （汉）刘向：《新序 说苑》，诸子百家丛书，上海古籍出版社1990年版，第91页。
④ 王先谦：《荀子集解》，《新编诸子集成》本，中华书局1988年版，第84~86页。

能不喜欢这些言辞的内容，却不能不接受它。荀子所说，多是语言态度等，这与谈说的内容同等重要，故刘向《说苑·善说》引《诗》"无易由言，无曰苟矣"①称说之。而《孟子·公孙丑上》曰："志壹则动气，气壹则动志也。"朱熹集注："壹，专一也。""气"的内在性，不单单是"谈说之术"的问题，归根到底，"谈说之术"是由内在的"气"决定的。

当曹丕说"气之清浊有体，不可力强而致。譬诸音乐，曲度虽均，节奏同检，至于引气不齐，巧拙有素，虽在父兄，不能以移子弟"时，是指已然之事，其写《典论·论文》时，所评价的七子已经逝世。而孟子、荀子讲"口出"时的语气态度，是未然之事。

一称"养"，一称"不可力强而致"，虽有未然、已然之别，更重要的是"口出以为言"与"笔书以为文"的不同性质所致。"口出"者，在与对手交锋中展开，现场没有太多时间来做准备，完全是随机应变式的，如《孟子·梁惠王下》：

> 齐宣王问曰："文王之囿方七十里，有诸？"孟子对曰："于传有之。"曰："若是其大乎？"曰："民犹以为小也。"曰："寡人之囿方四十里，民犹以为大，何也？"曰："文王之囿方七十里，刍荛者往焉，雉兔者往焉。与民同之，民以为小，不亦宜乎？臣始至于境，问国之大禁，然后敢入。臣闻郊关之内有囿方四十里，杀其麋鹿者如杀人之罪，则是方四十里为阱于国中。民以为大，不亦宜乎？"②

人们赞叹其随机应变的能力，不免设想其平日的"养"。如《史记·苏秦列传》载：

> （苏秦）乃闭室不出，出其书遍观之。曰："夫士业已屈首受书，而不能以取尊荣，虽多亦奚以为！"于是得周书阴符，伏而读之。期年，以出揣摩，曰："此可以说当世之君矣。"③

而"笔书"者，人们都知道这是集长久岁月而成的，如"司马相如为《上林》《子虚》赋，意思萧散，不复与外事相关，控引天地，错综古今，忽然如睡，焕然而兴，几百日而后成"④；左思"造《齐都赋》，一年乃成"，造

---

① （汉）刘向：《新序　说苑》，诸子百家丛书，上海古籍出版社1990年版，第91页。
② 《孟子注疏》，《十三经注疏》，上海古籍出版社1997年版，第2674页。
③ （汉）司马迁：《史记》，中华书局1982年版，第2241～2242页。
④ （晋）葛洪撰，周天游校注：《西京杂记》，三秦出版社2006年版，第93页。

《三都赋》，"遂构思十年"①。人们赞叹其下功夫之深，不免设想其"不可力强而致"。其实，"气"之"养"与"气"之"不可力强而致"又有殊途同归之处，即二者都成为个人语言文字表达的特殊之处，无论其"养"还是"不可力强而致"，都是每个个体根深蒂固的东西，这就是"气"的特性。

四、结语：辞气与文气

王运熙、杨明指出"还有以'气'形容言辞的"，其举例如：《论语·泰伯》"出辞气，斯远鄙倍矣"；《三国志·吴书·张顾诸葛步传》载周昭称张承"每升朝堂，循礼而动，辞气謇謇，罔不惟忠"，载张昭"每朝见，辞气壮厉，义形于色"；《三国志·魏书·臧洪传》载臧洪盟誓"辞气慷慨，涕泣横下，闻其言者，虽卒伍厮养，莫不激扬，人思致节"；崔瑗《河间相张平子碑》称张衡"声气芬芳"；孔融《荐祢衡表》称祢衡"飞辩骋辞，溢气坌涌"。得出结论云："用'气'形容言辞，与用'气'形容文章，可以说是相当接近的。"②这是对本书溯源"文气"说的启发。又如司马彪《九州春秋》称孔融："高谈教令，盈溢官曹，辞气温雅，可玩而诵。"③《吴历》曰："晃入，口谏曰：'太子仁明，显闻四海。今三方鼎跱，实不宜摇动太子，以生众心。愿陛下少垂圣虑，老臣虽死，犹生之年。'叩头流血，辞气不挠。"④"辞气"成为人们对"口出以为言"时必定要十分注意的问题。

对"辞气"的重视，在玄学时代最盛。正始以来的玄学清谈，所依据者有二，一是学问。赵翼《廿二史札记》卷八《六朝清谈之习》称，正始时期"其中未尝无好学者，然所学亦正以供谈资"，称"专推究《老》《庄》以为口舌之助，《五经》中惟崇《易》理，其他尽阁束也"。而至南朝亦清谈经学，"梁武帝始崇尚经学，儒术由之稍振，然谈义之习已成，所谓经学者，亦皆以为谈辩之资"，"是当时虽从事于经义，亦皆口耳之学，开堂升座，以才辩相争胜，与晋人清谈无异，特所谈者不同耳"。⑤ 二是"才辩"的"辞气"。最著名的事例就是《世说新语·文学》所载：

> 支道林、许掾诸人共在会稽王斋头。支为法师，许为都讲。支通

---

① （唐）房玄龄：《晋书·文学传》，中华书局1974年版，第2376页。
② 王运熙、杨明：《魏晋南北朝文学批评史》，上海古籍出版社1989年版，第29~30页。
③ （晋）陈寿撰，（南朝宋）裴松之注：《三国志》，中华书局1982年版，第371页。
④ （晋）陈寿撰，（南朝宋）裴松之注：《三国志》，中华书局1982年版，第1370页。
⑤ （清）赵翼撰，曹光甫校点：《廿二史札记》，上海古籍出版社2011年版，第149~150页。

一义，四坐莫不厌心。许送一难，众人莫不抃舞。但共嗟咏二家之美，不辩其理之所在。①

虽然"不辩其理之所在"，即没有完全听懂所述之理，但因为"才辩"具有"辞气"，人们听起来才"莫不厌心""莫不抃舞"。

赵翼又谈到汉代的论辩是因为现实的需要，南朝梁时的论辩则不同：

> 按：汉时本有讲经之例，宣帝甘露三年，诏诸生讲《五经》异同，萧望之等平奏其议，上亲临决。又施雠论《五经》于石渠阁。章帝建初四年，亦诏博士、议郎、郎官及诸生、诸儒会白虎观，讲议《五经》异同，使五官中将魏应承制问，侍中淳于恭奏，帝亲称制临决，作《白虎奏议》，今《白虎通》是也。然此特因经义纷繁，各家师说互有异同，故聚群言以折衷之，非以此角胜也。至梁时之升座说经，则但炫博斗辩而已。②

"炫博斗辩"，就是仅仅为了显示知识与口才，更讲究"辞气"。曹丕的"文以气为主"也为"口出以为言"作出了诠释。

从"口出"之语言态度追溯"文气"说的产生，是追寻着从"口出以为言"到"气在口为言"，到"笔书以为文"语言文字作品发展进程而来的，但"言""笔"都强调"气"，二者既有互动，二者之"气"又有不一样的地方。关于这点，还将进一步探讨。

第六节 "口出以为言"与华夷翻译

一、外交翻译的"口出以为言"

外交翻译，首先是"口出以为言"，《周礼·秋官》载：

> 象胥掌蛮、夷、闽、貉、戎、狄之国使，掌传王之言而谕说焉，

---

① （南朝宋）刘义庆著，（南朝梁）刘孝标注，余嘉锡笺疏：《世说新语笺疏》，上海古籍出版社1993年版，第227页。
② （清）赵翼撰，曹光甫校点：《廿二史札记》，上海古籍出版社2011年版，第150页。

以和亲之。若以时入宾，则协其礼与其辞言传之。(贾公彦疏：谓若外之众须译语者也。)①

"象胥"就是翻译官。又如《后汉书·南蛮西南夷列传》载：

> 周公居摄六年，制礼作乐，天下和平。交趾之南，有越裳国以三象胥重译而献白雉，曰："道路遥远，山川阻深，音使不通，故重译而朝。"②

这是说要经过几重翻译。汉时，匈奴"毋文书，以言语为约束"③，"毋文书"，那就只有"口出以为言"的口译，《册府元龟·外臣部》载："王莽建国元年，遣五威将军王骏等六人授单于印绶。单于左姑夕侯苏为译。"④这是懂汉语的匈奴人做翻译。

翻译官或称"舌人"，《国语·周语中》：

> 夫戎、翟，冒没轻儳，贪而不让。其血气不治，若禽兽焉。其适来班贡，不俟馨香嘉味，故坐诸门外，而使舌人体委与之。(韦昭注："舌人，能达异方之志，象胥之官也。")⑤

翻译官还有各种称呼，如寄、象、狄鞮、译等，《礼记·王制》载：

> 五方之民，言语不通，嗜欲不同。达其志，通其欲，东方曰寄，南方曰象，西方曰狄鞮，北方曰译。(孔颖达正义："达其志，通其欲"者，谓帝王立此传语之人，晓达五方之志，通传五方之欲，使其相领，解其通。传，东方之语官。)⑥

而"象胥"——翻译官是要培养的：

---

① 《周礼注疏》，《十三经注疏》，上海古籍出版社1997年版，第899~900页。
② (南朝宋)范晔：《后汉书》，中华书局1965年版，第2835页。
③ (汉)司马迁：《史记·匈奴列传》，中华书局1982年版，第2879页。
④ (宋)王钦若等：《册府元龟》第十二册，中华书局1960年版，第11689页。
⑤ 胡文波校点：《国语》，上海古籍出版社2015年版，第42页。
⑥ 《礼记正义》，《十三经注疏》，上海古籍出版社1997年版，第1338页。

七岁属象胥，谕言语，协辞命。(郑玄注：聚于天子之宫教习之也。)①

二、诗歌翻译的"笔书以为文"

先秦时的诗歌翻译是先有"口出以为言"的，如《说苑·善说》：

> 庄辛迁延，沓手而称曰："君独不闻夫鄂君子皙之泛舟于新波之中也？乘青翰之舟，极幔芘，张翠盖，而揥犀尾，班丽袿衽，会钟鼓之音毕，榜枻越人拥楫而歌，歌辞曰：'滥兮抃草滥予？昌枑泽予？昌州州鍖。州焉乎？秦胥胥缦予乎？昭澶秦逾渗，惿随河湖。'鄂君子皙曰：'吾不知越歌，子试为我楚说之。'于是乃召越译，乃楚说之曰：'今夕何夕兮？搴中洲流。今日何日兮？得与王子同舟。蒙羞被好兮，不訾诟耻。心几顽而不绝兮，得知王子。山有木兮木有枝，心说君兮君不知。'于是鄂君子皙乃揥修袂，行而拥之，举绣被而覆之。"②

这是记载了一个历史故事，鄂君子皙听不懂越歌，于是越译把诗歌从越语翻译为楚语。

《后汉书·南蛮西南夷列传》：

> 永平中，益州刺史梁国朱辅，好立功名，慷慨有大略。在州数岁，宣示汉德，威怀远夷。自汶山以西，前世所不至，正朔所未加。白狼、槃木、唐菆等百余国，户百三十余万，口六百万以上，举种奉贡，种为臣仆。辅上疏曰："臣闻《诗》云：'彼徂者岐，有夷之行。'传曰：'岐道虽僻，而人不远。'诗人诵咏，以为符验。今白狼王唐菆等慕化归义，作诗三章。路经邛来大山零高坂，峭危峻险，百倍岐道。襁负老幼，若归慈母。远夷之语，辞意难正。草木异种，鸟兽殊类。有犍为郡掾田恭与之习狎，颇晓其言，臣辄令讯其风俗，译其辞语。今遣从事史李陵与恭护送诣阙，并上其乐诗。昔在圣帝，舞四夷之乐；今之所上，庶备其一。"帝嘉之，事下史

---

① 《周礼注疏》，《十三经注疏》，上海古籍出版社1997年版，第892页。
② (汉)刘向：《新序 说苑》，诸子百家丛书，上海古籍出版社1990年版，第95页。

官,录其歌焉。①

白狼王唐菆的诗作三章,是由田恭翻译过来的,到"事下史官,录其歌焉",已是"笔书以为文"了。此"笔书以为文"的诗三章有《远夷乐德歌诗》《远夷慕德歌诗》《远夷怀德歌》,今录《远夷乐德歌诗》:

> 大汉是治(堤官陵构),与天合意(魏冒逾糟)。吏译平端(罔驿刘脾),不从我来(旁莫支留)。闻风向化(徵衣随旅),所见奇异(知唐桑艾)。多赐缯布(邪毗继缅),甘美酒食(推潭仆远)。昌乐肉飞(拓拒苏便),屈申悉备(局后仍离)。蛮夷贫薄(偻让龙洞),无所报嗣(莫支度由)。愿主长寿(阳雒僧鳞),子孙昌炽(莫稚角存)。②

而此处的记载说明,当时把白狼王唐菆等慕化归义的作诗三章翻译过来,既有音译,又有意译,已经完成了从"口出以为言"到"笔书以为文"。

《乐府诗集·横吹曲辞》多录北朝民歌,其题解称:

> 后魏之世,有《簸逻回歌》,其曲多可汗之辞,皆燕魏之际鲜卑歌,歌辞虏音,不可晓解,盖大角曲也。③

"歌辞虏音,不可晓解"是说需要翻译才能"晓解"。所以《折杨柳歌辞》曰:

> 遥看孟津河,杨柳郁婆娑。我是虏家儿,不解汉儿歌。④

由此可知,"虏家儿"与"汉儿"的"歌"是有区别的,北朝某些人是听不懂汉族歌词的,当然,北朝某些民歌,汉族也听不懂,如著名的《敕勒歌》:

---

① (南朝宋)范晔:《后汉书》,中华书局1965年版,第2854~2855页。(唐)李贤注:"《东观记》载其歌,并载夷人本语,并重译训诂为华言,今范史所载者是也。今录《东观》夷言,以为此注也。"
② (南朝宋)范晔:《后汉书》,中华书局1965年版,第2856页。
③ (宋)郭茂倩:《乐府诗集》,中华书局1979年版,第309页。
④ (宋)郭茂倩:《乐府诗集》,中华书局1979年版,第370页。

敕勒川，阴山下。天似穹庐，笼盖四野。天苍苍，野茫茫，风吹草低见牛羊。①

史载，这首歌是经过翻译的，是由鲜卑语翻译为南齐语的，《乐府诗集》题解曰：

《乐府广题》曰："北齐神武攻周玉壁，士卒死者十四五。神武恚愤，疾发。周王下令曰：'高欢鼠子，亲犯玉壁，剑弩一发，元凶自毙。'神武闻之，勉坐以安士众。悉引诸贵，使斛律金唱《敕勒》，神武自和之。"其歌本鲜卑语，易为齐言，故其句长短不齐。②

关于"其歌本鲜卑语"，王达津认为高欢是渤海蓚人，斛律金是朔州敕勒人，他们非鲜卑族，所唱应该是敕勒语。但鲜卑语是当时的通行语，而歌名"敕勒歌"，所以《乐府广题》特此点出"其歌本鲜卑语"。"其歌本鲜卑语，易为齐言，故其句长短不齐"，即翻译成为南齐的语言，这是乐府机关载录时的行为，是从"口出以为言"到"笔书以为文"的。当然，北朝乐府也有本来就以汉语出之的，如《钜鹿公主歌辞》，题解曰：

《唐书·乐志》曰："梁有《钜鹿公主歌》，似是姚苌时歌，其词华音，与北歌不同。"③

三、佛经翻译以"口出以为言"起始

佛教的传入，史称"昔汉哀帝元寿元年，博士弟子景卢受大月氏王使伊存口受《浮屠经》"④。《牟子理惑论》称佛经是汉明帝派人"于大月支写佛经《四十二章》"⑤而来，汉灵帝时西域安息人安清多有译经。安清，字世高，译经多部，与其同时代的严佛调《沙弥十慧章句序》称安世高"敷宣佛法，凡厥所出数百万言，或以口解，或以文传"⑥。"口解"就是口授译

---

① （宋）郭茂倩：《乐府诗集》，中华书局1979年版，第1213页。
② （宋）郭茂倩：《乐府诗集》，中华书局1979年版，第1212页。
③ （宋）郭茂倩：《乐府诗集》，中华书局1979年版，第364页。
④ 《魏略·西戎传》，（晋）陈寿撰，（南朝宋）裴松之注：《三国志·东夷传》注引，中华书局1982年版，第859页。
⑤ （南朝梁）僧祐撰，李小荣校笺：《弘明集校笺》，上海古籍出版社2013年版，第41页。
⑥ （南朝梁）僧祐：《出三藏记集》，中华书局1995年版，第369页。

经，"文传"则是笔书译经。从东汉末年至西晋的佛经翻译，一般程序多是由"口出"到"笔书"，即先由外僧背诵某经，一人口译成汉语，叫作"传言"或"度语"，所谓"梵客华僧，听言揣意"①，这是口语译经，另一人或数人"笔受"，即以汉语笔录。如《高僧传·译经》：

> 时有天竺沙门竺佛朔，亦以汉灵之时，赍《道行经》，来适洛阳，即转梵为汉。译人时滞，虽有失旨，然弃文存质，深得经意。朔又以光和二年(179)，于洛阳出《般舟三昧》，谶(支楼迦谶，亦直云支谶)为传言，河南洛阳孟福、张莲笔受。②

此经由竺佛朔口授；支谶"传言"，即翻译；孟福、张莲"笔授"，即笔录口译并整理。翻译时，有依背诵进行的，或有依胡文或梵文的文本进行的，如僧肇《维摩诘经序》所谓"时手执胡文，口自宣译"③；僧叡《大品经序》所谓"法师手执胡本，口宣秦言，两释异音，交辩文旨"④。以汉语笔录是要进行修饰的，这就是由口头语而书面语的过程。

佛经翻译往往是吟诵与"笔书"结合以撰作而出的。魏晋南北朝所译佛经的原书有两种，一是梵本，一是胡本，胡本有两种，一是用西域文字音译梵文的本子，二是用西域文字意译梵文的本子。而佛经的翻译也有两种，一是梵本的音译，二是意译。如史载，译经讽诵经文，或先"笔受为梵文""写其梵文"，此即音译，然后才是口译、笔受而"笔书以为文"。如《出三藏记集》释道安《鞞婆沙序》：

> 会建元十九年，罽宾沙门僧伽跋澄讽诵此经，四十二处，是尸陀盘尼所撰者也。来至长安，赵郎饥虚在往，求令出焉。其国沙门昙无难提笔受为梵文，弗图罗刹译传，敏智笔受为此秦言，赵郎正义起尽。……余欣秦土忽有此经，挈海移岳，奄在兹域，载玩载咏，欲疲(罢)不能，遂佐对校。⑤

"昙无难提笔受为梵文"者，就是梵本的音译本，而"弗图罗刹译传，敏智

---

① (宋)赞宁撰：《宋高僧传》，中华书局1987年版，第53页。
② (南朝梁)慧皎撰，汤用彤校注：《高僧传》，中华书局1992年版，第10页。
③ (南朝梁)僧祐：《出三藏记集》，中华书局1995年版，第310页。
④ (南朝梁)僧祐：《出三藏记集》，中华书局1995年版，第292页。
⑤ (南朝梁)僧祐：《出三藏记集》，中华书局1995年版，第382页。

笔受为此秦言"者，则为意译本。又有"正义起尽"与"对校"。又如《出三藏记集》释道安《比丘大戒序》：

> 岁在鹑火，自襄阳至关右，见外国道人昙摩侍讽诵《阿毗昙》，于律特善，遂令凉州沙门竺佛念写其梵文，道贤为译，慧常笔受，经夏渐冬，其文乃讫。①

参与翻译者有四人：昙摩侍讽诵、竺佛念写其梵文、道贤为译、慧常笔受。如口授者通汉语，那么口授与传言即为一人，两人可完成译经工作，如南朝名僧慧恺《摄大乘论序》所说：

> （慧智）法师既妙解声论，善识方言，词有隐而必彰，义无微而不畅，席间函丈，终朝靡息，（慧）恺谨笔受，随出随书，一章一句，备尽研核，释义若竟，方乃著文。②

而当时有批评所译之经"辞质多胡音"，就是说在最后的意译本中还多有音译。任继愈说："比方支谦改译支谶的《首楞严三昧经》，'恐是越嫌谶所译者，辞质多胡音，所异者删而定之，其所同者述而不改'（支敏度《合首楞严经记》）。改'胡音'为汉意，也就是用意译取代音译，在支谦那里做得是比较彻底的。例如他把《摩诃般若波罗蜜经》意译为《大明度无极经》，其中象'须菩提'、'舍利弗'这类人名，都要意译为'善业'、'秋露子'。"③就是强调用意译取代音译，以适应僧众接受的需要。

四、佛经翻译以"口出"为标准

佛经时常是用来口诵的，胡文、梵文尤重吟诵，其语言的特点也易吟诵，后秦名僧鸠摩罗什《为僧睿论西方辞体》云：

> 天竺国俗，甚重文藻。其宫商体韵，以入弦为善。凡觐国王，必有赞德，见佛之仪，以歌叹为尊。经中偈颂，皆其式也。但改梵为秦，失其藻蔚，虽得大意，殊隔文体，有似嚼饭与人，非徒失味，乃

---

① （南朝梁）僧祐：《出三藏记集》，中华书局1995年版，第413页。
② （清）严可均：《全上古三代秦汉三国六朝文》，中华书局1958年版，第3502页。
③ 任继愈：《中国佛教史》第一卷，中国社会科学出版社1981年版，第171~172页。

令呕秽也。①

讲到书面翻译与口头唱诵之间的关系，意即"笔书"应该以利于"口出"为标准。释慧皎《传译论》就讲到佛经译文的"宫商"问题：

> 然夷夏不同，音韵殊隔，自非精括诂训，领会良难。属有支谦、聂承远、竺佛念、释宝云、竺叔兰、无罗叉等，并妙善梵汉之音，故能尽翻译之致。一言三复，辞旨分明，然后更用此土宫商，饰以成制。②

所谓"一言三复"即口语化的讲经，而"更用此土宫商，饰以成制"，则是"笔书以为文"时要注重宫商，以利吟诵时的"口出"。因此，佛经翻译的最高境界，应该是既由"口出"到"笔书"，又要求从"笔书"到"口出"的易于吟诵。所以，当时的佛经翻译注重"宫商"是自然而然的，南朝名僧慧恺《阿毗达磨俱舍释论序》云：

> 法师游方既久，精解此土音义，凡所翻译，不须度语。但梵音所目，于义易彰，今既改变梵音，词理难卒符会，故于一句之中，循环辩释，翻覆郑重，乃得相应。慧恺谨即领受，随定随书。③

于是，我们知道，佛经的"易读诵"，一是在受到原有的梵音的"宫商体韵，以入弦为善"的影响；二是合乎其本身实用的"易读诵"即所谓念经的需要。如《异苑》载：

> 陈思王曹植字子建，尝登鱼山，临东阿，忽闻岩岫有诵经声，清通深亮，远谷流响，肃然有灵气，不觉敛衿祗敬，便有终焉之志，即效而则之。今之梵唱，皆植依拟所造。一云：陈思王游山，忽闻空里诵经声，清远遒亮，解音者则而写之，为神仙声。道士效之，作步虚声也。④

---

① （清）严可均：《全上古三代秦汉三国六朝文》，中华书局1958年版，第2405页。
② （清）严可均：《全上古三代秦汉三国六朝文》，中华书局1958年版，第2405页。
③ （清）严可均：《全上古三代秦汉三国六朝文》，中华书局1958年版，第3503页。
④ （南朝宋）刘敬叔撰，范宁校点：《异苑》，中华书局1996年版，第48页。

故事可能只是个传说,且或称佛教"梵唱",或称道教"步虚声"①,但从道理上讲,只有"易读诵","诵经"才能有上述效果。《高僧传·经师第九》论曰:

> 自大教东流,乃译文者众,而传声盖寡。良由梵音重复,汉语单奇,若用梵音以咏汉语,则声繁而偈迫;若用汉曲以咏梵文,则韵短而辞长。是故金言有译,梵响无授。始有魏陈思王曹植,深爱声律,属意经音,既通般遮之瑞响,又感鱼山之神制,于是删治瑞应本起,以为学者之宗。传声则三千有余,在契则四十有二。②

称曹植的吟诵经文始通声律,影响了后来者。这些都是说,"笔书以为文"是要受到"口出以为言"的限制的。

---

① 详见范子烨:《曹植与鱼山梵呗》考证,《文史知识》2019 年第 10 期,第 46~54 页。
② (南朝梁)慧皎撰,汤用彤校注:《高僧传》,中华书局 1992 年版,第 507 页。

第三章 文体：从"口出"到"笔书"

第一节 "口出"与文体的前"文体"状态

　　文字表达之前的原生态就是"口出以为言"；这些"口出"，或者没有形成较为固定之"体"，或者虽然已经形成了固定之"体"，但却是片段的、简短的生活经验的概括，只是表达意义的某个组成部分。文体、文章，是有一定体裁的文字表达。"口出"与"文体"，或本不相分，依"口出"记下来就是"文体"了，但从"口出"到"文体"还是有一个过程的。这个过程就是"文体"的前"文体"状态，即"文体"还没有正式定型前是什么样子的。"文体"最主要的一方面意味，即文章的体裁，"文"各有体式，具备"文体"意味的"文"是有较为固定之"体"的。"文体"从不太确定之"体"到确定之"体"是有一个过程的。"口出"的存在早于"文体"的存在，就"口出"是"文体"的前"文体"状态而言是这样，就"文体"已经成熟而个别作家创作个别作品时，有时也是这样。那么，研究"文体"必然研究其"口出"阶段是怎么样的状态，就是也应该研究"文体"的前"文体"状态。"口出"的表达或许没有"文体"的表达那么更深刻、更深入、更有逻辑性，但或许因为有太多的附加物，应该比文体的表达更复杂丰富、更有意味。从另一方面说，"文体"要合乎规范，必然要有合乎规范的东西，而"文体"处于"口出"阶段的前"文体"时期，其之所以不合乎规范，就是因为有时会缺少或增加一些东西。因此，对"文体"的前"文体"状态的探讨，起码应该注重几个方面的问题，或是接受对象，或是创作的原始方式，或是创作的场景、情景、语境问题，或是前"文体"状态向"文体"的转换等。以下拟探讨文体的前"文体"状态，尤其是文体的"口出以为言"状态，以此来拓展文体研究的范围，更好地把握其中规律性的东西。

一、"文体"接受者的确定

　　文体、文章的原生态或最初形态，或谓最初的、没有经过加工的文体、文章是什么样子的，其表现之一就是口头表达的"口出以为言"。作为口头表达来说，有"言"与"语"的区分，《诗·大雅·公刘》"于时言言，于时语语"，毛传："自言曰言，论难曰语。"①"言""语"二者相较，"语"的交流意味更浓一些，说的就是过程，《诗·陈风·东门之池》："彼美淑姬，可与晤语。"②"言"则是自我向他人的表达，说的是事实，最终也是要别人接受的。因此，"口出以为言"的表达就称作"言"或"语"，是要告诉其他人的。《史记·范雎蔡泽列传》："语曰：'日中则移，月满则亏。'"③其"语曰"已成体，此处讨论的是尚未成体的"言"或"语"。现实生活中，"言"与"语"即所谓的言谈。

　　春秋之前，基本上是"口出以为言"为表达的主要手段，"口出以为言"的基本形态是什么？就是"言"与"语"要有特定的对象，否则就是俗话所说的自言自语。"言"与"语"的对象的行为动作就是"听"，"听"就是讲"言"与"语"的接受者。春秋时讲君王的职责有"听政"，通过"听"来处理政务，《左传·昭公元年》："君子有四时，朝以听政，昼以访问，夕以修令，夜以安身。"④《国语·周语上》载：

> 　　故天子听政，使公卿至于列士献诗，瞽献曲，史献书，师箴，瞍赋，矇诵，百工谏，庶人传语，近臣尽规，亲戚补察，瞽、史教诲，耆、艾修之，而后王斟酌焉，是以事行而不悖。⑤

《荀子·君道》曰："兼听齐明则天下归之。"⑥《吕氏春秋·谨听》："夫尧恶得贤天下而试舜？舜恶得贤天下而试禹？断之于耳而已矣。"⑦故执政即所谓"听政"。《礼记·玉藻》："君日出而视之，退适路寝听政。"⑧《国

---

① 《毛诗正义》，《十三经注疏》，上海古籍出版社1997年版，第542页。
② 《毛诗正义》，《十三经注疏》，上海古籍出版社1997年版，第377页。
③ （汉）司马迁：《史记》，中华书局1982年版，第2422页。
④ 《春秋左传正义》，《十三经注疏》，上海古籍出版社1997年版，第2024页。
⑤ 胡文波校点：《国语》，上海古籍出版社2015年版，第7页。
⑥ （清）王先谦：《荀子集解》，《新编诸子集成》本，中华书局1988年版，第239页。
⑦ （秦）吕不韦：《吕氏春秋》，诸子百家丛书，上海古籍出版社1989年版，第97页。
⑧ 《礼记正义》，《十三经注疏》，上海古籍出版社1997年版，第1474页。

语·楚语下》载"在男曰觋,在女曰巫"的能力,其中就有"其聪能听彻之"①,男巫女巫的职能中,"听"也占很重要的地位。

因此,文体、文章的原生态或最初形态,就是以"口出以为言"为表达方式,那么一定应该有表达者,也有接受者,因为"口出以为言"是说给对方"听"的。于是我们就知道,为什么古代文体有那么多的"问答"体,就《文选》所列文体来看,诸如赋、七、设论、对问都是直接的"问答";诏、令、教、文、表、上书、启、弹事、笺、奏记、书、檄等,都是有特定告知对象的,也有"问答"性质。反过来讲,"口出以为言"的原始创作状态都是"问答",很多"文体"就都是从"问答"这种形式中产生的。我们现在讨论"问答"体,一般认为是作者以假设听众这种方式,很好地表达了内容,殊不知文体本来就是对现实生活的照搬或模仿,这就是"口出以为言"对文体生成的价值。文学表达的特性之一,就是关注"言"与"语"的接受者,关注作品的接受者。由"口出以为言"生成的文体,恰恰天生就具有这样的本性,是天生地把接受置于视野之下的,并以作品的"问答"形式予以强调。"口出以为言"的"问答"对文体具有太多的意味,这是其一而已。

二、探讨原始诗歌创作的集体生成方式

《史记·孔子世家》载《诗三百》的成书过程:

> 古者《诗》三千余篇,及至孔子,去其重,取可施于礼义,上采契后稷,中述殷周之盛,至幽厉之缺,始于衽席,故曰"《关雎》之乱以为《风》始,《鹿鸣》为《小雅》始,《文王》为《大雅》始,《清庙》为《颂》始"。三百五篇孔子皆弦歌之,以求合《韶》《武》《雅》《颂》之音。礼乐自此可得而述,以备王道,成六艺。②

这是说孔子整理《诗》,所谓从三千余篇删至三百零五篇,具体的数字人们或不认可,但孔子整理过《诗》,这是人们都认可的。那么,经过整理的《诗三百》肯定已经不是原生态的。据《汉书·食货志》载:

> 孟春之月,群居者将散,行人振木铎徇于路以采诗,献之大师,

---

① 胡文波校点:《国语》,上海古籍出版社2015年版,第376页。
② (汉)司马迁:《史记》,中华书局1982年版,第1936~1937页。

比其音律，以闻于天子。①

《礼记·王制》称"命大师陈诗，以观民风"②。所"采"之诗，应该是某种原生态诗歌，而"献""陈"时是否有所加工润色？加工润色的东西是什么？是否有所"断章"而"取义"？如此一步步推逆而上，或许可以看到《诗三百》的某种原生态。

探寻"口出以为言"及文体的前"文体"状态，有利于我们追溯文学创作的原始方式。如所谓"诗"，是最早的文体之一，当我们论述"诗"的时候，一般来说，都认为最早的诗是口头的、集体的、与乐舞相结合的创作。"口头的"表明其言性质，"集体的"最通俗的说法就是你一句、他一句甚至共同吟唱，《淮南子·道应训》称：

> 今夫举大木者，前呼"邪许"，后亦应之，此举重劝力之歌也。③

这是诗歌创作的原始方式。这种诗歌创作的原始方式往往只存在于概念中，怎样从古代典籍的记载中探寻这些情况？我们来看《尚书·皋陶谟》所载"帝庸作歌曰""乃歌曰"云云以及皋陶的"乃赓载歌曰"云云④，这可说是最早的对唱和的记载。唱和的影响长远，《论语·述而》亦有"子与人歌而善，必使反之，而后和之"⑤的记载。这里对诗歌创作的记载，先是有"庶尹允谐"的大家凑在一起奏乐合舞，于是我们知道，没有这样的乐、舞背景相伴，以下的"作歌"应该是不可能的。此时"帝庸作歌"，又是"乃歌曰"，接着是皋陶的"稽首飏言曰"，接着是"乃赓载歌曰"及"又歌曰"，最后是"帝曰"。从中我们可以看到诗歌创作整个的原始过程，这是否是一种"口出"的真实记载呢？而诗作为文体应该怎样记载呢？逯钦立《先秦诗》卷一曰：

> 股肱喜哉！元首起哉！百工熙哉！
> 元首明哉，股肱良哉，庶事康哉！

---

① (汉)班固：《汉书》，中华书局1962年版，第1123页。
② 《礼记正义》，《十三经注疏》，上海古籍出版社1997年版，第1328页。
③ (汉)刘安：《淮南子》，《诸子集成》本，中华书局1954年版，第190页。
④ 顾颉刚、刘起釪：《尚书校释译论》第一册，中华书局2005年版，第477页。
⑤ 《论语注疏》，《十三经注疏》，上海古籍出版社1997年版，第2484页。

> 元首丛脞哉，股肱惰哉，万事堕哉！①

这就是"文体"记载与"口出"记载的区别，无疑，"口出"记载是原生态的，对诗作为文体而言，"口出"记载显然是不纯粹的，但意味更丰富。

于是我们会想到，所谓"柏梁体"诗的意味。《艺文类聚》载："汉孝武皇帝元封三年作柏梁台，诏群臣二千石有能为七言者，乃得上坐。"以下是关于作为文体的诗的记载：

> 皇帝曰：日月星辰和四时。梁王曰：骖驾驷马从梁来。大司马曰：郡国士马羽林才。丞相曰：总领天下诚难治。大将军曰：和抚四夷不易哉。御史大夫曰：刀笔之吏臣执之。太常曰：撞钟击鼓声中诗。宗正曰：宗室广大日益滋。卫尉曰：周卫交戟禁不时。光禄勋曰：总领从官柏梁台。廷尉曰：平理请谳决嫌疑。太仆曰：循饰舆马待驾来。大鸿胪曰：郡国吏功差次之。少府曰：乘舆御物主治之。大司农曰：陈粟万硕杨以箕。执金吾曰：徼道宫下随讨治。左冯翊曰：三辅盗贼天下尤。右扶风曰：盗阻南山为民灾。京兆尹曰：外家公主不可治。詹事曰：椒房率更领其财。典属国曰：蛮夷朝贺常会期。大匠曰：柱枅薄栌相枝持。太官令曰：枇杷橘栗桃李梅。上林令曰：走狗逐兔张罝罘。郭舍人曰：齧妃女唇甘如饴。东方朔曰：迫窘诘屈几穷哉。②

如此一人一句，确实像《尚书》所载帝与皋陶间的联唱，有一些远古之风。但其原生态状态还不仅仅于此，诸人之间必定不是如此一路顺畅吟咏，起码在神态动作上或推让、迟疑、思考，或得意、矜持吧。

又有贾充《与妻李夫人联句》：

> 室中是阿谁，叹息声正悲。（贾）叹息亦何为，但恐大义亏。（李）大义同胶漆，匪石心不移。（贾）人谁不虑终，日月有合离。（李）我心子所达，子心我所知。（贾）若能不食言，与君同所宜。（李）③

---

① 逯钦立辑校：《先秦汉魏晋南北朝诗》，中华书局1983年版，第2页。
② （唐）欧阳询：《艺文类聚》，上海古籍出版社1982年版，第1003~1004页。
③ 逯钦立辑校：《先秦汉魏晋南北朝诗》，中华书局1983年版，第587页。

又有陶渊明诸人的《联句》：

> 鸣雁乘风飞，去去当何极。念彼穷居士，如何不叹息。(渊明)虽欲腾九万，扶摇竟何力！远招王子乔，云驾庶可饬。(愔之)顾侣正徘徊，离离翔天侧。霜露岂不切，徒爱双飞翼。(循之)高柯擢条干，远眺同天色。思绝庆未看，徒使生迷惑。(渊明)①

又有宋孝武帝刘骏诸人的联句《华林都亭曲水联句产柏梁体诗》，谢朓、江秀才革、王丞融、王兰陵僧孺、谢洗马昊、刘中书绘、沈右率的《阳雪连句遥赠和》，作品甚多。这些联句，一般被视为诗体的某种形式，但其多为口头创作并由众人合作而成，其根由与诗歌创作的前"文体"状态有相当的关系，其根由应该是诗歌创作的原始集体记忆。又如《世说新语·言语》载：

> 谢太傅寒雪日内集，与儿女讲论文义。俄而雪骤，公欣然曰："白雪纷纷何所似？"兄子胡儿曰："撒盐空中差可拟。"兄女曰："未若柳絮因风起。"公大笑乐。②

把此三句诗合起来作为一首诗也未尝不可，即众人的合作创作。但此三句诗本是三人所作的单句，这就是该诗的前"文体"状态，表现出诗歌原始的集体创作方式。

三、探寻文学创作的语境、情景、场景

"口出以为言"及文体的前"文体"状态，就是"文体"不成熟、不纯粹状态，这种不纯粹，应该包含有"文体"产生时的伴随物、共生物。让我们来考察"难"作为"口出"的存在或前"文体"状态时的状况。

《文选》卷四十四录司马相如《难蜀父老》，章学诚《文史通义·诗教下》：

> 《难蜀父老》亦设问也，今以篇题为准，而别为"难"体。③

---

① 逯钦立校注：《陶渊明集》，中华书局1979年版，第142~143页。
② (南朝宋)刘义庆著，(南朝梁)刘孝标注，余嘉锡笺疏：《世说新语笺疏》，上海古籍出版社1993年版，第130~131页。
③ (清)章学诚撰，吕思勉评，李永圻、张耕华导读整理：《文史通义》，上海古籍出版社2008年版，第26页。

章学诚是批评《文选》分体不当，但指出了一个事实，《文选》有"难"体，而据陈八郎本《文选》，《文选》确有"难"体①。"难"体在史书中多有著录。今存有司马相如《难蜀父老》、东方朔《答客难》、扬雄《解难》等，其体式，或以"难"为主，或以"答客难"为主，总之，要以对方无言可答结束。我们考这些"难"的发生过程，会发现伴随"难"还有许多真实存在的语境、情景、场景。如司马相如《难蜀父老》，李善注曰：

  《汉书》曰：武帝时，相如使蜀。长老多言通西南夷之不为国用，大臣亦以为然。相如业已建之，不敢谏，乃著书假蜀父老为辞，而己以语难之，以讽天子，因宣其使指，令百姓知天子意焉。②

相如不敢明说，故"假难蜀父老"言之，这就是语境。又，《汉书·扬雄传下》载："客有难《玄》大深，众人之不好也，雄解之，号曰《解难》。"③扬雄《解难》，本是为有人难《太玄》而作。但是，当"难"从"口出"转换成文体时，"难"只留下了理论阐述，上述这些极有意味的情景、场景都被删略了，只剩下简单的一难一驳、多难多驳。如此，理论文体关注的当然是理论阐述，但无论这种理论的阐述如何精彩，没有了语境、情景、场景，毕竟是一种缺憾。

诗歌创作的原生态状况，如《帝王世纪》载：

  ……天下大和，百姓无事，有五十老人，击壤于道，观者叹曰："大哉，帝之德也！"老人曰："吾日出而作，日入而息，凿井而饮，耕田而食，帝何力于我哉。"于是景星曜于天，甘露降于地，朱草生于郊……

配合诗作所述的无为而治、顺应自然，整个场景更突出了如此意味，前是"天下大和，百姓无事"的无为而治景象；其次是观者称之为"帝之德"，以及老人之歌对"帝之德"的回应；后是自然景象亦显示出上天的无为而治以及自然而然。又如《汉书·外戚传》：

---

① 参见傅刚《论〈文选〉难体》所述游志诚先生考证，《浙江学刊》1996年第3期。
② （南朝梁）萧统撰，（唐）李善注：《文选》，中华书局1977年版，第625页。
③ （汉）班固：《汉书》，中华书局1962年版，第3575页。

> 孝武李夫人，本以倡进。初，夫人兄延年性知音，善歌舞，武帝爱之。每为新声变曲，闻者莫不感动。延年侍上起舞，歌曰："北方有佳人，绝世而独立，一顾倾人城，再顾倾人国。宁不知倾城与倾国，佳人难再得！"①

《北方有佳人》之诗是由"起舞"而产生的。又：

> 上思念李夫人不已，方士齐人少翁言能致其神。乃夜张灯烛，设帷帐，陈酒肉，而令上居他帐，遥望见好女如李夫人之貌，还幄坐而步。又不得就视，上愈益相思悲感，为作诗曰："是邪，非邪？立而望之，偏何姗姗其来迟！"令乐府诸音家弦歌之。②

诗只不过是整个事件中的一环，表示着汉武帝"遥望见好女如李夫人之貌"时的怀疑，怀疑之时愈发地思念，思念时因对会面的渴望而发出"偏何姗姗其来迟"的哀怨。《南史·谢晦传》载：

> 帝(宋武帝刘裕)于彭城大会，命纸笔赋诗，晦恐帝有失，起谏帝，即代作曰："先荡临淄秽，却清河洛尘，华阳有逸骥，桃林无伏轮。"于是群臣并作。③

这就是宋武帝刘裕作诗的场景，宋武帝之作激起了群臣作诗的热情，也奠定"彭城大会"的抒情基调，但此诗是谢晦代作的，可能因为刘裕本是武将出身，不擅长作诗，而形势又要求刘裕首先应该有诗作。如果我们只看作品，是见不到文体、作品生成时的这些原生态状况的。

《庄子·天道》云：

> 世之所贵道者书也，书不过语，语有贵也。语之所贵者意也，意有所随；意有所随者，不可以言传也，而世因贵言传书。世虽贵之，我犹不足贵也，为其贵非其贵也，故视而可见者，形与色也；听而可闻者，名与声也。悲夫，世人以形色名声为足以得彼之情！夫形色名

---

① （汉）班固：《汉书》，中华书局1962年版，第3951页。
② （汉）班固：《汉书》，中华书局1962年版，第3952页。
③ （唐）李延寿：《南史》，中华书局1975年版，第522页。

声果不足以得彼之情，则知者不言，言者不知，而世岂识之哉！①

庄子讨论的是书面语言，他认为"语之所贵者意也"，语言贵在表达"意义"，但是"意有所随"，即"一种情意的产生与形成，有其环境、时间、地点、条件的依据，它的前后左右有许多伴随着、相互联系着的事物与思想活动"，庄子认为，这些"意有所随"者是"不可以言传也"，即"那就不是用语言所能充分、全部表达出来的"，②这里说的是书面语。那么，"口出"的表达成为"文体"的表达时，是否也会或主动、或被动丢失、抛弃一些"意之所随"者呢。古代的许多文体的原生态，大多是应该有"意有所随"者的，但这些伴随物一般未显示在最终形成的文体中，庄子曾以"轮扁斫轮"的故事来进一步说明。《庄子·天道》载，轮扁称，"圣人之言"不能表"意"，是"糟粕"，其原因就是"圣人已死"，即"意有所随"者不存在，故其"意"或不能表达出来，或表达出来就是"糟粕"。然后，轮扁又倒过来论证，轮扁斫轮的技巧"有数存焉于其间"，这就是"意"，这是一种真实的存在，但由于"斫轮，徐则甘而不固，疾则苦而不入，不徐不疾"的技巧，即所谓的"意之所随"者"口不能言"，故斫轮之"数"，"臣不能以喻臣之子，臣之子亦不能受之于臣"③，那么，追寻文体的原生态，就是追寻这些东西，即文体、作品生成过程的语境、情景、场景等。

古代作家也有追寻文体、作品生成过程中的语境、情景、场景的欲望，如某些赋，把语境、情景、场景叙述于前，或称之为"序"，就是从体制上把文体产生时的伴随物确定为文体的一部分，表现了人们对伴随物进入文体的愿望。又如古代作家们有专书记叙诗歌创作的原生态状况的情况，说的是诗歌在怎样的故事情节或原委中产生的，这就是后来所说的诗歌"本事"。唐代孟棨作《本事诗》，其"序目"曰：

诗者，情动于中而形于言。故怨思悲愁，常多感慨。抒怀佳作，讽刺雅言，虽著于群书，盈厨溢阁，其间触事兴咏，尤所钟情，不有发挥，孰明厥义？因采为《本事诗》，凡七题，犹四始也。情感、事感、高逸、怨愤、征异、征咎、嘲戏，各以其类聚之。亦有独掇其要，不全篇者，咸为小序以引之，贻诸好事。④

---

① （清）郭庆藩：《庄子集释》，中华书局 1961 年版，第 488 页。
② 顾易生、蒋凡：《先秦两汉文学批评史》，上海古籍出版社 1996 年版，第 211 页。
③ （清）郭庆藩：《庄子集释》，中华书局 1961 年版，第 488~491 页。
④ 丁福保辑：《历代诗话续编》，中华书局 1983 年版，第 2 页。

所谓"本事"就是对"触事兴咏"之"事"的"发挥"。对诗歌创作"本事"的"发挥",先是《本事诗》倡之,后是诗话继之,宋许颉《彦周诗话》曰:

> 诗话者,辨句法,备古今,纪盛德,录异事,正讹误也。①

诗话多有记载"本事"的意味,是诗歌创作状态的伴随物。后代如元杂剧文本,会有一些演出时伴随物的记载,如"科""介"之类。而如果语境、情景、场景之类伴随物过多地被记载,或许文学文本会演变成为其他综合艺术。

四、"口出"及前"文体"状态向文体的转换

"口出"及前"文体"状态最终是要转换、进化为"文体"的,比较"口出"之类前"文体"状态与今存的"文体"状态,我们会理解在这一转换、进化过程中发生了哪些事情。

我们以"谟"为例,先看其原生态存在。《尚书·皋陶谟》记载帝舜、禹、皋陶君臣之间的讨论、谋划,前以"允迪厥德,谟明弼谐"为开场白,那么,以下的文辞应该是"谟"体。后世无"谟"体,而此处的"谟"是一条条提出来的,每条都有特殊的、一定的意味,这是"谟"的原生态存在。

又如"咨"的原生态存在。《尚书·尧典》:

> 帝曰:"咨四岳:有能奋庸,熙帝之载,使宅百揆,亮采惠畴?"佥曰:"伯禹作司空。"帝曰:"俞!"咨禹:"汝平水土,惟时懋哉!"禹拜稽首,让于稷契暨皋陶。帝曰:"俞,汝往哉!"②

孔传:"奋,起;庸,功;载,事也。访群臣有能起发其功,广尧之事者。"③那么,"咨四岳""咨禹"就是向四岳、禹咨询意见之"事",以下是咨询意见之"口出",且四岳、禹都有回复之事或言。这就是"咨"的原生态,而不仅仅是"咨"而已。下文又有:"帝曰:'俞!'咨垂:'汝共工。'""帝曰:'俞!'咨益:'汝作朕虞。'""帝曰:'咨四岳:有能典朕三礼?'""帝曰:'俞!'咨伯:'汝作秩宗。夙夜惟寅,直哉惟清。'"④垂、益、四

---

① (清)何文焕辑:《历代诗话》,中华书局1981年版,第378页。
② 顾颉刚、刘起釪:《尚书校释译论》第一册,中华书局2005年版,第191~192页。
③ 《尚书正义》,《十三经注疏》,上海古籍出版社1997年版,第130页。
④ 顾颉刚、刘起釪:《尚书校释译论》第一册,中华书局2005年版,第192页。

岳、伯也有回复。《尚书》的"命"体，臣没有回复只有执行，此处帝有"咨"，则臣有回复。这是"命"与"咨"的区别。后世"咨"亦为最高统治者对臣下的咨询，宽泛一点就是众人的讨论。这些"咨"是一条条独立存在的，有些有回答，有些无回答，这些就是其产生时的原本样子。

虽然"谟""咨"现今都不是常见的文体，但此类如此一问一答的往来反复或众人的讨论，即所谓"对问"，或许是绝大多数"文体"产生时的原生态状态，正如我们前面所说文学创作最初的形式应该是口头的、集体的行为。而在后世，则是把现实生活中这一问一答的往来反复作一总结概括，总结概括出各种主旨，一一冠以名目。如《盐铁论》，其名目有"本议""力耕""通有""错币"等，都是有专题的。

又如《白虎通义》，班固把天子会诸儒讲论、考定五经的讨论结果汇集、整理出来，其结果的名目有"爵""号""谥""五祀""社稷"（以上卷一、卷二），"性情""寿命""宗族""姓名""天地""日月""四时""衣裳""五刑""五经"（以上卷八）等。从"谟""咨"之类到《盐铁论》《白虎通义》之类，就是议论文之类从散乱、杂碎的集体行为结果到整齐、单一、集中的个体行为的过程，就是从"口出"到"文体"的演变、发展过程。

五、诸文体相参状态的意味

在"口出"及前"文体"状态阶段，诸种文体是混杂在一起的，如《尚书》中的有些片段，是以行为动作述出文辞，所述出的文辞中又含有文体，所谓文体中有另一文体，如《大诰》的"诰"辞里又有以"即命曰"出之的"命龟"的文辞。首先，这是在"诰"辞里面的。其次，"即命曰"前的文字，是"命"所产生的环境；"即命曰"的文字，是"命龟"上面的话，古人占凶吉，必将所卜之事告卜人以龟占之，称为命龟，亦泛指灼龟问卜。此处的"诰"体又含有"命辞"体，这应该是对"口出"形式的忠实记载。

在以后的文学史发展中，常常追求的是一种纯粹的文体形式，因此，"命辞"体的文字是可以单行的，也就是说，"命辞"往往脱略开曾经包容自己的"口出"环境。又比如，先秦人们著述引诗之类，所引者肯定是另一种文体，脱略开曾经包容自己的"口出"环境就可以单行了。

另一种形式，在"口出"或原生态的前"文体"状态中是诸文体相参，而当要求文体纯粹时，往往为突出某一文体而脱略其他部分，被脱略的部分往往是"口出以为言"的成分较重者，如《文选》所录任昉《奏弹刘整》的例子是很能说明问题的。本来的《奏弹刘整》一文，其中引入刘整之嫂的本状及有关人员的供词，这些又是当时的口语、俗语。但是，萧统在录任昉此文时，并未详引本状与供词，而是有所删略，如：

> ……又以钱婢姊妹弟温，仍留奴自使，伯又夺寅息逸婢绿草，私货得钱，并不分逸。寅第二庶息师利，去岁十月，往整田上。经十二日，整便责范米，六斗哺食。米未展送，忽至户前，隔箔攘拳大骂，突进房中，屏风上取车帷准米去。二月九日夜，婢采音偷车栏夹杖龙牵，范问失物之意，整便打息逸。整及母并奴婢等六人，来至范屋中，高声大骂，婢采音举手查范臂，求摄检，如诉状……①

删略文字较长，以下不录。李善注称："昭明删此文大略，故详引之。令与弹相应也。"②周勋初称："因为萧统衡文首重'综辑辞采，错比文华'，而范氏（刘整妻）本状及证词却用俗语写成，略无文采，因而萧统也就止于摘引数语以叙缘起，其下径行删略了。"③也就是说，当任昉的《奏弹刘整》在现实中运用时，是不拘泥引入本状、证词等其他文体的，而作为选本的文体的"弹文"时，本状及证词是可有可无的，为了表现纯粹的弹文，这些极有意味的语境、情景、场景是可以删略的，删略后只留下"弹文"。

因此，在原生态中，文体往往是以诸体相参的面貌出现的，如《战国策·楚四》所录：

> 孙（荀）子为书谢曰："'疠人怜王'，此不恭之语也。虽然，不可不审察也。此为劫弑死亡之主言也。夫人主年少而矜材，无法术以知奸，则大臣主断国私以禁诛于己也，故弑贤长而立幼弱，废正適而立不义。《春秋》戒之曰：'楚王子围聘于郑，未出竟，闻王病，反问疾，遂以冠缨绞王，杀之，因自立也。齐崔杼之妻美，庄公通之。崔杼帅其君党而攻。庄公请与分国，崔杼不许；欲自刃于庙，崔杼不许。庄公走出，逾于外墙，射中其股，遂杀之，而立其弟景公。'近代所见：李兑用赵，饿主父于沙丘，百日而杀之；淖齿用齐，擢闵王之筋，县于其庙梁，宿夕而死。夫疠虽痈肿胞疾，上比前世，未至绞缨射股；下比近代，未至擢筋而饿死也。夫劫弑死亡之主也，心之忧

---

① （南朝梁）萧统编，（唐）李善注：《文选》，中华书局1977年版，第560页。
② （南朝梁）萧统编，（唐）李善注：《文选》，中华书局1977年版，第561页。
③ 周勋初：《〈文选〉所载〈奏弹刘整〉一文诸注本之分析》，周勋初：《魏晋南北朝文学论丛》，江苏古籍出版社1999年版，第219页。

> 劳，形之困苦，必甚于疠矣。由此观之，疠虽怜王可也。"因为赋曰："宝珍隋珠，不知佩兮。袆布与丝，不知异兮。闾姝子奢，莫知媒兮。嫫母求之，又甚喜之兮。以瞽为明，以聋为聪，以是为非，以吉为凶。呜呼上天，曷惟其同！"《诗》曰："上天甚神，无自瘵也。"①

孙（荀）子的这些表达是具有原生态意味的，本为整体存在，但在以后的文本收录时，也是可以分"孙（荀）子书"与"赋""诗"而分别加以收录的。

而在后世，诸文体相参又往往是一种有意识的行为，比如史传体，《文心雕龙·史传》称《史记》曰：

> 故本纪以述皇王，列传以总侯伯，八书以铺政体，十表以谱年爵，虽殊古式，而得事序焉。②

史传体是总赅众体的，诸如列传、书、表本是可以自为文体的。赋更是"体兼众制，文备多方"③，班固《两都赋》有"五篇之诗"之诗，司马相如《美人赋》有"女乃歌曰"，张衡《南都赋》有"喟然相与歌曰"之歌，张衡《南都赋》有"遂作《颂》曰"之颂，马融《长笛赋》有"其辞曰"之辞，张衡《思玄赋》篇末有"系曰"之辞④，《文选》李善注引"旧注"："系，繫也。言繫一赋之前意也。"⑤合起来著录是原生态，如果追求文体的纯粹，则可以分别著录。而有意识地使自己的撰作实现诸文体相参，就是为了有更丰富的意味，这又是有意识地仿照前"文体"状态所产生的效果。

六、余论

综上所述，"口出"及文体的前"文体"状态，应该有这样几个特征：其一，一般是以小段小段的言语组成的，诸小段小段的言语，在文体的进化过程中会因为内容或许形式的不同，而被人们区分为不同的文体。其二，多是数人或集体参与创作的，文体成熟时会把各人的创作单列。其

---

① （汉）刘向集录：《战国策》，上海古籍出版社1985年版，第567页。
② （南朝梁）刘勰撰，詹锳义证：《文心雕龙义证》中册，上海古籍出版社1989年版，第576页。
③ "子显尝为《自序》，其略云：'……少来所为诗赋，则《鸿序》一作，体兼众制，文备多方，颇为好事所传，故虚声易远。'"（唐）姚思廉：《梁书·萧子显传》，中华书局1973年版，第512页。
④ 从《易》之"十翼"有"系辞"，可知"系"亦为文体。
⑤ （南朝梁）萧统编，（唐）李善注：《文选》卷15，中华书局1977年版，第222页。

三，文体成熟后的创作，其原始的语境、情景、场景等被删略了，在后世这些东西或又有意识地进入文体。其四，往往是以诸文体相参的状态呈现，等等。但正是这些"口出"及文体的前"文体"状态，却是文体的原生态形式，是文体的雏形；而日后文体的确立，又大多是承袭着这些"口出"之类文体的前"文体"状态而来，一方面脱略"口出"及文体的前"文体"状态的某些东西，以适合于以文字为载体的形式；另一方面，或许又增加显示文体规范的某些标志，使文体更像文体。如此双向的作用，完成了从"口出"及前"文体"状态到文体的文学史演进。而成熟的文体，又或有意识地向"口出"及前"文体"状态回归，去追求文体更丰富的意味，这或是螺旋式上升。

第二节 早期著述的从"口出"到"笔书"

章太炎《国故论衡》甫一刊行，《教育今语杂志》的广告称此书云："本在学会口说，次为文辞。"①称《国故论衡》本来是在学会的"口说"演讲，现在把它整理成"文辞"而成书出版，这体现出《国故论衡》从"口出"到"笔书"的性质。章太炎"口说"有讲稿，由讲稿而"口说"，这是由"笔书"而"口出"。此处阐述现实生活多有记载"口出"到"笔书"的事例，阐述古代从"口出"到"笔书"的著述的一些情况。

一、采诗由"口出"而"笔书"

采诗，这是对特殊的"口出以为言"的纂集，是一个特殊性质的从"口出以为言"到"笔书以为文"。《文心雕龙·乐府》称"匹夫庶妇，讴吟土风，诗官采言，乐胥被律"②，"诗官采言"，诗就进入了"笔书"阶段。对于古代采诗之事，许慎《说文解字》称"古之遒人以木铎记诗言"，段玉裁注集中了前人所述，其曰：

> 遒人，即班之行人，以木铎巡于路，使民间出男女歌咏，记之简牍，递荐于天子。……扬(雄)《答刘书》云："尝闻先代𬨎轩之使奏籍

---

① 章太炎：《国故论衡》，上海古籍出版社2003年版，第19页。
② (南朝梁)刘勰撰，詹锳义证：《文心雕龙义证》，上海古籍出版社1989年版，第226页。

之书，皆藏于周、秦之室。"又云："翁孺犹见輶轩之使所奏言。"①

既云采诗之"记之简牍，递荐于天子"，又云"先代輶轩之使奏籍之书，皆藏于周、秦之室"，且有人"犹见輶轩之使所奏言"，那么，古代采诗从"口出"到"笔书"的情况可以想见。即刘师培《论文杂记四》所谓"谣谚之作先于诗歌，厥后诗歌继兴，始著文字于竹帛"②。

采诗由"口出"而"笔书"的过程中，乐师的加工改动是必不可免的，有人提出：

> 《诗经》的作品并非一开始就都是乐歌，有些本是徒诗，在合乐时难免被乐师作些改动。有些套句出现在产生于不同地域的许多诗篇（原注：如"彼其之子""王事靡盬"等），就未必是原作的语言。有些诗的个别节段和其他部分不联贯或不调和（原注：如《行露》的首章和《白华》的第七章等），也见出增改拼凑的痕迹。此外属于加工润色性质的改动，如调整韵脚和句式以及易土语为雅言之类，都是有可能的。③

这是非常有见解的判断。

二、"述旧闻而著于竹帛"

章学诚《文史通义·诗教上》：

> 三代盛时，各守人官物曲之世氏，是以相传以口耳，而孔、孟以前，未尝得见其书也。至战国而官守师传之道废，通其学者，述旧闻而著于竹帛焉。中或不能无得失，要其所自，不容遽昧也。以战国之人，而述黄、农之说，是以先儒辨之文辞而断其伪托也；不知古初无著述，而战国始以竹帛代口耳，实非有所伪托也。④

章学诚讲到"相传以口耳"的"官守师传之道废"，于是有"通其学者"的

---

① （汉）许慎撰，（清）段玉裁注：《说文解字注》，上海古籍出版社1981年版，第199页。
② 陈引驰编校：《刘师培中古文学论集》，中国社会科学出版社1997年版，第227页。
③ 文学研究所：《中国文学史》（一），人民文学出版社1962年版，第22页。
④ （清）章学诚撰，吕思勉评，李永圻、张耕华导读整理：《文史通义》，上海古籍出版社2008年版，第21~22页。

"述旧闻而著于竹帛"。从"旧闻"到"竹帛",就是从"口出"到"笔书"。

"六艺"之成书亦是从"口出"到"笔书",章学诚《文史通义·经解上》:

> 三代之衰,治教既分,夫子生于东周,有德无位,惧先圣王法积道备,至于成周,无以续且继者而至于沦失也。于是取周公之典章,所以体天人之撰而存治化之迹者,独与其徒相与申而明之,此六艺之所以虽失官守而犹赖有师教也。然夫子之时,犹不名经也。逮夫子既殁,微言绝而大义将乖,于是弟子门人,各以所见、所闻、所传闻者,或取简毕,或授口耳,录其文而起义。①

"六艺"之成书,先是孔子的"与其徒相与申而明之"的"师教",这是"口耳相传",继而是"弟子门人,各以所见、所闻、所传闻者,或取简毕,或授口耳,录其文而起义",即其中有自"授口耳"而"录其文"一途。这些著述不可视为个人著述。

三、个人著述由"口出"而"笔书"

以下讨论《论语》之类诸子著作,这也有一个从"口出以为言"到"笔书以为文"的过程,即从"口出"到"笔书"的纂集。

其一,《论语》的成书。《汉书·艺文志》称:

> 《论语》者,孔子应答弟子时人及弟子相与言而接闻于夫子之语也。当时弟子各有所记。夫子既卒,门人相与辑而论纂,故谓之《论语》。②

这是经过了两次"笔书",一是"各有所记",这是从"口出"到"笔书",接着是"相与辑而论纂",这是"笔书"的整理。在《论语》一书中也直接讲到弟子们记载孔子言行,如《论语·卫灵公》:

> 子张问行。子曰:"言忠信,行笃敬,虽蛮貊之邦行矣。言不忠信,行不笃敬,虽州里行乎哉?立,则见其参于前也;在舆,则见其

---

① (清)章学诚撰,吕思勉评,李永圻、张耕华导读整理:《文史通义》,上海古籍出版社 2008 年版,第 21~22 页。

② (汉)班固:《汉书》,中华书局 1962 年版,第 1717 页。

倚于衡也，夫然后行。"子张书诸绅。①

《隋书·经籍志一》也谈到孔门弟子录夫子言行：

> 《论语》者，孔子弟子所录。孔子既叙六经，讲于洙、泗之上，门徒三千，达者七十。其与夫子应答，及私相讲肄，言合于道，或书之于绅，或事之无厌。仲尼既没，遂缉而论之，谓之《论语》。②

或把"与夫子应答，及私相讲肄"者记载下来，如"书之于绅"之类，这已是第一步的从"口出以为言"到"笔书以为文"；或把"言合于道"而"事之无厌"者，以"笔书以为文"的形式记载、叙述下来。

其二，《孟子》的成书。《史记·孟子荀卿列传》称孟子"退而与万章之徒序《诗》《书》，述仲尼之意，作《孟子》七篇"③，赵岐《孟子题辞》：

> 于是退而论集所与高第弟子公孙丑、万章之徒难疑答问，又自撰其法度之言，著书七篇。④

即孟子不再游说列国而退归书斋，把与弟子公孙丑、万章之徒讨论问题的言辞记载下来，而成《孟子》七篇。魏源《孟子年表考》：

> 又公都子、屋庐子、乐正子、徐子皆布书名，而万章、公孙丑独名，《史记》谓退而与万章之徒作七篇者，其为二人亲承口授而笔之书甚明（咸邱蒙、浩生不害、陈臻等偶见，或得预记述之列）。与《论语》成于有子、曾子门人故独称子者，殆同一间，此其可知也。⑤

称《孟子》一书为万章、公孙丑"二人亲承口授而笔之书"。

其三，《墨子》的成书。《四库全书总目》：

> 旧本题宋墨翟撰。考《汉书·艺文志》，《墨子》七十一篇，注曰

---

① 《论语注疏》，《十三经注疏》，上海古籍出版社1997年版，第2517页。
② （唐）魏徵等：《隋书》，中华书局1973年版，第939页。
③ （汉）司马迁：《史记》，中华书局1982年版，第2343页。
④ 《孟子注疏》，《十三经注疏》，上海古籍出版社1997年版，第2662页。
⑤ 杨伯峻：《孟子译注·导言》引，中华书局1960年版，第7页。

名翟，宋大夫。《隋书·经籍志》亦曰宋大夫墨翟撰。然其书中多称子墨子，则门人之言，非所自著。①

《墨子》之书应该是墨子的门人弟子及其再传弟子对墨子言行的记录，其中就有"口出以为言"到"笔书以为文"者。

其四，《荀子》的成书。余嘉锡《古书通例》论"古书不皆手著"云：

> 四曰：古书之中有记载古事、古言者，此或其人平日所诵说，弟子熟闻而笔记之，或是读书时之札记，后人录之以为书也。《荀子·大略篇》文多细碎，以数句说一事。《宥坐》、《子道》、《法行》、《哀公》、《尧问》五篇，杂叙古事，案而不断，文体皆不与他篇同。杨倞于《大略》篇注曰："此篇盖弟子杂录荀卿之语，皆略举其要，不可以一事名篇，故总谓之'大略'也。"于《宥坐》篇注曰："此以下皆荀卿及弟子所引记传杂事。"……古书似此者甚多，皆可以此推之。②

"弟子杂录荀卿之语"即从"口出"到"笔书"。

其五，楚辞作品。《卜居》《渔父》为弟子记屈原言行。王逸在《渔父章句》中是这样说的：

> 《渔父》者，屈原之所作也。屈原放逐，在江、湘之间，忧愁叹吟，仪容变易。而渔父避世隐身，钓鱼江滨，欣然自乐。时遇屈原川泽之域，怪而问之，遂相应答。楚人思念屈原，因叙其辞以相传焉。③

因此，是否可以这样认为，《卜居》《渔父》所叙写的，确实是屈原的言与行，但具体的文辞是"楚人思念屈原，因叙其辞以相传焉"。

四、《国语》：春秋人物的"答述"之"语"

《国语》相传是春秋末期左丘明所著④，是我国最早的国别体史学著

---

① （清）永瑢等：《四库全书总目》，中华书局1965年版，第1006页。
② 余嘉锡：《目录学发微》，中国人民大学出版社2004年版，第276页。
③ （宋）洪兴祖撰，白化文等点校：《楚辞补注》，中华书局1983年版，第179页。
④ 有关《国语》作者的问题，历来有不同看法，比较普遍的说法是，《国语》成书时间漫长，成于众手。

作。《国语》的记载时段大体与《左传》相仿,即所谓春秋时期。《国语》之意,即各国之"语",《楚语》中就有"教之《语》,使明其德,而知先王之务用明德于民也"①的记载,孔子学生撰集孔子之"语"为《论语》,可见《国语》的撰述,是有所传承、有所传统的。而就专门记载各国之"语"来说,可见人们对"语"的重视。

郑玄曰:"答述曰语。"②《释名·释言语》曰:"语,叙也,叙己所欲说也。"《国语》所载确实是各国人物的"答述"之"语",是对话体,确实是各国人物"所欲说也",是面对面的言说,可谓"口出以为言"者。胡文波说:"《国语》内容上偏重于记载言论,尤其是具有前瞻性的、指导性的政治言论。""有如预言。"③这应该是《国语》录取"口出以为言"者的宗旨。《左传》载鲁大夫穆叔(叔孙豹)曰:

> 鲁有先大夫曰臧文仲,既没,其言立。……大上有立德,其次有立功,其次有立言,虽久不废,此之谓不朽。(杜预注:"史佚、周任、臧文仲。"孔颖达"谓言得其要,理足可传,其身既没,其言尚存"。)④

具有前瞻性的、指导性的、有如预言的政治言论,当然合乎"言得其要,理足可传,其身既没,其言尚存"的标准。韦昭注《国语》称:

> 左丘明因圣言以摅意,托王义以流藻,其渊源深大,沉懿雅丽,可谓命世之才,博物善作者也。其明识高远,雅思未尽,故复采录前世穆王以来,下讫鲁悼、智伯之诛,邦国成败,嘉言善语,阴阳律吕,天时人事逆顺之数,以为《国语》。⑤

一言以蔽之,可谓各国人物"嘉言善语"的总汇。

《国语》多录卿士大夫的语言运用的口舌之利。如《晋语》九:

> 董叔将娶于范氏,叔向曰:"范氏富,盍已乎!"曰:"欲为系援

---

① 胡文波校点:《国语》,上海古籍出版社2015年版,第355页。
② 《周礼注疏》,《十三经注疏》,上海古籍出版社1997年版,第787页。
③ 参见胡文波校点《国语》之《前言》,上海古籍出版社2015年版,第1页。
④ 《春秋左传正义》,《十三经注疏》,上海古籍出版社1997年版,第1979页。
⑤ 《国语解叙》,胡文波校点:《国语》,上海古籍出版社2015年版,第1页。

焉。"他日，董祁诉于范献子曰："不吾敬也。"献子执而纺于庭之槐，叔向过之，曰："子盍为我请乎！"叔向曰："求系，既系矣；求援，既援矣。欲而得之，又何请焉？"

晋大夫董叔准备娶范宣子之女范氏，叔向说："范氏富，你就算了吧。"意思是说范氏富有必定骄奢而欺负人。董叔说："我是想依附（系援）范氏。"一天，范宣子女、献子妹董祁向范献子告状说："董叔不敬重我。"范献子就把董叔捆缚（系）起来，被牵拉（援）在庭内的槐树上。叔向经过树下，董叔说："你何不为我求求情！"叔向说："你求'系'，不是已经被捆缚；你求'援'，不是已经被拉上树了。你想要的东西都得到了，还要请求我干什么呢？""系援"，本来意思是捆缚、牵拉，用在人事关系上，谓依附权势，叔向巧妙地以此双关语，讽刺了董叔的依附权势。

《汉书·艺文志》所谓古者"君举必书，……左史记言，右史记事；事为《春秋》，言为《尚书》"[1]。《国语》的"记言"，由"君"之"言"扩大到其他人物的"嘉言善语"，这是说所记之"言"的重要性，不仅由身份来表现，而且要由是否"嘉言善语"的"言"的本身性质来决定。

五、《战国策》：为"口出"者提供"笔书"资料

《战国策》简称《国策》，相传原系战国时期各国史官或策士辑录，西汉时刘向进行了整理，按战国时期秦、齐、楚、赵等十二国次序，删去重复，编订为三十三篇，并定名为《战国策》，东汉高诱作注。《战国策》主要记录当时谋臣、策士之类纵横家游说各国或互相辩论时的话语言论，有《国策》《国事》《短长》《事语》《长书》《修书》等不同名称，"事语"就直接以"语"名之，可谓"口出以为言"。

刘向《战国策书录》曰：

> 当此之时，虽有道德，不得施谋；有设之强，负阻而恃固；连与交质，重约结誓，以守其国。故孟子、孙卿儒术之士，弃捐于世，而游说权谋之徒，见贵于俗。是以苏秦、张仪、公孙衍、陈轸、代、厉之属，生纵横短长之说，左右倾侧。苏秦为从，张仪为横；横则秦帝，从则楚王，所在国重，所去国轻。[2]

---

[1] （汉）班固：《汉书》，中华书局1962年版，第1715页。
[2] （汉）刘向集录：《战国策》，上海古籍出版社1985年版，第1196~1197页。

纵横家靠什么，就靠"口出以为言"的"说"，如何"说"得更好一点，成为社会共同关心的问题。

《战国策》就是这些"纵横短长之说"的汇集，刘向《战国策书录》称这些纵横家"皆高才秀士"，称他们"度时君之所能行，出奇策异智，转危为安，运亡为存，亦可喜，亦可观"①。但是《战国策》所载"口出以为言"，一部分是历史经验，一部分则是代拟"揣摩"成辞以供游士、纵横家学习与练习的，正如晁公武说："予谓其纪事不皆实录，难尽信，盖出学纵横者所著。"②杨宽说："纵横家讲究'揣摩'……揣情摩意确是纵横家十分注意的。所有这些战国权变和游说故事的汇编，原是游说之士的学习资料，或者是练习游说用的脚本。"③缪文远称《战国策》之文，"或纯为游士练习模拟之作"，其称《战国策·齐策三》"楚王死"章："此章胜意叠出，奇变无穷，然按之于史实则皆虚，盖为治长短术者为其徒属揣摩示范之谈。"④

六、经传经注：师传之"言"而成"笔书"

古时有经解体，吴忠匡说：

> 盖传、说、记三者，皆与经相辅而行，孔门所传志书也。传、说二者，实即一物，不过其出较先，久著竹帛者，谓之为传；其出较后，犹存口耳者，则谓之说耳。⑤

他认为"传"与"说"的不同，在于"笔书以为文"与"口出以为言"，这是仅就当时称说"传""说"的意味而言。但就我们现在看到的"传""说"而言，自然是师传之"口出"而成"笔书"。《隋书·经籍志一》：

> 陵夷踳驳，以至于秦。秦政奋豺狼之心，划先代之迹，焚《诗》、《书》，坑儒士，以刀笔吏为师，制挟书之令。学者逃难，窜伏山林，或失本经，口以传说。⑥

---

① （汉）刘向集录：《战国策》，上海古籍出版社1985年版，第1198页。
② （宋）晁公武编，孙猛校证：《郡斋读书志校证》上册，上海古籍出版社1990年版，第506页。
③ 杨宽：《战国史》，上海人民出版社2003年版，第672~673页。
④ 缪文远：《战国策新校注》，巴蜀书社1987年版，第2、353页。
⑤ 吴忠匡：《史记太史公自序注说会纂》，黑龙江人民出版社1985年版，第27~28页。
⑥ （唐）魏徵等：《隋书》，中华书局1973年版，第905页。

这是说秦时多有"口以传说"以保存典籍者，到汉时，多有把"口以传说"者整理纂集为"笔书"者，如《尚书》等。但汉时更多的情况是"传""说"之类的由"口出"到"笔书"。皮锡瑞《经学历史》论汉初经学"口授"的盛行：

> 《汉书·儒林传》赞曰："自武帝立五经博士，开弟子员，设科射策，劝以官禄；讫于元始，百有余年。传业者寖盛，支叶繁滋。一经说至百余万言，大师众至千余人，盖禄利之路然也。"案经学之盛，由于禄利，孟坚一语道破。在上者欲持一术以耸动天下，未有不导以禄利而翕然从之者。汉遵《王制》之法，以经术造士，视唐、宋科举尚文辞者为远胜矣。大师众至千余人，前汉末已称盛；而《后汉书》所载张兴著录且万人，牟长著录前后万人，蔡玄著录万六千人，楼望诸生著录九千余人，宋登教授数千人，魏应、丁恭弟子著录数千人，姜肱就学者三千余人，曹曾门徒三千人，杨伦、杜抚、张玄皆千余人，比前汉为尤盛。所以如此盛者，汉人无无师之学，训诂句读皆由口授。非若后世之书，音训备具，可视简而诵也。书皆竹简，得之甚难，若不从师，无从写录；非若后世之书，购买极易，可兼两而载也。负笈云集，职此之由。至一师能教千万人，必由高足弟子传授，有如郑康成在马季长门下，三年不得见者，则著录之人不必皆亲受业之人矣。①

以下举几个"口授"进而"笔书以为文"的例子。

《汉书·艺文志》：

> 《春秋》所贬损大人当世君臣，有威权势力，其事实皆形于传，是以隐其书而不宣，所以免时难也。及末世口说流行，故有《公羊》、《穀梁》、《邹》、《夹》之《传》。四家之中，《公羊》、《穀梁》立于学官，邹氏无师，夹氏未有书。②

《春秋公羊传》与《春秋穀梁传》的成书与"立于学官"应该有关系。《四库全书总目提要》之《春秋公羊传注疏》"提要"：

---

① （清）皮锡瑞著，周予同注释：《经学历史》，中华书局1959年版，第131~132页。
② （汉）班固：《汉书》，中华书局1962年版，第1715页。

  汉公羊寿传，何休解诂，唐徐彦疏。案《汉书·艺文志》："《公羊传》十一卷。"班固自注曰："公羊子，齐人。"（案《汉·艺文志》不题颜师古名者，皆固之自注）颜师古《注》曰："名高（案此据《春秋说》彦《疏》《题词》之文，见徐彦疏所引）。"徐彦《疏》引戴宏《序》曰："子夏传与公羊高，高传与其子平，平传与其子地，地传与其子敢，敢传与其子寿。至汉景帝时，寿乃与齐人胡母子都著于竹帛。何休之《注》亦同。"（休说见《隐公二年》"纪子伯、莒子盟于密"条下）今观《传》中有"子沈子曰"，"子司马子曰"，"子女子曰"，"子北宫子曰"，又有"高子曰"，"鲁子曰"，盖皆传授之经师，不尽出于公羊子。①

《春秋公羊传》记载口授一例：

  五年春，公观鱼于棠，何以书？讥。何讥尔？远也。公曷为远而观鱼？登来之也。百金之鱼，公张之。（何休注："登，读言得来，得来之者，齐人语也，齐人名求得为得来，作登来者，其言大而急，由口授也。"）②

《四库全书总目》之《春秋穀梁传注疏》"提要"：

  晋范宁集解，唐杨士勋疏。其《传》则士勋《疏》称，穀梁子名俶，字元始，一名赤。受《经》于子夏，为《经》作《传》则当为穀梁子所自作。徐彦《公羊传疏》又称，公羊高五世相授，至胡母生乃著竹帛，题其亲师，故曰《公羊传》。《穀梁》亦是著竹帛者题其亲师，故曰。则当为传其学者所作。……但谁著于竹帛，则不可考耳。③

这是说《穀梁传》"著于竹帛"的过程。

以"口出以为言"而"著于竹帛"，自战国时期起。刘师培《文章源始》：

---

① （清）永瑢等：《四库全书总目》，中华书局1965年版，第210~211页。
② 《春秋公羊传注疏》，《十三经注疏》，上海古籍出版社1997年版，第3207页。
③ （清）永瑢等：《四库全书总目》，中华书局1965年版，第211页。

盖当此之时，文字流行未广，仍烦记忆之功，故以语言相授受。《礼》曰："记问之学，不足为人师。"是古人论学，特设记问一门也。（俞氏荫甫以《周易序卦传》，即古人记问之学，又引扬子《法言·问神篇》论《书序》之言，以见《序卦》之功，其说甚确。）观孔子作《春秋》，于事稍久远者，则曰"所闻世""所传闻世"；而《公羊》一经，不著竹帛，但烦口授。（故《公羊》文章最善。）汉儒以口传经，（如《公羊》至胡毋生始著竹帛，以前皆烦口授，伏生使其女以《书经》授晁错，皆其证也。）其遗法也。①

七、史书中多有以口述而笔录者

司马迁在《史记》中多以"太史公曰"的形式，称自己采用口述的历史材料，如《五帝本纪》：

余尝西至空桐，北过涿鹿，东渐于海，南浮江淮矣，至长老皆各往往称黄帝、尧、舜之处……余并论次，择其言尤雅者，故著为本纪书首。②

《项羽本纪》：

吾闻之周生曰"舜目盖重瞳子"，又闻项羽亦重瞳子。③

司马迁把听说到的"口出"材料写进了《史记》。

《赵世家》：

吾闻冯王孙曰："赵王迁，其母倡也，嬖于悼襄王。悼襄王废适子嘉而立迁。迁素无行，信谗，故诛其良将李牧，用郭开。"岂不缪哉！秦既虏迁，赵之亡大夫共立嘉为王，王代六岁，秦进兵破嘉，遂灭赵以为郡。④

---

① 陈引驰编校：《刘师培中古文学论集》，中国社会科学出版社1997年版，第213页。
② （汉）司马迁：《史记》，中华书局1982年版，第46页。
③ （汉）司马迁：《史记》，中华书局1982年版，第338页。
④ （汉）司马迁：《史记》，中华书局1982年版，第1833页。

这是对"口出"材料的辨证。

《魏世家》：

> 吾适故大梁之墟，墟中人曰："秦之破梁，引河沟而灌大梁，三月城坏，王请降，遂灭魏。"说者皆曰魏以不用信陵君故，国削弱至于亡，余以为不然。天方令秦平海内，其业未成，魏虽得阿衡之佐，曷益乎？①

这也是对"口出"材料的辨证。

《孟尝君列传》：

> 吾尝过薛，其俗闾里率多暴桀子弟，与邹、鲁殊。问其故，曰："孟尝君招致天下任侠，奸人入薛中盖六万余家矣。"世之传孟尝君好客自喜，名不虚矣。②

这是以亲身访得的"口出"材料与传说材料的相互印证。

《淮阴侯列传》：

> 吾如淮阴，淮阴人为余言，韩信虽为布衣时，其志与众异。其母死，贫无以葬，然乃行营高敞地，令其旁可置万家。余视其母冢，良然。③

这是对"口出"材料的实地考察。

《樊郦滕灌列传》：

> 太史公曰：吾适丰沛，问其遗老，观故萧、曹、樊哙、滕公之家，及其素，异哉所闻！方其鼓刀屠狗卖缯之时，岂自知附骥之尾，垂名汉廷，德流子孙哉？余与他广通，为言高祖功臣之兴时若此云。④

---

① （汉）司马迁：《史记》，中华书局1982年版，第1864页。
② （汉）司马迁：《史记》，中华书局1982年版，第2363页。
③ （汉）司马迁：《史记》，中华书局1982年版，第2629~2630页。
④ （汉）司马迁：《史记》，中华书局1982年版，第2673页。

这是对他人的"口出"材料表示怀疑,并落实这是萧、曹、樊哙、滕公诸人正兴盛时候,人们的夸大之辞。

《郦生陆贾列传》:

> 太史公曰:世之传郦生书,多曰汉王已拔三秦,东击项籍而引军于巩洛之间,郦生被儒衣往说汉王。乃非也。自沛公未入关,与项羽别而至高阳,得郦生兄弟。余读陆生《新语书》十二篇,固当世之辩士。至平原君子与余善,是以得具论之。①

通过与平原君之子的交谈,司马迁弄清楚了历史真相。

《卫将军骠骑列传》:

> 太史公曰:苏建语余曰:"吾尝责大将军至尊重,而天下之贤大夫毋称焉,愿将军观古名将所招选择贤者,勉之哉。大将军谢曰:'自魏其、武安之厚宾客,天子常切齿。彼亲附士大夫,招贤绌不肖者,人主之柄也。人臣奉法遵职而已,何与招士!'"骠骑亦放此意,其为将如此。②

以苏建与大将军卫青的交谈,弄清楚了天下之贤大夫不称誉卫青的原因。

上述的司马迁采用"口出"的历史材料,又是有辨证的,并非"口出以为言"便必录。如《刺客列传》:

> 世言荆轲,其称太子丹之命,"天雨粟,马生角"也,太过。又言荆轲伤秦王,皆非也。始公孙季功、董生与夏无且游,具知其事,为余道之如是。③

别人所言"太过""非也"者,他是不录的,所录当为"具知其事"之言。

后褚先生补《史记》,也多用口述材料,此处不赘。

八、纂集言说活动中的众人之"言"而成书

又有纂集某些言说活动中的众人之"言"而成书者,如《盐铁论》的成

---

① (汉)司马迁:《史记》,中华书局1982年版,第2705页。
② (汉)司马迁:《史记》,中华书局1982年版,第2946页。
③ (汉)司马迁:《史记》,中华书局1982年版,第2538页。

书。《汉书·食货志下》载汉昭帝时的"盐铁议":

> 昭帝即位六年,诏郡国举贤良文学之士,问以民所疾苦,教化之要。皆对愿罢盐铁酒榷均输官,毋与天下争利,视以俭节,然后教化可兴。弘羊难,以为此国家大业,所以制四夷,安边足用之本,不可废也。①

先有郡国贤良文学之士"愿罢盐铁酒榷均输官"之对,又有桑弘羊的责难、诘问,这些都是"口出以为言"。

《汉书·公孙刘田王杨蔡陈郑传》赞曰:

> 所谓盐铁议者,起始元中,征文学贤良问以治乱,皆对愿罢郡国盐铁酒榷均输,务本抑末,毋与天下争利,然后教化可兴。御史大夫弘羊以为此乃所以安边竟,制四夷,国家大业,不可废也。当时相诘难,颇有其议文。至宣帝时,汝南桓宽次公治《公羊春秋》,举为郎,至庐江太守丞,博通善属文,推衍盐铁之议,增广条目,极其论难,著数万言,亦欲以究治乱,成一家之法焉。②

《盐铁论·杂论》:"客曰:余睹盐、铁之义,观乎公卿、文学、贤良之论,意指殊路,各有所出,或上仁义,或务权利。"③桓宽以"客曰"说明自己曾有条件看过盐铁会议中"公卿、文学、贤良之论"。《盐铁论·杂论》:"始汝南朱子伯为予言:当此之时,豪俊并进,四方辐凑。……智者赞其虑,仁者明其施,勇者见其断,辩者陈其词。闾闾焉,侃侃焉,虽未能详备,斯可略观矣。"④桓宽据档案材料并访问当事人以追寻当时场景,这才使他在汉宣帝时属文,尽力把"论难"原始状况叙写下来,包括每个人的"口出以为言"是怎么样的,结果就是"笔书以为文"的《盐铁论》。

《四库全书总目》之《盐铁论》"提要":

> 汉桓宽撰。宽字次公,汝南人。宣帝时举为郎,官至庐江太守丞。昭帝始元六年,诏郡国举贤良文学之士,问以民所疾苦。皆请罢

---

① (汉)班固:《汉书》,中华书局1962年版,第1176页。
② (汉)班固:《汉书》,中华书局1962年版,第2903页。
③ (汉)桓宽撰,马非百注释:《盐铁论简注》,中华书局1984年版,第426页。
④ (汉)桓宽撰,马非百注释:《盐铁论简注》,中华书局1984年版,第426页。

盐铁、榷酤，与御史大夫桑宏羊等建议相诘难。宽集其所论，为书凡六十篇，篇各标目。实则反覆问答，诸篇皆首尾相属。后罢榷酤，而盐铁则如旧，故宽作是书，惟以盐铁为名，盖惜其议不尽行也。书末杂论一篇，述汝南朱子伯之言，记贤良茂陵唐生、文学鲁万生等六十余人，而最推中山刘子雍、九江祝生，于桑宏羊、车千秋深著微词。盖其著书之大旨，所论皆食货之事，而言皆述先王，称六经，故诸史皆列之儒家。①

桓宽把"盐铁议"的回忆记录整理成文，成为"难"体的文字作品。都穆《书〈新刊盐铁论〉后》："《盐铁论》十卷，凡六十篇，汉庐江太守丞汝南桓宽次公撰。按盐铁之议，起昭帝之始元中，召问贤良文学，皆对愿罢郡国盐铁，与御史大夫桑弘羊相诘难，而盐铁卒不果罢。至宣帝时，宽推衍增广，设为问答，以成一家言。"②这是说，桓宽进行了"推衍增广"的工作并"设为问答"，把"相诘难"设计成为问答体。章太炎则视之为实录，其《国故论衡·论式》曰："汉论著者，莫如《盐铁》。然观其驳议，御史大夫、丞相史言此，而文学、贤良言彼，不相剀切。有时牵引小事，攻劾无已，则论已离其宗。或有却击如骂，侮弄如嘲，如发言终日，不得所凝止，其文虽博丽哉，以持论则不中矣。"③

又如《白虎议奏》的成书，《后汉书·桓荣丁鸿列传》：

> 肃宗诏(丁)鸿与广平王羡及诸儒楼望、成封、桓郁、贾逵等，论定《五经》同异于北宫白虎观，使五官中郎将魏应主承制问难，侍中淳于恭奏上，帝亲称制临决。鸿以才高，论难最明，诸儒称之，帝数嗟美焉。④

《后汉书·肃宗孝章帝纪》：

> 于是下太常，将、大夫、博士、议郎、郎官及诸生、诸儒会白虎观，讲议《五经》同异，使五官中郎将魏应承制问，侍中淳于恭奏，

---

① （清）永瑢等：《四库全书总目》，中华书局1965年版，第771页。
② 参见中华再造善本《盐铁论》卷末《论后》，北京图书馆2002年据明弘治十四年涂祯刻本影印本。
③ 章太炎：《国故论衡》，上海古籍出版社2003年版，第84页。
④ （南朝宋）范晔：《后汉书》，中华书局1965年版，第1264页。

帝亲称制临决，如孝宣甘露石渠故事，作《白虎议奏》。①

《白虎议奏》就是众人讨论的记录。

又有《白虎通义》的成书，《后汉书·班彪列传下》：

> 天子会诸儒讲论《五经》，作《白虎通德论》，令固撰集其事。②

其中有班固自己的撰作，《四库全书总目》之《韩诗外传》"提要"：

> 君群王往之训，班固取之为《白虎通》。③

《四库全书总目》之《白虎通义》"提要"：

> 据《后汉书》固本传，称天子会诸儒讲论五经，作《白虎通德论》，令固撰集其事。而《杨终传》称，终言宣帝，博征群儒，论定五经于石渠阁。方今天下少事，学者得成其业，而章句之徒，破坏大体，宜如石渠故事，永为世则，于是诏诸儒于白虎观论考同异焉。会终坐事系狱，博士赵博，校书郎班固、贾逵等，以终深晓《春秋》，学多异闻，表请之，即日贳出。《丁鸿传》称，肃宗诏鸿与广平王羡及诸儒楼望、成封、桓郁、贾逵等论定五经同异于北宫白虎观，使五官中郎将魏应主承问难。侍中淳于恭奏上，帝亲称制临决。时张酺、召驯、李育皆得与于白虎观，盖诸儒可考者十有余人。其议奏统名《白虎通德论》，犹不名《通义》。《后汉书·儒林传》序言，建初中，大会诸儒于白虎观，考详同异，连月乃罢。肃宗亲临称制，如石渠故事，顾命史臣，著为《通义》。唐章怀太子贤注，云即《白虎通义》。是足证固撰集后乃名其书曰《通义》，《唐志》所载，盖其本名。《崇文总目》称《白虎通德论》，失其实矣。《隋志》删去义字，盖流俗省略，有此一名。故唐刘知几《史通》序引《白虎通》、《风俗通》为说，实则递相祖袭，忘其本始者也。书中征引六经传记而外涉及纬识，乃东汉习尚使然。又有王度记、三正记、别名记、亲属记，则礼之逸篇。方汉

---

① （南朝宋）范晔：《后汉书》，中华书局1965年版，第138页。
② （南朝宋）范晔：《后汉书》，中华书局1965年版，第1373页。
③ （清）永瑢等：《四库全书总目》，中华书局1965年版，第136页。

时崇尚经学，咸兢兢守其师承，古义旧闻，多存乎是，洵治经者所宜从事也。①

此称《白虎议奏》与《白虎通义》为一谈，而有人论证《白虎议奏》与《白虎通义》实则两书②，还当详加考证。

第三节　古代"辞命"的生成

《孟子·公孙丑上》载：

> 宰我、子贡善为说辞，冉牛、闵子、颜渊善言德行，孔子兼之，曰："我于辞命，则不能也。"③

孔子兼"善为说辞"与"善言德行"，却说自己不擅长"辞命"，可知先秦"口出以为言"者，以"辞命"为难、为重。《文史通义·诗教上》曰：

> 纵横之学，本于古者行人之官。观春秋之辞命，列国大夫，聘问诸侯，出使专对，盖欲文其言以达旨而已。至战国而抵掌揣摩，腾说以取富贵，其辞敷张而扬厉，变其本而加恢奇焉，不可谓非行人辞命之极也。④

这里讲的是行人与纵横家的"辞命"，"辞命"又为"辞令"，指应对的文辞，多"口出以为言"。春秋战国时期的应对之辞，许多表现在外交辞令上，故朱自清说，春秋战国时代"论'辞'是论外交辞令或行政法令"⑤。纵横家的应对之辞，也多指对他国君主的游说。"辞命""辞令"这类应对之辞生成，或是临场发挥，或是经过了事先的准备，这种准备，有"口出

---

① （清）永瑢等：《四库全书总目》，中华书局1965年版，第1015页。
② 详见雷戈：《白虎观会议和〈白虎议奏〉、〈白虎通义〉之关系考》，《首都师范大学学报》1997年第6期。
③ 《孟子注疏》，《十三经注疏》，上海古籍出版社1997年版，第2686页。
④ （清）章学诚撰，吕思勉评，李永圻、张耕华导读整理：《文史通义》，上海古籍出版社2008年版，第19页。
⑤ 朱自清：《诗言志辨·序》，《朱自清全集》第六册，江苏教育出版社1996年版，第129页。

以为言",也有"笔书以为文"。

一、"受辞"与成于众人讨论
——文辞的生成之一

行人,先秦掌管朝觐聘问的官,又为使者的通称。行人的主要职责就是以说辞、以"口出"应对之辞与对方打交道,行人、使者的说辞关系着国家的利益。春秋战国行人之官的"口出"应对之辞,或借助赋诗进行,没有这样的能力,是要受到嗤笑的。《左传·襄公二十七年》载,齐庆封聘鲁,叔孙"为赋《相鼠》,亦不知也"①,为第二年庆封逃亡张本。又,《昭公十二年》载,宋华定聘鲁,为赋《蓼萧》,弗知,又不答赋。这是无知与失礼的表现,于是鲁叔孙昭子曰:此人必亡。②所以孔子曰:"诵《诗》三百,授之以政,不达;使于四方,不能专对;虽多,亦奚以为?"③但行人更重要的还是具体文辞的"口出"表达。《周礼·秋官·大行人》称对行人语言能力的培养:"王之所以抚邦国诸侯者……七岁属象胥,谕言语,协辞命。"④诸侯之间的关系,全依赖"辞命"联系,"辩给之材,行人之任也"⑤。《左传·昭公元年》载,长期担任行人一职的郑国外交家子羽,曾对参加此年诸侯盟会的诸国行人的言辞有所评价,其称鲁叔孙穆子"绞而婉"——言辞恰切而委婉;称宋左师"简有礼"——无所臧否而有礼;称晋乐王鲋"字而敬"——自爱而恭敬;称郑子皮与蔡子家"持之"——说话得体。并称他们"皆保世之主也"——可以保持子孙数世的爵位。又称齐国子"代人忧"——是替人忧虑;称陈公子招"乐忧"——以忧为乐;称卫齐子"虽忧弗害"——虽然忧虑却不以为害。并称此三国皆有"取忧之道也,忧必及之"——此三国必惹忧招祸。最后子羽做结论说:这就是"言以知物",即察言而知将要发生之事⑥。也就是由行人、使者的说辞及其表达时的语言态度,可知其国家的命运。

很多情况下,行人出使是"受辞"而行的,所谓"受辞",即接受了君主的文辞而出使的。《管子·形势》:"衔命者,君之尊也,受辞者,名之

---

① 《春秋左传正义》,《十三经注疏》,上海古籍出版社1997年版,第1995页。
② 《春秋左传正义》,《十三经注疏》,上海古籍出版社1997年版,第2061页。
③ 《论语注疏》,《十三经注疏》,上海古籍出版社1997年版,第2507页。
④ 《周礼注疏》,《十三经注疏》,上海古籍出版社1997年版,第892页。
⑤ (魏)刘劭:《人物志·流业》,王玫评注:《人物志》,红旗出版社1996年版,第51页。
⑥ 《春秋左传正义》,《十三经注疏》,上海古籍出版社1997年版,第2020页。

运也。"(注:"言受君之辞以出命,则名必运。")①行人是拿着准备好的文辞去进行外交的,"行人者,挈国之辞也"②,行人是传国之辞命者。此可谓"受命受辞"。"受辞"之辞怎么产生?外交辞令是有专人起草的,如《左传·襄公二十六年》载,楚国囚禁郑国印堇父献给秦国,郑人以财货来赎印堇父,子大叔是专门起草文告辞令之官,官名"令正",杜预注:"主作辞令之正。"他准备了赎词请示子产,子产说这样写肯定不能赎回印堇父,称"受楚之功,而取货于郑,不可谓国,秦不其然",即秦国接受了楚国的献俘,又从郑国处贪求财货,有失国家体统,秦国不会这样做。应该说:"拜君之勤郑国,微君之惠,楚师其犹在敝邑之城下。"即感谢秦国相助郑国,没有秦国的恩惠,恐怕楚军仍兵临郑国城下。子大叔不听,把原来拟写的赎词送了出去,"秦人不予",于是重派使者执货币前往,用子产所拟之辞,"而后获之"③。又有《国语·楚语下》王孙圉论"宝":"楚之所宝者,曰观射父,能作训辞。"所谓"训辞",韦昭注曰:"言以训辞交结诸侯。"所以下文说:"以行事于诸侯,使无以寡君为口实"④。观射父因"能作训辞"而成为楚国国宝。

很多情况下,外交辞令是集体产生的。从前述子大叔准备了赎词请示子产来看,外交辞令并非一人所能决定。《左传·庄公十一年》载,宋国大水,诸侯有所慰问,宋闵公曰:"孤实不敬,天降之灾,又以为君忧,拜命之辱。"鲁臧文仲称赞其话说得好:"禹、汤罪己,其兴也悖焉,桀、纣罪人,其亡也忽焉。且列国有凶称孤,礼也。言惧而名礼,其庶乎。"⑤于是得出结论说"宋其兴乎"。后来有人说宋闵公这番话本是公子御说教给的,但公子御说提出的文辞,一定要经过宋闵公的同意,这虽然与行人的"受辞"不一样,但可以说此番文辞是出于此二人之手。又如《国语·鲁语上》载,僖公二十六年(前634年)齐孝公伐鲁,臧文仲请展禽准备文辞告谢齐国以退兵,展禽说如果国家政策不定,"辞其何益?"臧文仲曰:"国急矣!百物唯其可者,将无不趋也。愿以子之辞行赂焉,其可乎!"鲁僖公"使展喜犒师",欲使其退兵,并"使受命于展禽",鲁僖公让展喜向展禽请教犒劳齐师的辞令。齐侯还未入境,展喜去迎接,齐侯曰:"鲁人

---

① (唐)房玄龄注,(明)刘绩补注,刘晓艺校点:《管子》,上海古籍出版社2015年版,第5~6页。
② 《春秋穀梁传注疏》,《十三经注疏》,上海古籍出版社1997年版,第2427页。
③ 《春秋左传正义》,《十三经注疏》,上海古籍出版社1997年版,第1989~1990页。
④ 胡文波校点:《国语》,上海古籍出版社2015年版,第390页。
⑤ 《春秋左传正义》,《十三经注疏》,上海古籍出版社1997年版,第1770页。

恐乎？"展喜对曰："小人恐矣，君子则否。"齐侯曰："室如县罄，野无青草，何恃而不恐？"展喜对曰：我们依恃的是先王之命。以前鲁之始祖周公与齐之始祖太公望辅佐周成王，周成王慰劳他们让他们订立盟约，"世世子孙，无相害也"，盟约保存在盟府，由大师保管。因此，你们的齐桓公"纠合诸侯，而谋其不协，弥缝其阙，而匡救其灾，昭旧职也"。到君王您即位，诸侯都说您一定能继承桓公的功业。所以我们就不敢聚众防守，大家都说即位才九年时间，就废弃了先王的政策，那怎么对先王交代呢？认为您必然不会来攻打。所以我们"恃此以不恐"①。于是，齐孝公撤兵。那么，展喜这番取得成效的话，是事先准备好的：一是展禽接受了臧文仲的指令准备文辞，二是展喜接受了鲁僖公的指令去请教展禽，最后是展禽面授。如此辗转，因此可以说展喜的文辞并非自己所作，而是出于众手。

《左传·襄公三十一年》非常明确地记载了众人准备外交辞令的情况：

> 子产之从政也，择能而使之。冯简子能断大事，子大叔美秀而文，公孙挥能知四国之为，而辨于其大夫之族姓、班位、贵贱、能否，而又善为辞令，裨谌能谋，谋于野则获，谋于邑则否。郑国将有诸侯之事，子产乃问四国之为于子羽，且使多为辞令。与裨谌乘以适野，使谋可否。而告冯简子使断之。事成，乃授子大叔使行之，以应对宾客。是以鲜有败事。②

"谋于野则获"，即称"辞命"出于众人讨论之口。"诸侯之事"的外交辞令就是这样一步步产生的，最后交给子太叔以实施。《左传·襄公三十一年》叔向称赞"子产有辞，诸侯赖之，若之何其释辞也"③，称子产的外交辞令说得好，之所以如此，是因为有一帮人经过讨论为子产准备辞令，这是一个利益共同体的写作班子，为了国家利益而要把文辞准备到最好。

二、饰词专对
——文辞的生成之二

行人文辞的生成，又有所谓"饰词专对"一途，即藻饰言辞的随机应

---

① 胡文波校点：《国语》，上海古籍出版社 2015 年版，第 105 页。
② 《春秋左传正义》，《十三经注疏》，上海古籍出版社 1997 年版，第 2015 页。
③ 《春秋左传正义》，《十三经注疏》，上海古籍出版社 1997 年版，第 2015 页。

答,这显然也是"口出以为言"。行人的"饰词专对"文辞是要有前提的,即"受命,不受辞",接受君王之命但又没有接收到君王下达的文辞,于是才有藻饰言辞的随机"口出"应答。《春秋公羊传·庄公十九年》曰:"聘礼:大夫受命,不受辞。"何休注:"以外事不素制,不豫设,故云尔。"理由就是"出竟(境)有可以安社稷利国家者,则专之可也"①。接受君王之命而出境办理外交事务,只要有利于国家社稷,说什么文辞是可以自己做主的,即"专"。接受了君王之命办理外交事务,"饰词专对"就是一种完成任务的表现。所以孔子称"诵诗三百"而"使于四方"且应该有"专对"之用,何晏集解曰:"专,犹独也。"②《史通·内篇·言语》曰:

> 盖枢机之发,荣辱之主,言之不文,行之不远,则知饰词专对,古之所重也。……周监二代,郁郁乎文。大夫、行人,尤重词命,语微婉而多切,言流靡而不淫,若《春秋》载吕相绝秦,子产献捷,臧孙谏君纳鼎,魏绛对戏扬干是也。③

《汉书·王吉传》:"光禄勋匡衡亦举骏有专对材。"颜师古注:"谓见问即对,无所疑也。"④"饰词专对"的文辞,就是行人独自撰作的文辞。

外交辞令往往需要"饰词专对",唐代孔颖达释"君子九能"之"使能造命"曰:"谓随前事应机造其辞命以对,若屈完之对齐侯,国佐之对晋师,君无常辞也。"⑤他提出了最著称的"饰词专对"例子,具体如下。

一是屈完的"饰词专对"。《左传·僖公四年》载,楚国使者屈完去齐国谈判,"齐侯陈诸侯之师,与屈完乘而观之",炫耀武力并说:"以此众战,谁能御之?以此攻城,何城不克?"而屈完回答说:"君若以德绥诸侯,谁敢不服?君若以力,楚国方城以为城,汉水以为池,虽众,无所用之。"⑥针对齐侯以武力威胁的言论,屈完提出齐应该以德服人,不然,楚就奉陪,作战到底。于是齐、楚订立盟约。

二是国佐的"饰词专对"。《春秋公羊传·成公二年》载齐败于晋、鲁、卫联军后的外交谈判:晋郤克对来谈判的齐使国佐说:"与我纪侯之甗,

---

① 《春秋公羊传正义》,《十三经注疏》,上海古籍出版社1997年版,第2236页。
② 《论语注疏》,《十三经注疏》,上海古籍出版社1997年版,第2507页。
③ (唐)刘知幾著,(清)浦起龙通释,王煦华整理:《史通通释》,上海古籍出版社2009年版,第138页。
④ (汉)班固:《汉书》,中华书局1962年版,第3066~3067页。
⑤ 《毛诗正义》,《十三经注疏》,上海古籍出版社1997年版,第316页。
⑥ 《春秋左传正义》,《十三经注疏》,上海古籍出版社1997年版,第1793页。

反鲁、卫之侵地，使耕者东亩，且以萧同侄子为质，则吾舍子矣。"国佐回答说：前两项我国可以答应，但让农人把垄亩改成东西向，把齐国的田地变成晋国的田地走向，这个做不到。萧同侄女是齐君的母亲，齐君的母亲就同于晋君的母亲，让她做人质，这个更做不到。如果你不同意讲和，那么齐国"请战，一战不胜请再，再战不胜请三，三战不胜，则齐国尽子之有也，何必以萧同侄子为质？"于是作揖要离开。晋郤克示意鲁、卫使者，让他们同意齐国的话而替齐国求情，然后就同意了停战讲和，到袁娄订立盟约。①何休称赏国佐曰："传极道此者，本祸所由生。因录国佐受命不受辞，义可拒则拒，可许则许，一言使四国大夫汲汲追与之盟。"②这就是"受命不受辞，义可拒则拒，可许则许"，于是令四国订立盟约而重获和平。

又如《左传·僖公十三年》载，齐侯派仲孙湫聘于周，并讲一讲逃到齐国的王子带的事，让周襄王召他回去。但仲孙湫办完外交事务，却不与周襄王说这件事，回国后复命曰："未可。王怒未息，其十年乎。不十年，王弗召也。"③称不能说，襄王还有怒气，这大概要十年吧！

又如《左传·僖公二十三年》载，秦穆公宴请晋公子重耳，让子犯随从，子犯说："吾不如衰之文也。请使衰从。"此处的"文"，应该就是随机应变的文辞之"文"。去了以后，公子赋《河水》以表对秦国的尊敬，秦穆公赋《六月》，以重耳比尹吉甫，预示他必能返国，并担当辅佐天子的重任。赵衰马上说："重耳拜赐。"于是公子退到阶下稽首，穆公也下阶一级表示不敢接受。赵衰曰："君称所以佐天子者命重耳，重耳敢不拜。"④子犯推荐赵衰跟随重耳去会见秦穆公，就是因为赵衰言语之"文"，善外交辞令能够应付各种场面。

先秦职官多为"家业世世相传"，《庄子·天下》："其明而在数度者，旧法世传之史尚多有之。"⑤职官的职务要求其执行旧法、旧例，职官的职务撰作形成学术的专门化，其思想之发挥、意见之表达，是从属于专业职事的记录与叙说的。《荀子·荣辱》："循法则、度量、刑辟、图籍，不知其义，谨守其数，慎不敢损益也，父子相传，以持王公，是故三代虽亡，

---

① 《春秋左传正义》，《十三经注疏》，上海古籍出版社1997年版，第1895~1896页。
② 《春秋公羊传注疏》，《十三经注疏》，上海古籍出版社1997年版，第2290~2291页。
③ 《春秋左传正义》，《十三经注疏》，上海古籍出版社1997年版，第1802~1803页。
④ 《春秋左传正义》，《十三经注疏》，上海古籍出版社1997年版，第1816页。
⑤ （清）郭庆藩：《庄子集释》，中华书局1961年版，第1067页。

治法犹存,是官人百吏之所以取禄秩也。"①职官所从事的"笔书以为文"是职业撰作,其内容与形式,是有明确的规定的,可以"不知其义",但必须"谨守其数"。现在提倡外交可以"饰词专对",也就是注重自主性的文辞撰作。刘知幾《史通·言语》还说:"战国虎争,驰说云涌,人持《弄丸》之辩,家挟《飞钳》之术,剧谈者以谲诳为宗,利口者以寓言为主,若《史记》载苏秦合从,张仪连横,范雎反间以相秦,鲁连解纷而全赵是也。"他们靠自己随机应变的文辞才能,"口出以为言",为国家争得了利益。

三、"读书"与"揣摩"
——文辞的生成之三

春秋战国时期的士,远赴他国,以求被用,其基本依靠游说,靠文辞游说君王。但此处要说的是,这些言辞,事先是要有准备的。如游说秦孝公,"公孙鞅闻秦孝公下令国中求贤者,将修缪公之业,东复侵地",但秦孝公到底想听点什么,公孙鞅心中并没有底。于是,公孙鞅先"说公以帝道,其志不开悟矣",又"说公以王道而未入也",最后"说公以霸道,其意欲用之矣"。他试了几次,最终"说公以霸道"才成功了。公孙鞅所说的"帝道""王道""霸道"文辞,是其知识储备,是其学习而得,但他没有揣摩到秦孝公的心思,第一次"说公以王道"就没谈拢,秦孝公对介绍人景监发怒曰:"子之客妄人耳,安足用邪!"②幸亏景监力荐,才有第二次、第三次。因此,公孙鞅虽然是成功了,但前两次由于未能揣摩到秦孝公的心思,差点失败了。此以后范雎的言辞,就是另一种情况。《史记》载:"使以传车召范雎。于是范雎乃得见于离宫,详为不知永巷而入其中。王来而宦者怒,逐之,曰:'王至!'范雎缪为曰:'秦安得王?秦独有太后、穰侯耳。'"范雎就揣摩到秦昭王对大权旁落的郁闷,故意这样说而"欲以感怒昭王",于是,秦昭王跽而请曰:"先生何以幸教寡人?"③范雎揣摩到秦昭王的心思,就被重用。

又有苏秦游说的事例。《史记·苏秦列传》载,苏秦"出游数岁",但各国君王不爱听,其所谈不得要领,"大困而归"。于是"自伤,乃闭室不出,出其书遍观之",这是为以后的游说做文辞准备,"于是得周书《阴

---

① (清)王先谦:《荀子集解》,《新编诸子集成》本,中华书局1988年版,第59页。
② (汉)司马迁:《史记·商君列传》,中华书局1982年版,第2228页。
③ (汉)司马迁:《史记·范雎蔡泽列传》,中华书局1982年版,第2405~2406页。

符》，伏而读之。期年，以出揣摩，曰：'此可以说当世之君矣。'"①《战国策·秦策一》亦载："(苏秦)乃夜发书，陈箧数十，得《太公阴符》之谋，伏而诵之，简练以为揣摩。"②苏秦"遍观"群书，认为重点在《太公阴符》，"揣摩"出可以"说当世之君"的文辞言论，这应该是有的放矢的文辞准备，即章学诚所说的"抵掌揣摩"，把其准备文辞的过程概括为以"揣摩"为要点。

揣摩，意即揣度对方，以相比合。战国时的游说术，就是揣度国君心思，预先准备好游说文辞，使游说投合其本心。商鞅与苏秦，都是"揣摩"不够，才令第一次游说不能成功。故"揣摩"是实施"纵横之术"的必要前提，王充就说，张仪、苏秦，"排难之人也，处扰攘之世，行揣摩之术"③。这是说游说，是要事先有所准备的，要准备好文辞。《隋书·经籍志三》说："从(纵)横者，所以明辩说，善辞令，以通上下之志者也。"④所谓"明辩说，善辞令"是要有准备的，这就是"揣摩"，事先准备好能够迎合君王心意的文辞，以求游说一举成功。所以把"揣摩"定为应对之辞生成的又一方式，文辞生成的重点，不在于自己要表达什么，而在于对方想听什么，如此才能成功。而这种文辞，最终是通过"口出以为言"来表达的，但其"揣摩"之时，多是依靠"笔书以为文"的书籍阅读来进行的。

"揣摩"出迎合君王心意的文辞，是需要有广泛的知识储备的，如甘茂，"事下蔡史举先生，学百家之术。因张仪、樗里子而求见秦惠王。王见而说之。使将，而佐魏章略定汉中地"⑤。甘茂从所"学百家之术"中提取某些能够迎合秦王的文辞，这样他才能成功。因此，所谓"读书游说"，说尽了纵横家活动的整个过程，游说需要准备迎合君王的文辞，而准备文辞就需要学习。《说苑·建本》载，宁越，中牟之鄙人，苦耕稼之劳，谓其友曰："何为而可以免此苦也？"其友曰："莫如学。学二十年，则可以达矣。"宁越曰："请十五岁。人将休，吾将不休；人将卧，吾不敢卧。"十三岁学而周威王师之。⑥ 宁越如何学？不外乎求师与读书而已。而史称苏秦、张仪都曾追随鬼谷子学习与读书，"揣摩"的前提是随师学

---

① (汉)司马迁：《史记》，中华书局1982年版，第2241~2242页。
② (汉)刘向集录：《战国策》，上海古籍出版社1985年版，第85页。
③ (汉)王充：《论衡·答佞》，上海人民出版社1974年版，第181页。
④ (唐)魏徵：《隋书》，中华书局1974年版，第1005页。
⑤ (汉)司马迁：《史记·樗里子甘茂列传》，中华书局1982年版，第2310~2311页。
⑥ (汉)刘向：《新序 说苑》，诸子百家丛书，上海古籍出版社1990年版，第26页。

习与"读书"。

因此，在春秋战国时期，"明辩说，善辞令"并非成功的关键，成功的关键在于能够"揣摩"出迎合君王心思的文辞。如孟子是反面的例子，所谓"受业子思之门人，道既通"，但是"天下方务于合从连衡，以攻伐为贤。而孟轲乃述唐、虞、三代之德，是以所如者不合"①。其所准备的文辞与君王的心意不符，所以他的游说不能成功。当然，他是不愿意去迎合君王，而是要用自己的游说去改变君王的想法。

四、社会为"口出"提供"笔书"的资料
——文辞生成之四

"揣摩"的根本，就是在确定接受对象情况下的文辞准备，以便"腾说以取富贵"。揣摩以成文辞，一时形成风气。于是就有代为设想游说时会出现的各种情况，替游说者代为"揣摩"而成文辞，这就是《战国策》中部分文辞出现的原因，本就是虚拟以供游说者参考运用的。② 其他还有替"长短术""纵横之术"学习者的"揣摩"提供资料者。于是，文体之"说"，又作为"说"资、语资出现，并不突出"说"为"口出"的行为动作所产生，而是强调"口出以为言"的"说"要用到各种资料。《韩非子》有《说林》上下，梁启雄《韩子浅解》释题目曰：

> 《〈史记·韩非传〉索隐》云："说林者，广说诸事，其多若林，故曰《说林》也。"太田方曰："刘向著书名《说苑》，《淮南子》亦有《说林》，皆言有众说，犹林中有众木也。"③

陈奇猷《韩非子集释》释曰：

> 此盖韩非搜集之史料备著书及游说之用。④

《韩非子》又有《内外储说》，梁启雄《韩子浅解》释题目曰：

> 太田方曰：储，偫也。《前汉·扬雄传》注："有储蓄之待所用

---

① （汉）司马迁：《史记》，中华书局1982年版，第2343页。
② 详见前第三章第二节对《战国策》的论述。
③ 梁启雄：《韩子浅解》，中华书局1982年版，第184页。
④ 陈奇猷校注：《韩非子集释》，中华书局1958年版，第418页。

也。"说者,篇中所云"其说在"云云之"说",谓所以然之故也。言此篇储若是之说以备人主之用也……启雄按:《内外储说》的内容包括"经"和"说"两部分:(一)《经》的部分首先概括地指出所要说的事理,然后用"其说在某事、某事"的简单词句,在历史上约举历史故事以为证。(二)《说》的部分把《经》文中所约举的历史故事逐一详明地来叙说一些,有时还用"一曰"的体裁作补充叙说,或保存不同的异说。①

《说林》《内外储说》是"笔书以为文",却是为"口出以为言"准备的。又有《韩非子·难》,旧注:"古人行事,或有不合理,韩子立义以难之。"②这应该是为"揣摩"者提供反面的"笔书以为文"资料。这些都体现了语言表达从"笔书以为文"到"口出以为言"的过程。

社会人员在为文辞表达得好一点而提供资料,也就是在为"口出以为言"表达得好一点而提供"笔书以为文"的资料。这些人员本与文辞所涉及的事件没有关系,只是提供如何准备的思路或提供资料罢了,游说者则从中获得好处。如前述"楚王死"章,虽然只是虚拟的场景、夸张的说辞,但其合理的效果,显示出社会提供的"揣摩"之谈应该是有效的。所以,"楚王死"章文末有"故曰可以为苏秦说薛公以善苏秦"③,称可以这样游说薛公,达到了"以善苏秦"的效果。又如《韩诗外传》卷十第八章虚拟了这样一件事:

> 传曰:齐使使献鸿于楚。鸿渴,使者道饮鸿,玃管溃失。使者遂之楚,曰:"齐使臣献鸿,鸿渴道饮,玃管溃失。臣欲亡去,为两君之使不通。欲拔剑而死,人将以吾君贱士贵鸿也。玃管在此,愿以将事。"楚王贤其言,辩其词,因留而赐之,终身以为上客。

然后评价说:"故使者必矜文辞,喻诚信,明气志,解结申屈,然后可使也。《诗》曰:'辞之怿矣,民之莫矣。'"④这就是强调如何"矜文辞",一是表现自己无私的"喻诚信",既不愿"两君之使不通",又不愿让君王承担"贱士贵鸿"的恶名。二是"欲拔剑而死"表示自己的气概。三是达到了

---

① 梁启雄:《韩子浅解》,中华书局1982年版,第226页。
② 陈奇猷校注:《韩非子集释》,上海人民出版社1974年版,第792页。
③ (汉)刘向集录:《战国策》,上海古籍出版社1985年版,第371页。
④ (汉)韩婴撰,许维遹校释:《韩诗外传集释》,中华书局1980年版,第344~345页。

"解结申屈"的目的。正是这样的"矜文辞"令言辞者获得了最大利益。而之所以虚拟这样一件事及其应对语辞,就是说明"矜文辞"的作用,也证明了"矜文辞"要依靠社会力量来提供。

《文心雕龙·论说》所称这些辩士的文辞威力以及获得的利益:"转丸骋其巧辞,飞钳伏其精术。一人之辨,重于九鼎之宝;三寸之舌,强于百万之师。六印磊落以佩,五都隐赈而封。"①应该就有其学习"揣摩示范之谈"的原因在内。

刘知幾说:"战国虎争,驰说云涌,人持弄丸之辩,家挟飞钳之术。剧谈者以诡诳为宗,利口者以寓言为主。"②"剧谈""利口"是怎样养成的?也靠社会提供给辩士如此的"笔书以为文"的虚拟游说之辞以供其参考学习,提供给辩士如此的虚拟故事以供其参考学习,表明社会对文辞撰作的极大重视。

"辞命"之类应对之辞的生成途径大致有四。就第一种经众人"口出以为言"的讨论而言,其对其他文辞的生成是会有着某种示范作用的,《论语·宪问》述子产召集众人的"为命":

> 子曰:"为命,裨谌草创之,世叔讨论之,行人子羽修饰之,东里子产润色之。"③

"命",即教令、政令、王命、朝命,"为命"应该是起草这些朝廷文件,孔子把子产诸人撰作应对之辞泛言为"为命"的文辞撰作。起草朝廷文件的一个重要的过程,就是"口出以为言"的讨论,这是"笔书以为文"在某些情况下不可或缺的前提。第二种是随机的"口出以为言",经史官的记载或别的方式,以"笔书以为文"流传后世。第三种是当事人自己事先的准备,如大量的阅读等。第四种是为当事人提供教材或资料。

第四节 "难"体的原生态

"难"体的命名,就是因为文体中的文字是以"难"或"答难"展开的,

---

① (南朝梁)刘勰撰,詹锳义证:《文心雕龙义证》,上海古籍出版社1989年版,第710页。
② (唐)刘知幾:《史通》,岳麓书社1993年版,第51页。
③ 《论语注疏》,《十三经注疏》,上海古籍出版社1997年版,第2510页。

"难"或"答难"这样的行为动作产生的语言文字,就是"难"体。"难"体的发生,有直接见诸文字为"笔书以为文"者,或为"口出以为言"进而见诸文字的"笔书以为文",当把"难"体的发生作为作家的一种活动来探索,就可以看到"难"体发生、发展的原生态状况,而对"难"体的功能等文体内涵更为清楚。

一、"笔书以为文"与"难"体盛行

"难"体在汉晋已颇为盛行,这些都是"笔书以为文"的"难"。如诸人传记中称传主有"难""论难":

> (贾)逵所著经传、义诂及论难百余万言。①
> (皇甫)谧所著诗、赋、诔、颂、论难甚多。②
> (王接)杂论、议、诗、赋、碑、颂、驳难十余万言。③

"难"体文字,会与其他文体的文字一起被收入某种命名的文集中,如:

> 凡所著诗赋难论数万言,名曰《私载》。④
> 所著诗赋论难数十篇,名曰《小道》。⑤

这些记载表明,"难"体在其个人撰著中也占有地位。

"难"体盛行的另一标志是"难"体著作的出现,如《汉书·艺文志》载录的有"难"性质的著作:

> 《董子》一篇。名无心,难墨子。(儒家)
> 《虞丘说》一篇。难孙卿也。(儒家)
> 《秦零陵令信》一篇。难秦相李斯。(纵横家)
> 《博士臣贤对》一篇。汉世,难韩子、商君。(杂家)⑥

---

① (南朝宋)范晔:《后汉书·贾逵传》,中华书局1965年版,第1240页。
② (唐)房玄龄等:《晋书·皇甫谧传》,中华书局1974年版,第1418页。
③ (唐)房玄龄等:《晋书·王接传》,中华书局1974年版,第1436页。
④ (晋)陈寿撰,(南朝宋)裴松之注:《三国志·薛综传》,中华书局1982年版,第1254页。
⑤ (唐)房玄龄等:《晋书·卢钦传》,中华书局1974年版,第1255页。
⑥ (汉)班固:《汉书》,中华书局1962年版,第1726、1727、1739、1741页。

又如《盐铁论》《白虎通义》，书中全以"难"展开。题目上标明为"难"者也有著作，如《后汉书·儒林列传下》：

> （李育）常避地教授，门徒数百。颇涉猎古学。尝读《左氏传》，虽乐文采，然谓不得圣人深意，以为前世陈元、范升之徒更相非折，而多引图谶，不据理体，于是作《难左氏义》四十一事。①

又有"难"体的总集，《隋书·经籍志四》著录：《客难集》二十卷，亡。②又有所谓"难驳"，指诘难批驳的文章，《晋书·华峤传》称华峤有"所著论议、难驳、诗赋之属数十万言"③。

从先秦两汉到魏晋南北朝，各专门之学都有"难"体，是以"笔书以为文"呈现的。如儒学"难"体，《后汉书·儒林列传下》载：

> （何休）休善历算，与其师博士羊弼，追述李育意以难二传，作《公羊墨守》、《左氏膏肓》、《穀梁废疾》。④

《左氏膏肓》《穀梁废疾》是"以难二传"的产品，但不以"难"为名，而其所追随者李育的《难左氏义》却是以"难"为名的。有诸子"难"体，如《韩非子》之数篇《难》，王符《潜夫论》之《释难》，这些"难"大都是针对现实问题的。有玄学"难"体，《三国志·魏书·王毌丘诸葛邓锺传》注引何劭《王弼传》：

> （王）弼注《易》，颍川人荀融难弼《大衍义》。弼答其意。⑤

王弼是以注《易》展开自己的玄学理论阐述的，有人"难"，王弼自然有"答"。

汉晋时盛行佛学，又有佛学"难"体，据僧佑《弘明集》，或文中有"难"有"答"，或题目标明"难"者，此类佛教论著不少，如孙绰《喻道论》的"答难"：

---

① （南朝宋）范晔：《后汉书》，中华书局1965年版，第2582页。
② （唐）魏徵等：《隋书》，中华书局1973年版，第1086页。
③ （唐）房玄龄等：《晋书》，中华书局1974年版，第1264~1265页。
④ （南朝宋）范晔：《后汉书》，中华书局1965年版，第2583页。
⑤ （晋）陈寿撰，（南朝宋）裴松之注：《三国志》，中华书局1982年版，第795页。

> 或难曰：周孔适时而教，佛欲顿去之，将何以惩暴止奸，统理群生者哉？答曰：不然，周孔即佛，佛即周礼，盖外内名之耳。故在皇为皇，在王为王，佛者梵语，晋训"觉"也。"觉"之为义，"悟物"之谓，犹孟轲以圣人为先觉，其旨一也。应世轨物，盖亦随时，周孔救极弊，佛教明其本耳，共为首尾，其致不殊，即如外圣有深浅之迹，尧舜世夷。故二后高让，汤武时难。故两君挥戈，渊默之与赫斯。其迹则胡越，然其所以迹者，何尝有际哉？故逆寻者每见其二，顺通者无往不一。①

又如郑道子《神不灭论》（《弘明集》五）中，有"难"有"答"。又有对方有论，己方难之，如：宗居士炳《答何承天书难白黑论》《答何衡阳难释白黑论》（《弘明集》三），何承天《释〈均善难〉》（《弘明集》三），张融《门律》，周剡《难》（《弘明集》六），常侍朱昭之《难顾道士夷夏论》（《弘明集》七），高明二法师《答李交州淼难佛不见形事》（《弘明集》十一），等等。学术上的"论难"促进了文体"难"的发达，"难"体为学术上的"论难"提供了恰当、合用的载体，二者相得益彰。

二、"口出以为言"与"难"体的语境、情景、场景

"难"是一种"意"的表达，"难"表达"意"时发生的语境、情景、场景是什么？我们所看到的"难"体，只是一难一答或几难几答而已。虽然我们理解了"难""答"之"意"，但语境、情景、场景我们没有看到。现在，搜索"难"生成的同时那些有意味的情景、场景，即有恢复"难"体的原生态状况的意味，或者说，文体的"难"的原生态状况还会有哪些语境、情景、场景等，这就是追溯"口出以为言"的"难"体，这应该是"难"体的原生态。

《后汉书·桓荣丁鸿列传》载：

> 车驾幸太学，会诸博士论难于前。……二十八年，大会百官，诏问谁可傅太子者，群臣承望上意，皆言太子舅执金吾原鹿侯阴识可。博士张佚正色曰："今陛下立太子，为阴氏乎？为天下乎？即为阴氏，则阴侯可；为天下，则固宜用天下之贤才。"帝称善，曰："欲置

---

① （南朝梁）释僧祐：《弘明集》，四部丛刊初编本，上海书店1989年版，第17页。

傅者，以辅太子也。今博士不难正朕，况太子乎？"①

这是"口出以为言"的"论难"，是说"论难"要敢于坚持己见，不能"承望上意"。所谓"难正"即以"难"来坚持正确的东西，不看上位者的脸色。《后汉书·卓鲁魏刘列传》载：

> 和帝因朝会，召见诸儒，（鲁）丕与侍中贾逵、尚书令黄香等相难数事，帝善丕说，罢朝，特赐冠帻履袜衣一袭。②

在朝廷上论难，皇帝欣赏者可得赏赐。《后汉书·卓鲁魏刘列传》载鲁丕谈及"论难于前"而获赏赐的原因：

> 臣闻说经者，传先师之言，非从己出，不得相让；相让则道不明，若规矩权衡之不可枉也。难者必明其据，说者务立其义，浮华无用之言不陈于前，故精思不劳而道术愈章……③

关键是"难者必明其据，说者务立其义"。《世说新语·言语》亦载：

> 荀慈明与汝南袁阆相见，问颍川人士，慈明先及诸兄。阆笑曰："士但可因亲旧而已乎？"慈明曰："足下相难，依据者何经？"④

《三国志·魏书·方技传》注引《辂别传》则载论难的先后顺序：

> （管）辂言："夫论难当先审其本，然后求其理，理失则机谬，机谬则荣辱之主。"⑤

这是讲如何论难，首先要看理论的根本（本），其次追求逻辑（理），那么要点（机）就不会荒谬。

---

① （南朝宋）范晔：《后汉书》，中华书局1965年版，第1251页。
② （南朝宋）范晔：《后汉书》，中华书局1965年版，第884页。
③ （南朝宋）范晔：《后汉书》，中华书局1965年版，第884页。
④ （南朝宋）刘义庆著，（南朝梁）刘孝标注，余嘉锡笺疏：《世说新语笺疏》，上海古籍出版社1993年版，第62~63页。
⑤ （晋）陈寿撰，（南朝宋）裴松之注：《三国志》，中华书局1982年版，第824页。

《后汉书·樊宏阴识列传》载樊准讲汉孝明皇帝朝的经学论难时名儒的风度：

> 故朝多蟠蟠之良，华首之老。每宴会，则论难衎衎，共求政化。详览群言，响如振玉。（李贤注："衎衎，和乐貌也。"）①

"论难衎衎"这是讲理想中的论难风度，风度在"难问"之间。

《后汉书·律历中》载：

> 太常就耽上选侍中韩说、博士蔡较、毂城门候刘洪、右郎中陈调于太常府，复校注记，平议难问。②

在"难问"之间，有时是需要"平议"的，让大家一起来论议、评论。但"平议"有时有高人的公正的评判，尤其是关于经学问题的。如《晋书·王接传》载：

> 时秘书丞卫恒考正汲冢书，未讫而遭难。佐著作郎束皙述而成之，事多证异义。时东莱太守陈留王庭坚难之，亦有证据。皙又释难，而庭坚已亡。散骑侍郎潘滔谓接曰："卿才学理议，足解二子之纷，可试论之。"接遂详其得失。挚虞、谢衡皆博物多闻，咸以为允当。③

卫恒、束皙考正汲冢书，王庭坚难之，束皙又释难，最后潘滔请王接"解二子之纷"，王接"遂详其得失"，"博物多闻"之士都觉得"允当"。

《后汉书·儒林列传下》载：

> 张玄字君夏，河内河阳人也。少习《颜氏春秋》，兼通数家法。建武初，举明经，补弘农文学，迁陈仓县丞。清净无欲，专心经书，方其讲问，乃不食终日。及有难者，辄为张数家之说，令择从所安，诸儒皆伏其多通，著录千余人。④

---

① （南朝宋）范晔：《后汉书》，中华书局1965年版，第1125页。
② （南朝宋）范晔：《后汉书》，中华书局1965年版，第3041页。
③ （唐）房玄龄等：《晋书》，中华书局1974年版，第1436页。
④ （南朝宋）范晔：《后汉书》，中华书局1965年版，第2581页。

张玄回答听众之"难"所持的观点，或为一家之言，或为"张数家之说"。

《三国志·蜀书·费祎传》注引《(费)祎别传》曰：

> 孙权每别酌好酒以饮祎，视其已醉，然后问以国事，并论当世之务，辞难累至。祎辄辞以醉，退而撰次所问，事事条答，无所遗失。①

他人有"口出以为言"的"难"，费祎为了应答不出差错，退而先做准备，书写应答底稿，先有"笔书以为文"，然后再"口出以为言"。

以上主要是东汉儒学时代的"论难"，往往要有根据，要有对错，其中又有儒学理想化的"衎衎"风度等。而到魏晋玄学时代，虽然其"论难"也有与前代相同之处，但又有特殊的"意之所随"，以下述之。

《世说新语·文学》载：

> 何晏为吏部尚书，有位望，时谈客盈坐，王弼未弱冠往见之。晏闻弼名，因条向者胜理语弼曰："此理仆以为极，可得复难不？"弼便作难，一坐人便以为屈，于是弼自为客主数番，皆一坐所不及。②

从这段王弼能向别人认为已达极致的"胜理"挑战"作难"的记载，可见对玄学的论难不同以往的要辩对错，他们是为"论难"而"论难"，所以有王弼"自为客主数番"，这也是说"论难"是要有回合的，《世说新语·文学》载：

> 桓南郡与殷荆州共谈，每相攻难。年余后但一两番，桓自叹才思转退。殷云："此乃是君转解。"③

年余后桓南郡与殷荆州只有一两番的交锋，所以"自叹才思转退"。又，《晋书·孙盛传》载：

> (孙盛)博学，善言名理。于时殷浩擅名一时，与抗论者，惟盛

---

① (晋)陈寿撰，(南朝宋)裴松之注：《三国志》，中华书局1982年版，第1061页。
② (南朝宋)刘义庆著，(南朝梁)刘孝标注，余嘉锡笺疏：《世说新语笺疏》，上海古籍出版社1993年版，第195~196页。
③ (南朝宋)刘义庆著，(南朝梁)刘孝标注，余嘉锡笺疏：《世说新语笺疏》，上海古籍出版社1993年版，第243页。

而已。盛尝诣浩谈论，对食，奋掷麈尾，毛悉落饭中，食冷而复暖者数四，至暮忘餐，理竟不定。盛又著医卜及《易象妙于见形论》，浩等竟无以难之，由是遂知名。①

孙盛令对方"无以难之"，所以出名了。《晋书·阮瞻传》载，阮瞻"素执无鬼论，物莫能难"②。要让对方"无以难之"或"物莫能难"，才算是"知名"。《世说新语·品藻》载：

> 庞士元至吴，吴人并友之。见陆绩、顾劭、全琮，而为之目曰："陆子所谓驽马有逸足之用，顾子所谓驽牛可以负重致远。"或问："如所目，陆为胜邪？"曰："驽马虽精速，能致一人耳。驽牛一日行百里，所致岂一人哉？"吴人无以难。③

此为令他人"无以难"之例。

又，不能回答他人之"难"，自然是难堪的，《世说新语·文学》载：

> 锺会撰《四本论》始毕，甚欲使嵇公一见。置怀中，既定，畏其难，怀不敢出，于户外遥掷，便回急走。④

《晋书·儒林·刘兆传》载这样的故事：

> 尝有人著靴骑驴至兆门外，曰："吾欲见刘延世。"兆儒德道素，青州无称其字者，门人大怒。兆曰："听前。"既进，踞床问兆曰："闻君大学，比何所作？"兆答如上事，末云："多有所疑。"客问之。兆说疑毕，客曰："此易解耳。"因为辩释疑者是非耳。兆别更立意，客一难，兆不能对。⑤

客有这样的本事，当然如此倨傲。

---

① （唐）房玄龄等：《晋书》，中华书局1974年版，第2147页。
② （唐）房玄龄等：《晋书》，中华书局1974年版，第1364页。
③ （南朝宋）刘义庆著，（南朝梁）刘孝标注，余嘉锡笺疏：《世说新语笺疏》，上海古籍出版社1993年版，第499页。
④ （南朝宋）刘义庆著，（南朝梁）刘孝标注，余嘉锡笺疏：《世说新语笺疏》，上海古籍出版社1993年版，第195页。
⑤ （唐）房玄龄等：《晋书》，中华书局1974年版，第2350页。

但有时因为自己不能讲，又要参与"论难"，就以"笔书以为文"代谈，《世说新语·文学》即载：

> 太叔广甚辩给，而挚仲治长于翰墨，俱为列卿。每至公坐，广谈，仲治不能对；退，著笔难广，广又不能答。①

即便有时是观点不同，经过沟通，也就无所谓了，如《三国志·魏书·荀彧荀攸贾诩传》注引何劭《荀粲传》：

> （荀粲）到京邑与傅嘏谈。嘏善名理而粲尚玄远，宗致虽同，仓卒时或有格而不相得意。裴徽通彼我之怀，为二家骑驿，顷之，粲与嘏善。②

"骑驿"，驿站的车马，此借指沟通之人。《世说新语·文学》：

> 傅嘏善言虚胜，荀粲谈尚玄远，每至共语，有争而不相喻。裴冀州释二家之义，通彼我之怀，常使两情皆得，彼此俱畅。③

又，《晋书·韩伯传》载：

> 王坦之又尝著《公谦论》，袁宏作论以难之。伯览而美其辞旨，以为是非既辩，谁与正之，遂作《辩谦》以折中。④

这是另一种沟通。

因为是为"论难"而"论难"，所以要"设难"，即《世说新语·文学》所载：

> 有北来道人好才理，与林公相遇于瓦官寺，讲《小品》。于时竺

---

① （南朝宋）刘义庆著，（南朝梁）刘孝标注，余嘉锡笺疏：《世说新语笺疏》，上海古籍出版社1993年版，第255页。
② （晋）陈寿撰，（南朝宋）裴松之注：《三国志》，中华书局1982年版，第320页。
③ （南朝宋）刘义庆著，（南朝梁）刘孝标注，余嘉锡笺疏：《世说新语笺疏》，上海古籍出版社1993年版，第199~200页。
④ （唐）房玄龄等：《晋书》，中华书局1974年版，第1993页。

法深、孙兴公悉共听。此道人语，屡设疑难，林公辩答清析，辞气俱爽。①

《世说新语·文学》又载，于法开始与支道林争名，在支道林讲《小品》时，告知弟子哪些是"旧此中不可复通"，来故意为难支道林。本来，玄学对于人生人心来说，讲究对玄远超迈的体悟与欣赏，《世说新语·文学》又载，人们或只欣赏"论难"这件事本身，所谓"但共嗟咏二家之美"，而可以"不辩其理之所在"②。人们把"论难"仅仅当作过程来享受，如《世说新语·文学》又载，支道林、许询、谢安共集王濛家，辩论《庄子》的《渔父》篇。各人讲完，"谢后粗难，因自叙其意，作万余语，才峰秀逸，既自难干，加意气拟托，萧然自得，四坐莫不厌心"③。《世说新语·文学》载：

> 羊孚弟娶王永言女，及王家见婿，孚送弟俱往。时永言父东阳尚在，殷仲堪是东阳女婿，亦在坐。孚雅善理义，乃与仲堪道《齐物》，殷难之。羊云："君四番后，当得见同。"殷笑曰："乃可得尽，何必相同。"乃至四番后一通。殷咨嗟曰："仆便无以相异。"叹为新拔者久之。④

人们把"论难"当作人生的某种审美享受，一有机会就设置这样的聚会"论难"，甚至相女婿的聚会也是如此。

论难中，因为是"口出以为言"，所以人们欣赏、赞叹的是口才，比如作《神灭论》的范缜，"子良集僧难之而不能屈"，范缜口才很好，"既长，博通经术，尤精《三礼》。性质直，好危言高论，不为士友所安。唯与外弟萧琛相善，琛名曰'口辩'，每服缜简诣"⑤，"名曰'口辩'"的萧琛都很赞叹其口才。所以也有学问不怎么样而"论难甚精"的情况，如《晋书·阮裕传》载：

---

① （南朝宋）刘义庆著，（南朝梁）刘孝标注，余嘉锡笺疏：《世说新语笺疏》，上海古籍出版社1993年版，第218页。
② （南朝宋）刘义庆著，（南朝梁）刘孝标注，余嘉锡笺疏：《世说新语笺疏》，上海古籍出版社1993年版，第227页。
③ （南朝宋）刘义庆著，（南朝梁）刘孝标注，余嘉锡笺疏：《世说新语笺疏》，上海古籍出版社1993年版，第237页。
④ （南朝宋）刘义庆著，（南朝梁）刘孝标注，余嘉锡笺疏：《世说新语笺疏》，上海古籍出版社1993年版，第241页。
⑤ （唐）姚思廉：《梁书》，中华书局1973年版，第664~670页。

> （阮）裕虽不博学，论难甚精。尝问谢万云："未见《四本论》，君试为言之。"万叙说既毕，裕以傅嘏为长，于是构辞数百言，精义入微，闻者皆嗟味之。裕尝以人不须广学，正应以礼让为先，故终日静默，无所修综，而物自宗焉。①

所以有明知其理不妥帖却"辞不能屈"的情况，《世说新语·文学》载：

> 殷中军、孙安国、王、谢能言诸贤，悉在会稽王许，殷与孙共论《易》象妙于见形，孙语道合，意气干云，一坐咸不安孙理，而辞不能屈。会稽王慨然叹曰："使真长来，故应有以制彼。"即迎真长，孙意己不如。真长既至，先令孙自叙本理，孙粗说己语，亦觉殊不及向。刘便作二百许语，辞难简切，孙理遂屈。一坐同时抚掌而笑，称美良久。②

而当真正在"辞难"上屈服于对方，"论难"双方都"抚掌而笑，称美良久"，这是对"论难"的享受。

以上所述都是"口出以为言"之"难"，有语境，有情景，有场景等。有的是诸子论难、经学论难的情况以及展示风度，有的是玄学论难、佛学论难的情况以及展示风度，各不相同，还须仔细辨析。由于论难针对的对象不同，其论难的"原生态状况"也有一定的差异。如经学派别林立，因强调所习经典之"家传师授"，诸生谨守"家法"，所谓"沉溺所习，玩守旧闻"而不可"不修家法，私相容隐"，其论难以排斥他说为要务，故很难在论难中有潇洒气派。经学儒生，又因其以释"先圣之积结"为习经目的，所以一般不会"只欣赏论难本身而不辨其理之所在"，他们的论难主要凭学问而非口才。诸子论难理所当然地强调对自己学说的固守，而与佛教有关的论难，因涉及"华夷之辨"等关乎佛教存在合理性之诘难的大是大非的沉重论题，论难双方亦不可能"不辨其理"。应该说，和其他论难相比，玄学论难最为轻松、活泼、愉快、潇洒。玄学论难以思辨为特色，因思辨所具的辨证因素，其"理"往往似冤而亲，所以，论难双方无需一定争辩出结果，事实上也难以就论题争论出个结果来，结果是次要的。对论难过

---

① （唐）房玄龄等：《晋书》，中华书局1974年版，第1368页。
② （南朝宋）刘义庆著，（南朝梁）刘孝标注，余嘉锡笺疏：《世说新语笺疏》，上海古籍出版社1993年版，第238页。

程——展示"口出以为言"的才华过程——的享受才是最重要的,这也许是玄学论难令人痴迷的魅力所在吧。

三、从"难"的原生态看其各种功能

"难"的原生态指其"口出以为言"时的状态。"口出以为言"时的"难"这种行为动作之所以发生,对论辩者来说是有目的性的,这就是论辩者所期望的"难"的功能。是否能实现"难"的目的性的功能,可以从两方面来探讨,此处先来探讨"口出以为言"时的"难"这种行为动作本身就具有的目的性的功能。

其一,论辩的。《三国志·魏书·程郭董刘蒋刘传》载关于曹氏出于何族的讨论、争辩,有所谓"寻(蒋)济难(高堂)隆,及与尚书缪袭往反,并有理据"以及"(蒋)济又难"云云①,此中蒋济两次"难",即诘问辩难、质询。《后汉书·儒林传上·戴凭》:

> 帝即召上殿,令与诸儒难说,凭多所解释。……正旦朝贺,百僚毕会,帝令群臣能说经者更相难诘,义有不通,辄夺其席以益通者。②

此即"难说""难诘"之"难"。又,《三国志·吴书·诸葛滕二孙濮阳传》:

> (孙权)命恪行酒,至张昭前,昭先有酒色,不肯饮,曰:"此非养老之礼也。"权曰:"卿其能令张公辞屈,乃当饮之耳。"恪难昭曰:"昔师尚父九十,秉旄仗钺,犹未告老也。今军旅之事,将军在后,酒食之事,将军在先,何谓不养老也?"昭卒无辞,遂为尽爵。③

因为是论辩,所以要看谁能折服对方,此即"难折",如《后汉书·袁张韩周列传》载:

> 诏下其议,(袁)安又与(窦)宪更相难折。宪险急负势,言辞骄讦,至诋毁安,称光武诛韩歆、戴涉故事,安终不移。④

---

① (晋)陈寿撰,(南朝宋)裴松之注:《三国志》,中华书局1982年版,第456页。
② (南朝宋)范晔:《后汉书》,中华书局1965年版,第2553~2554页。
③ (晋)陈寿撰,(南朝宋)裴松之注:《三国志》,中华书局1982年版,第1429~1430页。
④ (南朝宋)范晔:《后汉书》,中华书局1965年版,第1521页。

《世说新语·文学》载：

> 裴成公作《崇有论》，时人攻难之，莫能折。唯王夷甫来，如小屈。时人即以王理难裴，理还复申。①

这些是以"折"来表示论辩的效果。

其二，责难、诘问而未见回答。如《三国志·吴书·诸葛滕二孙濮阳传》：

> 恪意欲曜威淮南，驱略民人，而诸将或难之曰："今引军深入，疆场之民，必相率远遁，恐兵劳而功少，不如止围新城。新城困，救必至，至而图之，乃可大获。"恪从其计，回军还围新城。②

《后汉书》载："诏下其议，(袁)安又与(窦)宪更相难折。"

其三，疑问，疑难。"难"用为动词，就是有疑而问，如《史记·夏本纪》：

> 帝舜谓禹曰："女亦昌言。"禹拜曰："於，予何言！予思日孳孳。"皋陶难禹曰："何谓孳孳？"③

皋陶的"难"，只是有疑而问。所谓"难疑"，犹质疑。如《三国志·魏书·方技传》注引《辂别传》曰：

> 经欲使辂卜，而有疑难之言，辂笑而咎之曰："君侯州里达人，何言之鄙！昔司马季主有言，夫卜者必法天地，象四时，顺仁义。伏羲作八卦，周文王三百八十四爻，而天下治。病者或以愈，且死或以生，患或以免，事或以成，嫁女娶妻或以生长，岂直数千钱哉？以此推之，急务也。苟道之明，圣贤不让，况吾小人，敢以为难！"④

---

① （南朝宋）刘义庆著，（南朝梁）刘孝标注，余嘉锡笺疏：《世说新语笺疏》，上海古籍出版社1993年版，第201页。
② （晋）陈寿撰，（南朝宋）裴松之注：《三国志》，中华书局1982年版，第1438页。
③ （汉）司马迁：《史记》，中华书局1982年版，第79页。
④ （晋）陈寿撰，（南朝宋）裴松之注：《三国志》，中华书局1982年版，第815页。

"疑难之言"即疑问之言,"敢以为难"即岂敢用有疑问之言。

汉赵岐《孟子题辞》载孟子与弟子讨论问题的"难疑答问":

> 于是退而论集所与高第弟子公孙丑、万章之徒,难疑答问。①

《史记·廉颇蔺相如列传》:

> 赵括自少时学兵法,言兵事,以天下莫能当。尝与其父奢言兵事,奢不能难,然不谓善。②

赵奢之"难",问不倒赵括。

《后汉书·皇后纪》:

> (邓皇后)六岁能《史书》,十二通《诗》、《论语》。诸兄每读经传,辄下意难问。③

这里的"难"是提出疑问,请教。汉王充《论衡·问孔》有"以为圣贤所言皆无非,专精讲习,不知难问"④,"难问",就疑难问题相问。又如《三国志·魏书·方技传》:

> 府吏兒寻、李延共止,俱头痛身热,所苦正同。佗曰:"寻当下之,延当发汗。"或难其异,佗曰:"寻外实,延内实,故治之宜殊。"即各与药,明旦并起。⑤

有人对华佗用药有疑问,"或难其异",故有所问。

以上是"难"这种行为动作本身就具有的功能,以下探讨"难"这种行为动作本身虽不见得具有,但人们运用"口出以为言"之"难"所期望达到如此目的、实现如此功能。

其一,测试。《后汉书·邓张徐张胡列传》:

---

① 《孟子注疏》,《十三经注疏》,上海古籍出版社1997年版,第2662页。
② (汉)司马迁:《史记》,中华书局1982年版,第2447页。
③ (南朝宋)范晔:《后汉书》,中华书局1965年版,第418页。
④ (汉)王充:《论衡》,上海人民出版社1974年版,第135页。
⑤ (晋)陈寿撰,(南朝宋)裴松之注:《三国志》,中华书局1982年版,第800页。

> （徐）防以《五经》久远，圣意难明，宜为章句，以悟后学。上疏曰：……臣以为博士及甲乙策试，宜从其家章句，开五十难以试之。解释多者为上第，引文明者为高说；若不依先师，义有相伐，皆正以为非。①

徐防"开五十难"的目的就是用于"博士及甲乙策试"。又，《晋书·载记·苻坚传》载：

> （苻）坚亲临太学，考学生经义优劣，品而第之。问难五经，博士多不能对。②

苻坚是为了"考学生经义优劣"才"问难五经"的。

其二，调笑乃至戏弄。《三国志·蜀书·蒋琬费祎姜维传》载：

> （诸葛）亮以初从南归，以（费）祎为昭信校尉使吴。孙权性既滑稽，嘲啁无方，诸葛恪、羊衜等才博果辩，论难锋至，祎辞顺义笃，据理以答，终不能屈。③

孙权让诸葛恪、羊衜等"论难锋至"，就是想调笑乃至戏弄费祎，此从下文可见，《三国志·吴书·张严程阚薛传》注引《江表传》曰：

> 费祎聘于吴，陛见，公卿侍臣皆在坐。酒酣，祎与诸葛恪相对嘲难，言及吴、蜀。祎问曰："蜀字云何？"恪曰："有水者浊，无水者蜀。横目苟身，虫入其腹。"祎复问："吴字云何？"恪曰："无口者天，有口者吴，下临沧海，天子帝都。"④

这是"嘲难"。又如《三国志·吴书·王楼贺韦华传》：

> （孙皓）又于酒后使侍臣难折公卿，以嘲弄侵克，发摘私短以为欢。

---

① （南朝宋）范晔：《后汉书》，中华书局1965年版，第1501页。
② （唐）房玄龄等：《晋书》，中华书局1974年版，第2888页。
③ （晋）陈寿撰，（南朝宋）裴松之注：《三国志》，中华书局1982年版，第1060~1061页。
④ （晋）陈寿撰，（南朝宋）裴松之注：《三国志》，中华书局1982年版，第1251页。

以"难折"为欢。又，隋人侯白《启颜录》载：

> 大德法师开讲。道俗有疑滞者，即论难议。援引大义，说法门，言议幽深，皆在雅正。动箭最后论议，谓法师曰："且问法师一个小义，佛常骑何物？"法师答曰："或坐千叶莲花，或乘六牙白象。"动箭云："法师今不读经，不知佛所乘骑物。"师即问云："檀越读经，佛骑何物？"答曰："骑牛。"法师曰："何以知？""经云：世尊甚奇特，非骑牛。"座皆大笑。①

这则"论难"被《启颜录》录入，且《启颜录》有"论难"篇，可见人们把某种"论难"当作笑话看。

上述"难"体的原生态，或引发"笔书以为文"的"难"体的功能。如：

其一，设客"难"己，以引发自己的解疑，表达思想感情。《文选》卷四十五有"设论"类，东方朔《答客难》之类，假设有客"难"己，以引发自己的意见。《晋书·皇甫谧传》亦载："（皇甫谧）遂究宾主之论，以解难者，名曰《释劝》。"②这是整体上的"设客难己"，又有局部的，如《汉书·沟洫志》载：

> ……难者将曰："若如此，败坏城郭田庐冢墓以万数，百姓怨恨。"……难者将曰："河水高于平地，岁增堤防，犹尚决溢，不可以开渠。"③

这里有两个"难者将曰"，是贾让奏文中预设的责难、诘问，有了这预设的"难"，就利于自己回答了。又，《晋书·江统传》载"时关陇、屡为氐、羌所扰，孟观西讨，自擒氐帅齐万年。统深惟四夷乱华，宜杜其萌，乃作《徙戎论》"，"其辞曰"的文中有"难者曰"云云④，《晋书·范宁传》载范宁又"陈时政曰"，文中亦有"难者必曰"云云⑤，都是"设客难己"。

其二，"难"又有引发对方发表高见的作用。如《晋书·向秀传》：

---

① （宋）李昉等：《太平广记》第五册，中华书局1961年版，第1916页。
② （唐）房玄龄等：《晋书》，中华书局1974年版，第1422页。
③ （汉）班固：《汉书》，中华书局1962年版，第1694~1695页。
④ （唐）房玄龄等：《晋书》，中华书局1974年版，第1529~1534页。
⑤ （唐）房玄龄等：《晋书》，中华书局1974年版，第1986页。

>（向秀）又与康论养生，辞难往复，盖欲发康高致也。①

向秀与嵇康讨论"养生"而"辞难往复"，是为了让嵇康的高见有机会表达出来。因为嵇康这个人往往不愿意自己去表达某种看法，如《世说新语·文学》注引《向秀别传》载，向秀将注《庄子》，嵇康、吕安咸曰："此书讵复须注，徒弃人作乐事耳。"②

四、"难"与其他文体的互参

或提出问题以发"难"，或回答问题以发"难"，总之，在文体中的表现即自己的话语"难"住了对方，这是"难"这种文体的内涵，也可以说这是"难"的内形式。"难"的内涵的表达形式，或自我表达，有如《韩非子》的《难》，或《答客难》之类。"难"的内形式与外形式重合，这是纯粹的"难"，世人所述多矣。但"难"的这种内涵，又往往以其他文体来表达，或者说，"难"主要构成"难"体，但又能出现在其他多种文体中，这完全要看作者的主观目的，"难"或以"口出以为言"，或以"笔书以为文"，与其他文体互参。

其一，"论难"体。"论难"本往往连称，突出的是"论"。如《汉书·杨胡朱梅云传》载朱云"既论难，连拄五鹿君"③。又如《晋书·儒林·虞喜传》：

>（虞）喜专心经传，兼览谶纬，乃著《安天论》以难浑、盖。④

又有成著作形式的"论"体，如入《隋书·经籍志》子部的《盐铁论》，入《隋书·经籍志》经部的《白虎通义》等。

其二，"赋"体。《史记·司马相如列传》：

>相如以"子虚"，虚言也，为楚称；"乌有先生"者，乌有此事也，为齐难；"无是公"者，无是人也，明天子之义。⑤

---

① （唐）房玄龄等：《晋书》，中华书局1974年版，第1374页。
② （南朝宋）刘义庆著，（南朝梁）刘孝标注，余嘉锡笺疏：《世说新语笺疏》，上海古籍出版社1993年版，第206页。
③ （汉）班固：《汉书》，中华书局1962年版，第2913页。
④ （唐）房玄龄等：《晋书》，中华书局1974年版，第2349页。
⑤ （汉）司马迁：《史记》，中华书局1982年版，第3002页。

所谓"为齐难",即为齐国责难、诘问,所发出的言语即"难"体,不过其被涵括在赋中论了。

其三,"箴"体。《汉书·游侠传》:

> 先是,黄门郎扬雄作《酒箴》以讽谏成帝,其文为酒客难法度士,譬之于物。①

"其文为酒客难法度士",当是"难"体的格式,但全文不可见,只有节录,又题名为"酒箴",人们往往忽略其"难"体的性质。

其四,"牒"体。《后汉书·马援列传》:

> (马援)还,从公府求得前奏,难十余条,乃随牒解释,更具表言。②

其五,"策"体。《史记·平津侯列传》:

> (公孙)弘数谏,以为罢敝中国以奉无用之地,愿罢之。于是天子乃使朱买臣等难弘置朔方之便。发十策,弘不得一。③

这是以"难"为"策"。

其六,"章句"体。《后汉书·张曹郑列传》:

> 曹褒字叔通,鲁国薛人也。父充,持《庆氏礼》,建武中为博士……拜充侍中。作章句辩难,于是遂有庆氏学。④

其七,"记"体。《后汉书·袁张韩周列传》:

> (袁)京字仲誉。习《孟氏易》,作《难记》三十万言。⑤

---

① (汉)班固:《汉书》,中华书局1962年版,第3712页。
② (南朝宋)范晔:《后汉书》,中华书局1965年版,第1501页。
③ (汉)司马迁:《史记》,中华书局1982年版,第837页。
④ (南朝宋)范晔:《后汉书》,中华书局1965年版,第1201页。
⑤ (南朝宋)范晔:《后汉书》,中华书局1965年版,第1522页。

《后汉书·皇甫张段列传》载张奂"著《尚书记难》三十余万言"①。《后汉书·郑范陈贾张列传》载郑众作《春秋难记条例》。

其八,"设论"体。《后汉书·蔡邕列传》:

> 感东方朔《客难》及杨雄、班固、崔骃之徒设疑以自通,乃斟酌群言,韪其是而矫其非,作《释诲》以戒厉云尔。②

《文选》有"设论"体,蔡邕所说的文辞都在其中。又,《后汉书·文苑列传》载侯瑾"以莫知于世,故作《应宾难》以自寄"③。《晋书·束皙传》载束皙"性沈退,不慕荣利,作《玄居释》以拟《客难》"④。

其九,"表奏"体。《三国志·吴书·三嗣主传》:

> (孙)綝所表奏,多见难问。⑤

其十,"书"体。《后汉书·列女传》载,班昭作《女诫》七篇,"马融善之,令妻女习焉。昭女妹曹丰生,亦有才惠,为书以难之,辞有可观"⑥。何劭《王弼传》:

> 弼注易,颍川人荀融难弼大衍义。弼答其意,白书以戏之曰:……⑦

王弼答其"难"是用书信体。《三国志·吴书·诸葛滕二孙濮阳传》:

> (滕)胤自以祸及,因留融、晏,勒兵自卫,召典军杨崇、将军孙咨,告以(孙)綝为乱,迫融等使有书难綝。⑧

---

① (南朝宋)范晔:《后汉书》,中华书局1965年版,第2142页。
② (南朝宋)范晔:《后汉书》,中华书局1965年版,第1980页。
③ (南朝宋)范晔:《后汉书》,中华书局1965年版,第2649页。
④ (唐)房玄龄等:《晋书》,中华书局1974年版,第1428页。
⑤ (晋)陈寿撰,(南朝宋)裴松之注:《三国志》,中华书局1982年版,第1153页。
⑥ (南朝宋)范晔:《后汉书》,中华书局1965年版,第2792页。
⑦ (晋)陈寿撰,(南朝宋)裴松之注:《三国志·王毌丘诸葛邓锺传》注引,中华书局1982年版,第795~796页。
⑧ (晋)陈寿撰,(南朝宋)裴松之注:《三国志》,中华书局1982年版,第1446页。

以"书"的形式论难佛理在晋时很盛行,如《出三藏记集》卷十二有《郗与开法师书》,《高僧传》之《于法开传》云:"后移白山灵鹫寺,每与支道林争即色空义,庐江何默申明开难,高平郗超宣述林解,并传于世。"①

其十一,"难"与倡优戏剧。《三国志·蜀书·杜周杜许孟来尹李谯郤传》:

> 许慈字仁笃,南阳人也。师事刘熙,善郑氏学,治易、尚书、三礼、毛诗、论语。建安中,与许靖等俱自交州入蜀。时又有魏郡胡潜,字公兴,不知其所以在益土。潜虽学不沾洽,然卓荦强识,祖宗制度之仪,丧纪五服之数,皆指掌画地,举手可采。先主定蜀,承丧乱历纪,学业衰废,乃鸠合典籍,沙汰众学,慈、潜并为学士,与孟光、来敏等典掌旧文。值庶事草创,动多疑议,慈、潜更相克伐,谤讟忿争,形于声色;书籍有无,不相通借,时寻楚挞,以相震攇。其矜己妒彼,乃至于此。先主愍其若斯,群僚大会,使倡家假为二子之容。效其讼阅之状,酒酣乐作,以为嬉戏,初以辞义相难,终以刀杖相屈,用感切之。②

当论难之时出现意气之争以至于"时寻楚挞,以相震攇"这种严重后果时,调解者以戏剧形式揭露其弊,这是一种以"刀仗相屈"使之极端化而感化论难双方的特殊的应对策略。但我们也看到,现实生活中的"论难"是如何被艺术汲取而成为戏剧矛盾的。

因为诸文体的功能、目的、用途等不一样,"难"在上述诸文体中的表达、叙写方式也就可能不一样,并不能简单认为就是命名不同而已。

"难"的最初生成,突出的表现是"口出以为言",其"口出以为言"时的实际语境、情景、场景,处处体现出作家的活动,再加上实际产生的"难"体文字,就应该是"难"体的原生态状况,此多体现在"口出以为言"中。这种语境、情景、场景,又含有"难"体文字的实际功能及其文体呈现,到底是"难"以"难"体呈现呢?还是以他文体呈现?现在我们所看到的"难"体文字,一般是删略了这些极有意味的语境、情景、场景的。这往往就是"笔书以为文",没有了这些语境、情景、场景,对文体的理论阐述,毕竟是一种缺憾,对文体的理解也是不完整的。因此,这里提出研

---

① (南朝梁)释慧皎:《高僧传》,中华书局1992年版,第168页。
② (晋)陈寿撰,(南朝宋)裴松之注:《三国志》,中华书局1982年版,第1023页。

究文体必定应该探讨文体的原生态生存状况,必定应该探讨文体生存的"口出以为言"的那些语境、情景、场景,必定应该探讨作家的整个活动情况,那么,我们对文体必定会有更深入、更广泛的认识。因此,文体探讨不仅仅局限于对其文本形式的探讨,把其置于作家活动的过程与结果中来考察,会得到更有意味的东西。

第五节 "连珠"体缘起

一、问题的提出

关于"连珠"源于何时有各种说法:其一,扬雄首创说。刘勰《文心雕龙·杂文》:"扬雄覃思文阁,业深综述,碎文琐语,肇为《连珠》,其辞虽小,而明润矣。"①沈约《注制旨连珠表》:"窃寻连珠之作,始自子云。"②其二,傅玄《叙连珠》:"所谓连珠者,兴于汉章帝之世,班固、贾逵、傅毅三子受诏作之。"③连珠体的基本格式,前人所述甚详,基本有三:一是每个单篇都是以"某闻"起首,现存连珠作品,从扬雄、班固到南朝作家,基本上都是以"臣闻"起首,只是魏文帝曹丕、梁武帝萧衍作《连珠》,不能称"臣闻",于是称"盖闻",梁宣帝作《连珠》,称"尝闻"。而后来梁刘孝仪作《探物作艳体连珠》,是以女子口吻,故称"妾闻"。因此,《连珠》以"臣闻"起首为正宗,后世多有用之,"盖闻""尝闻"等起首为变格。二是每个单篇都作逻辑推理,作理论、事实之间的推理,有喻体、主体,有前提、结论,而逻辑推理体现在作品的语言上就是"连珠",即沈约《注制旨连珠表》所谓"连珠者,盖谓辞句连续,互相发明,若珠之结排也"④。三是后世流传的连珠作品,大都是以多篇连章的形式出现,那么,多篇连章之间的串联也是"连珠"。

我们现在看到的"连珠",当然是"笔书以为文",但从其基本格式来看,则知其应该脱胎于"口出以为言",以下论之。

---

① (南朝梁)刘勰撰,詹锳义证:《文心雕龙义证》,上海古籍出版社1989年版,第496页。

② (唐)欧阳询:《艺文类聚》,上海古籍出版社1982年版,第1039页。

③ (唐)欧阳询:《艺文类聚》,上海古籍出版社1982年版,第1035页。

④ (唐)欧阳询:《艺文类聚》,上海古籍出版社1982年版,第1039页。

二、从"臣闻"考察"连珠"起源

我们先从"臣闻"说起。

《尚书》中多有许多以"我闻"起首来发表见解的。如《泰誓中》:"王乃徇师而誓曰:呜呼!西土有众,咸听朕言。我闻:'吉人为善,惟日不足。凶人为不善,亦惟日不足。'"①《洪范》有"箕子乃言曰:我闻在昔"②云云。《康诰》:"我闻曰:'怨不在大,亦不在小;惠不惠,懋不懋。'"③《酒诰》有两个"我闻惟曰"的连用;《多士》有"我闻曰:上帝引逸,有夏不适逸,则惟帝降格"④云云;《无逸》有两个"我闻"云云;《君奭》亦有"我闻"云云。

《左传》《国语》《战国策》中有许多臣下与君王的对话,臣下多有以"臣闻"起首来发表见解的。如《左传·隐公三年》载石碏谏曰:

> 臣闻爱子,教之以义方,弗纳于邪。骄、奢、淫、泆,所自邪也。四者之来,宠禄过也。将立州吁,乃定之矣,若犹未也,阶之为祸……⑤

这里虽然没有喻体与主体,但已有前提与结论,这是简单的引证式。"臣闻"在《左传》中多是作为引证而用的,有时"臣闻"所引证者也有一些有喻体与主体、有前提与结论的,如《左传·隐公四年》:

> 公问于众仲曰:"卫州吁其成乎?"对曰:"臣闻以德和民,不闻以乱。以乱,犹治丝而棼之也……"⑥

这里有喻体与主体,也有前提与结论,只不过其前后顺序、语言表述显得随意而没有经过刻意的编排。又如《左传》"哀公元年"载伍员之谏吴王"臣闻之:树德莫如滋,去疾莫如尽"⑦云云的推理过程,但语言没有经过"历历如贯珠"的提炼,也是如此。

---

① 《尚书正义》,《十三经注疏》,上海古籍出版社1997年版,第181页。
② 《尚书正义》,《十三经注疏》,上海古籍出版社1997年版,第187页。
③ 《尚书正义》,《十三经注疏》,上海古籍出版社1997年版,第203页。
④ 《尚书正义》,《十三经注疏》,上海古籍出版社1997年版,第219页。
⑤ 《春秋左传正义》,《十三经注疏》,上海古籍出版社1997年版,第1724页。
⑥ 《春秋左传正义》,《十三经注疏》,上海古籍出版社1997年版,第1725页。
⑦ 《春秋左传正义》,《十三经注疏》,上海古籍出版社1997年版,第2154页。

《国语》多载臣下以"臣闻"句式引证推理，如《越语上》：

> 大夫种进对曰："臣闻之贾人，夏则资皮，冬则资绤，旱则资舟，水则资车，以待乏也。夫虽无四方之忧，然谋臣与爪牙之士，不可不养而择也。譬如蓑笠，时雨既至必求之。今君王既栖于会稽之上，然后乃求谋臣，无乃后乎？"①

这个"臣闻"句式论证，包括两个有前提与结论、有喻体与主体的推理，一是贾人、货物与君王、谋臣之比喻及推理；二是蓑笠、时雨与君王、谋臣之比喻及推理。但是，这样两个比喻及推理连用的形式，是在一个"臣闻"之下展开的。

最可注意的是《战国策》，其中臣下"口出"者，所用"臣闻"格式比较正规、整齐，如《战国策·秦策三》"应侯谓昭王"：

> 臣闻之也："木实繁者枝必披，枝之披者伤其心，都大者危其国，臣强者危其主。"②

单独来看，这算是完整的"连珠"体。《战国策》为谋臣策士纵横捭阖的斗争及相关谋议或辞说，突出论辩的说服力，所以常常可见一段对问中有两个以上的比喻、推理、论证连用的"臣闻"格式。如《战国策·秦策一》"张仪说秦王"有五个"臣闻"格式的连用：

> 张仪说秦王曰："臣闻之，弗知而言为不智，知而不言为不忠。为人臣不忠当死，言不审亦当死。虽然，臣愿悉言所闻，大王裁其罪。臣闻'天下阴燕阳魏，连荆固齐，收余韩成从，将西南以与秦为难'。臣窃笑之。世有'三亡'，而天下得之，其此之谓乎！臣闻之曰：'以乱攻治者亡，以邪攻正者亡，以逆攻顺者亡。'……"③

以下还有两个。这里最值得注意的是"臣闻"格式的连用，虽然这只是简单的举证式，但形式上的连用说明人们对这种格式的关注。又如《战国

---

① 胡文波校点：《国语》，上海古籍出版社2015年版，第424页。
② （汉）刘向集录：《战国策》，上海古籍出版社1985年版，第197页。
③ （汉）刘向集录：《战国策》，上海古籍出版社1985年版，第95页。

策·楚策四》"庄辛谓楚襄王":

> 庄辛至，襄王曰："寡人不能用先生之言，今事至于此，为之奈何？"庄辛对曰："臣闻鄙语曰：'见兔而顾犬，未为晚也；亡羊而补牢，未为迟也。'臣闻昔汤、武以百里昌，桀、纣以天下亡。今楚国虽小，绝长续短，犹以数千里，岂特百里哉？"①

这是两个"臣闻"格式的连用。缺点是没有在语言上作"历历如贯珠"的加工。

就"连珠"体的基本格式而言，这里有以"臣闻"起首作理论、事实之间的推理，有两个"臣闻"格式的连用。但就单个"连珠"体而言，其引证、推理没有做到"历历如贯珠"的"辞句连续"。就两个以上"臣闻"格式中的引证、推理而言，其间的串联也没有做到"历历如贯珠"的"辞句连续"。另外，这些以"臣闻"起首的引证推理，只是记言体散文中的一部分，是"口出以为言"，还不是个人著述的、独立的"篇章"，正如《文选·序》所称"贤人之美辞，忠臣之抗直，谋夫之话，辨士之端"，"虽传之简牍，而事异篇章"。②

又，先秦诸子散文亦有以"臣闻"起首来发表见解的，如《商君书·更法第一》所载：

> 杜挚曰："臣闻之'利不百，不变法；功不十，不易器'。臣闻'法古无过，循礼无邪'。君其图之！"③

其引证、推理及现实的运用是不完整的，也只是记言体散文中的一部分，是"口出以为言"，不能算是独立的"篇章"。

三、"上书"的"臣闻"格式连用

值得注意的是，独立的"篇章"中有几个"臣闻"连用的格式，也出现在《战国策》所载可以单独成篇的"上书"中，以"笔书以为文"的形式出现，如《战国策·秦策三》"范子因王稽入秦"中的"献书"，其中三个"臣

---

① （汉）刘向集录：《战国策》，上海古籍出版社1985年版，第555~556页。
② （南朝梁）萧统撰，（唐）李善注：《文选》，中华书局1977年版，第2页。
③ 蒋礼鸿撰：《商君书锥指》，中华书局1986年版，第4页。

闻"格式的连用为：

> 范子因王稽入秦，献书昭王曰："臣闻明主莅正，有功者不得不赏，有能者不得不官；劳大者其禄厚，功多者其爵尊；能治众者其官大，故不能者不敢当其职焉，能者亦不得蔽隐……臣闻周有砥厄，宋有结绿，梁有悬黎，楚有和璞，此四宝者，工之所失也，而为天下名器。然则圣王之所弃者，独不足以厚国家乎？臣闻善厚家者，取之于国；善厚国者，取之于诸侯。天下有明主，则诸侯不得擅厚矣。是何故也？为其凋荣也。良医知病人之死生，圣主明于成败之事，利则行之，害则舍之，疑则少尝之，虽尧、舜、禹、汤复生，弗能攻已。"①

这是有喻体与主体、有前提与结论的"臣闻"格式的连用，只不过有的"臣闻"与"臣闻"之间离得远一些，中间夹杂有其他部分，使这三个"臣闻"格式的连用未能构成一个相对完整的片段。于是我们就有了这样的设想，假如把"臣闻"之类句式抽绎出来、再汇聚起来，那又会怎么样？

《战国策·燕策二》"昌国君乐毅为燕昭王合五国之兵而攻齐"载乐毅之"书"，现在我们把其中的四个"臣闻"格式抽绎并汇聚起来：

> 臣闻贤圣之君，不以禄私其亲，功多者授之；不以官随其爱，能当者处之。故察能而授官者，成功之君也；论行而结交者，立名之士也。
>
> 臣闻贤明之君，功立而不废，故著于《春秋》；蚤知之士，名成而不毁，故称于后世。
>
> 臣闻善作者，不必善成，善始者，不必善终。昔者五子胥说听乎阖闾，故吴王远迹至于郢；夫差弗是也，赐之鸱夷而浮之江。故吴王夫差不悟先论之可以立功，故沉子胥而不悔，子胥不蚤见主之不同量，故入江而不改。
>
> 臣闻古之君子，交绝不出恶声；忠臣之去也，不洁其名。②

这样的抽绎并汇聚起来不是很接近"连珠"体吗？可如此处理的又有汉代

---

① （汉）刘向集录：《战国策》，上海古籍出版社1985年版，第181~182页。
② （汉）刘向集录：《战国策》，上海古籍出版社1985年版，第1104、1107、1107、1108页。

邹阳的"上书",如把其《上书吴王》中"臣闻"格式抽绎并汇聚起来:

> 臣闻秦倚曲台之宫,悬衡天下,画地而不犯,兵加胡越;至其晚节末路,张耳、陈胜连从兵之据,以叩函谷,咸阳遂危。何则?列郡不相亲,万室不相救也。
>
> 臣闻交龙襄首奋翼,则浮云出流,雾雨咸集。圣王底节修德,则游谈之士归义思名。
>
> 臣闻鸷鸟累百,不如一鹗。夫全赵之时,武力鼎士袨服丛台之下者一旦成市,而不能止幽王之湛患。淮南连山东之侠,死士盈朝,不能还厉王之西也。然而计议不得,虽诸、贲不能安其位,亦明矣。①

脱略去前后具体的内容叙说而抽绎并汇聚起来的,不是也很像"连珠"吗?又如把邹阳《狱中上书》中"臣闻"格式抽绎并汇聚起来:

> 臣闻明月之珠,夜光之璧,以暗投人于道,众莫不按剑相眄者。何则?无因而至前也。蟠木根柢,轮囷离奇,而为万乘器者,何则?以左右先为之容也。故无因而至前,虽出随珠和璧,祇怨结而不见德;故有人先游,则枯木朽株,树功而不忘。
>
> 臣闻盛饰入朝者不以私污义,砥厉名号者不以利伤行。故里名胜母,曾子不入;邑号朝歌,墨子回车。②

于是我们看到,"连珠"体已是呼之欲出了,只要把各处的"臣闻"格式抽绎并汇聚起来就是了。再就是把语言进行有意识地整理,使之有"历历如贯珠"的样子。另外,如在"蟠木根柢"前加"臣闻"二字,那么以下数句又是一个"臣闻"格式。

章学诚《文史通义·诗教上》:"韩非《储说》,比事征偶,《连珠》之所肇也。"③李兆洛《骈体文钞》:"此(连珠)体仿于韩非之内外《储说》,淮南之《说山》。"④是有一定道理的。《韩非子》中有《说林》《储说》,都是传说、故事的集合,"连珠"某某首则是以各种事例进行推理、论证的集合,

---

① (汉)班固:《汉书》,中华书局1962年版,第2338、2340、2340~2341页。
② (汉)班固:《汉书》,中华书局1962年版,第2350、2352页。
③ (清)章学诚撰,吕思勉评,李永圻、张耕华导读整理:《文史通义》,上海古籍出版社2008年版,第20页。
④ (清)李兆洛:《骈体文钞》,上海古籍出版社2001年版,第561页。

"连珠"某某首的集合体也应该是经抽绎而汇聚所成。

此处所述情况就是我们拟测的"连珠"体起源时构成进程之一。把某种固定格式的文字从原生态语境中抽离出来构成一种新的文体，在中国古代文学史上不乏其例，最近的例子就是韩非《储说》《说林》，把各种各样内容的"说"抽绎出来并汇聚起来。又如各种说辞、叙事中的"格言"之类，也可以抽绎出来并进行汇聚。就《文选》所录文体而言，就有好几种，如："诗"，本来可以是叙事中的一部分；"序"本是依附于原著起说明作用的；"赞"，或是依附于画的，或是祭祀时的唱叹之词，刘勰《文心雕龙·颂赞》所谓"赞者，明也，助也。昔虞舜之祀，乐正重赞，盖唱发之辞也。及益赞于禹，伊陟赞于巫咸，并飏言以明事，嗟叹以助辞也"①；"史论"，为史传之末对人物的评价；"史述赞"，为班固《汉书·自序传》对各篇旨意的叙说。这些都是被萧统从原生态语境中抽离出来以构成新文体的。《文选·序》也有明言，要从"记事之史，系年之书"的原生态语境中抽离出"赞论""序述"："至于记事之史，系年之书，所以褒贬是非，纪别异同，方之篇翰，亦已不同。若其赞论之综缉辞采，序述之错比文华，事出于深思，义归乎翰藻，故与夫篇什，杂而集之。"②而且，这些"序""赞""史论""史述赞"是可以聚集在一起成为某种文体的集合体的。又如《隋书·经籍志一》载刘向、刘歆整理图书撰作"录"的情况，先是"每一书就，向辄撰为一录，论其指归，辨其讹谬，叙而奏之"；其后才有刘歆"遂总括群篇，撮其指要，著为《七略》：一曰《集略》，二曰《六艺略》，三曰《诸子略》，四曰《诗赋略》，五曰《兵书略》，六曰《术数略》，七曰《方技略》。大凡三万三千九十卷"③。于是，"录"成为集合体。这说明，"连珠"起源于"对问"中的某一部分，尤其是以"口出以为言"表达的，并最终形成一种新的文体，这从事物的发展规律上来说具有必然性。只不过"连珠"体在语言形式方面有得天独厚的条件，既能以"连珠"串联单个，又能以"连珠"串联多个。

四、《闻乐对》为"连珠"雏形

对"连珠"体起源、形成进程的探讨，还应该有一条途径。即脱略非"臣闻"部分，而突出"臣闻"部分使其独立成篇。这种途径恰恰与连缀数

---

① （南朝梁）刘勰撰，詹锳义证：《文心雕龙义证》，上海古籍出版社1989年版，第338~340页。
② （南朝梁）萧统撰，（唐）李善注：《文选》，中华书局1977年版，第2页。
③ （唐）魏徵等：《隋书》，中华书局1973年版，第905~906页。

个"臣闻"而独立成篇是相辅相成的。

我们来看《汉书·景十三王传》的记载:"中山靖王胜以孝景前三年立。武帝初即位,大臣惩吴楚七国行事,议者多冤晁错之策,皆以诸侯连城数十,泰强,欲稍侵削,数奏暴其过恶。诸侯王自以骨肉至亲,先帝所以广封连城,犬牙相错者,为盘石宗也。今或无罪,为臣下所侵辱,有司吹毛求疵,笞服其臣,使证其君,多自以侵冤。建元三年,代王登、长沙王发、中山王胜、济川王明来朝,天子置酒,胜闻乐声而泣。问其故,胜对曰:……"①接下来就是中山靖王刘胜"口出以为言"的《闻乐对》,其词为:

臣闻悲者不可为累欷,思者不可为叹息。故高渐离击筑易水之上,荆轲为之低而不食;雍门子壹微吟,孟尝君为之于邑。(今臣心结日久,每闻幼眇之声,不知涕泣之横集也。)

夫众呴漂山,聚蚊成雷,朋党执虎,十夫桡椎。是以文王拘于牖里,孔子厄于陈、蔡。此乃烝庶之风成,增积之生害也。(臣身远与寡,莫为之先,众口铄金,积毁销骨,丛轻折轴,羽翮飞肉,纷惊逢罗,潸然出涕。)

臣闻白日晒光,幽隐皆照;明月曜夜,蚊虻宵见。然云蒸列布,杳冥昼昏;尘埃布覆,昧不见泰山。何则?物有蔽之也。(今臣雍阏不得闻,谗言之徒蜂生,道辽路远,曾莫为臣闻,臣窃自悲也。)

臣闻社鼷不灌,屋鼠不熏。何则?所托者然也。(臣虽薄也,得蒙肺附;位虽卑也,得为东藩,属又称兄。今群臣非有葭莩之亲,鸿毛之重,群居党议,朋友相为,使夫宗室摈却,骨肉冰释。)斯伯奇所以流离,比干所以横分也。(《诗》云"我心忧伤,惄焉如捣;假寐永叹,唯忧用老;心之忧矣,疢如疾首",臣之谓也。)②

以上是史书的"口出以为言"的载录,在这里笔者把某些文字标上了括号。如果把括号里的关于自我情感、自我事迹的叙写去掉,再把第二节起首的"夫"换成"臣闻",就是很自然的"连珠四首"了。

傅玄《叙连珠》之"连珠"是"汉章帝之世""三子受诏作之",这里武帝"问其故"而"胜对曰"亦是应诏性质,刘胜《闻乐对》确实也起到了上书的

---

① (汉)班固:《汉书》,中华书局1962年版,第2422页。
② (汉)班固:《汉书》,中华书局1962年版,第2422~2425页。

作用。当然，刘胜《闻乐对》在最终载录时应该是经过加工的，章太炎《文学说例》就说：

> 至《景十三王传》载中山王泣乐对，语皆耦立，复施韵语，酒次谳谈，亮非如是。盖胜既率意奏陈，退而撰次本言，施以藻采，史官传述，遂若造膝所陈，语本若尔。此所谓文辞也。①

把"口出以为言"的"率意奏陈"，"施以藻采"而加工为"笔书以为文"。

五、"臣闻"与"对问"的结合

作品以"臣闻"的格式"口出"回答"召问""召对"，于是我们提出"连珠"起源于"召问""召对"制度下的"应对""候对""问对""对问"之"对"。君主召见臣下令其回答有关政事、经义等方面的问题，臣下的回答要有一个论证的过程，这就是以"臣闻"形式出现的以天地事物规律、古今人物事迹论证的事理叙说。

刘勰《文心雕龙·杂文》：

> 宋玉含才，颇亦负俗，始造"对问"，以申其志，放怀寥廓，气实使之。及枚乘摘艳，首制《七发》，腴辞云构，夸丽风骇。盖七窍所发，发乎嗜欲，始邪末正，所以戒膏粱之子也。扬雄覃思文阁，业深综述，碎文琐语，肇为"连珠"，其辞虽小，而明润矣。②

刘勰把"连珠"置放在"对问"（回答提问）与也是对问的"七发"之后阐述，殆有深意乎？

于是可知，"连珠"雏形，是由"口出以为言"的"臣闻"格式以回答提问而自然演进而成，即以"臣闻"为推理论证格式的文字越来越占主体、主要地位，而其他文字越来越少乃至最终消失或省却。但事情更重要还在于观念，应该观念先行或由观念决定，即观念上要有意识地把"臣闻"格式抽绎出来而汇聚，观念上不再有具体的场景并脱略实用性。这就是刘胜《闻乐对》为有问而答，而扬雄的作品甚或"汉章帝之世""三子受诏作之"的作品，为无问而答的原因。二者的区别在于是否脱离实用而真正"务

---

① 舒芜等编选：《中国近代文论选》，人民文学出版社1959年版，第412页。
② （南朝梁）刘勰撰，詹锳义证：《文心雕龙义证》，上海古籍出版社1989年版，第489~496页。

虚"成为文学，或者说二者的区别肇始了新文体的产生。

所谓无问而答，即这类文字不再是传统的有具体指向的劝谏话语，不再是"口出以为言"的现场应答，不再有实用价值，而只是借鉴某种推论的文字，并把它从原生态语境中抽离出来，且进行新的组合。这种抽离机制的最大意义在于，使得原本有具体指向的劝谏话语抽象化和普适化，这种抽离机制使得劝谏话语在新的语境中被再联结、重新组合，于是，其叙述与阐释能生成新的意义。这种新的意义就是脱略具体朝政的叙说而进入所谓人心之至情、世态之常理之类普世性和公理性的事理叙说。今天我们看到的"连珠"文，都是没有具体的表明内容的题目的，没有"口出以为言"的语境、情景、场景的，这也就是说，这些作品抒发的情感、叙述的哲理并不是针对某一特定人物或某一具体事件的，它们应该是针对某种社会现象，针对某一反复出现而长久经历的事件，针对人生，针对社会而来，这也应该是"连珠"这一文体的特性，超脱于具体事物之上的概括性抒发情感、叙述哲理。我们之所以说刘胜《闻乐对》的"口出以为言"是"连珠"体的雏形，道理就在于此，假如脱略掉刘胜《闻乐对》关于自我情感、自我事迹的叙写，那么它就会完完全全像"连珠"文了。

第四章 "口出"与"笔书"之争

第一节 两种史官与"口出""笔书"
——"文胜质则史"辨

一、史官撰作的原始目的与"笔书"的简略

《汉书·艺文志》称"古之王者世有史官，君举必书，所以慎言行，昭法式也"①，可知史官撰写史书的原始目的之一，就在于为后世社会"昭法式"。于是，就时常有史官如此告诫君王："君举必书"，一言一行是会让后世人们知晓的，因此要"慎言行"。如《左传·庄公二十三年》载：

> （鲁庄）公如齐观社，非礼也。曹刿谏曰："不可。夫礼，所以整民也。故会以训上下之则，制财用之节；朝以正班爵之义，帅长幼之序；征伐以讨其不然。诸侯有王，王有巡守，以大习之。非是，君不举矣。君举必书，书而不法，后嗣何观？"②

曹刿的意思是说：君王的行动必须被记载下来，君王您的不合法度的举动被记载下来，后代子孙看到了该怎样说呢？《白虎通义》载：

> 王法立史记事者，以为臣下之仪样，人之所取法则也。动则当应礼，是以必有记过之史、彻膳之宰。《礼·玉藻》曰："动则左史书之，言则右史书之。"《礼·保传》曰："王失度，则史书之，工诵之，

---

① （汉）班固：《汉书》，中华书局1962年版，第1715页。
② 《春秋左传正义》，《十三经注疏》，上海古籍出版社1997年版，第1778~1779页。

> 三公进读之,宰夫彻其膳。是以天子不得为非。"故史之义,不书则死,宰不彻膳亦死。①

"史"为"记过之史","是以天子不得为非","动则当应礼"。

远古时代"君举必书","左史记言,右史记事",但简策繁重,限于书写的物质条件,当时史官的"记言记事"的"笔书"是尽可能地简略,此即阮元《文言说》云:"古人以简策传事者少,以口舌传事者多;以目治事者少,以口耳治事者多。"②章太炎说:"古者简帛重烦,多取记臆。"③此即原始史书的简言。所以,宋代起就有人称《春秋》只是大事记的标题而已,"黜《春秋》之书,不使列于学官,至戏目为断烂朝报"④。因此,后人往往对史著的"记言""记事"不甚了了,且随着岁月的逝去,后人对史著为什么如此"记言""记事"更不甚了了。于是后人对其有所解释,如《春秋》起首《隐公元年》"元年春王正月。三月,公及邾仪父盟于蔑",《左传》解释说:"元年春,王周正月。不书即位,摄也。三月,公及邾仪父盟于蔑,邾子克也。未王命,故不书爵。曰'仪父',贵之也。"⑤就对为什么"不书即位""不书爵"作出解释。又有《公羊传》《穀梁传》解释《春秋》,如《春秋·襄公七年》:

> 十有二月,公会晋侯、宋公、陈侯、卫侯、曹伯、莒子、邾子于鄬。郑伯髡顽如会,未见诸侯,丙戌,卒于鄵。

本是郑伯被其大夫子驷弑之,而这里不这样说,只说是"卒"。为什么要这样记载?《公羊传》解释说:

> 鄵者何?郑之邑也。诸侯卒其封内不地,此何以地?隐之也。何隐尔?弑也。孰弑之?其大夫弑之。曷为不言其大夫弑之?为中国讳也。曷为为中国讳?郑伯将会诸侯于鄬,其大夫谏曰:"中国不足归也,则不若与楚。"郑伯曰:"不可。"其大夫曰:"以中国为义,则伐

---

① (清)陈立撰,吴则虞点校:《白虎通疏证》,《新编诸子集成》本,中华书局1994年版,第237~238页。
② (清)阮元撰,邓经元点校:《揅经室集》,中华书局1993年版,第605页。
③ 章太炎:《国故论衡》,上海古籍出版社2003年版,第52页。
④ (元)脱脱等:《宋史》,中华书局1985年版,第10550页。
⑤ 《春秋左传正义》,《十三经注疏》,上海古籍出版社1997年版,第1713~1714页。

我丧，以中国为强，则不若楚。"于是弑之。①

《春秋》"微言大义"，即以书写出郑伯死在自己的封地里，隐晦地表达郑伯是被弑而死，这是"为中国讳也"，故"不言其大夫弑之"。而《穀梁传》是这样解释的：

> 未见诸侯，其曰如会何也？致其志也。礼，诸侯不生名，此其生名何也？卒之名也。卒之名，则何为加之如会之上？见以如会卒也。其见以如会卒何也？郑伯将会中国，其臣欲从楚，不胜其臣，弑而死。其不言弑何也？不使夷狄之民加乎中国之君也。②

郑伯将会中原诸侯，其臣"欲从楚"，如此意见不合而被弑。楚当时为"夷狄"，《穀梁传》称如此记载是为了"不使夷狄之民加乎中国之君也"。因为古代史书的"记言、记事"的简略，当时过境迁，人们往往不易理解，因此，需要作出解释。

正是因为对《春秋》有着种种解释，于是又有对这些解释体例的说明，如杜预称《春秋》所谓"皆经国之常制，周公之垂法，史书之旧章，仲尼从而修之，以成一经之通体"。而《左传》的解释有"三体"，一是"其微显阐幽，裁成义类者，皆据旧例而发义，指行事以正褒贬"，为正例；二是"诸称'书、不书、先书、故书、不言、不称、书曰'之类，皆所以起新旧，发大义"，"谓之变例"；三是"然亦有史所不书，即以为义者。然亦有史所不书，即以为义者。此盖《春秋》新意，故传不言凡，曲而畅之也。其经无义例，因行事而言，则传直言其归趣而已，非例也"③，此为"归趣"。

原始史书"笔书"的简言及其书写习惯与体例，使后世人们需要看解释才能对"史"有明晰的理解。这种解释，或者多以较为详细的叙事来清楚说明史事，或者从"微言"中探求"大义"，或者是二者的结合。我们从《公羊传》与《穀梁传》的不同解释，可知人们对史官的原始记载有着不同的理解，因此得出其不同的"微言大义"。这也就从反面证明，史官的原始记载是需要人们去解释的，更重要的是，人们是利用这种对原始记载的

---

① 《春秋公羊传注疏》，《十三经注疏》，上海古籍出版社1997年版，第2302页。
② 《春秋穀梁传注疏》，《十三经注疏》，上海古籍出版社1997年版，第2426页。
③ 《春秋左氏传序》，(南朝梁)萧统编，(唐)李善注：《文选》，中华书局1977年版，第639页。

解释，来表达自己当下的观念。所以，"春秋笔法"被称为"微言大义"，"微言"，微眇之言，《逸周书·大戒》言"微言入心"①，以"微言"述"大义"。人们认为历史记载的有些地方不是实话实说的，而是用精微的用词去暗示深刻的道理，以此来打动人心。于是，通过对原始记载的解释，实现历史与当下的结合。

二、讲史及其"口出"的繁详

古时对史官所为，需要阐释者很多，如史官的占卜结果，也是需要解说的，《左传·文公十三年》载：

> 邾文公卜迁于绎。史曰："利于民而不利于君。"邾子曰："苟利于民，孤之利也。天生民而树之君，以利之也。民既利矣，孤必与焉。"左右曰："命可长也，君何弗为？"邾子曰："命在养民。死之短长，时也。民苟利矣，迁也，吉莫如之！"遂迁于绎。②

邾子就对史的卜辞"利于民而不利于君"作出自己的解释与判断。

"微言入心"，是需要具有相当的领悟能力的。而更多的情况是，"微言"需要解释才能让人们领悟，史事是需要详细讲述才能使人知其来龙去脉的。因此，在先秦的史官制度设计上，史官有两种，一是"笔书以为文"以记事记言；二是"口出以为言"的讲史，"即太史与瞽矇，他们所传述的历史，原以瞽矇传诵为主，而以太史的记录帮助记忆"③，讲史者或"执书"以进行。《周礼·大史》载大史的职责，其中有：

> 大祭祀，与执事卜日，戒及宿之日，与群执事读礼书而协事。祭之日，执书以次位常，辨事者考焉，不信者诛之。大会同、朝觐，以书协礼事。及将币之日，执书以诏王。④

讲的就是大史"执书"以讲礼讲史。《逸周书·史记》载左史戎夫为周穆王讲史，就罗列二十八件亡国之事。又如《国语·楚语下》载王孙圉论

---

① 黄怀信：《逸周书校补注译》，三秦出版社2006年版，第245页。
② 《春秋左传正义》，《十三经注疏》，上海古籍出版社1997年版，第1852页。
③ 徐中舒：《左传作者及其成书年代》，《徐中舒历史论文选辑》，中华书局1998年版，第1147页。
④ 《周礼注疏》，《十三经注疏》，上海古籍出版社1997年版，第817页。

国宝"又有左史倚相,能道训典以叙百物,以朝夕献善败于寡君,使寡君无忘先王之业"①,称史官陈辞君王,是通过讲史来提供从政鉴戒的。所以,《国语·周语上》载天子听政,有所谓"瞽、史教诲"而"王斟酌焉"②。

阎步克称"古史传承本有'记注'和'传诵'两种形式","史官记其大略于简册之上,其详情则由瞽矇讽诵"③。那就是说,最古的"史"有两种形式,即"笔书"与"口出","笔书"简略而"口出"繁详。从讲史是以太史记录的"笔书"底本来看,所谓《春秋》三传都是以《春秋》为底本的阐释。杜预《春秋左氏传序》称《左传》就是以经而讲:

> 左丘明受经于仲尼,以为经者不刊之书也。故传或先经以始事,或后经以终义,或依经以辨理,或错经以合异,随义而发。……身为国史,躬览载籍,必广记而备言之。④

正是以《春秋》为底本的"讲史"。桓谭《新论》曰:"左氏经之与传,犹衣之表里,相待而成,有经而无传,使圣人闭门思之,十年不能知也。"⑤是说"传"之类的解释的重要性。唐人刘知幾《史通·六家》称《左传》的"释经":

> 《左传》家者,其先出于左丘明。孔子既著《春秋》,而丘明受经作传。盖传者,转也,转受经旨,以授后人。……观《左传》之释经也,言见经文而事详传内,或传无而经有,或经阙而传存。其言简而要,其事详而博,信圣人之才羽翮,而述者之冠冕也。⑥

所谓"事详传内"就是《左传》的"释经"方式,《左传》的讲史主要是讲史事,依《春秋》讲述事件。左丘明本来就是史官,"丘明既躬为太史,博总

---

① 胡文波校点:《国语》,上海古籍出版社2015年版,第390页。
② 胡文波校点:《国语》,上海古籍出版社2015年版,第6页。
③ 阎步克:《乐师与史官——传统政治文化与政治制度论集》,生活·读书·新知三联书店2001年版,第94页。
④ (晋)杜预:《春秋左氏传序》,(南朝梁)萧统编,(唐)李善注:《文选》,中华书局1977年版,第639页。
⑤ (宋)李昉等辑:《太平御览》,中华书局1960年版,第2746页。
⑥ (唐)刘知幾著,(清)浦起龙通释,王煦华整理:《史通通释》,上海古籍出版社2009年版,第10页。

群书，至如梼杌、纪年之流，《郑书》、《晋志》之类，凡此诸籍，莫不毕睹。其《传》广包它国，每事皆详"①。他的"释经"，更多依据深厚的史事材料来补充《春秋》。最显著的一例如《春秋》"郑伯克段于鄢"一句，《左传》就有详尽的史实解说。

《公羊传》也是依《春秋》而讲史，《四库全书总目》"《春秋公羊传注疏》提要"称说其"释经"的渊源：

> 徐彦《疏》引戴宏《序》曰："子夏传与公羊高，高传与其子平，平传与其子地，地传与其子敢，敢传与其子寿。至汉景帝时，寿乃与齐人胡母子都着于竹帛。何休之《注》亦同。"（休说见《隐公二年》"纪子伯、莒子盟于密"条下。）今观《传》中有"子沈子曰""子司马子曰""子女子曰""子北宫子曰"，又有"高子曰""鲁子曰"，盖皆传授之经师，不尽出于公羊子。②

《公羊传》专讲"微言大义"，如《公羊传·闵公元年》称"《春秋》为尊者讳，为亲者讳，为贤者讳"③，那就要对这些情况作出说明。一般认为，《公羊传》讲"改制"，宣扬"大一统"，为后王立法；讲"所见异辞，所闻异辞，所传闻异辞"的"三世说"历史哲学。《穀梁传》以语录体和对话文体为主来讲解《春秋》，以"讲史"宣扬儒家思想的礼义教化和宗法情谊。

因此，从现今所看到的《左传》与《公羊》《穀梁》而言，《左传》以释事为主，而《公羊》《穀梁》以释义理为主，释事与释义理可谓讲史的两大范式，二者往往相辅相成。《左传·宣公二年》记载现实的一例"讲史"：

> 乙丑，赵穿攻灵公于桃园。宣子未出山而复。大史书曰："赵盾弑其君。"以示于朝。宣子曰："不然。"对曰："子为正卿，亡不越竟，反不讨贼，非子而谁？"宣子曰："乌呼，'我之怀矣，自诒伊戚'，其我之谓矣！"孔子曰："董狐，古之良史也，书法不隐。赵宣子，古之

---

① （唐）刘知幾著，（清）浦起龙通释，王煦华整理：《史通通释》，上海古籍出版社2009年版，第390页。
② （清）永瑢：《四库全书总目》，中华书局1965年版，第210~211页。
③ 《春秋公羊传注疏》，《十三经注疏》，上海古籍出版社1997年版，第2244页。

良大夫也，为法受恶。惜也，越竟乃免。"①

史的记载是"赵盾弑其君"，但以事释之是怎么样的，以义释之是怎么样的，以及大史为什么这样记载，"讲史"就应该把这些都讲清楚。

《论语·雍也》载：

> 子曰："质胜文则野，文胜质则史。文质彬彬，然后君子。"②

"史"与"野"相对，那么，"文胜质则史"就是叙说的一种状态，此后多有类似于"文胜质则史"的说法，如《韩非子·难言》称"捷敏辩给，繁于文采，则见以为史"③；《仪礼·聘礼》称"辞无常，孙而说。辞多则史，少则不达"④；《论衡·量知》称"能雕琢文书，谓之史匠"⑤。可见作为状态的"文胜质则史"的几个要点：与《尚书》《春秋》的文字简略质朴相比，其特点显然是辞多，所谓"辞多则史，少则不达"；相对于"质"来说，要"捷敏辩给""繁于文采""雕琢"，要把历史事件说透说全且要能够说得好听，要有说服力，易于人们接受。但这些都是概括而言，"文胜质则史"是"记注"向"传诵"学习的结果，是"笔书"向"口出"学习的结果，以求达到新的历史阶段的、新形式的"记注""笔书"。但"文胜质则史"还是有具体指向的，这些具体指向又成为史学撰述发展的方向。

三、"文胜质则史"的指向其一：提高叙事能力

古代史书的叙事，首先是围绕着帝王政绩、王朝历史展开的，是围绕着夺取政权、巩固政权展开的，"文胜质则史"首先显示出史书叙事能力的提高。

刘知幾《史通·杂说上》对《左传》的叙事能力有具体解说：

> 《左氏》之叙事也，述行师则簿领盈视，哤聒沸腾；论备火则区分在目，修饰峻整；言胜捷则收获都尽；记奔败则披靡横前；申盟誓则慷慨有余；称谲诈则欺诬可见；谈恩惠则煦如春日；纪严切则凛若

---

① 《春秋左传正义》，《十三经注疏》，上海古籍出版社1997年版，第1867页。
② 《论语注疏》，《十三经注疏》，上海古籍出版社1997年版，第2479页。
③ 陈奇猷校注：《韩非子集释》，上海人民出版社1974年版，第49页。
④ 《仪礼注疏》，《十三经注疏》，上海古籍出版社1997年版，第1073页。
⑤ （汉）王充：《论衡》，上海人民出版社1974年版，第195页。

秋霜；叙兴邦则滋味无量；陈亡国则凄凉可悯。或腴辞润简牍，或美句入咏歌，跌宕而不群，纵横而自得。若斯才者，殆将工侔造化，思涉鬼神，著述罕闻，古今卓绝。①

"述行师""论备火""言胜捷""记奔败""申盟誓""称谲诈"是指"史"之"文"，其实现"史"的纪事功能。而"煦如春日""滋味无量""凄凉可悯"，则是指《左传》叙事的感染力。"或腴辞润简牍，或美句入咏歌，跌宕而不群，纵横而自得"云云，则是指《左传》叙事的语言运用。

孟子论先秦史学曰：

> 孟子曰："王者之迹熄而《诗》亡，《诗》亡然后《春秋》作。晋之《乘》，楚之《梼杌》，鲁之《春秋》，一也：其事则齐桓、晋文，其文则史。孔子曰：'其义则丘窃取之矣。'"②

孟子的这段话先称"口出以为言"的《诗》亡而"笔书以为文"的《春秋》作，叙说了先秦史学的各个方面：一是"其事则齐桓、晋文"，"史"是叙事的。二是"其文则史"，"史"的"文"，既是文字记述的，是"笔书"的，又是有"文"的。三是"史"在"其事""其文"后，"其义"仍是存在的，也就是说，"史"的"微言大义"的传统并未丢失，这个"义"也就是司马迁所称《春秋》"文成数万，其指数千"③之"指"。

《左传》叙事能力的提高又有代言体的出现。《僖公二十二年》载：

> 晋大子圉为质于秦，将逃归，谓嬴氏曰："与子归乎？"对曰："子，晋大子，而辱于秦，子之欲归，不亦宜乎？寡君之使婢子侍执巾栉，以固子也。从子而归，弃君命也。不敢从，亦不敢言。"遂逃归。④

夫妻密谋，何人知之？但史家通过密谋的叙写说出逃归是怎样实施的。又如《左传·宣公二年》：

---

① （唐）刘知幾著，（清）浦起龙通释，王煦华整理：《史通通释》，上海古籍出版社2009年版，第422页。
② 《孟子译注》，《十三经注疏》，上海古籍出版社1997年版，第2727~2728页。
③ （汉）司马迁：《史记·太史公自序》，中华书局1982年版，第3297页。
④ 《春秋左传正义》，《十三经注疏》，上海古籍出版社1997年版，第1813页。

> 宣子骤谏，公患之，使鉏麑贼之。晨往，寝门辟矣，盛服将朝，尚早，坐而假寐。麑退，叹而言曰："不忘恭敬，民之主也。贼民之主，不忠。弃君之命，不信。有一于此，不如死也。"触槐而死。①

人死之前的独白，何以知之？当出自联想，只是按理来说应该是这样，以此来惩恶劝善。钱锺书说：

> 上古既无录音之具，又乏速记之方，驷不及舌，而何其口角亲切，如聆謦欬软？或为密勿之谈，或乃心口相语，属垣烛隐，何所据依？如僖公二十四年介之推与母偕逃前之问答，宣公二年鉏麑自杀前之慨叹，皆生无傍证、死无对证者。……盖非记言也，乃代言也，如后世小说、剧本中之对话独白也。左氏设身处地，依傍性格身分，假之喉舌，想当然耳。……史家追叙真人实事，每须遥体人情，悬想事势，设身局中，潜心腔内，忖之度之，以揣以摩，庶几入情合理，盖与小说、院本之臆造人物，虚构境地，不尽同而可相通，记言特其一端。②

称史家的"代言"做法与"小说、院本之臆造人物""相通"。

或称《左传》亦有纪事文辞上的浮夸，如韩愈《进学解》称"《左氏》浮夸"③，元人盛如梓《庶斋老学丛谈》卷一云：

> 晋景公病，将食麦，张如厕，陷而卒，国君病，何必如厕？假令如厕，岂能遽陷而卒，此皆文胜其实，良可发笑！④

事见成公十年。钱锺书曰：

> 论景公事，言外意谓国君内寝必有如《周礼·天官·玉府》所谓"亵器"、《史记·万石君传》所谓"厕牏"者，尤须出外就野溷耳。⑤

---

① 《春秋左传正义》，《十三经注疏》，上海古籍出版社1997年版，第1867页。
② 钱锺书：《管锥编》第一册，中华书局1986年版，第164~166页。
③ 屈守元、常思春主编：《韩愈全集校注》，四川大学出版社1996年版，第1910页。
④ (元)盛如梓：《庶斋老学丛谈》，《丛书集成初编》第328册，中华书局1985年版，第6页。
⑤ 钱锺书：《管锥编》第一册，中华书局1986年版，第206页。

称如此叙说其事并无"史"的价值。这当然是讲史时的遗留之风，只是为了增强读者对"史"的注意而已，这也是"文胜质则史"的效应。

四、"文胜质则史"的指向其二：关注礼乐制度

"文胜质则史"，又可谓对礼乐制度建设的关注。"文"，其义或指礼乐制度。《论语·子罕》"文王既没，文不在兹乎"，朱熹集注："道之显者谓之文，盖礼乐制度之谓。"①章炳麟《文学总略》："孔子称尧、舜，'焕乎其有文章'，盖君臣朝廷尊卑贵贱之序，车舆衣服宫室饮食嫁娶丧祭之分，谓之文。"②又指礼节仪式，《史记·高祖本纪》太史公曰"敬之敝，小人以鬼，故周人承之以文"，裴骃集解引郑玄曰："文，尊卑之差也。"③《汉书·地理志下》："（鲁俗）丧祭之礼文备实寡。"④"礼文"即礼乐仪制。

"文胜质则史"在《左传》中的表现即多言礼，杨伯峻说："礼"字在《左传》中出现了462次，另外还有"礼食""礼经""礼书""礼秩""礼义"等，"把礼提高到最高地位，《左传》昭公二十年，晏婴对齐景公说：'礼之可以为国也久矣，与天地并。'"⑤《左传·昭公二十五年》，子大叔回答赵简子"何谓礼"的问题：

> 吉也闻诸先大夫子产曰："夫礼，天之经也。地之义也，民之行也。"天地之经，而民实则之。则天之明，因地之性，生其六气，用其五行。气为五味，发为五色，章为五声，淫则昏乱，民失其性。是故为礼以奉之：为六畜、五牲、三牺，以奉五味；为九文、六采、五章，以奉五色；为九歌、八风、七音、六律，以奉五声；为君臣、上下，以则地义；为夫妇、外内，以经二物；为父子、兄弟、姑姊、甥舅、昏媾、姻亚，以象天明，为政事、庸力、行务，以从四时；为刑罚、威狱，使民畏忌，以类其震曜杀戮；为温慈、惠和，以效天之生殖长育。民有好、恶、喜、怒、哀、乐，生于六气。是故审则宜类，以制六志。哀有哭泣，乐有歌舞，喜有施舍，怒有战斗；喜生于好，怒生于恶。是故审行信令，祸福赏罚，以制死生。生，好物也；死，恶物也；好物，乐也；恶物，哀也。哀乐不失，乃能协于天地之性，

---

① （宋）朱熹集注：《四书集注》，岳麓书社1985年版，第138页。
② 章太炎：《国故论衡》，上海古籍出版社2003年版，第49页。
③ （汉）司马迁：《史记》，中华书局1982年版，第393～394页。
④ （汉）班固：《汉书》，中华书局1962年版，第1663页。
⑤ 杨伯峻：《论语译注》，中华书局1980年版，第16页。

是以长久。……礼,上下之纪,天地之经纬也,民之所以生也,是以先王尚之。故人之能自曲直以赴礼者,谓之成人。大,不亦宜乎?①

讲述礼不只是一套可供遵循的外在礼节、仪式,还有着自身本质的观点与作用。又如《左传·昭公二十九年》载史墨叙说"蓄龙"家族谱系及其职责,在回答魏献子"今何故无之"后,又回答其"社稷五祀,谁氏之五官也"的问题:

> 少皞氏有四叔,曰重、曰该、曰修、曰熙,实能金、木及水。使重为句芒,该为蓐收,修及熙为玄冥,世不失职,遂济穷桑,此其三祀也。颛顼氏有子曰犁,为祝融;共工氏有子曰句龙,为后土,此其二祀也。后土为社;稷,田正也。有烈山氏之子曰柱为稷,自夏以上祀之。周弃亦为稷,自商以来祀之。②

这应该是后世史书"祭祀志"的内容。《左传·昭公十七年》记载郯子论古"以物命官",如"黄帝氏以云纪,故为云师而云名;炎帝氏以火纪,故为火师而火名"③,这是官制的起源。《国语·周语上》有虢文公给周宣王讲"籍田"制度。《国语·楚语上》有"申叔时论傅太子之道",论述太子教育制度。《国语·鲁语上》展禽讲"制祀"制度,展禽曰:"夫祀,国之大节也;而节,政之所成也。故慎制祀以为国典。""夫圣王之制祀也,法施于民则祀之,以死勤事则祀之,以劳定国则祀之,能御大灾则祀之,能扞大患则祀之。非是族也,不在祀典。"④《国语·齐语》记载齐国的行政制度:"管子于是制国以为二十一乡:工商之乡六,士乡十五,公帅五乡焉,国子帅五乡焉,高子帅五乡焉。参国起案,以为三官,臣立三宰,工立三族,市立三乡,泽立三虞,山立三衡。"⑤

这些内容或溢出于记事,更多的是对礼乐文化、典章制度的记载、叙说,这表明古代史书不只关注事件的记叙,还关注着文化建设诸方面的记叙。

---

① 《春秋左传正义》,《十三经注疏》,上海古籍出版社1997年版,第2107~2108页。
② 《春秋左传正义》,《十三经注疏》,上海古籍出版社1997年版,第2124页。
③ 《春秋左传正义》,《十三经注疏》,上海古籍出版社1997年版,第2083~2084页。
④ 胡文波校点:《国语》,上海古籍出版社2015年版,第109页。
⑤ 胡文波校点:《国语》,上海古籍出版社2015年版,第147页。

五、"文胜质则史"与史书撰作新体例

"文胜质则史"重在礼乐文化、典章制度的记载、叙说,被司马迁《史记》继承并发扬光大。司马迁在《史记·太史公自序》称:

> 《春秋》以道义。拨乱世反之正,莫近于《春秋》。《春秋》文成数万,其指数千。万物之散聚皆在《春秋》。《春秋》之中,弑君三十六,亡国五十二,诸侯奔走不得保其社稷者不可胜数。察其所以,皆失其本已。①

认为《春秋》之"本"在于"道义",而《史记》有《礼》《乐》《律》《历》《天官》《封禅》《河渠》《平准》八书,其内容是对古代社会的经济、政治、文化各个方面的专题记载和论述,司马迁亦自称"作八书"所载是"礼乐损益,律历改易,兵权山川鬼神,天人之际,承敝通变"②,点明了这些对礼乐文化、典章制度的记载、叙说,是有关政体建设、文化建设方面的,刘勰《文心雕龙·史传》称"八书以铺政体"③,即是此意。司马迁引孔子语曰:"我欲载之空言,不如见之于行事之深切著明也。"④所以,"八书"的铺叙国家典章制度也是以记载具体事例的面目出现的,阐述其兴废沿革,并非只是有关政体建设、文化建设方面的条文。班固《汉书》"十志"传承《史记》"八书",铺叙国家典章制度,更是被纪传体史书列入体例,延续下来。"文胜质则史"以其重"文",终于促使了史书"以铺政体"的体例创建,其因对典章制度等政体的记载,讨论历代文化建设得失的特点,被传承与鉴戒。

于是可以说,"口出以为言"的"讲史"而形成的"文胜质则史"的状态,影响到"笔书以为文"的纪传体史书由两大部分组成:一是叙事之类的"纪""传",二是铺叙国家典章制度之类的"书""志"。所以,后世形成了这样的观念:"只有纪传,没有志书,不能说是完整的国史。"⑤

"文胜质则史"倡导提高叙事能力,也正是汉代以来纪传体史书所遵

---

① (汉)司马迁:《史记》,中华书局1982年版,第3297页。
② (汉)司马迁:《史记》,中华书局1982年版,第3319页。
③ (南朝梁)刘勰著,詹锳义证:《文心雕龙义证》,上海古籍出版社1989年版,第576页。
④ (汉)司马迁:《史记》,中华书局1982年版,第3297页。
⑤ 范文澜:《中国通史简编》(第三编),人民出版社1965年版,第81页。

循的史书传统。司马迁《史记》创立纪传体史书，班固称世人"服其善序事理，辨而不华，质而不俚，其文直，其事核，不虚美，不隐恶，故谓之实录"，正是对其叙事而言；扬雄《法言·君子》称"子长多爱，爱奇也"①，也是对其叙事而言。而《汉书》的语言庄严工整，多用排偶、古字古词，遣辞造句典雅远奥，如此之"文"又更合乎统治阶层的理想文风。"文胜质则史"亦标示"史"为最早具有文学性的文体之一。"史"的甲骨文字形，上面是放简策的容器，下面是手，合起来表示掌管文书记录。当"文"作为文字及文字作品来讲，"史"是最早的"文"。当把"文胜质则史"之"文"视为提高叙事能力的文饰，那么，"文胜质则史"则表明，"史"的文学性是自先秦时代就所具有的，且"史"以"文"而标榜。"文"之相分，如"道生一，一生二，二生三，三生万物"，有文字而有文字作品，有文字作品而有各种文体，至经、子、史、集，各为独立。但所有的文字作品又汲取着"文"的滋润，又有共同的"文"的基因。"文胜质则史"之"史"，其"文"的基因则在于其叙事能力，其能力来自"口出以为言"的讲史。我们不应忽视："史"本是中国古代"文"的源头之一，也是其最早表现形态之一，而这些则来自"口出以为言"。

第二节 "口吃"与以"笔书"代"谈"

一、"口出""笔书"是两种才华

《论语·先进》载：

> 德行：颜渊、闵子骞、冉伯牛、仲弓。言语：宰我、子贡。政事：冉有、季路。文学：子游、子夏。②

这就是孔学四门。其中与语言表达有关者即"言语"与"文学"，前者为口头表达，后者为书面表达，即"口出"与"笔书"。古时多"口出"与"笔书"俱佳者，所谓"口笔俱著"，如《北堂书钞》六十引谢承《后汉书》云：

---

① 汪荣宝撰，陈仲夫点校：《法言义疏》，中华书局1987年版，第507页。
② 《论语注疏》，《十三经注疏》，上海古籍出版社1997年版，第2498页。

> 龚遂字巨卿，拜尚书郎。性敏达，弥纶旧章，深识典故。每入奏事，朝廷所问，应对甚捷，恒帝嘉其才。台阁有疑事，百僚议不决，遂常拟古典，引故事，处当平决，口笔俱著。①

《北堂书钞》六十又引谢承《后汉书》云：

> 刘裕字伯祖，补尚书郎。裕才辩有大笔，自在台阁，陈国家故事，每有奏，决于口笔，为群僚所服。②

葛洪《抱朴子·辨问》："所以过绝人者，唯在才长思远，口给笔高，德全行洁，强训博闻之事耳。"③"口给笔高"当然好，但"口出"与"笔书"毕竟是两种才华，史书上也是这样记载的，赵翼《廿二史札记》卷四"后汉书编次订正"条：

> (《汉书》)蒯通、伍被、江充、息夫躬或国初人，或中叶末造人，而列为一卷，以其皆利口也。④

专门把"利口"者归为一类人，即独擅"口出"。

世上还是"口出"或"笔书"独擅其一者众，如史书有"长安号曰'谷子云笔札，楼君卿喉舌'"的记载⑤，指各有擅长。此即所谓能言语者不见得能"笔书"之文学、文章，能文学、文章不见得能"口出"之言谈。《史通·外篇·杂说下》云：

> 昔魏史称朱异有口才，挚虞有笔才。故知喉舌翰墨，其辞本异。⑥

这又是讲"口出"与"笔书"的用"辞"是不一样的。

在言谈论议上有所欠缺，在某些方面自然是要吃一些亏的。如《汉

---

① （唐）虞世南：《北堂书钞》，中国书店1989年版，第207页。
② （唐）虞世南：《北堂书钞》，中国书店1989年版，第207页。
③ （晋）葛洪：《抱朴子》，诸子百家丛书，上海古籍出版社1990年版，第91页。
④ （清）赵翼著，王树民校证：《廿二史劄记校证》，中华书局1984年版，第80页。
⑤ （汉）班固：《汉书·游侠传·楼护》，中华书局1962年版，第3707页。
⑥ （唐）刘知幾著，刘占召评注：《史通评注》，中央编译出版社2010年版，第406页。

书·儒林列传》载:

> 瑕丘江公,受《榖梁春秋》及《诗》于鲁申公,传子至孙为博士。武帝时,江公与董仲舒并。仲舒通《五经》,能持论,善属文。江公呐(讷)于口,上使与仲舒议,不如仲舒。而丞相公孙弘本为《公羊》学,比辑其议,卒用董生。于是上因尊《公羊》家,诏太子受《公羊春秋》,由是《公羊》大兴。①

《公羊春秋》为什么大兴,其主要原因之一,还有董仲舒"能持论"、能"口出以为言"之"议"的因素,而持《榖梁》学的江公"呐(讷)于口","与仲舒议,不如仲舒",这是一个因口讷而在学术上失败的例子。

早慧儿童最外在的、最早的显示聪敏之处,就在言语"口出"方面,历史上这类记载太多了。如称孔融早慧,《世说新语·言语》载:

> 孔文举年十岁,随父到洛。时李元礼有盛名,为司隶校尉,诣门者皆俊才清称及中表亲戚乃通。文举至门,谓吏曰:"我是李府君亲。"既通,前坐。元礼问曰:"君与仆有何亲?"对曰:"昔先君仲尼与君先人伯阳,有师资之尊,是仆与君奕世为通好也。"元礼及宾客莫不奇之。太中大夫陈韪后至,人以其语语之。韪曰:"小时了了,大未必佳!"文举曰:"想君小时,必当了了!"韪大踧踖。②

而口讷儿童,往往不被人们看好,如《建康实录》卷八载:

> (王)羲之幼讷于言,人未奇之。③

"人未奇之"的原因就在于"讷于言",可见言语"口出"的某些重要性。

二、玄谈的兴起与"口出""笔书"分为二途

东汉末年,有士人清议,士大夫聚集在一起议论朝政,遭到迫害,所谓"党锢之祸"。《后汉书·党锢列传》载,朝廷指责这些清议者"共造部

---

① (汉)班固:《汉书》,中华书局1962年版,第3617页。
② (南朝宋)刘义庆撰,(南朝梁)刘孝标注,余嘉锡笺疏:《世说新语笺疏》,上海古籍出版社1993年版,第56页。
③ (唐)许嵩:《建康实录》,上海古籍出版社1987年版,第165页。

党,自相褒举,评论朝廷,虚构无端"①,主要罪名在"口出以为言"地议论朝政,这就是所谓"清议"。清议以后是清谈,那就要讲究"口出"之"谈",玄学时代就是所谓"玄谈",《晋书·王衍传》记载玄学、玄谈的兴起:

> 魏正始中,何晏、王弼等祖述《老》《庄》,立论以为:"天地万物皆以无为本,无也者,开物成务,无往不存者也。阴阳恃以化生,万物恃以成形,贤者恃以成德,不肖者恃以免身。故无之为用,无爵而贵矣。"②

何晏、王弼两人都可谓能言谈又能著论。《世说新语·文学》载:

> 何晏为吏部尚书,有位望,时谈客盈座,王弼未弱冠往见之。晏闻弼名,因条向者胜理语弼曰:"此理仆以为极,可得复难不?"弼便作难,一坐人便以为屈,于是弼自为客主数番,皆一坐所不及。③

这是称其能言善辩。《世说新语·文学》引《文章叙录》也载,"(何)晏能清言,而当时权势,天下谈士,多宗尚之"④。何晏又有多种著作存世,有《景福殿赋》《瑞颂》《论语集解序》《难蒋济叔嫂无服论》《祀五郊六宗厉殃议》《白起论》《冀州论》等。《世说新语·文学》称:

> 何平叔注《老子》,始成,诣王辅嗣。见王《注》精奇,乃神伏曰:"若斯人,可与论天人之际矣!"因以所注为《道德二论》。⑤

《三国志·锺会传》注引何劭《王弼传》称,王弼"幼而察惠,年十余,好《老氏》,通辩能言"⑥。王弼文章传今者,有《周易注》《周易略例》《老子

---

① (南朝宋)范晔:《后汉书》,中华书局1965年版,第2205页。
② (唐)房玄龄:《晋书》,中华书局1974年版,第1236页。
③ (南朝宋)刘义庆撰,(南朝梁)刘孝标注,余嘉锡笺疏:《世说新语笺疏》,上海古籍出版社1993年版,第195~196页。
④ (南朝宋)刘义庆撰,(南朝梁)刘孝标注,余嘉锡笺疏:《世说新语笺疏》,上海古籍出版社1993年版,第195页。
⑤ (南朝宋)刘义庆撰,(南朝梁)刘孝标注,余嘉锡笺疏:《世说新语笺疏》,上海古籍出版社1993年版,第198页。
⑥ (晋)陈寿撰,(南朝宋)裴松之注:《三国志》,中华书局1982年版,第795页。

注》，均为完书。

魏玄学家能谈又能写，而西晋玄学家多有能言谈而不能著论者，如王衍，《世说新语·言语》注引《晋诸公赞》称其"好尚谈称，为时人物所宗"①，但他不能著文，很少见到其文传世。因此，刘师培《中国中古文学史》云："然王（弼）、何（晏）虽工谈论，及著为文章，亦为后世所取法。迄于西晋，则王衍、乐广之流，文藻鲜传于世，用是言语、文章，分为二途。"②徐公持说："西晋玄学家，少有著作传世，此亦与魏末玄学家形成鲜明对照。查《隋书·经籍志》，西晋文士乃至一般官员多有本集，多则十余卷，少亦一、二卷，然而名声显赫的王戎、卫玠、王衍等玄学家，竟皆无集，可证当日玄学家确实专事口谈，不重手笔。他们已非真正意义上的思想家。"③

三、口吃

历史上的某些善文者，偏偏有"口吃"的缺陷。钱锺书论《史记·老子韩非列传》"（韩非）为人口吃，不能道说，而善著书"曰：

> 按《司马相如列传》："相如口吃而善著书。"《儒林列传》：兒宽"善著书，书奏敏于文，口不能发明也"。《汉书·扬雄传》："口吃不能剧谈，默而好深湛之思。"王嘉《拾遗记》卷六："何休木呐多智。……门徒有问者，则为注记，而口不能说。"范晔《狱中与诸甥侄书》："往往有微辞，言乃不能自尽，口机不调利，以此无谈功。"挚虞、潘岳、郭璞等亦皆笔胜于舌。李冶《敬斋古今黈》卷三云："长卿、子云皆蜀人，能文而吃。玉垒、铜梁之气，于兹二人，独厚之以游、夏之才，而又吝于宰我、子贡之舌，何欤？"夫口吃而善著书，笔札唇舌，若相乘除，心理学谓之"补偿反应"，如古之音乐师必以瞽矇为之也。（中略）西洋大手笔而口钝舌结者，亦实繁有徒，如高乃伊自言："吾口枯瘠，吾笔丰沃。"④

这里说出了口吃而善著书现象的原因，是心理学所谓"补偿反应"。又如

---

① （南朝宋）刘义庆撰，（南朝梁）刘孝标注，余嘉锡笺疏：《世说新语笺疏》，上海古籍出版社1993年版，第85页。
② 陈引驰编校：《刘师培中古文学论集》，中国社会科学出版社1997年版，第46页。
③ 徐公持：《魏晋文学史》，人民文学出版社1999年版，第273页。
④ 钱锺书：《管锥编》第一册，中华书局1986年版，第310~311页。

《南齐书·顾欢传》载：

> （顾欢）口不辩，善于著笔。著《三名论》，甚工，锺会《四本》之流也。①

顾欢"口不辩"而"善于著笔"，一时为美谈。生活中也有平常虽然口吃，但清谈起来、辩论起来却毫不逊色者，如《南史·周弘正传》载：

> 弘正丑而不陋，吃而能谈，俳谐似优，刚肠似直，善玄理，为当世所宗……弘正善清谈，梁末为玄宗之冠。②

所谓"吃而能谈"，是说这位先生在平常生活中说起话来口吃，但以学术用语来谈论时，一点也不口吃。

玄学人物能言谈而不能著论，遇到关键时刻不得不手笔时，他们就要想办法，《世说新语·文学》载：

> 乐令善于清言，而不长于手笔。将让河南尹，请潘岳为表。潘曰："可作耳。要当得君意。"乐为述己所以为让，标位二百许语。潘直取错综，便成名笔。时人咸云："若乐不假潘之文，潘不取乐之旨，则无以成斯矣。"③

乐广善谈论而不善"笔书"著文，要请能文者潘岳代为"笔书"；能文者"笔书"时要请善谈者先"口出"以讲，汲取其"口出"精华，善"口出"谈论者与"笔书"能文者相结合，便产生"名笔"。

在清谈的时代，不善谈论者怎么与他人辩论呢？于是便有以"笔书"对"口出"之"谈"的对垒辩论情况，《世说新语·文学》载：

> 太叔广甚辩给，而挚仲洽长于翰墨，俱为列卿。每至公坐，广谈，仲洽不能对。退著笔难广，广又不能答。④

---

① （南朝梁）萧子显：《南齐书》，中华书局1972年版，第935页。
② （唐）李延寿：《南史》，中华书局1975年版，第897~899页。
③ （南朝宋）刘义庆撰，（南朝梁）刘孝标注，余嘉锡笺疏：《世说新语笺疏》，上海古籍出版社1993年版，第252~253页。
④ （南朝宋）刘义庆撰，（南朝梁）刘孝标注，余嘉锡笺疏：《世说新语笺疏》，上海古籍出版社1993年版，第255页。

这是说，不善谈论者以"笔书"对"谈"，或以"笔书"代"谈"。

尽管如此，在辩论中，能言谈者自然占上风，《世说新语·文学》载：

> 江左殷太常父子并能言理，亦有辩讷之异。扬州口谈至剧，太常辄云："汝更思吾论。"（注引《中兴书》曰："殷融……著《象不尽意》、《大贤须易论》，理义精微，谈者称焉。兄子浩亦能清言，每与浩谈，有时而屈，退而著论，融更居长。"）①

殷浩（扬州）能谈，殷融（太常）不太能谈，所以殷融说，更愿意用撰作来辩论。《建康实录》卷八载，殷浩与叔父殷融俱好《老子》《周易》，"融与浩谈则辞屈，著篇则融胜"②。但是不能倒过来，如果以"谈"代"笔书"就有很多局限，或者说是做不到的，乐令善"谈"不善"笔书"，只好请人代笔，就是例子。因此，能言谈而不能著文者应该说吃了大亏，因为其言论或未能保存下来，或只能靠他人的记录而保存片段，古时所谓能使人"不朽"的"三立"之一的"立言"，更大程度上指著文。

言语之"口出"与文章之"笔书"二者能兼当然最好，但"口出"欠佳对文人来说也有负面影响。南北朝对峙时妙选使者，要求言语、文章与形象俱佳，这是与本朝的形象威望联系在一起的，《南齐书·谢朓传》载，"隆昌初，敕（谢）朓接北使，朓自以为口讷，启让不当"③，谢朓文采很好，但就是因为"口讷"，推辞不做使者，可见言语"口出"之重要，更多情况下，撰作之"笔书"是不能替代言语之"口出"的。

第三节 中古时期的口语、书面语之争

"口出以为言"是口语表达，"笔书以为文"是书面语表达，二者自有异同。"口出"与"笔书"相争表现为口语、书面语之争，其中还表现在"口出以为言"转换为"笔书以为文"后，是否还要保持"口出以为言"的表达特色。这就是中古时期的口语、书面语之争，"口出"与"笔书"之争。

中古时期，口语、书面语之争主要表现在语言表达形式上，"诗"的

---

① （南朝宋）刘义庆撰，（南朝梁）刘孝标注，余嘉锡笺疏：《世说新语笺疏》，上海古籍出版社1993年版，第257页。
② （唐）许嵩：《建康实录》，上海古籍出版社1987年版，第173页。
③ （南朝梁）萧子显：《南齐书》，中华书局1972年版，第826页。

"口出"与"文"的"笔书"的语言表达形式异向发展,有着不同追求。"诗"由汉乐府民歌、古诗十九首的口语化,经曹植、陆机、谢灵运诸人提倡藻饰、对仗等,又发展至沈约"三易",回归口语化的"易读诵"。"文"由曹操诸人的口语化表达,经历了越来越藻饰化进而成为与口语对立的规则化的骈文,但其各种规则也集中到"易读诵"上。诗、文同是"易读诵",却有回归口语化或对立口语化、转化口语化的不同,这就是诗歌与非诗歌、文言文与白话文、口语与书面语貌似天壤之隔而又有所沟通、有所融和的原因,古代的文学语言正是在如此的循环往复中被人们运用着的。

一、王充、葛洪论口语与书面语异同

汉时,王充在《论衡·自纪》①中提出了口语与书面语异同的问题,当时有人批评王充《讥俗》《论衡》之书"形露易观",批评者的理由为:

> 充书形露易观。或曰:"口辩者其言深,笔敏者其文沉。案经艺之文,贤圣之言,鸿重优雅,难卒晓睹。世读之者,训古乃下。盖贤圣之材鸿,故其文语与俗不通。玉隐石间,珠匿鱼腹,非玉工珠师,莫能采得。宝物以隐闭不见,实语亦宜深沉难测。《讥俗》之书,欲悟俗人,故形露其指,为分别之文。《论衡》之书,何为复然?岂材有浅极,不能为深覆?何文之察,与彼经艺殊轨辙也?"

批评者出发点就是"口辩者其言深,笔敏者其文沉",而《论衡》之书"形露易观","与彼经艺殊轨辙也",自然是浅薄之书。王充针锋相对地说:

> 《论衡》者,论之平也。口则务在明言,笔则务在露文。高士之文雅,言无不可晓,指无不可睹。观读之者,晓然若盲之开目,聆然若聋之通耳。……夫文由语也,或浅露分别,或深迂优雅,孰为辩者?故口言以明志,言恐灭遗,故著之文字。文字与言同趋,何为犹当隐闭指意?狱当嫌辜,卿决疑事,浑沌难晓,与彼分明可知,孰为良吏?夫口论以分明为公,笔辩以荧露为通,吏文以昭察为良。

王充提出,自己的《论衡》为"论",文章的语言是从口头语来的,所谓"文由语也""文字与言同趋",文章就要写得与口头语一样明白易懂,所谓

---

① (汉)王充:《论衡》,上海人民出版社1974年版,第450~451页。

"以分明为公""以荻露(敷陈表露)为通""以昭察为良"。然后解释"经艺之文,贤圣之言,鸿重优雅,难卒晓睹"的问题,称"经传之文,贤圣之语"在撰写之时,"非务难知",并不是故弄玄虚让人读不懂,"难卒晓睹"只是因为"古今言殊,四方谈异也"。因此,"后人不晓,世相离远,此名曰语异,不名曰材鸿。浅文读之难晓,名曰不巧,不名曰知(智)明",不能因为"难卒晓睹"就称之为"材鸿""知(智)明"。王充得出结论说:"夫笔著者,欲其易晓而难为,不贵难知而易造;口论务解分而可听,不务深迂而难睹。"而这个结论的基础就是:其"口出以为言"者与"笔书以为文"者相同,即口头语与书面语相同,不应该人为造成差异,其论证指向即书面语也应该"易晓"。

葛洪《抱朴子·喻蔽》:

> 夫发口为言,著纸为书;书者所以代言,言者所以书事。①

"书者所以代言"就为口头语与书面语应该一致奠定了基础。其《抱朴子·钧世》又提出"古之著书者,才大思深,故其文隐而难晓。今人意浅力近,故露而易见",云:

> 且古书之多隐,未必昔人故欲难晓。或世异语变,或方言不同;经荒历乱,埋藏积久,简编朽绝,亡失者多;或杂续残缺,或脱去章句:是以难晓,似失至深耳。……书犹言也,若入谈语,故为知音。胡越之接,终不相解,以为教戒,人岂知之哉?若言以易晓为辨,则书何故以难知为好哉!②

他认为古书难读的原因有四:"或世异语变""或方言不同""或杂续残缺""或脱去章句"。因此,写书应该像说话一样,让人们懂,才能说得上是"知音"。葛洪实际上是看到了口头表达的"言"与书面语的"笔"的差异,但他的立场是"易晓",即所谓"言以易晓为辨,则书何故以难知为好哉"。葛洪论证的重心也在于"易晓"。

晋宋以来,"口出"的口头语同样讲究文采,刘师培评论南朝文学得失情况,其三为"士崇讲论,而语悉成章也",其曰:

---

① (晋)葛洪:《抱朴子》,诸子百家丛书,上海古籍出版社1990年版,第304~305页。
② (晋)葛洪:《抱朴子》,诸子百家丛书,上海古籍出版社1990年版,第254~256页。

> 自晋代人士均擅清言，用是言语、文章虽分两途，而出口成章，悉饶词藻。晋、宋之际，宗炳之伦，承其流风，兼以施于讲学。宋则谢灵运、瞻之属，并以才辩辞义相高，王惠精言清理。齐承宋绪，华辩益昌。《齐书》称张绪言精理奥，见宗一时，吐纳风流，听者皆忘饥疲；又称周颙音辞辨丽，辞韵如流，太学诸生慕其风，争事华辨；又谓张融言辞辩捷，周颙弥为清绮，刘绘音采不赡，丽雅有风则。迄于梁代，世主尤崇讲学，国学诸生，惟以辨论儒玄为务，或发题申难，往复循环，具详《南史》各传。用是讲论之词，自成条贯，及笔之于书，则为讲疏、口义、笔对，大抵辨析名理，既极精微，而属词有序，质而有文，为魏、晋以来所未有。当时人士，既习其风，故析理之文，议礼之作，迄于陈末，多有可观，则亦士崇讲论之效也。①

这里讲到"士崇讲论"之类"口出以为言"，当其"笔之于书"时则自然具有"笔书以为文"的文采，是说"口出以为言"的口头语与"笔书以为文"的书面语已趋于一致，尤其是口头语，所谓"士崇讲论，而语悉成章也"，对"析理之文，议礼之作"之类产生文采上的影响。

二、诗歌的"三易"之说

汉乐府民歌的语言一般是口语化的，胡应麟称其"采摭闾阎，非由润色，然而质而不俚，浅而能深"②，尤其是《孤儿行》《妇病行》之类，宋长白《柳亭诗话》谓其"虽参错不齐，而情与景会，口语、心机之状，活现笔端"③。无名氏文人的《古诗十九首》，谢榛《四溟诗话》谓其"平平道出，且无用工字面，若秀才对朋友说家常话，略不作意"④。自曹植始，诗歌进入典雅、华丽的文人化表达阶段，胡应麟云：

> 子建《名都》《白马》《美女》诸篇，辞极赡丽。然句颇尚工，语多致饰，视东、西京乐府，天然古质，殊自不同。⑤

至西晋陆机更变本加厉，刘勰称陆机"缀辞尤繁"⑥，锺嵘称陆机"才高词

---

① 陈引驰编校：《刘师培中古文学论集》，中国社会科学出版社1997年版，第91页。
② （明）胡应麟：《诗薮》，上海古籍出版社1979年版，第3页。
③ （清）宋长白：《柳亭诗话》，上海杂志公司1935年版，第210页。
④ （明）谢榛：《四溟诗话》，《丛书集成初编》本，中华书局1985年版，第39页。
⑤ （明）胡应麟：《诗薮》，上海古籍出版社1979年版，第29页。
⑥ （南朝梁）刘勰著，詹锳义证：《文心雕龙义证》，上海古籍出版社1989年版，第1203页。

赡，举体华美"①，南朝宋时颜延之诗"铺锦列绣""雕缋满眼"②，谢灵运诗"尚巧似，而逸荡过之，颇以繁富为累"③。《诗三百》本是配乐演唱，先秦的歌、谣、讴、诵、辞，或易于演唱或易于记诵，这些作品在口头表达时的口顺流利，自不待言。但自文人诗歌脱离演唱后，随着语言修饰的日渐繁盛，有些问题渐显突出，萧子显《南齐书·文学传论》论"三体"曰：

> 一则启心闲绎，托辞华旷，虽存巧绮，终致迂回。宜登公宴，本非准的。而疏慢阐缓，膏肓之病，典正可采，酷不入情。此体之源，出灵运而成也。次则缉事比类，非对不发，博物可嘉，职成拘制。或全借古语，用申今情，崎岖牵引，直为偶说。唯睹事例，顿失精采。此则傅咸五经，应璩指事，虽不全似，可以类从。次则发唱惊挺，操调险急，雕藻淫艳，倾炫心魂。亦犹五色之有红紫，八音之有郑、卫。斯鲍照之遗烈也。④

其中就有吟诵不畅或不雅的问题，诸如"疏慢阐缓""全借古语，用申今情""发唱惊挺，操调险急"等，就有这样的意味。于是萧子显提出文人诗歌的改革要求，其云：

> 三体之外，请试妄谈：若夫委自天机，参之史传，应思悱来，勿先构聚。言尚易了，文憎过意，吐石含金，滋润婉切。杂以风谣，轻唇利吻，不雅不俗，独中胸怀。⑤

我们最应该注意"言尚易了，文憎过意"及"杂以风谣，轻唇利吻，不雅不俗，独中胸怀"这几句，这是一种新的诗歌理想。齐梁时，提倡新的诗歌理想的呼声风起云涌，沈约提出的"易见事""易识字""易读诵"之"文章当从三易"⑥，是新的诗歌理想的表现方式之一。梁武帝批评沈约创作郊庙歌辞不用"典诰大语"而"杂用子史文章浅言"⑦，《诗品》称沈约"不闲于

---

① （南朝梁）钟嵘著，曹旭集注：《诗品集注》，上海古籍出版社1994年版，第132页。
② （唐）李延寿：《南史·颜延之传》，中华书局1975年版，第881页。
③ （南朝梁）钟嵘著，曹旭集注：《诗品集注》，上海古籍出版社1994年版，第160页。
④ （南朝梁）萧子显：《南齐书》，中华书局1972年版，第908页。
⑤ （南朝梁）萧子显：《南齐书》，中华书局1972年版，第908~909页。
⑥ （北齐）颜之推撰，王利器校注：《颜氏家训集解》，上海古籍出版社1980年版，第253页。
⑦ （唐）姚思廉：《梁书》，中华书局1973年版，第514页。

经纶"①，就是一例。沈约称赏"子建函京之作，仲宣霸岸之篇，子荆零雨之章，正长朔风之句，并直举胸情，非傍诗史"②；称赏谢朓"好诗圆美流转如弹丸"③的主张，批评吴均诗句"秋风泷白水，雁足印黄沙"的"'印黄沙'语太险"④。

沈约提出的"三易"如何实现？

其一，通过精雕细琢达到和谐平易。我们来看鲍照与沈约《白纻》的比较。《白纻》是较早进入宫廷且在南朝沿用较久的舞曲，沈约有改制，其《四时白纻歌》五首，是梁武帝敕沈约而作，且梁武帝作歌的后半部分。同是《白纻》，与鲍照之作的浓艳激烈相比，沈约之作就显得含蓄、清雅，就景物而言，沈约"白露欲凝"与鲍照"穷秋九月"的一"欲"一"穷"的区别；就写女性的姿容神情而言，沈约诸如"如娇如怨""含笑流眄""含情送意遥相亲""嫣然一转乱心神""吐情寄君""长袖拂面""一朝得意心相许"等，都写得含情脉脉、娇羞里显示诱惑。那么，鲍照的"险急"与沈约的"清怨"，从这里可以看得很清楚。由"险急"而"清怨"，鲍照提倡的七言经沈约的努力后显示出文人气象，更广泛地在社会上流传。

其二，南朝民歌进入上层社会。东晋南朝之际，带有原创意味的民歌的撰作者，多有署文人名的，如据《宋书·乐一》中记载的吴声、西曲："《前溪哥》者，晋车骑将军沈玩所制。""《团扇哥》者，晋中书令王珉与嫂婢有情，爱好甚笃，嫂捶挞婢过苦，婢素善哥，而珉好捉白团扇，故制此哥。""《长史变》者，司徒左长史王廞临败所制。"⑤鲍照有《吴歌》三首，据《乐府诗集》载："《古今乐录》曰：《桃叶歌》者，晋王子敬之所作也。桃叶，子敬妾名，缘于笃爱，所以歌之。"⑥《唐书·乐志》曰：《石城乐》者，宋臧质所作也。石城在竟陵，质尝为竟陵郡，于城上眺瞩，见群少年歌谣通畅，因作此曲。《古今乐录》曰：'《石城乐》，旧舞十六人。'"⑦"《唐书·乐志》曰：《乌夜啼》者，宋临川王义庆所作也。"⑧又有谢灵运《东阳谿中赠答》：

---

① （南朝梁）锺嵘著，曹旭集注：《诗品集注》，上海古籍出版社1994年版，第321页。
② （南朝梁）沈约：《宋书》，中华书局1974年版，第1779页。
③ （宋）李延寿：《南史》，中华书局1975年版，第609页。
④ （宋）李昉等编：《太平广记》，中华书局1960年版，第1483页。
⑤ （南朝梁）沈约：《宋书》，中华书局1974年版，第549~550页。
⑥ （宋）郭茂倩：《乐府诗集》，中华书局1979年版，第664页。
⑦ （宋）郭茂倩：《乐府诗集》，中华书局1979年版，第689页。
⑧ （宋）郭茂倩：《乐府诗集》，中华书局1979年版，第690页。

> 可怜谁家妇，缘流洒素足。明月在云间，迢迢不可得。
> 可怜谁家郎，缘流乘素舸。但问情若为，月就云中堕。①

齐梁间，文人仿制或自制民歌成为风尚，其中又以梁武帝为最，如其《襄阳蹋铜蹄》，《乐府诗集》题解曰：

> 《隋书·乐志》曰："梁武帝之在雍镇，有童谣云：'襄阳白铜蹄，反缚扬州儿。'识者言：'白铜蹄，谓金蹄，为马也。白，金色也。'及义师之兴，实以铁骑。扬州之士皆面缚，果如谣言。故即位之后，更造新声，帝自为之词三曲。又令沈约为三曲，以被管弦。"《古今乐录》曰："襄阳蹋铜蹄者，梁武西下所制也。沈约又作，其和云：'襄阳白铜蹄，圣德应乾来。'天监初，舞十六人，后八人。"

其中两首为：

> 陌头征人去，闺中女下机。含情不能言，送别沾罗衣。
> 草树非一香，花叶百种色。寄语故情人，知我心相忆。②

其三，"三易"的核心是"易读诵"，"易识字"自不待言，难字僻字而不相识，哪里谈得上"易读诵"，而"易见事"，是从接受者的角度讲诗歌语言的明白晓畅，即《颜氏家训·文章》所载：

> 邢子才常曰："沈侯文章，用事不使人觉，若胸臆语也。"深以此服之。祖孝徵亦尝谓吾曰："沈诗云：'崖倾护石髓。'此岂似用事邪？"③

《文心雕龙·事类》也称用事的"用旧合机，不啻自其口出"，"用人若己"④。而永明新体，则是以严格的规则来实现"易读诵"，锺嵘《诗品·

---

① （南朝宋）谢灵运著，顾绍柏校注：《谢灵运集校注》，中州古籍出版社1987年版，第102页。
② （宋）郭茂倩编：《乐府诗集》，中华书局1979年版，第708页。
③ （北齐）颜之推撰，王利器校注：《颜氏家训集解》，上海古籍出版社1980年版，第253页。
④ （南朝梁）刘勰著，詹锳义证：《文心雕龙义证》，上海古籍出版社1989年版，第1432、1441页。

序》批评这种规则的"掷缋细微,专相凌架。故使文多拘忌,伤其真美",但也认为"文制本须讽读,不可蹇碍,但令清浊通流,口吻调利"①。只不过社会的潮流是要以人工化达到"易读诵"的目的。

依上所论,中古诗歌脱离了乐府民歌、古诗十九首的口语化而进入文人化,在经过一系列雕琢、绘饰后,渐渐"讽读"有所"蹇碍",经沈约提出"三易",虽然诗歌回归口语是做不到了,但有回归口语的愿望与努力——"易读诵",这是接近口语化的"易读诵",又是艺术追求下的"易读诵"。诗歌语言要经过提炼已是社会共识,"易读诵"并非要求纯粹的口头语,甚或是俗语,如果这样的话是要受到嘲笑的,引起人们对诗人才华的鄙视,如《魏书·崔辩传》载口头语作诗:

> 葛荣闻其才名,欲用为黄门侍郎。(崔)巨伦心恶之。至五月五日,会集官僚,令巨伦赋诗,巨伦乃曰:"五月五日时,天气已大热。狗便呀欲死,牛复吐出舌。"以引自晦,获免。②

因此,王充、葛洪提倡"易晓"是一种实用,而沈约是在文学欣赏观念支配下提倡"易读诵"的。

三、散文的骈体化进程

与诗歌从脱离"口语化"又回归人工化的"易读诵"的历程不同,散文则经过一个从东汉末曹操散文的单行、"口语化"到骈化——更书面化的历程,刘师培论述"文章变迁"时就指出了这一点:

> 东京以降,论辩诸作,往往以单行之语,运排偶之词,而奇偶相生,致文体迥殊于西汉。建安之世,七子继兴,偶有撰著,悉以排偶易单行;即非有韵之文,亦用偶文之体,而华靡之作,遂开四六之先,而文体复殊于东汉。东汉之文,句法较长,即研炼之词,亦以四字成一语。魏代之文,则合二语成一意,由简趋繁,昭然不爽。东汉之文,渐尚对偶。若魏代之体,则又以声色相矜,以藻绘相饰,靡曼纤冶,致失本真。③

---

① (南朝梁)钟嵘著,曹旭集注:《诗品集注》,上海古籍出版社1994年版,第340页。
② (北齐)魏收:《魏书》,中华书局1974年版,第1251页。
③ 刘师培:《中国中古文学史·汉魏六朝专家文研究》,商务印书馆2010年版,第176页。

我们从曹操散文的单行、口语化谈起。其《手书与阎行》：

> 观文约所为，使人笑来！吾前后与之书，无所不说，如此何可复忍！卿父谏议自平安也。虽然，牢狱之中，非养亲之处，且又官家亦不能久为人养老也。①

鲁迅称曹操散文"想说甚么便说甚么"，不仅仅表现在内容上，而且还表现在语言形式的口语化上。曹操《掩获宋金生表》：

> 臣前遣讨河内获嘉诸屯，获生口，辞云：河内有一神人宋金生，令诸屯皆云：鹿角不须守，吾使狗为汝守。不从其言者，即夜闻有军兵声。明日视屯下，但见虎迹。臣辄部武猛都尉吕纳，将兵掩捉得生，辄行军法。②

从此文可见，《文心雕龙·章表》所称"魏初章表，指事造实，求其靡丽，则未足矣"是符合事实的。但曹操散文的质朴与口语化只是问题的一方面，建安七子的散文还有在对偶、藻绘、用典等方面的崇尚，至陆机之文，骈体初成；宋齐之时，骈体正式成立；徐庾时，骈体成熟。③

骈文最重要的规则之一是声律，日僧遍照金刚《文镜秘府论·天卷》之《四声论》称北魏孝明帝继位之后开始兴起讲究音律之风：

> 才子比肩，声韵抑扬，文情婉丽，洛阳之下，吟讽成群。及徙宅邺中，辞人间出，风流弘雅，泉涌云奔，动合宫商、韵谐金石者，盖以千数……乃瓮牖绳枢之士，绮襦纨绔之童，习俗已久，渐以成性。假使对宾谈论，听讼断决，运笔吐辞，皆莫之犯。④

颜之推《颜氏家训·文章》中称时人各体之"文"的汪重音律：

---

① （晋）陈寿撰，（南朝宋）裴松之注：《三国志》注引《魏略》，中华书局1982年版，第476页。
② （魏）曹操：《曹操集》，中华书局1974年版，第37~38页。
③ 钟涛：《六朝骈文形式及其文化意蕴》，东方出版社1997年版，第71~115页。
④ [日]遍照金刚撰，王利器校注：《文镜秘府论校注》，上海古籍出版社1983年版，第81页。按，此当是隋刘善经：《四声指归》的文字，详见第74页注释(1)所载任学良语。

> 今世音律谐靡，章句偶对，讳避精详，贤于往昔多矣。①

范文澜称刘勰《文心雕龙》在"情采、熔裁之后，首论声律，盖以声律为文学要质，又为当时新趋势"②。

讲求声律，目的之一就是讽诵朗读时可口吻流利，从这一点讲，骈体的另几条规则——偶句、隶事，与易于讽诵也有相当的关系。先说偶句，骈即两马并驾，骈文的要求就是以偶句为主，这与与永明体讲声律的"两句之内，角徵不同"③就有关系。而对句、偶句，"因为两句结构相同，并且，这种结构相同的句式反复不断展开，就自然而然地产生了流畅快适的韵律节奏"④。

再说隶事，孙德谦《六朝丽指》：

> 文章运典，于骈体为尤要。考之六朝，则有区别焉。梁简文《叙南康简王薨上东宫启》："伏惟殿下，爱睦恩深，常棣天笃，北海云亡，骑传余稿，东平告尽，驿问留书，呜呼此恨，复在兹日。"此陈说古今，并以足其文气也。倘无"北海"二人故事，文至"爱睦"二语，不将穷于辞乎？故古典不可不谙习也。有此古典，藉以收束，而文气亦充满矣。⑤

故刘永济称"切意之典，约有三美"，其三即"气畅而凝"⑥。

骈文之所以追求"易读诵"，这是因为中国古代有着看书必"诵"的传统，即所谓读书。"诵"，即熟读后的朗朗上口，进而背诵之义，而尤在后者。读就是要读到会背诵，能背诵就是有才华。所以，人们把骈文的"易读诵"称为古来传统的延续与发展，章太炎称古者之文"多取记臆，故或用韵文，或用耦语，为其音节谐适，易于口记，不烦纪载也。战国从横之士，抵掌摇唇，亦多积句，是则耦丽之体，适可称职"⑦。范文澜《文心雕龙注》曰：

---

① （北齐）颜之推撰，王利器集解：《颜氏家训集解》，中国古籍出版社1980年版，第250页。
② （南朝梁）刘勰著，范文澜注：《文心雕龙注》，人民文学出版社1958年版，第556页。
③ （唐）李延寿：《南史》，中华书局1975年版，第1195页。
④ 钟涛：《六朝骈文形式及其文化意蕴》，东方出版社1997年版，第138页。
⑤ 王水照编：《历代文话》第九册，复旦大学出版社2007年版，第8451页。
⑥ 刘永济：《文心雕龙校释·丽辞》，中华书局2007年版，第125页。
⑦ 章太炎：《国故论衡》，上海古籍出版社2003年版，第52页。

> 古人传学，多凭口耳，事理同异，取类相从，记忆匪艰，讽诵易熟，此经典之文所以多用丽语也。①

所以，骈体的产生有回归讽诵的意味，但与诗歌的回归"易读诵"不同，这是在排斥口语化的前提下进行的，但同样是为了使"口出以为言"更为流畅，这是一种有规则的流畅。

四、在"易读诵"下的统一

蔡元培《在国语传习所的演说》称："文章的开始，必是语体，后来为要便于记诵，变作整齐的句读，抑扬的音韵，这就是文言了。"②这是"文"的发展历程。中古之"诗"，从汉乐府民歌、《古诗十九首》的口语化，经过一番去口语化的努力，有了严格规则，但这严格规则又是合乎"易诵读"的。中古之"文"，从口语而至有严格规则，但这严格规则也是合乎"易诵读"的。中古的"诗"与"文"似乎都有一个从"口出"出发，经历严格规则后又回到易"口出"的经历，但各自的文体规范却改变了。倒过来说，无论文体规范怎么改变，"易诵读"、易"口出"却是始终要考虑的问题。在这个过程中，诗歌向骈文学习，譬如诗歌中的典故，而骈文又向诗歌学习，如王瑶曰：

> 徐、庾的主要成就，即在将宫体诗所运用的隶事声律和缉裁丽辞的形式特点，完全巧妙地移植在"文"上，使当时的骈文凝固成一种典型的文体，而成了后来唐宋四六和律赋的先导。③

"诗""文"二者殊途同归至"易诵读"、易"口出"。

于是我们看到，口语与书面语之争，从王充、葛洪集中在对"易晓"的提倡，而到南北朝的口语与书面语之辨中转化为"易诵读"。虽然"诗"与"文"在形式要求上的起点不一样，从表面上看，或是力求接近口语，或彻底实现书面语而排斥口语，但殊途同归，有一个共同目标——"易诵读"。于是我们看到，古代社会至"五四"时期，诗歌与非诗歌、文言文与白话文、口语与书面语貌似有天壤之隔，但要统一在"易诵读"之下。"口

---

① （南朝梁）刘勰著，范文澜注：《文心雕龙注》，人民文学出版社1958年版，第590页。
② 高平叔编：《蔡元培全集》第三卷，中华书局1984年版，第429页。
③ 王瑶：《徐庾与骈体》，《中古文学史论集》，上海古籍出版社1982年版，第158页。

出"的"易诵读"让这种隔离有着沟通，有着融和。文学语言正是在如此的循环往复中被人们运用着的。

五、口语化散文

口语化的散文始终存在，北朝时又有一例，《周书·晋公护传》载，北周宇文护之母阎姬，被北齐幽絷，宇文护居宰相之后，每遣使寻求，阎姬回信给宇文护，即《与宇文护书》，以口语而成，如：

> 汝与吾别之时，年尚幼小，以前家事，或不委曲。昔在武川镇生汝兄弟，大者属鼠，次者属兔，汝身属蛇。鲜于修礼起日，吾之阖家大小，先在博陵郡住。相将欲向左人城，行至唐河之北，被定州官军打败。汝祖及二叔，时俱战亡。汝叔母贺拔及儿元宝，汝叔母纥干及儿菩提，并吾与汝六人，同被擒捉入定州城。

又如：

> 时元宝、菩提及汝姑儿贺兰盛洛，并汝身四人同学。博士姓成，为人严恶，汝等四人谋欲加害。吾共汝叔母等闻之，各捉其儿打之。唯盛洛无母，独不被打。其后尔朱天柱亡岁，贺拔阿斗泥在关西，遣人迎家累。时汝叔亦遣奴来富迎汝及盛洛等。汝时著绯绫袍、银装带，盛洛著紫织成缬通身袍、黄绫里，并乘骡同去。盛洛小于汝，汝等三人并呼吾作"阿摩敦"。如此之事，当分明记之耳。①

其中还有鲜卑族称谓。《南北朝文学史》称其"以口语记叙往事及细节，却也显得生动、亲切"，"这些家常琐事，娓娓道来，别有风味"②。《周书》还载，此书本为北齐仍令人为阎姬作书信报宇文护，当是阎姬口述而代笔人记录而成，信的篇末云：

> 关河阻远，隔绝多年，书依常体，虑汝致惑，是以每存款质，兼亦载吾姓名。当识此理，不以为怪。

---

① （唐）令狐德棻：《周书》，中华书局1971年版，第169~171页。
② 曹道衡、沈玉成：《南北朝文学史》，人民文学出版社1991年版，第448、449页。

所谓"书依常体",指代笔人写信时依写家信的常用格式,而又恐对方生疑此为假托,故"每存款质,兼亦载吾姓名",以表示真实可信。这样,即代笔人记述阎姬的口语而成此信。

第四节　中古文学批评的"口出"与"笔书"

中古文学批评,就表达与传播方式而言,可分为口实派与著述派,前者"口出以为言",其学术体系较为面向大众开放;后者"笔书以为文",学术体系则较为封闭,如书斋、官府、寺院里的撰作。前者的批评心理或仅仅是某种口实而已,而后者则视其为立言,以下简述之。

一、口实派、大众派、舆论派文学批评

《诗品·序》载:

> 观王公搢绅之士,每博论之余,何尝不以诗为口实。随其嗜欲,商榷不同,淄渑并泛,朱紫相夺,喧议竞起,准的无依。[①]

"口实",话柄、话题,所谓文学批评的口实派、大众派、舆论派(以下或简称为口实派),即以文学为话题的大众批评或议论,其形态为"口出以为言",其关涉的内容有两方面。

其一,文人间的口头评论、相互讨论。《诗品》载:

> 惠休淫靡,情过其才。世遂匹之鲍照,恐商周矣。羊曜璠云:"是颜公忌照之文,故立休、鲍之论。"
> 余从祖正员常云:"大明、泰始中,鲍、休美文,殊已动俗。惟此诸人,传颜、陆体。用固执不移。颜诸暨最荷家声。"
> (谢)朓极与余论诗,感激顿挫过其文。[②]

"世遂匹"云云,是社会舆论;"羊曜璠云"云云,是个体议论;"与余论

[①] (南朝梁)锺嵘撰,曹旭集注:《诗品集注》,上海古籍出版社1994年版,第62页。
[②] (南朝梁)锺嵘撰,曹旭集注:《诗品集注》,上海古籍出版社1994年版,第421、432、298页。

诗"云云，是群体讨论。其他如《世说新语·文学》所载：

> 简文称许掾云："玄度五言诗，可谓妙绝时人。"
> 孙兴公道曹辅佐才如白地明光锦，裁为负版绔，非无文采，酷无裁制。
> 王敬仁年十三，作《贤人论》，长史送示真长，真长答云："见敬仁所作论，便足参微言。"
> 殷仲文天才宏赡，而读书不甚广，博（傅）亮叹曰："若使殷仲文读书半袁豹，才不减班固。"①

又如《南史·王筠传》载：

> （沈约）又于御筵谓王志曰："贤弟子文章之美，可谓后来独步。谢朓常见语云，'好诗圆美流转如弹丸'。近见其数首，方知此言为实。"②

《梁书·到溉传》载：

> （到溉之孙到荩）尝从高祖幸京口，登北顾楼赋诗，荩受诏便就，上览以示溉曰："荩定是才子，翻恐卿从来文章假手于荩。"因赐溉《连珠》曰："研磨墨以腾文，笔飞毫以书信。如飞蛾之赴火，岂焚身之可吝。必耄年其已及，可假之于少荩。"③

《颜氏家训·文章》载北朝人士论诗：

> 邢子才常曰："沈侯文章，用事不使人觉，若胸忆语也。"深以此服之。祖孝徵亦尝谓吾曰："沈诗云：'崖倾护石髓。'此岂似用事邪？"④

---

① （南朝宋）刘义庆撰，（南朝梁）刘孝标注，余嘉锡笺疏：《世说新语笺疏》，上海古籍出版社1993年版，第262、271、260、275页。
② （唐）李延寿：《南史》，中华书局1975年版，第609页。
③ （唐）姚思廉：《梁书》，中华书局1973年版，第569页。
④ （北齐）颜之推撰，王利器集解：《颜氏家训集解》，上海古籍出版社1980年版，第253页。

《酉阳杂俎·语资》中还记载了一些南北外交使者的言语争胜，有些即讨论文学问题时候的言论。

有时，文人间的口头评论、相互讨论也是分派的，如《颜氏家训·文章》载：

> 邢子才、魏收俱有重名，时俗准的，以为师匠。邢赏服沈约而轻任昉，魏爱慕任昉而毁沈约，每于谈宴，辞色以之。邺下纷纭，各有朋党。祖孝徵尝谓吾曰："任、沈之是非，乃邢、魏之优劣也。"①

其二，有时，这样的口头评论、相互讨论，是关涉诗人自我的。如《世说新语·文学》：

> 或问顾长康："君《筝赋》何如嵇康《琴赋》？"顾曰："不赏者，作后出相遗。深识者，亦以高奇见贵。"②

又如《南史·颜延之传》：

> （颜）延之尝问鲍照己与灵运优劣，照曰："谢五言如初发芙蓉，自然可爱；君诗若铺锦列绣，亦雕缋满眼。"③

有时，对他人的评论与自我评论是结合在一起的，是自我评价甚至自我鼓吹，如《宋书·谢庄传》载：

> 时南平王铄献赤鹦鹉，普诏群臣为赋。太子左卫率袁淑文冠当时，作赋毕，赍以示庄，庄赋亦竟，淑见而叹曰："江东无我，卿当独秀。我若无卿，亦一时之杰也。"遂隐其赋。④

这些都是直接的、面对面的批评。《诗品下》：

---

① （北齐）颜之推撰，王利器集解：《颜氏家训集解》，上海古籍出版社1980年版，第254页。
② （南朝宋）刘义庆撰，（南朝梁）刘孝标注，余嘉锡笺疏：《世说新语笺疏》，上海古籍出版社1993年版，第275页。
③ （唐）李延寿：《南史》，中华书局1975年版，第881页。
④ （南朝梁）沈约：《宋书》，中华书局1974年版，第2167页。

> 汤休谓(吴迈)远云："我诗可谓汝诗父。"以访谢光禄，云："不然尔，汤可为庶兄。"
>
> (袁)嘏诗平平耳，多自谓能。常语徐太保尉云："我诗有生气，须人捉着。不尔，便飞去。"①

上述口头评论例子的传播方式，或是个别的、私下的交流，也许首次交流没有别人在场，通过当事人的再讲述才传播开来。或许先是在小范围进行，如先是在家族内部实施的庭训之类，然后才逐步扩大范围。《论语·季氏》载先圣孔子庭训之事是后代的榜样，《世说新语·文学》里也有所记载：

> 谢公因子弟集聚，问《毛诗》何句最佳？遏称曰："昔我往矣，杨柳依依；今我来思，雨雪霏霏。"公曰："訏谟定命，远猷辰告。"谓此句偏有雅人深致。②

又如《诗品中》载：

> 《谢氏家录》云："康乐每对惠连，辄得佳语。后在永嘉西堂，思诗竟日不就。寤寐间，忽见惠连，即成'池塘生春草'。故常云：'此语有神助，非吾语也。'"③

这里自然有炫耀自己家族的人在一起就能有好作品之意，所谓"神助"。这些口头文学评论，有时发生在固定场合，有较多人士参加，《南齐书·刘绘传》载：

> 永明末，京邑人士盛为文章谈义，皆凑竟陵王西邸，(刘)绘为后进领袖，机悟多能。时张融、周颙并有言工，融音旨缓韵，颙辞致绮捷，绘之言吐，又顿挫有风气。时人为之语曰："刘绘贴宅，别开

---

① (南朝梁)锺嵘撰，曹旭集注：《诗品集注》，上海古籍出版社1994年版，第440、462页。
② (南朝宋)刘义庆撰，(南朝梁)刘孝标注、余嘉锡笺疏：《世说新语笺疏》，上海古籍出版社1993年版，第130~131、235页。
③ (南朝梁)锺嵘撰，曹旭集注：《诗品集注》，上海古籍出版社1994年版，第284页。

一门。"言在二家之中也。①

上述直接的、面对面的对他人的评论或自我评论,有些应该就是人物品评场合下的话语,这种传播首次就是较大范围的,然后再荡漾开来。如此的文学批评形式或许继承了东汉时对人物"月旦评"的传统,《后汉书·许劭传》:

> 初,(许)劭与靖俱有高名,好共核论乡党人物,每月辄更其品题,故汝南俗有"月旦评"焉。②

《诗品·序》称"以诗为口实"的"博论",何尝不是虽未形成制度与规矩的"月旦评"。沈约奖掖后进,现在留下来了某些他对诗人的评价,这些评价我们不能理解为其在自家书房里的嗟叹,很可能就是在类似于"月旦评"的公开场合的、面向大众的"口出以为言"的文学评论。

二、口实派、大众派、舆论派文学批评的特点

"口出以为言"的传播形式是口耳相传的,口实派、大众派、舆论派文学批评,除了显而易见的是印象式的、就事论事的、零星短小的语体形式以及随机随时随地的发表场合外,还有其他一些特点。

其一,有些是大众化、私人性、情感化、随意主观的,是大众参与的,但有时只是概念化的评判,如沈约的某些文学评论,只有优劣之判而无具体内容,他称谢朓的诗"二百年来无此诗也"③;《梁书·何逊传》载他称读何逊诗"一日三复,犹不能已"④;《南史·王筠传》载"沈约每见(王)筠文咨嗟",称"晚来名家无先筠者""后来独步"⑤,等等。又如《世说新语·文学》载:

> 桓公见谢安石作简文谥议,看竟,掷与坐上诸客曰:"此是安石碎金。"⑥

---

① (南朝梁)萧子显:《南齐书》,中华书局1972年版,第841页。
② (南朝宋)范晔:《后汉书》,中华书局1965年版,第2235页。
③ (南朝梁)萧子显:《南齐书》,中华书局1972年版,第826页。
④ (唐)姚思廉:《梁书》,中华书局1973年版,第693页。
⑤ (唐)李延寿:《南史》,中华书局1975年版,第609页。
⑥ (南朝宋)刘义庆撰,(南朝梁)刘孝标注、余嘉锡笺疏:《世说新语笺疏》,上海古籍出版社1993年版,第267页。

这些口头评论，我们只知某某好、某某差，某某好于某某等，而不知好、差在哪里。当然并不见得全是如此，口实派文学批评很多也是有具体见解的，《世说新语·文学》载：

> 庾仲初作《扬都赋》成，以呈庾亮。亮以亲族之怀，大为其名价云："可三《二京》，四《三都》。"于此人人竞写，都下纸为之贵。谢太傅云："不得尔，此是屋下架屋耳，事事拟学，而不免俭狭。"①

庾亮之论是优劣之论，谢安之论就指出了庾仲初作《扬都赋》的具体缺点。

曹植曾经谈到怎样的人才有资格进行"口出以为言"的文学批评，其《与杨德祖书》中说：

> 盖有南威之容，乃可以论于淑媛；有龙渊之利，乃可以议于断割。刘季绪才不能逮于作者，而好诋诃文章，掎摭利病。昔田巴毁五帝、罪三王、訾五霸于稷下，一旦而服千人，鲁连一说，使终身杜口。刘生之辩，未若田氏；今之仲连，求之不难，可无叹息乎？②

曹植认为要有高出对方的才华才可以进行批评，显然，此处的"才"特指创作才能。但从自我鉴赏的角度讲，人人都可以发表意见，人人可以说。

其二，口实派、大众派、舆论派文学批评，当被记载下来，有时多伴有情景故事，所谓把"现象话题化、言谈事件化"。如《世说新语·文学》载：

> 魏朝封晋文王为公，备礼九锡，文王固让不受。公卿将校当诣府敦喻。司空郑冲驰遣信就阮籍求文。籍时在袁孝尼家，宿醉扶起，书札为之，无所点定，乃写付使。时人以为神笔。③

又如晋时乐广将让河南尹，他又"不长于手笔"，于是请潘岳代为作表。

---

① （南朝宋）刘义庆撰，（南朝梁）刘孝标注，余嘉锡笺疏：《世说新语笺疏》，上海古籍出版社1993年版，第258页。
② （晋）陈寿撰，（南朝宋）裴松之注：《三国志·陈思王植传》引《典略》，中华书局1982年版，第558页。
③ （南朝宋）刘义庆撰，（南朝梁）刘孝标注，余嘉锡笺疏：《世说新语笺疏》，上海古籍出版社1993年版，第245页。

潘岳说：作是可以的，但要知道你想表达什么意思。于是乐广就讲了自己为什么要让，共有二百许语，乐广是当时的名嘴，特别能说，于是潘岳"直取错综，便成名笔"。时人咸云："若乐不假潘之文，潘不取乐之旨，则无以成斯矣。"①这是说潘岳从乐广的言辞中得到主旨提示，于是创作出好文章来。又如《晋书·文苑·袁宏传》：

> （袁宏）后为《东征赋》，赋末列称过江诸名德，而独不载桓彝。时伏滔先在温府，又与宏善，苦谏之。宏笑而不答。温知之甚忿，而惮宏一时文宗，不欲令人显问。后游青山饮归，命宏同载，众为之惧。行数里，问宏云："闻君作《东征赋》，多称先贤，何故不及家君？"宏答曰："尊公称谓非下官敢专，既未遑启，不敢显之耳。"温疑不实，乃曰："君欲为何辞？"宏即答云："风鉴散朗，或搜或引，身虽可亡，道不可陨，宣城之节，信义为允也。"温泫然而止。宏赋又不及陶侃，侃子胡奴尝于曲室抽刃问宏曰："家君勋迹如此，君赋云何相忽？"宏窘急，答曰："我已盛述尊公，何乃言无？"因曰："精金百汰，在割能断，功以济时，职思静乱，长沙之勋，为史所赞。"胡奴乃止。②

这一例批评者的行为动作虽然极端粗鲁，但最终还是一种交流的态度，给作品提意见并期望作者有所改进。又有《诗品》里记载的文学故事：

> 初，钱塘杜明师夜梦东南有人来入其馆，是夕即灵运生于会稽。旬日而谢安亡。其家以子孙难得，送灵运于杜治养之。十五方还都，故名"客儿"。
>
> 《行路难》是东阳柴廓所造。宝月尝憩其家，会廓亡，因窃而有之。廓子赍手本出都，欲讼此事，乃厚赂止之。
>
> 惠恭本胡人，为颜师伯下。颜为诗笔，辄偷定之。后造《独乐赋》，语侵给主，被斥。及大将军修北第，差充作长。时谢惠连兼记室参军，惠恭时往共安陵嘲调。末作《双枕诗》以示谢。谢曰："君诚能，恐人未重。且可以为谢法曹造。遗大将军。"见之赏叹，以锦二

---

① （南朝宋）刘义庆撰，（南朝梁）刘孝标注，余嘉锡笺疏：《世说新语笺疏》，上海古籍出版社1993年版，第252~253页。
② （唐）房玄龄等：《晋书》，中华书局1974年版，第2391页。

端赐谢。谢辞曰:"此诗,公作长所制,请以锦赐之。"

　　初,(江)淹罢宣城郡,遂宿冶亭,梦一美丈夫,自称郭璞,谓淹曰:"我有笔在卿处多年矣,可以见还。"淹探怀中,得一五色笔以授之。尔后为诗,不复成语,故世传江淹才尽。①

这些都是在追寻文学批评时伴有的情景故事,本来应当都是"口出以为言"的谈资、口实。

　　其三,口实派、大众派、舆论派文学批评也是具有强大力量的,或捧红某些作品。如《世说新语·文学》载:

　　左太冲作《三都赋》初成,时人互有讥訾,思意不惬。后示张公,张曰:"此二京可三。然君文未重于世,宜以经高名之士。"②

"高名之士"的一句评论,能让作品名扬天下,于是左思请皇甫谧品评,况"司空张华见而叹曰:'班、张之流也。使读之者尽而有余,久而更新。'于是豪贵之家竞相传写,洛阳为之纸贵"③。因为有"高名之士"的评论,所以人们纷纷作序、作略解等。

口实的评论或打杀某些作品,如《世说新语·轻诋》载:

　　庾道季诧谢公曰:"裴郎云'谢安谓裴郎乃可不恶,何得为复饮酒!'裴郎又云:'谢安目支道林如九方皋之相马,略其玄黄,取其俊逸。'"谢公云:"都无此二语,裴自为此辞耳!"庾意甚不以为好,因陈东亭《经酒垆下赋》。读毕,都不下赏裁,直云:"君乃复作裴氏学!"于此《语林》遂废。今时有者,皆是先写,无复谢语。④

谢安的评论,令"《语林》遂废"。而本来《语林》是很走红的,所谓"裴郎

---

① (南朝梁)锺嵘撰,曹旭集注:《诗品集注》,上海古籍出版社1994年版,第161、421、415、306页。
② (南朝宋)刘义庆撰,(南朝梁)刘孝标注,余嘉锡笺疏:《世说新语笺疏》,上海古籍出版社1993年版,第246~247页。
③ (唐)房玄龄等:《晋书》,中华书局1974年版,第2377页。
④ (南朝宋)刘义庆撰,(南朝梁)刘孝标注,余嘉锡笺疏:《世说新语笺疏》,上海古籍出版社1993年版,第843~844页。

作《语林》,始出,大为远近所传;时流年少,无不传写,各有一通"①。于是使得当时作家对这些评论褒贬格外地注重,如《诗品》载:

> 汤惠休曰:"谢诗如芙蓉出水,颜诗如错采镂金。"颜终身病之。②

颜延之对汤惠休的评论"终身病之"。

其四,口实派、大众派、舆论派文学批评的最大特点是注重当前,有时甚至是对刚刚创作出来征求意见的作品发表言论,或者共同讨论作品。如《世说新语·文学》载:

> 夏侯湛作《周诗》成,示潘安仁,安仁曰:"此非徒温雅,乃别见孝悌之性。"潘因此遂作《家风诗》。
> 孙子荆除妇服,作诗以示王武子。王曰:"未知文生于情,情生于文?览之凄然,增伉俪之重。"
> 庾子嵩作《意赋》成,从子文康见,问曰:"若有意邪,非赋之所尽;若无意邪,复何所赋?"答曰:"正在有意无意之间。"
> 孙兴公作《庾公诔》,袁羊曰:"见此张缓。"于时以为名赏。③

《晋书·文苑·袁宏传》载:

> (袁宏)从桓温北征,作《北征赋》,皆其文之高者。尝与王珣、伏滔同在温坐,温令滔读其《北征赋》,至"闻所传于相传,云获麟于此野,诞灵物以瑞德,奚授体于虞者!疚尼父之洞泣,似实恸而非假。岂一性之足伤,乃致伤于天下",其本至此便改韵。珣云:"此赋方传千载,无容率耳。今于'天下'之后,移韵徙事,然于写送之致,似为未尽。"滔云:"得益写韵一句,或为小胜。"温曰:"卿思益之。"宏应声答曰:"感不绝于余心,溯流风而独写。"珣诵味久之,谓滔曰:"当今文章之美,故当共推此生。"④

---

① (南朝宋)刘义庆撰,(南朝梁)刘孝标注,余嘉锡笺疏:《世说新语笺疏》,上海古籍出版社1993年版,第269页。
② (南朝梁)钟嵘撰,曹旭集注:《诗品集注》,上海古籍出版社1994年版,第270页。
③ (南朝宋)刘义庆撰,(南朝梁)刘孝标注,余嘉锡笺疏:《世说新语笺疏》,上海古籍出版社1993年版,第253、254、256、258页。
④ (唐)房玄龄等:《晋书》,中华书局1974年版,第2398页。

这就是共同讨论作品而令作品水平提升。

与注重当前相关，口实派文学批评涉及的作家面很广，尤其注重对当代大小作家的评论，详近略远，如《诗品》，据曹旭《诗品集注》目录统计，提及的近八十年间的齐梁的诗人就有三十六位。

其五，由以上几个方面特点可知，此派文学批评有着广大的受众面，无论专业还是业余作家、批评家，都是其受众；无论文学素质高低，也都可以是其受众，它是面向全社会的。

口实派、大众派、舆论派文学批评的目标追求，就是希望掌控当前，得到当前作者、读者大众的认同，如萧纲《与湘东王书》称：

> 每欲论之，无可与语，思吾子建，一共商榷。辨兹清浊，使如泾渭，论兹月旦，类彼汝南。朱丹既定，雌黄有别，使夫怀鼠知惭，滥竽自耻。譬斯袁绍，畏见子将；同彼盗牛，遥羞王烈。①

"思吾子建，一共商榷"，就是期望湘东王与自己一起有所行动。

三、学院派、立言派、著述派文学批评

与口实派、大众派、舆论派不同的是学院派、立言派、著述派文学批评（以下或简称为著述派），其形态重在"笔书以为文"，著书立说。首先强调的是"可以不朽"的"立言"，或者说以"立言"追求传世永久，其文学批评是很专业的。如史载曹丕撰《典论》：

> 帝初在东宫，疫疠大起，时人彫伤，帝深感叹，与素所敬者大理王朗书曰："生有七尺之形，死唯一棺之土，唯立德扬名，可以不朽，其次莫如著篇籍。疫疠数起，士人彫落，余独何人，能全其寿？"故论撰所著《典论》、诗、赋，盖百余篇。②

曹丕所撰《典论》中有《论文》，重在讨论文学问题，如此地讨论文学问题，亦有追求"不朽"之意。陆机《文赋》，其序云：

> 余每观才士之所作，窃有以得其用心。夫放言遣辞，良多变矣。

---

① （唐）姚思廉：《梁书》，中华书局1973年版，第691页。
② （晋）陈寿撰，裴松之注：《三国志·文帝纪》注引《魏书》，中华书局1982年版，第88页。

妍蚩好恶，可得而言，每自属文，尤见其情。恒患意不称物，文不逮意。盖非知之难，能之难也。故作《文赋》，以述先士之盛藻，因论作文之利害所由。至于操斧伐柯，虽取则不远，若夫随手之变，良难以辞逮。盖所能言者，具于此云。①

其撰作就是为世人及后世提出写作规范。而沈约《宋书·谢灵运传论》、萧子显《南齐书·文学传论》，把文学批评附于史书，其追求"不朽"自不待言。

又有刘勰，史称刘勰"早孤，笃志好学。家贫不婚娶，依沙门僧祐，与之居处，积十余年，遂博通经论，因区别部类，录而序之"②。我们也可以想象其《文心雕龙》有寺院写作及学院派的风度，《文心雕龙·序志》陈说写作目的，先点出"君子处世，树德建言"，又具体论证其著作的"立言"性质：

> 予生七龄，乃梦彩云若锦，则攀而采之。齿在逾立，则尝夜梦执丹漆之礼器，随仲尼而南行。旦而寤，乃怡然而喜，大哉圣人之难见也，乃小子之垂梦欤！自生人以来，未有如夫子者也。敷赞圣旨，莫若注经，而马、郑诸儒，弘之已精，就有深解，未足立家……于是搦笔和墨，乃始论文。③

就是为了"立言不朽"，甚或是"成一家之言"的"立言"。

学院派、立言派、著述派文学批评有着自己的特点。其一，最显著的是对理论体系的追求，是系统化的批评，显示出专业水平。《典论·论文》的体系性展示在其子书的形式上，《文心雕龙》体系的完整是前无古人的，《文心雕龙·序志》论其体系曰：

> 盖《文心》之作也，本乎道，师乎圣，体乎经，酌乎纬，变乎骚；文之枢纽，亦云极矣。若乃论文叙笔，则囿别区分，原始以表末，释名以章义，选文以定篇，敷理以举统：上篇以上，纲领明矣。至于割情析采，笼圈条贯，摘《神》《性》，图《风》《势》，苞《会》《通》，阅

---

① （晋）陆机撰，张少康集释：《文赋集释》，人民文学出版社2002年版，第1页。
② （唐）姚思廉：《梁书》，中华书局1973年版，第710页。
③ （南朝梁）刘勰撰，詹锳义证：《文心雕龙义证》，上海古籍出版社1989年版，第1907~1913页。

《声》《字》，崇替于《时序》，褒贬于《才略》，怊怅于《知音》，耿介于《程器》，长怀《序志》，以驭群篇：下篇以下，毛目显矣。位理定名，彰乎《大易》之数，其为文用，四十九篇而已。①

"本乎道，师乎圣，体乎经，酌乎纬，变乎骚"，就是强调其引经据典、理论性强，如此便显得四平八稳，具有系统性。如此系统的、成体系的批评，与口实派就形成鲜明对比，如沈约讲诗歌运用音律，其《宋书·谢灵运传论》云：

若夫敷衽论心，商榷前藻，工拙之数，如有可言。夫五色相宣，八音协畅，由乎玄黄律吕，各适物宜。欲使宫羽相变，低昂互节，若前有浮声，则后须切响。一简之内，音韵尽殊；两句之中，轻重悉异。妙达此旨，始可言文。至于先士茂制，讽高历赏，子建函京之作，仲宣霸岸之篇，子荆零雨之章，正长朔风之句，并直举胸情，非傍诗史，正以音律调韵，取高前式。自《骚》人以来，多历年代，虽文体稍精，而此秘未睹。至于高言妙句，音韵天成，皆暗与理合，匪由思至。张、蔡、曹、王，曾无先觉，潘、陆、谢、颜，去之弥远。世之知音者，有以得之，知此言之非谬。如曰不然，请待来哲。②

这是理论表述，但口实派批评则是另一种表述，如谢朓只是说"好诗圆美流转如弹丸"。即便沈约讲诗歌运用音律，《宋书·谢灵运传论》与《答陆厥书》也有理论性强弱的不同。

其二，学院派、立言派、著述派文学批评又是强调文学史批评的。如《文心雕龙》文体论的"原始以表末"，就是各种文体的文学史评论，其《时序》云：

故知文变染乎世情，兴废系乎时序，原始以要终，虽百世可知也。③

就是要通过文学史的阐述找出某种具有普遍意义的东西。又如沈约《宋

---

① （南朝梁）刘勰撰，詹锳义证：《文心雕龙义证》，上海古籍出版社1989年版，第1924~1930页。
② （南朝梁）沈约：《宋书》，中华书局1974年版，第1779页。沈约有《四声谱》，今已不存。
③ （南朝梁）刘勰撰，詹锳义证：《文心雕龙义证》，上海古籍出版社1989年版，第1713页。

书·谢灵运传论》中也有"自汉至魏，四百余年，辞人才子，文体三变"以及"降及元康""有晋中兴""自建武暨乎义熙"乃至"爰逮宋氏"云云的文学史的阐述。①《南齐书·文学传论》也云：

> 建安一体，《典论》短长互出。潘、陆齐名，机、岳之文永异。江左风味，盛道家之言：郭璞举其灵变；许询极其名理；仲文玄气，犹不尽除；谢混情新，得名未盛；颜、谢并起，乃各擅奇；休、鲍后出，咸亦标世。朱蓝共妍，不相祖述。②

而陆机《文赋》也有"以述先士之盛藻"云云。文学史的阐述使学院派批评家有一种充分的自信，让人们觉得自己的阐述有历史的证明，以文学史的传世性表明自己的传世性。

其三，著述派文学批评对文学创作的非直面、直接关注，批评对象详远略近。如《文心雕龙》论文学史的诸篇，显著的如《明诗》篇，就不论齐代文学；《时序》以"短笔敢陈"略过论述作者所处的齐代文学。

其四，学院派、立言派、著述派有最初的传播困难的问题，所以《梁书·文学传》有这样的记载：

> (《文心雕龙》)既成，未为时流所称。勰自重其文，欲取定于沈约。约时贵盛，无由自达，乃负其书，候约出，干之于车前，状若货鬻者。约便命取读，大重之，谓为深得文理，常陈诸几案。③

其著述连沈约这样的爱书又爱读书的学者都未见到，可见其传播的难度。又史载：

> 帝以素书所著《典论》及诗、赋饷孙权，又以纸写一通与张昭。④

这正表明能读到《典论》的不易。而口实派文学批评则不同，其"口出以为言"的形式，本身就是一种传播方式。

其五，学院派、立言派、著述派文学批评，其最终形式为一些专业

---

① (南朝梁)沈约：《宋书》，中华书局1974年版，第1778页。
② (南朝梁)萧子显：《南齐书》，中华书局1972年版，第908页。
③ (唐)姚思廉：《梁书》，中华书局1973年版，第712页。
④ (晋)陈寿撰，(南朝宋)裴松之注：《三国志·文帝纪》引胡冲《吴历》，中华书局1982年版，第89页。

的、深奥的理论著作，对读者群有较高的要求，读者如果没有良好的文学素质，要想读清楚《文心雕龙》也是不容易的。因此，其受众面就没有口实派批评那么大。

口实派文学批评，追求的是当下的效果，而学院派、立言派、著述派文学批评的目标追求，就是希望从时间上得到对自我著述的肯定，得以"不朽"，希望自己的读者从当下延续到将来，即《史记·孔子世家》载孔子曰："后世知丘者以《春秋》，而罪丘者亦以《春秋》。"①司马迁《史记·自序》所谓"藏之名山，副在京师，俟后世圣人君子"②，《报任安书》所谓"藏之名山，传之其人通邑大都"③。

四、相融的契机

文学批评的口实派、著述派二者，是有界线的。口实派文学批评的受众，其发表意见的对象，是当时人物，或批评家，或创作者，或广大读者。因此，发出去的意见总是期待回应，希望有所交流，所以常常是商讨的语气，且往往是有建设意义的。一是批评家之间的交流与讨论，如沈约《答陆厥书》对音律问题的辩论；二是批评家通过文学文本的批评与作者、读者进行平等的、有建设意义的交流，最终还是一种交流的态度，给作品提意见并期望作者有所改进。如《世说新语·文学》载：

> 庾阐始作《扬都赋》，道温、庾云："温挺义之标，庾作民之望。方响则金声，比德则玉亮。"庾公闻赋成，求看，兼赠贶之。阐更改"望"为"俊"，以"亮"为"润"云。
>
> 孙兴公作《天台赋》成，以示范荣期，云："卿试掷地，要作金石声。"范曰："恐子之金石，非宫商中声。"然每至佳句，辄云："应是我辈语。"
>
> 桓宣武命袁彦伯作《北征赋》，既成，公与时贤共看，咸嗟叹之。时王珣在坐，云："恨少一句。得'写'字足韵，当佳。"袁即于坐揽笔益云："感不绝于余心，溯流风而独写。"公谓王曰："当今不得不以此事推袁。"④

---

① （汉）司马迁：《史记》，中华书局1982年版，第1944页。
② （汉）司马迁：《史记》，中华书局1982年版，第3320页。
③ （汉）班固：《汉书》，中华书局1962年版，第2735页。
④ （南朝宋）刘义庆撰，（南朝梁）刘孝标注，余嘉锡笺疏：《世说新语笺疏》，上海古籍出版社1993年版，第257、267、270页。

因此，其文学批评的态度或亲切或紧张，但总是自然生活化的，即便是家族文学集团内部长辈对小辈的训诫，也不是公事公办的语气，而是有着某种期待。著述派往往是对过去的文学作品、已有定论的文学理论、众所周知的文学现象发表意见，其受众，虽说是当代的，但更眺望将来。因此，一定要显现出真理在手，舍我其谁的姿态，多用认知与判断的口吻，一语出口，斩钉截铁，并不想要对方回应乃至辩解，著述派常常是一种法官或导师的姿态。

口实派、著述派二者很多情况下又无界线，口实派文学批评有时是整个活动的起点，其实践中的很多意见、论点经时代的历练成为经典，成为定论，为立言派所汲取，如《世说新语·文学》载：

> 孙兴公云："潘文烂若披锦，无处不善；陆文若排沙简金，往往见宝。"
>
> 孙兴公云："潘文浅而净，陆文深而芜。"①

而《文心雕龙·才略》云：

> 陆机才欲窥深，辞务索广，故思能入巧，而不制繁。②

其间都有承接关系。又如世人对左思《三都赋》的各种评价，总汇而成《文心雕龙·才略》称"左思奇才，业深覃思，尽锐于《三都》，拔萃于《咏史》"③。

而学院派、立言派、著述派以其理论性、文学史性折服大众，会成为整个文学批评的基础，口实派文学批评是依其而展开的，尽管其观点可以五花八门、离经叛道，但其方法最终还是学院派的。如对于阮籍的评价，《文选》李善注引颜延之、沈约曰：

> 嗣宗身仕乱朝，常恐罹谤遇祸，因兹发咏。故每有忧生之嗟，虽志在刺讥，而文多隐避。百代之下，难以情测，故粗明大意，略其幽

---

① （南朝宋）刘义庆撰、（南朝梁）刘孝标注、余嘉锡笺疏：《世说新语笺疏》，上海古籍出版社1993年版，第261、269页。

② （南朝梁）刘勰撰，詹锳义证：《文心雕龙义证》，上海古籍出版社1989年版，第1813页。

③ （南朝梁）刘勰撰，詹锳义证：《文心雕龙义证》，上海古籍出版社1989年版，第1810页。

旨也。①

"百代之下，难以情测"应该是口实派的普遍意见，而"粗明大意，略其幽旨"的比兴解诗、本事解诗，这又是历来学院派对"比兴"解释的具体运用，也是对杜预《春秋左氏传序》所说《左传》"为例之情有五"部分的具体运用，诸如"一曰微而显。文见于此，而义起在彼"；"二曰志而晦，约言示制，推以知例"；"三曰婉而成章。曲从义训，以示大顺"②。沈约在此处作了进一步的阐释与发挥。

口实派、著述派二者又有相融的契机与条件。

其一，就口实派的言论多存于《世说新语·文学》《诗品》而言，就是当时人们想把这些文学批评集中起来、保存下来以传世，甚至有既为当世又为传世的"当世诗品"撰作。如锺嵘《诗品·序》载：

> 近彭城刘士章，俊赏之士，疾其淆乱，欲为当世诗品，口陈标榜。③

虽然这样做是有一定难度的，刘绘"其文未遂"。但《诗品》成功了，材料是口实派的，组织结构、论述方式是著述派的。作者所说"嵘之今录，庶周旋于闾里，均之于谈笑耳"④，一方面追求当前的大众化及最大受众面，希望流传于最广大的诗人、读者、文学欣赏者乃至全社会大众之中；另一方面其集辑的努力，又在追求传世"不朽"。其实，"立言"而"不朽"是有条件的，此即曹丕所谓"年寿有时而尽，荣乐止乎其身，二者必至之常期，未若文章之无穷。是以古之作者，寄身于翰墨，见意于篇籍，不假良史之辞，不托飞驰之势，而声名自传于后"⑤，不"寄身于翰墨，见意于篇籍"，何以"不朽"？

其二，就著述派而言，也时时注意当前。如《文心雕龙》实际上很少评论当前，但刘勰在《序志》里也要说：

---

① （南朝梁）萧统撰，（唐）李善注：《文选》，中华书局1977年版，第322页。
② （南朝梁）萧统撰，（唐）李善注：《文选》，中华书局1977年版，第639页。
③ （南朝梁）锺嵘撰，曹旭集注：《诗品集注》，上海古籍出版社1994年版，第62页。
④ （南朝梁）锺嵘撰，曹旭集注：《诗品集注》，上海古籍出版社1994年版，第69页。
⑤ （魏）曹丕：《典论·论文》，（南朝梁）萧统撰，（唐）李善注：《文选》，中华书局1977年版，第720~721页。

> 而去圣久远，文体解散，辞人爱奇，言贵浮诡，饰羽尚画，文绣
> 鞶帨，离本弥甚，将遂讹滥……于是搦笔和墨，乃始论文。①

他针对的是从当前到将来。又如沈约《宋书·谢灵运传论》，其论述周至刘宋的文学史，是为追求"不朽"所做的努力，但他又讨论诗歌音律，这就是对现实发表意见了。又如论述南齐文章"三体"，这自然是萧子显《南齐书·文学传论》的职责，但又说：

> 三体之外，请试妄谈。若夫委自天机，参之史传，应思悱来，忽
> 先构聚。言尚易了，文憎过意，吐石含金，滋润婉切。杂以风谣，轻
> 唇利吻，不雅不俗，独中胸怀。轮扁斫轮，言之未尽，文人谈士，罕
> 或兼工。非唯识有不周，道实相妨。谈家所习，理胜其辞，就此求
> 文，终然翳夺。故兼之者鲜矣。②

这就是对现实发表意见了。把对现实发表的意见放在史书中，虽然有些不伦不类，却是在追求某种"不朽"。

中古文学批评发展到口实派、著述派二者，而至梁、陈，口实派、著述派二者既有分野又有相融，中古文学批评的成熟达到了一个新的高度，而从"口出""笔书"之辨来说，也是既有分野又有相融的。

第五节 "口出以为言"与总集

一、"言""语"以集合体存世

唐代以前，一般指认为"言""语"只是集合体，尚不成为文体。

《左传》多有引用"某某言曰"，杜预注《左传》称"立言"者为"史佚、周任、臧文仲"，其引用史佚、周任的"言"如下：

> 周任有言曰：为国家者，见恶如农夫之务去草焉，芟夷蕴崇之，

---

① （南朝梁）刘勰撰，詹锳义证：《文心雕龙义证》，上海古籍出版社1989年版，第1911～1913页。
② （南朝梁）萧子显：《南齐书》，中华书局1972年版，第908页。

绝其本根，勿使能殖，则善者信矣。(《隐公六年》)
史佚有言曰：无始祸，无怙乱，无重怒。(《僖公十五年》)
史佚有言曰：兄弟致美。(《文公十五年》)
史佚有言曰：因重而抚之。(《襄公十四年》)
史佚有言曰：非羁何忌？(《昭公元年》)
周任有言曰：为政者不赏私劳，不罚私怨。(《昭公五年》)①

由此，我们知道史佚之言、周任之言是成集合体存世的。成集合体存世且以"言"名者，还有如《老子》所引《建言》、《庄子》所引《法言》等。在《汉书·艺文志》中，录有《道家言》《法家言》《杂家言》《太公言》等。《孔丛子》有《嘉言》篇，记载孔子七次与诸人的对话。

《韩非子》《说苑》《新序》等都多有引用"语曰"，这些"语曰"因为没有具体的所属者，故不见得是从"语"的集合体中摘录而来。但《论语》《国语》则应该是"语"以集合状态存世。如《论语》，"孔子应答弟子时人及弟子相与言而接闻于夫子之语也，当时弟子各有所记"②。而《国语》，是按照一定顺序分国排列来记述其"语"。

又有不名以"言""语"的"口出以为言"的集合体，如《战国策》，"策"解为计谋、谋略，刘向《书录》称之为"游说权谋之徒""生纵横短长之说"③，是当时纵横家(即策士)之"口出以为言"之辞。

二、《文选》不录"言""语"

《文选·序》对《文选》录什么不录什么有一个说法，明确提出不录经、子、史、言，其称不录"口出以为言"云：

> 若贤人之美辞，忠臣之抗直，谋夫之话，辨士之端，冰释泉涌，金相玉振，所谓坐狙丘，议稷下，仲连之却秦军，食其之下齐国，留侯之发八难，曲逆之吐六奇，盖乃事美一时，语流千载，概见坟籍，旁出子史，若斯之流，又亦繁博。虽传之简牍，而事异篇章，今之所集，亦所不取。④

---

① 《春秋左传正义》，《十三经注疏》，上海古籍出版社1997年版，第1731、1806、1855、1958、2026、2040页。
② (汉)班固：《汉书》，中华书局1962年版，第1717页。
③ (汉)刘向集录：《战国策》，上海古籍出版社1985年版，第1197页。
④ (南朝梁)萧统撰，(唐)李善注：《文选》，中华书局1977年版，第2页。

萧统称不录"语流千载"的"口出以为言",称它们"概见坟籍,旁出子史"而"繁博","事异篇章"。

《文选·序》所称的"口出以为言"是哪些?我们来看《文选·序》所列的四例。其一,"仲连之却秦军",见《战国策·赵策》,鲁仲连面见秦将辛垣衍,以史事论证秦称帝之害,使其退兵,其论包括齐威王之事,鬼侯、鄂侯、文王、殷纣王之事,齐闵王、夷维子之事,等等。其二,"食其之下齐国",见《汉书·郦陆朱刘叔孙传》,记载郦食其以游说不战而下齐国,是郦食其以汉王、项王、义帝之事为论据的论证。其三,"留侯之发八难",见《汉书·张陈王周传》,事为张良阻止刘邦复立六国之后,是张良以史事为论据的论证。其四"曲逆之吐六奇",见《汉书·张陈王周传》,其事为:

> (陈)平自初从,至天下定后,常以护军中尉从击臧荼、陈豨、黥布。凡六出奇计,辄益邑封。奇计或颇秘,世莫得闻也。①

上述四例都只是历史现实中的"口出以为言",是口头表达,是在对话的语境中产生的,不是个人写就的。这些"言"或被记载下来,或没有被记载下来,如所谓"奇计或颇秘,世莫得闻也"之类。

《文选》不录"口出以为言"者,也有渊源。

一是"言"或"语"往往以集合体的形式出现,前已有所述。"口出以为言"之"说"也常常作为整体编集出现。《说林》《内外储说》本是《韩非子》的篇章,虽然其中的"说"从意义上看各自可独立,但《韩非子》是把它们集合在一起当整体看待的。《汉书·艺文志》的《诸子略》,"小说家"著录的《鬻子说》《伊尹说》《黄帝说》《封禅方说》《虞初周说》,都是"说"的集合体。《隋书·经籍志》载录杂家之《俗说》《杂说》《善说》,小说家之《世说》《小说》《迩说》等,也是"口出以为言"的"说"的集合体。这也就是说,"说"往往以集合体形式出现而显示出不可分割性。

二是这些"口出以为言"虽然被记载下来,形成文字了,但这些文字并非独立的篇章,而是被含括在事件中,而事件是"概见坟籍,旁出子史"的,依附在经、子、史中。王运熙说:

> 史部《战国策》《史记》《汉书》中包含了不少贤人、谋夫等的辩

---

① (汉)班固:《汉书》,中华书局1962年版,第2045页。

说,《文选·序》所举数例,大抵也出自这些史书。对这类说辞,序文肯定它们"金相玉质""语流千载",显然赞美其有文采。但它们不是篇章,即原来是单篇,后来收入别集中的作品,所以也不予选录。今考《文选》所选作品的"上书"类……其性质与贤人、谋夫等的辩说相同,只因当时不但见于史籍,而且还以单篇文章流传,故遂被《文选》收录。①

《文选》作为一部选集,所录入的作品都应该是单篇,这从《文选·序》中强调所录作品是"篇章""篇翰""篇什"可以看出。《关雎》"关雎五章,章四句",孔颖达疏:"篇者,遍也,言出情铺事明而遍者也。"②有头有尾、自成段落的作品就可以称"篇"了,《论衡·书解》所谓"出口为言,著文为篇"③。《文选》中曹植《上责躬应诏诗表》"窃感相鼠之篇",吕延济注云:"篇,诗篇也。"④《文选·序》"降将著'河梁'之篇"的"篇"⑤,也特指诗篇。"篇"作为单篇讲,甚或是文体的一种,《文选·序》论及的文体有篇、辞、引、序之类。高步瀛《文选李注义疏》称:"方廷珪《文选集成》谓篇指本书乐府曹子建《美女》《白马》《名都》等篇,未知是否。"⑥有这个可能,唐玄宗时所编《初学记》也把"篇"作为文体,其"武部剑第二"所列叙写"剑"的文体就有诗、篇、歌、启、铭,"篇"中录唐李峤《宝剑篇》。其"武部渔第十一"所列叙写"渔"的文体就有赋、诗、篇、文,"篇"中录陈张正见《钓竿篇》、隋李巨仁《钓竿篇》。而作为独立篇章的"上书"则可以入选。

三是这些"口出以为言"是不可"剪截"的。《文选》录文有"剪截"史籍法⑦,《文选·序》解释为什么不录经部文字云:

若夫姬公之籍,孔父之书,与日月俱悬,鬼神争奥,孝敬之准

---

① 王运熙:《〈文选〉选录作品的范围和标准》,《复旦学报》1988年第6期,又载俞绍初、许逸民主编:《中外学者文选学论集》,中华书局1998年版,第260~261页。
② 《毛诗正义》,《十三经注疏》,上海古籍出版社1997年版,第274页。
③ (汉)王充:《论衡》,上海人民出版社1974年版,第431页。
④ (南朝梁)萧统撰,(唐)李善等六臣注:《六臣注文选》,中华书局1986年版,第363页。
⑤ (南朝梁)萧统撰,(唐)李善注:《文选》,中华书局1977年版,第2页。
⑥ 高步瀛著,曹道衡、沈玉成点校:《文选李注义疏》,中华书局1985年版,第21页。
⑦ 详见胡大雷:《〈文选〉编纂研究》第三章第二节"'剪截'史书:《文选》的录文方式之一",广西师范大学出版社2009年版,第86~100页。

式，人伦之师友；岂可重以芟夷，加之剪截。①

即所谓"姬公之籍，孔父之书"是不可"剪截"的。倒过来讲，假如要录入经部文字，那录入的方式就是"剪截"。《文选·序》又称有的史部文字有所例外而可以录入，其云：

> 至于记事之史，系年之书，所以褒贬是非，纪别异同，方之篇翰，亦已不同。若其赞论之综辑辞采，序述之错比文华，事出于沈思，义归于翰藻，故与夫篇什，杂而集之。②

那么，其录入方式也应该就是"剪截"。但是，上述这些"口出以为言"是不可"剪截"的。《文选》"上书"类中虽有辩说，当以"剪截"史籍方式录入作品时，其言语来往等背景是以"序"的方式独立附在作品前面的。而上述文字，其辩说双方的交锋往复是交叉、纠缠在一起的，没有办法使某作者所为独立成章。

当萧统《文选·序》称其为"旁出子史"时，即认为只有从史传中"剪截"出来才可独立成文，萧统是认可"剪截"这种方式的。但未见由"剪截"而成单独之篇，可见这一文体是经不起"剪截"的。

四是就"言""语"来说，《文选》只认可其为总体性的存在，未把其当作文体，且在《文选》的时代，也没有以"言"或"语"命名的"篇章"。《文选》作为总集对后世影响极大，南朝至唐、北宋的总集都是不录总体性存在的"言""语"文字的，也就是不录"周任之言"之类以及《建言》《道家言》《论语》《国语》之类文字的。

三、从唐末开始以"言""语"命名的文体

自唐末起诞生了以"口出以为言"的"言""语"为文体名的、作为"篇章"的作品。如：唐陈黯《拜岳言》，通篇是回答巫的问话，述说只拜华岳而不拜神。唐陆龟蒙《冶家子言》，假托武王灭殷后一个世代冶炼家族的子弟的"言"，说自家祖上从铸耕田之器到铸工匠之器，到铸兵家之器，现不知从事何种铸造。武王醒悟，如今是"苞干戈，劝农事"的时代，于

---

① （南朝梁）萧统撰，（唐）李善注：《文选》，中华书局1977年版，第2页。
② （南朝梁）萧统撰，（唐）李善注：《文选》，中华书局1977年版，第2页。

是"冶家子复祖之旧"①。唐袁皓《齐处士言》叙写齐祖受宋禅，称"使不十逾载，致黄金与土同价"，齐处士闻而泣"言"："君王知黄金贵于土，不知百姓视土贵于黄金。"以下是其长篇大论，落脚在"知百姓贵土于黄金，则其民受福于齐矣"②。唐程晏《设毛延寿自解语》，假托毛延寿为自己辩解"言"："臣以为宫中美者可以乱人之国，臣欲宫中之美者迁于胡庭，是臣使乱国之物不逞于汉而移于胡也。"③宋孙固《录野叟语》④中，作者见到驿站墙壁上有"劝农文"，友人称之为"催科文"，有野叟之"语"对官府"催科"作了详尽描述。上述诸文都是以有人发问开端，以回答的形式展开叙说或论证，通篇是"口出以为言"的"言"或"语"，故篇题也以"言"或"语"出之。

这些作品，或许就是为了回应《文选》所谓"言""语"命名者"事异篇章"，而特地以"篇章"出之的。其实，这些以"言"或"语"出之者，也就是《文选》所谓"对问"体，这从元末刘基《诚意伯文集》卷七"问答语"类可以看得很清楚，其录文四篇，《卖柑者言》《愁鬼言》的以"言"命篇与《樵渔子对》《答郑子享问齿》的以"对""问"命篇，性质是一样的，都是以"言"或"语"的规律、规则来规范文体。

还有一种文体为"口宣"，一种慰劳臣下的简短诏令。顾名思义，"口宣"即口头表达的一种"口出以为言"，但实际上，宋代的"口宣"却是学士们事先拟制好的，是"笔书以为文"。宋杨亿《杨文公谈苑·学士草文》："学士之职，所草文辞，名目浸广……土木兴建曰上梁文，宣劳赐曰口宣。"⑤明徐师曾曰："口宣者，君谕臣之词也。古者天子有命于其臣，则使使者传言，若《春秋内外传》所载诰告之词是已，未有撰为俪语使人宣于其第者也。宋人始为之。"⑥宋欧阳修、王安石、苏轼等人文集中的"内制"皆有为皇帝所拟"口宣"。文人拟妥文辞，由皇帝"口宣"而已。

"口出"比起"笔书"来，更利于传播与接受，尤其是本来就具有"口

---

① （明）朱櫹：《文章类选》，《四库全书存目丛书》第290册，齐鲁书社1997年版，第786页。
② （明）朱櫹：《文章类选》，《四库全书存目丛书》第290册，齐鲁书社1997年版，第786~788页。
③ （明）朱櫹：《文章类选》，《四库全书存目丛书》第290册，齐鲁书社1997年版，第786页。
④ （明）朱櫹：《文章类选》，《四库全书存目丛书》第290册，齐鲁书社1997年版，第788页。
⑤ （宋）杨亿：《杨文公谈苑》，上海古籍出版社2012年版，第15页。
⑥ （明）徐师曾：《文体明辨序说》，人民文学出版社1962年版，第167页。

出"本色而以"口出以为言"出之者，如"旗亭画壁"的故事中，王昌龄、高适、王之涣作品，要待歌伶的"口出以为言"的唱，才能定其高下，才能获得更大影响。

四、"口出以为言"以文体入总集

总集本不录以整体形态出现的"周任之言"之类以及《建言》《道家言》《论语》《国语》之类中的文字，真正改变这种情况是在南宋时期。真德秀编纂总集《文章正宗》，其目凡四：曰辞命，曰议论，曰叙事，曰诗赋，彭时《文章辨体序》称"天下之文，诚无出此四者，可谓备且精矣"①。"辞命""议论"二者所录有《国语》《战国策》中的"言""语"。《文章正宗·纲要》称："辞命以下皆王言也，太祝以下掌为之辞，则所谓代言者也。""独取《春秋内外传》所载周天子谕告诸侯之辞，列国往来应对之辞……"此为"辞命"。《文章正宗·纲要》又称："今独取《春秋内外传》所载谏争论说之辞。"②此为"议论"。录《国语》的文字，称之为"春秋诸贤论说之辞"③，录《战国策》的文字，称之为"战国策士谈说之辞"④。

本是以整体性的"言""语"生存的《国语》《战国策》，其文字先以国别为单位相分，国别下又有其人其言其事的自然相分，历来人们对这种自然相分，或概括其义为题，或以首句为题。《文章正宗》直接"剪截"这种自然相分为独立篇章的形式，视之以"辞命""议论"的文体入集。《文章正宗·议论》所录汉前的文章，更多的是从《左传》中"剪截"其"言""语"而来，也有从《国语》《战国策》中"剪截"而来的。明代又有朱梅《文章类选》，全书四十卷，分文体五十八，有"口宣"四篇（第25卷），"言语"七篇（第37卷），这些都视"口出以为言"者为文体。

其做法，一是改变总集不录"言""语"之类文字的观念，把此类文字重新命名为"辞命""议论"入总集。二是以追寻其发源、原初时的状态为"辞命""议论"文体正名，《文章正宗·纲要》称："议论之文，初无定体，都俞吁咈，发于君臣会聚之间；语言问答，见于师友切磋之际。"揭示其"言""语"的性质是"初无定体"，但现在定位为文体了。三是把《国语》

---

① （明）吴讷：《文章辨体序说》，人民文学出版社1962年版，第8页。
② （宋）真德秀：《文章正宗·纲要》，文渊阁《四库全书》第1355册，北京出版社2012年版，卷前第1~3页。
③ （宋）真德秀：《文章正宗》，文渊阁《四库全书》第1355册，北京出版社2012年版，卷六第15页。
④ （宋）真德秀：《文章正宗》，文渊阁《四库全书》第1355册，北京出版社2012年版，卷六第62页。

《战国策》的文字改造成篇章，解决了"概见坟籍，旁出子史"的"言""语"以何种形式进入总集的问题。四是重新为"篇章"取题目。本来就有人为《国语》《战国策》取篇题，但有些篇题看不出此文与"言语"的关系，在入集时，《文章正宗》又给它们起了新的篇题，如《国语》有原篇首句为"厉王虐，国人谤王"的片段，《文章正宗》题其名为"召公谏监谤"，一方面突出其"言语"性质，此为"谏"，另一方面突出"谏"的实施者，此为召公。又如《战国策·齐策》之片段首句为"先生王斗造门而欲见齐宣王"，原题显不出其"言""语"性质，而《文章正宗》录入总集时改成"王斗对齐宣王"，篇题中就构成一种对话关系。

宋陈师道《后山诗话》曾云："余以古文为三等：周为上，七国次之，汉为下。"① 南宋时，学习《左传》古文以应课试成为时尚，而殿试有策问，"口出以为言"的重要性不言而喻。于是，记载先秦士人之"言""语"的《国语》《战国策》进入时人的视野、进入总集，是自然而然的，社会需求把其"言""语"变为"作文之式"，即《文章正宗·纲要》所称"故今所辑，以明义理、切世用为主"。

"言""语"的入集并非孤立现象，"经""子""史"文字也经过篇章化而以"古文"典范名义而入集，《文章正宗》就有《左传》《史记》的片段的"史"的入集。曾为真德秀宾客的汤汉辑《妙绝古今》，其录诸子之文，从《孙子》《列子》《庄子》《荀子》《淮南子》中选摘篇章。明贺复徵《文章辨体汇选》收录《周礼·考工记》的文字，这是"经"的入集。②

五、《古文辞类纂》的"书说类"

姚鼐编《古文辞类纂》分文体为十三，其"书说类"直接"剪截"史籍，把原本是史籍片段的"口出以为言"的"辩说"文字直接"剪截"成独立篇章。如"书说类"下"剪截"自《战国策》三十八篇"说"，题目上皆有两个人的姓名，前为说者，后为被说者，如《赵良说商君》等，表明其"口出以为言"的性质；有时还列出为什么人、为什么事而"说"，如《陈轸为齐说昭阳》等。只有一个例外，即《淳于髡解受魏璧马》，未列出淳于髡解释的对象。《古文辞类纂》中有《鲁仲连说辛垣衍》，即《文选·序》称为"仲连之却秦军"者，先述"秦围赵之邯郸，魏安釐使将军晋鄙救赵"，后"魏王使客将军辛垣衍间入邯郸，因平原君谓赵王……尊秦昭王为帝"，鲁仲连说

---

① （清）何文焕：《历代诗话》，中华书局1981年版，第305页。
② "经、子、史"的入集以及以何种形式入集，将另文阐述。

辛垣衍，秦兵退，鲁仲连不受赏而去。那么，《古文辞类纂》所录之文就是史家之言，是史家对某一次"辩说"的记载，是把"口出以为言"转化成"笔书以为文"，而不是某个人独立的"笔书以为文"作品。《文选》当然不能把它作为某个人的作品，"今之所集，亦所不取"也是理所当然的。

结 束 语

第一节 "口笔之辨"与"文笔之辨"

"文笔之辨"即文章体制的辨析。范晔《狱中与诸甥侄书》以"事外远致"与"公家之言"为"文笔"之区分。① 刘勰《文心雕龙·总术》称之为"无韵者笔也,有韵者文也"②。萧绎《金楼子·立言》的"文笔"区分多谈"文":"吟咏风谣,流连哀思者,谓之文。""至如文者,惟须绮縠纷披,宫徵靡曼,唇吻遒会,情灵摇荡。"③隋人《文笔式》又以"韵者为文,非韵者为笔"为文体分类。④ 大致说来,"文笔之辨"之"文",即诗、赋之类有韵的、讲究声律的、有文采多抒情的私人化情趣性的文字,"文笔之辨"之"笔",指非韵的公家实用性文字。

"口笔之辨"是指"口出以为言"与"笔书以为文"的对称与辨别,为表达形式的辨析。"口笔之辨"与"文笔之辨"之"笔"不同,"口笔之辨"与"文笔之辨"意味不同,但从文字作品的发生角度来探讨,二者或有重叠之处,此处要讨论的就是其不同而又相辅相成之处。

一、阮元《文言说》论"口笔之辨"

清代时阮元以"文笔之辨"而专为骈体张目,他在广州开学海堂,以"文笔"之义策问诸生,其子阮福与门人刘天惠、梁国珍、侯康、梁光钊

---

① (南朝梁)沈约:《宋书》,中华书局1974年版,第1830页。
② (南朝梁)刘勰著,詹锳义证:《文心雕龙义证》,上海古籍出版社1989年版,第1622页。
③ (南朝梁)萧绎撰,许逸民校笺:《金楼子校笺》,中华书局2011年版,第966页。
④ [日]弘法大师撰,王利器校注:《文章秘府论校注》西卷引,中国社会科学出版社1983年版,第474页。据王利器考证,《文笔式》出于隋人,见该书第475页。

都有文讨论"文笔"。阮元自己有《文言说》讨论"文",论孔子《易·文言》,为骈文理论树立了两个根据:

> 孔子于《乾》《坤》之言,自名曰"文",此千古文章之祖也。为文章者,不务协音以成韵,修词以达远,使人易诵易记,而惟以单行之语,纵横恣肆,动辄千言万字,不知此乃古人所谓直言之言,论难之语,非言之有文者也,非孔子之所谓文也。……然则千古之文,莫大于孔子之言《易》。孔子以用韵比偶之法,错综其书而自名曰"文"。何后人之必欲反孔子之道,而自命曰文,且尊之曰古也?①

一是从六朝人"有韵为文,无韵为笔"推论出"文"必有韵,二是"文"必尚偶,以是为骈文张目,为"选学"张目。但是,六朝时不仅诗赋讲究音律对偶,章表书檄等不押韵的公文性文字,明确是"笔",也是讲究音律对偶的。

阮元他们讨论"文笔之辨"的贡献,据王运熙、杨明说:在于"详细引证有关材料,为后人的研究提供了许多有价值的线索"②,其中就包括在讨论"文笔之辨"时涉及"口笔之辨",其曰:

> 古人无笔砚纸墨之便,往往铸金刻石,始传久远;其著之简策者,亦有漆书刀削之劳;非如今人下笔千言,言事甚易也。许氏《说文》:"直言曰言,论难曰语。"《左传》曰:"言之无文,行之不远。"此何也?古人以简策传事者少,以口舌传事者多;以目治事者少,以口耳治事者多,故同为一言,转相告语,必有愆误。(原注:《说文》:"言,从口,从辛;辛,愆也。")是必寡其词,协其音,以文其言,使人易于记诵,无能增改,且无方言俗语杂于其间,始能达意,始能行远。③

阮元提到为了"易于记诵,无能增改","口出以为言"是如何改造自身的,而这种改造就是"文笔之辨"最早的"文"。一般认为,"文笔之辨"是晋以后兴起的对文章体制的认识,阮元对其的探讨,追溯到语言最早表达的

---

① (清)阮元撰,邓经元点校:《揅经室集》,中华书局1993年版,第605页。
② 王运熙、杨明:《魏晋南北朝文学批评史》,上海古籍出版社1989年版,第205页。
③ (清)阮元撰,邓经元点校:《揅经室集》,中华书局1993年版,第605页。

"口出以为言"之时,对我们考虑"文笔之辨"问题的时限给予了启发。

二、最早的"口出""笔书"与"文笔之辨"

我们来看"口笔之辨"的"口出"者与"笔书"者的身份、作用与"文笔之辨"的关系。最早的"笔书"者是所谓的"史"。《周礼·天官·宰夫》:"六曰史,掌官书以赞治。"郑玄注:"赞治,若今起文书草也。"①《礼记·曲礼》曰:"史载笔,大事书之于策,小事简牍而已。"②"史载笔",是书写公家实用性文字,既是最早的"笔书",也是最早的"文笔之辨"之"笔"。

而如《左传·襄公十四年》载:"史为书,瞽为诗,工诵箴谏,大夫规诲,士传言,庶人谤,商旅于市,百工献艺。"③关于"史为书",徐中舒说,传述历史的史官有两种,"瞽矇传诵为主,而以太史的记录帮助诵"④。阎步克称:"古史传承本有'记注'和'传诵'两种形式","史官记其大略于简册之上,其详情则由瞽矇讽诵"⑤。"史官记其大略",为公家实用性文字,是最早的"笔书",也是最早的"文笔之辨"之"笔"。

上古时期先有语言的产生,后有文字的产生,文字产生之前,古代流行记诵之学,刘师培曰:"上古之时,先有语言,后有文字。有声音,然后有点画;有谣谚,然后有诗歌。谣谚二体,皆为韵语。""厥后诗歌继兴,始著文字于竹帛。然当此之时,歌谣而外,复有史篇,大抵皆为韵语。""盖古代之时,教曰'声教',故记诵之学大行,而中国词章之体,亦从此而生。"⑥史家的"传诵""讽诵"则是最早的"文笔之辨"之"文"。

三、"口出"者与"笔书"者的地位升降与"文笔之辨"

就对现实政治的影响来说,自文字产生,远古时期的"史"职位很高,如大史,《国语·晋语》载胥臣称周文王"访于辛、尹"⑦,辛、尹即辛甲、尹佚,二人皆周大史。有时大史还命令百官规诫王,如《左传·襄公四

---

① 《周礼注疏》,《十三经注疏》,上海古籍出版社1997年版,第655~656页。
② 《礼记正义》,《十三经注疏》,上海古籍出版社1997年版,第1250页。
③ 《春秋左传正义》,《十三经注疏》,上海古籍出版社1997年版,第1958页。
④ 徐中舒:《〈左传〉作者及其成书年代》,《徐中舒历史论文选辑》,中华书局1998年版,第1147页。
⑤ 阎步克:《乐师、史官文化传承之异同及意义》,《乐师与史官——传统政治文化与政治制度论集》,生活·读书·新知三联书店2001年版,第94页。
⑥ 陈引驰编校:《刘师培中古文学论集》,中国社会科学出版社1997年版,第227页。
⑦ 胡文波校点:《国语》,上海古籍出版社2015年版,第259页。

年》载魏绛曰:"昔周辛甲之为大史也,命百官,官箴王缺。"①此外,大史还负责记录时事,保管文书等。

但是,"史为书"渐渐比不上"口出以为言"的"大夫规诲"。到了春秋战国的士,逐渐有了身份的独立与自觉,他们有学问有才能,展现自己的学问与才能的方式是"口出以为言"。他们游说于各国之间,纵横家便是其中的代表,章学诚称纵横之学,"至战国而抵掌揣摩,腾说以取富贵"②,于是,"口出"者的地位提高。

《史记》载,秦始皇每天"以衡石量书,日夜有呈,不中呈不得休息(《正义》:言表笺奏请,秤取一石,日夜有程期,不满不休息)"③。到了汉代,"萧何入秦,收拾文书,汉所以能制九州者,文书之力也。以文书御天下"④,汉代普遍认为"笔书"类公家实用性的文字工作为"政事","笔书以为文"者的地位有了极大的提高,如《史记·酷吏列传》载,赵禹"以刀笔吏积劳,稍迁为御史",张汤"无尺寸功,起刀笔吏,陛下幸致为三公",尹齐"以刀笔稍迁至御史"⑤,多有以"笔"而致高官者。

魏时玄学兴起,崇尚"口出以为言"的清谈,所谓"何晏为吏部尚书,有位望,时谈客盈坐"⑥。晋宋时是门阀社会,主流社会由士族所掌控,高门华胄的文化标志之一即为清谈的"言",能"口出以为言"者地位当然高。高门士族把持文化主流,视诗赋的撰作为高尚身份所独有,视"笔书"的公文之"笔"撰作为文案小吏之行为,"笔书"的公文之"笔"类文字在政治、文化上受到轻视,士族对此是十分鄙弃的,干宝称晋时门阀制度下的社会风气为"当官者以望空为高而笑勤恪"⑦,"勤恪"的意味之一即致力于"簿领文案"的"笔书"。

自刘宋起,公文的"笔书"渐渐受到重视,如宋武帝子、文帝弟刘义康,"性好吏职,锐意文案"⑧,且"专以政事为本,刀笔干练者多被意遇"⑨。南齐的情况亦如此,如齐明帝"自在布衣,晓达吏事,君临意兆,

---

① 《春秋左传正义》,《十三经注疏》,上海古籍出版社1997年版,第1933页。
② (清)章学诚撰,吕思勉评,李永圻、张耕华导读整理:《文史通义》,上海古籍出版社2008年版,第19页。
③ (汉)司马迁:《史记》,中华书局1982年版,第258~259页。
④ (汉)王充:《论衡·别通》,上海人民出版社1974年版,第206页。
⑤ (汉)司马迁:《史记》,中华书局1982年版,第3136~3149页。
⑥ (南朝宋)刘义庆撰,(南朝梁)刘孝标注、余嘉锡笺疏:《世说新语笺疏》,上海古籍出版社1993年版,第195页。
⑦ (唐)房玄龄等:《晋书》,中华书局1974年版,第136页。
⑧ (南朝梁)沈约:《宋书》,中华书局1974年版,第1790页。
⑨ (唐)李延寿:《南史》,中华书局1975年版,第631页。

专务刀笔"①。梁时宗央"以笔札被知"②等。梁时尤甚,梁武帝要求世家子弟也要熟悉文书簿领之类的"笔书","笔书"者不应该仅仅是寒门子弟,他曾手敕刘孝绰曰:"美锦未可便制,簿领亦宜稍习。"③可以说,"文笔之辨"与"口笔之辨"在此意味上达成某些一致,此处的"笔",即"笔书"的公文之类。

四、"口笔"合与"文笔"合

南北朝时期,公文的"笔书"受到重视的同时,诗赋之类的"文"并未受到冷落,士人的热衷与社会的推崇反而越来越高涨。在南北朝后期,"文""笔"合已经基本达成共识,并有所实践。一是梁时起崇尚"文""笔"兼具之才,《南史》载评价沈约说:"谢玄晖善为诗,任彦升工于笔,约兼而有之,然不能过也。"④说明"文""笔"兼具是非常难的,但又说明"兼而有之"是可以做到的。更能说明问题的是沈约、任昉,世上本有"沈诗任笔"之赞誉,但沈约并不满足于"诗"的盛名,任昉也不满足于"笔"的盛名,他俩展开了不同方向,但同一目标的追求。如沈约,"(梁武帝)每制书草,沈约辄求同署。尝被急召,(任)昉出而(沈)约在,是后文笔,约参制焉"⑤。再看任昉,《诗品》评价曰:"(任)彦昇少年为诗不工,故世称'沈诗任笔',昉深恨之。晚节爱好既笃,文亦遒变。善铨事理,拓体渊雅,得国士之风,故擢居中品。"⑥二是"文""笔"各自向对方学习,如"文"向"笔"学习典故的运用,"笔"向"文"学习对仗、音律等的运用,而构成了骈文。

"文""笔"合的实践,可以看到"口""笔"合的影子,如"口""出"与"笔""书"都要统一在"易读诵"下,等等。又有颜延之的"文笔之辨",其称:"笔者,言之文也。经典则言而非笔,传记则笔而非言。"⑦逯钦立称"颜氏文笔之说,可谓恰合文翰的生长史实。是一种创获,一种发明,对于文笔的理解,不能不说更进一步了"⑧。"文笔之辨"与"口笔之辨"在文

---

① (南朝梁)萧子显:《南齐书》,中华书局1972年版,第913页。
② (唐)姚思廉:《梁书》,中华书局1973年版,第299页。
③ (唐)姚思廉:《梁书》,中华书局1973年版,第479~480页。
④ (唐)李延寿:《南史》,中华书局1975年版,第1413页。
⑤ (唐)李延寿:《南史》,中华书局1975年版,第1453页。
⑥ (南朝梁)锺嵘撰,曹旭集注:《诗品集注》,上海古籍出版社1994年版,第316页。
⑦ (南朝梁)刘勰著,詹鍈义证:《文心雕龙义证》,上海古籍出版社1989年版,第1627页。
⑧ 逯钦立:《逯钦立文存》,中华书局2010年版,第547页。

采的表现以及讲究方面，亦有相合之处。

第二节 "口笔之辨"与古代文体学

或称"以文体为先"①是中国古代文学批评与文学创作的传统与原则，这是非常对的。但是，文体学研究又以何者为先？窃以为应以"口笔之辨"为先。王充《论衡·定贤》称"口出以为言，笔书以为文"②，刘勰《文心雕龙·总术》称"发口为言，属笔曰翰"③，最早的那些文体的形成，必定是先为"口出"之"言"，后为"笔书"，以后才有"笔书"的文体的独立形成。"口出"与"笔书"的发生与发展并不同步，但又有无数的纠连与相承。我们从"口笔之辨"展开探讨，对于古代文体的起源、发展、语言体制以及文体的分类等问题，可以理解得更深入一些，研究的视野也可以更广阔一些，或许可以得到意想不到的东西，以下举其要而论之。

一、"口笔之辨"与文体溯源、文体命名

人们或从"经"来探讨文体的起始，如刘勰《文心雕龙·宗经》所说："故论说辞序，则《易》统其首；诏策章奏，则《书》发其源；赋颂歌赞，则《诗》立其本；铭诔箴祝，则《礼》总其端；纪传铭檄，则《春秋》为根。"④颜之推《颜氏家训·文章》称："夫文章者，原出《五经》：诏命策檄，生于《书》者也；序述论议，生于《易》者也；歌咏赋颂，生于《诗》者也；祭祀哀诔，生于《礼》者也；书奏箴铭，生于《春秋》者也。"⑤

古人认为"经"起始于"口出以为言"，颜延之以为"经典则言而非笔，传记则笔而非言"⑥，记言的《尚书》合乎"经典则言而非笔"之说。《尚书》有典、谟、训、诰、誓、命六体之名，谟，孔传释《皋陶谟》："谟，谋

---

① 吴承学：《中国古代文体学研究丛书》之《总序》，北京大学出版社2011年版。
② （汉）王充：《论衡》，上海人民出版社1974年版，第420页。
③ （南朝梁）刘勰撰，詹锳义证：《文心雕龙义证》，上海古籍出版社1989年版，第1629页。
④ （南朝梁）刘勰撰，詹锳义证：《文心雕龙义证》，上海古籍出版社1989年版，第78~79页。
⑤ （北齐）颜之推撰，王利器集解：《颜氏家训集解》，上海古籍出版社1980年版，第221页。
⑥ （南朝梁）刘勰撰，詹锳义证：《文心雕龙义证》，上海古籍出版社1989年版，第1627页。

也。皋陶为帝舜谟。"①谟者，"口出"之文辞为"谟"。训，孔传释《伊训》："作训以教导太甲。"②"口出"之训的文辞为"训"。诰，孔传释《汤诰》："以伐桀大义告天下。"③诰即告，"口出"之告知的文辞为"诰"。誓，孔传释《甘誓》："甘，有扈郊地名。将战先誓。"④"口出"之誓的文辞为"誓"。命，孔传释《顾命》："实命群臣，叙以要言。"⑤"口出"之命的文辞为"命"。"口出"这一行为动作产生了文辞，于是构成文体，不同的"口出"之"言"有不同的功用，由动词变成了名词，于是具有了文体意味。

孔颖达说："说者以《书》体例有十，此六者之外，尚有征、贡、歌、范四者，并之则十矣。……征、贡、歌、范非君出言之名，六者可以兼之。"⑥称《尚书》的体例还有"非君出言之名"的说法，这样就反证《尚书》六体命名的主要原则即以"口出"之"言"来命名文体，这应该是文体的最早形态。

以"口出以为言"的"做什么"来命名、确定文体，是早期文体命名的通例之一。"口出"本有始终保持其本色而天然成为文体者，如与咏、唱有关的诗、歌、谣、讴等，其有节奏、有韵，以"口出"为最主要的表达方式与传播方式，即以其"口出"本色为文体命名。

"口出"之"言"稍瞬即逝，随意性强，各有其特性与产生环境，予以命名将繁杂淆乱。而"笔"有文字依据，故易于确立文体名称。我们看到，《尚书》中由语言行为动作产生的文辞还有不少，如矢、谗、箴、诲、咨、绥、访、祝、教、戒、报等，前人是经过"芟夷烦乱，剪截浮辞，举其宏纲，撮其机要"的总结概括才得出谟、训、诰、誓、命诸体的。

追溯到文体的最早形态为"口出"之"言"，更有利于我们探索文体产生之初的原生态状况。

二、"口笔之辨"与文体的进化历程

在"口出以为言"的过程中，世人普遍认为形成了"语"体，赵辉《先秦语体的发生、演化及内在脉络》论之甚详，称"先秦'语'体由论答他人提

---

① 《尚书正义》，《十三经注疏》，上海古籍出版社1997年版，第138页。
② 《尚书正义》，《十三经注疏》，上海古籍出版社1997年版，第162页。
③ 《尚书正义》，《十三经注疏》，上海古籍出版社1997年版，第162页。
④ 《尚书正义》，《十三经注疏》，上海古籍出版社1997年版，第155页。
⑤ 《尚书正义》，《十三经注疏》，上海古籍出版社1997年版，第237页。
⑥ 《尚书正义》，《十三经注疏》，上海古籍出版社1997年版，第115页。

出的问题这一性质的行为而名体，原本具有教、议、论等方面的原始意蕴"。其曰：

> 中国最早的语体是具有格言性质的古"语"，在此基础上演化出"训语"和"事语"，又由"训语"演化出论说文，由"事语"演化出《国语》《晏子春秋》《战国策》和《论语》《孟子》中部分篇章的记述性语、论文体。这种演化存在着一个内在的脉络。一般而言，"训语"和"事语"都存在两种文本形态，即记载的言说主体言说的话语文本形态，称之为第一文本形态。记述主体记述的话语形态，称之为第二文本形态。①

于是可知，"口出以为言"不仅仅是"文"的一个大类，即相对于"笔书以为文"的一类，而且，"口出以为言"本身也是可以演化出文体的，"语"体即是。

但是，由"口出以为言"生成的文体，最终是要走向"笔书以为文"的。《文心雕龙·练字》论"字"乃"言语之体貌"，称文字为"言语"的载体，而当称"先王声教，书必同文"②，这就说出很多文体都经历了一个先"口出"后"笔书"、从"口出"到"笔书"的过程。如《尚书》之"典"，尧舜"口出"者为"典"，但后世一致称"典"为"笔书"，《说文解字》："典，五帝之书也。"③于省吾《骈续·释"工典"》以为"工典"即"贡典"："典犹册也，贡典犹言献册告册也。……谓祭时贡献典册于神也。"④那么，"典"很早就从"口出"成为"笔书"了。到后世，先代可以作为典范的重要书籍就是文体的"典"。"典"在后世也有余绪，如《文选》有班固《典引》一首，李善注云："蔡邕曰：《典引》者，篇名也。典者，常也，法也。引者，伸也长也。《尚书疏》：尧之常法，谓之《尧典》，汉绍其绪，伸而长之也。"⑤又有《典略》《梁典》等。

《文心雕龙》对文体的从"口出"到"笔书"多有例证，《颂赞》论"赞"体，先说："赞者，明也，助也。昔虞舜之祀，乐正重赞，盖唱发之辞

---

① 赵辉：《先秦"语"体的发生、演化及内在脉络》，《中南民族大学学报》2019年第39卷第1期，第69~76页。
② （南朝梁）刘勰撰，詹锳义证：《文心雕龙义证》，上海古籍出版社1989年版，第1445~1446页。
③ （汉）许慎撰，（清）段玉裁注：《说文解字注》，上海古籍出版社1981年版，第200页。
④ 于省吾：《双剑誃殷契骈枝续编》（石印本），大业印刷局1941年版，第11~12页。
⑤ （南朝梁）萧统撰，（唐）李善注：《文选》，中华书局1977年版，第682页。

也。及益赞于禹，伊陟赞于巫咸，并飏言以明事，嗟叹以助辞也。故汉置鸿胪，以唱言为赞，即古之遗语也。"①这是"口出"之"赞"。刘勰又称"笔书"之"赞"，所谓"至相如属笔，始赞《荆轲》。及迁史固书，托赞褒贬，约文以总录，颂体以论辞；又纪传后评，亦同其名"②。这些"笔书"之"赞"与"口出"之"赞"有着一定的演变关系，在演变中，文体性质发生了变化。

更多的情况是文体从"口出"到"笔书"，性质并没有发生变化。"说"体，都是论说之义，一开始是"口出"者，但《文心雕龙·论说》又说："夫说贵抚会，弛张相随，不专缓颊，亦在刀笔。"③这就是"笔书"了。又如"章表"，都是"敷奏以言"，从"匪假书翰"到"周监二代"的"言笔未分"，已经从"口出"到"笔书"了，而所谓后汉的"杰笔"④，则是行文的格式是彻底的"笔书"。

"口出"与"笔书"各有自己的特点或格式，文体的从"口出"到"笔书"，就有一个特点或格式的转化或相融，这个过程是怎样进行的？一是早期的许多文体成为"笔书"时，很多都保留了"口出"的格式，如赋的"客主以首引"为"别《诗》之原始，命赋之厥初"的体制之一，⑤这种体制实际上为赋的"风(讽)谏"而设，使讽谏有的放矢，又使讽谏不直指帝王而直指"客"，很好地完成委婉进言的讽谏。而且，"客主以首引"的一问一答又为赋作叙事情节的层层演进提供了绝好的形式，并使赋作内容有了人物形象与故事情节。而"客主以首引"就是"口出以为言"的对话形式，被赋汲取为体制之一。二是借鉴以创新，如"连珠"体，《左传》《国语》《战国策》之多有在"对问"中以"臣闻"起首来发表见解的，至有几个"臣闻"格式的连用；"笔书"的"连珠"体就是把"口出以为言"口吻的"臣闻"格式抽绎并汇聚起来，构成"连珠"体的文体模式。于是，脱离了口语具体语境的"臣闻"，原本有具体指向的劝谏话语有了某种抽象与普世性，又有"历

---

① （南朝梁）刘勰撰，詹锳义证：《文心雕龙义证》，上海古籍出版社1989年版，第338~340页。
② （南朝梁）刘勰撰，詹锳义证：《文心雕龙义证》，上海古籍出版社1989年版，第342页。
③ （南朝梁）刘勰撰，詹锳义证：《文心雕龙义证》，上海古籍出版社1989年版，第707~717页。
④ （南朝梁）刘勰撰，詹锳义证：《文心雕龙义证》，上海古籍出版社1989年版，第820~822、831页。
⑤ （南朝梁）刘勰撰，詹锳义证：《文心雕龙义证》，上海古籍出版社1989年版，第277页。

历如贯珠"的语言要求。其意义指向也由单纯的劝谏而兼有观赏性，接受者也由痛苦的被劝谏者而兼有对形式的某种欣赏，不再仅仅是对内容的接受。在借鉴"口出"的形式上进行创新，"笔书"的"连珠"体以崭新的面貌出现在世人面前。

而且，当文体从"口出以为言"到达"笔书以为文"，则易于建立"敷理以举统"的文体规范。许多"笔书"是依"口出"而来。由"口出"的运用到"笔书"的运用，就是格式。颜延之以为"经典则言而非笔，传记则笔而非言"，则又是称"笔书"而建立其论述体系的。刘勰《文心雕龙·宗经》论"经"与释经的文体：

> 三极彝训，其书言经。经也者，恒久之至道，不刊之鸿教也。……自夫子删述，而大宝咸耀。于是《易》张《十翼》，《书》标七观，《诗》列四始，《礼》正五经，《春秋》五例。①

其中"七观""四始""五经""五例"等就是"传记"之类"笔书"的论述体系。另，这些论述体系的"笔书"在篇幅上则表现得详尽，"先王寄理于竹帛，其道顺，故后世服"②，"顺"是如何实现的，就是靠详尽表达，否则"书约而弟子辩"③，没有具体的解说，人尽己言，莫衷一是。

三、"口笔之辨"与文体分类

"口笔之辨"又与最早的概括化的文体分类有密切的关系。先秦至汉的文体分类，多以文体在现实生活的应用为鹄的，如《周礼·春官·大祝》称大祝的职能时的六种文体："作六辞以通上下亲疏远近，一曰祠，二曰命，三曰诰，四曰会，五曰祷，六曰诔。"④又有所谓"九能"的九种文体："故建邦能命龟，田能施命，作器能铭，使能造命，升高能赋，师旅能誓，山川能说，丧纪能诔，祭祀能语，君子能此九者，可谓有德音，可以为大夫。"⑤王充《论衡·佚文》称："受天之文，文人宜遵《五经》、六艺为文，诸子传书为文，造论著说为文，上书奏记为文，文德之操为文。

---

① （南朝梁）刘勰撰，詹锳义证：《文心雕龙义证》，上海古籍出版社1989年版，第56~58页。
② 陈奇猷校注：《韩非子集释·安危》，上海人民出版社1974年版，第483页。
③ 陈奇猷校注：《韩非子集释·八说》，上海人民出版社1974年版，第976页。
④ 《周礼注疏》，《十三经注疏》，上海古籍出版社1997年版，第809页。
⑤ 《毛诗正义》，《十三经注疏》，上海古籍出版社1997年版，第316页。

立五文在世，皆当贤也。"①"五文"即五种类型的文体。蔡邕《独断》把天子所用之文分为策书、制书、诏书、戒书四类，把臣下上天子之文分为章、奏、表、驳议四类。考察上述文体分类，最大的缺憾就是不能笼括全部文体，而东汉末刘熙《释名》运用"口笔之辨"就做到了这一点。《释名》所释者有几十种文体，其释文体最大的特点在于把这些文体归纳于"言语""书契"两大类，初步建立了我国古代文体分类的谱系，使所有的文体都有所归属。

《释名》有《释言语》篇，论述与"言语"有关的事物、概念，其中论及的文体如："言，宣也，宣彼此之意也。""语，叙也，叙己所欲说也。""说，述也，宣述人意也。""颂，容也，序说其成功之形容也。""祝，属也，以善恶之词相属著也。""诅，阻也，使人行事阻限于言也。""盟，明也，告其事于神明也。"②刘熙重在说明言、语、说、颂、祝、诅、盟等是由什么样的行为动作产生的，而这些行为动作总而言之即"言语"，总之，"言语"这一行为动作构成了文体，此即"口出以为言"。也就是以"言语"来总命名它们。

《释名》又有《释书契》篇。何谓"书契"，《释书契》本有解释：书，"以笔刺纸简之上也"；"契，刻也，刻识其数也"；"书契"，即对立于"言语"的具有物质形态的语言表达。"释书契"即释与"书""契"这两种动作有关的事物、概念，其中所论及者有关涉文体的，如："笔，述也，述事而书之也。""笏，忽也，君有教命，及所启白，则书其上。""檄，激也，下官所以激迎其上之书文也。""谒，诣也；诣，告也，书其姓名于上，以告所至诣者也。""符，付也，书所敕命于上，付使传行之也。""策，书教令于上，所以驱策诸下也。"③这些文体都是由"书契"这样的行为动作产生的，因此，是由产生文词的行为动作"书契"来总命名它们的。《释书契》又称"书""亦言著之简纸，永不灭也"，是以"书契"为总命名者的特点之一。

《释名》之《释典艺》篇，其中多述及文体。"典艺"即简册经籍，指可以作为典范的重要书籍。"典艺"即书写为文字的典籍。《释典艺》中所录有文体性质者如："传，传也，以传示后人也。""记，纪也，纪识之也。""诗，之也，志之所以也。""诏书，诏，昭也。人暗不见事宜，则有所犯，

---

① （汉）王充：《论衡》，上海人民出版社1974年版，第313页。
② 以上见任继昉纂：《释名汇校》，齐鲁书社2006年版，第176~200页。
③ 以上见任继昉纂：《释名汇校》，齐鲁书社2006年版，第322~332页。

以此示之，使昭然知所由也。""铭，名也，述其功美，使可称名也。""诔，累也，累列其事而称之也。""谱，布也，布列见其事也。""词，嗣也，令撰善言，相续嗣也。"①这些文体都是由"书契"这样的行为动作产生的，但这里强调的是由"书契"产生了简册、典籍，当然也就是以产生文词的行为动作来总命名的。另外，这些文体从内容性质上讲属于更高层次，于是以这些文词的内涵性质"典艺"来总括。同是"书契"而"书契""典艺"二者相分，显示书写作品的两大层次，前者为"书契"的一般情况，后者为意义层面上的。

以"口笔之辨"为文体释名，自有新思路。《释名》之前的文体释名，多注意具体的产生言词的行为动作，认为这样的行为动作即文体命名的根据。而《释名》则在关注具体的产生言词的行为动作的基础上，概括为以"言语""书契"两分的文体释名，充分注意到语言表达的最原始的两大载体"口出"与"笔书"状态而直接命名文体。

刘熙《释名》分文体为"言语""书契"两大类，即"口出以为言"与"笔书以为文"两大类，历代有所延续。葛洪、颜延之、刘勰、刘知幾、柳宗元乃至近现代的郑献甫、章太炎、刘师培、叶圣陶等都有论述，朱自清《诗言志辨序》说："我们的文学批评似乎始于论诗，其次论'辞'，是在春秋战国时代。"②这又把"口笔之辨"引入文学批评的领域。刘熙《释名》文体两分之所以有所延续，显示了其所建立的文体分类谱系的生命力，也显示了"口笔之辨"是建立文体分类谱系的可持续发展的能力。

四、"口笔之辨"与文体语言体制的发展

"笔书"作为书面语与"口出"作为口头语是否应该有所不同？或者说，"笔书"作为书面语应该是怎么样的？以"口笔之辨"来解决文学语言的运用问题，是中古时期文学语言体制发展的特点。

一是中古时期文学语言发展渐渐统一到"易晓"上。王充认为"文由语也""文字与言同趋"，他说："夫笔著者，欲其易晓而难为，不贵难知而易造；口论务解分而可听，不务深迂而难睹。"③而这个结论的基础就是：其"口出以为言"者与"笔书以为文"者相同，即口头语与书面语相同，不应该人为造成差异。其论证指向书面语也应该"易晓"。以此解决"笔书以

---

① 以上见任继昉纂：《释名汇校》，齐鲁书社2006年版，第340~351页。
② 朱自清：《朱自清全集》第六册，江苏教育出版社1996年版，第129页。
③ （汉）王充：《论衡》，上海人民出版社1974年版，第451页。

为文"的"易晓"问题。葛洪继承了王充的观点，其《抱朴子·喻蔽》称口头语与书面语应该一致，他认为写书应该像说话一样，让人们懂，"书犹言也，若人谈语，故为知音"。葛洪实际上是看到了口头表达的"口出"之"言"与书面语的"笔书"之"文"的差异，他的立场是"言以易晓为辨，则书何故以难知为好哉"①。

二是中古时期文学语言发展渐渐统一到"易读诵"上。但"口出以为言"与"笔书以为文"二者的"易读诵"路径不同。以"口出以为言"的"诗"来说，汉乐府民歌的语言一般是口语化的，而《古诗十九首》"平平道出，且无用工字面，若秀才对朋友说家常话，略不作意"②。自曹植始，诗歌进入典雅、华丽的文人化表达阶段，至西晋陆机更变本加厉，陆机"缀辞尤繁"③，南朝宋时颜延之诗"铺锦列绣""雕缋满眼"④，"易读诵"的提出因此而起。萧子显《南齐书·文学传论》提出文人诗歌的改革要求，其中最应该注意的是"言尚易了，文憎过意"及"杂以风谣，轻唇利吻，不雅不俗，独中胸怀"这几句⑤，这是一种新的诗歌理想。沈约提出的"易见事""易识字""易读诵"之"文章当从三易"⑥，这是新的诗歌理想的表现方式之一。永明新体是以严格的规则来实现"易读诵"的。

从"笔书以为文"来说，与诗歌从脱离"口语化"又回归人工化的"易读诵"的历程不同，散文则经过一个从"口语化"到骈化——"易读诵"的历程。曹操的散文尚口语化，如其《掩获宋金生表》，但魏代散文又渐渐崇尚起对偶、藻绘、用典等；至西晋陆机之文，骈体初成；宋齐之时，骈体正式成立；徐庾时，骈体成熟⑦。骈文最重要的规则之一是声律，讲求声律，目的之一就是使讽诵朗读时口吻流利，也可以说是"易读诵"。骈文之所以追求"易读诵"，这是因为中国古代不说看书而说读书的必"诵"的传统。

中古时期无论是"口出以为言"还是"笔书以为文"，其语言运用则统一在"易晓""易读诵"之下，所谓"口笔"合。

---

① （晋）葛洪：《抱朴子》，诸子百家丛书，上海古籍出版社1990年版，第254~256页。
② （明）谢榛：《四溟诗话》，《丛书集成初编》本，中华书局1985年版，第39页。
③ （南朝梁）刘勰著，詹锳义证：《文心雕龙义证》，上海古籍出版社1989年版，第1203页。
④ （唐）李延寿：《南史·颜延之传》，中华书局1975年版，第881页。
⑤ （南朝梁）萧子显：《南齐书》，中华书局1972年版，第908~909页。
⑥ （北齐）颜之推撰，王利器校注：《颜氏家训集解》，上海古籍出版社1980年版，第253页。
⑦ 详见钟涛：《六朝骈文形式及其文化意蕴》，东方出版社1997年版，第71~115页。

"口出以为言"为文体的起源，从"口出"到"笔书"为文体的演进，"口出"与"笔书"的"口笔"相分为最早的文体分类，"口出"与"笔书"的"口笔"相合为文体语言体制的发展趋势，"口笔之辨"又引发"文笔之辨"，这些都告诉我们，"口笔之辨"应该是文体研究的起点，又伴随着文体发展的全过程。中国古代文体学自有其话语系统，如何对中国古代文体学进行"以中释中"，对"口笔之辨"的阐释也应该是关注对象。以上仅仅是笔者研究"口笔之辨"的一己之见，望广大读者批评。

第三节　"口笔之辨"四本论

　　"口出"与"笔书"是人们语言表达的两种最重要的方式，怎样辨清二者？玄学时代有"才性之辨"，《世说新语·文学》"锺会撰《四本论》"条注引《魏志》：

> （锺）会论才性同异，传于世。四本者：言才性同，才性异，才性合，才性离也。尚书傅嘏论同，中书令李丰论异，侍郎锺会论合，屯骑校尉王广论离。文多不载。①

"才性之辨"的"四本论"对做学问的启示，即所谓对立而称者。此处仿"才性之辨"的"四本论"作"口笔之辨"的"四本论"，简单扼要地概括"口出"与"笔出"之间的关系，以求辨清"口""笔"的种种纠结。

一、"口笔"同

　　"口笔"同，是就"口笔"都是为了表达思想，为了与人交流而言。无论"口"还是"笔"，表达思想的内涵都是一样的，不会因为表达所运用的工具不同而不同。所以王充就说，文章撰写的语言运用是从口头语来的，所谓"文由语也""文字与言同趋"，文章就要写得与口头语一样明白易懂，所谓"以分明为公""以获露（敷陈表露）为通""以昭察为良"。这就是为南朝时沈约提出"文章当从三易"之"易读诵"张本。"口出以为言"与"笔书以为文"，不仅在表达思想上是一致的，而且在表达方法的某些方面，也

---

① （南朝宋）刘义庆撰，（南朝梁）刘孝标注，余嘉锡笺疏：《世说新语笺疏》，上海古籍出版社1993年版，第195页。

是一致的。

刘勰《文心雕龙·总术》论"口笔"同曰:"发口为言,属笔曰翰,常道曰经,述经曰传。经传之体,出言入笔,笔为言使,可强可弱。分经以典奥为不刊,非以言笔为优劣也。"①刘勰提出"六经因内容的正确和深入而不可改变,不是用'言'或'笔'来分优劣的",这也就是周振甫所说的,就内容而言"不是用'言'或'笔'来分优劣的"②。

二、"口笔"异

"口笔"异,一是指二者表达所运用的工具不同,表达方法不同,即行为动作有异,其一是"口出",另一是"笔书";或称其一是"喉舌",另一是"翰墨"("喉舌、翰墨,其辞本异")。

"口笔"异,二是指二者表达所呈现的形态不同,王充《论衡》称之为"言"与"文"的不同("口出以为言,笔书以为文");刘勰《文心雕龙》称之为"言"与"翰"的不同("发口为言,属笔曰翰"),"言"与"笔"的不同("言笔未分");章太炎称之为"言语"与"文字"的不同;刘师培、叶圣陶称之为"语"与"文"的不同;人们通常所说的口语与书面语的不同,等等。"口出"呈现的是声音形态,"笔书"呈现的是竹帛、盘盂、金石以及纸张等物质上的笔画形态。"书用识哉","笔"能够久长留存,墨子所谓"恐后世子孙不能知也,故书之竹帛,传遗后世子孙。咸恐其腐蠹绝灭,后世子孙不得而记,故琢之盘盂、镂之金石以重之"③。莫言所谓"用嘴说出的话随风而散,用笔写出的话永不磨灭"。

"口笔"异,三是指二者功用不一样,"口出"须当面告知,须有听众,口耳相传,须对方当面接受。"笔书"接受的必要条件是识字,可以不在现场而到处接受,可以不在当前而代代接受。

"口笔"异,四是指形成的时间有先后,刘师培所谓"上古之时,先有语言,后有文字"④本是常识。蔡元培《在国语传习所的演说》称:"文章的开始,必是语体,后来为要便于记诵,变作整齐的句读,抑扬的音韵,这就是文言了。"⑤这是说"言"先向"文言"发展,此后有文字发明,有"笔

---

① (南朝梁)刘勰撰,詹锳义证:《文心雕龙义证》,上海古籍出版社1989年版,第1627~1629页。
② (南朝梁)刘勰撰,周振甫今译:《文心雕龙今译》,中华书局1986年版,第386页。
③ 孙诒让:《墨子间诂》,上海书店1986年版,第147页。
④ 陈引驰编校:《刘师培中古文学论集》,中国社会科学出版社1997年版,第227页。
⑤ 高平叔编:《蔡元培全集》第三卷,中华书局1984年版,第429页。

书以为文"。

"口笔"异，五是就个人来说，人的才华有异，唐刘知幾《史通·杂说下》："昔魏史称朱异有口才，挚虞有笔才，故知喉舌、翰墨，其辞本异。"故《后汉书》专门把"利口"者归为一类，即赵翼所说，《汉书》"蒯通、伍被、江充、息夫躬或国初人，或中叶末造人，而列为一卷，以其皆利口也"①。

"口笔"异，六是辅助表达手段的不同，"口出"者有"谈说之术"，既有语言本身的表达，又要借助动作、表情等身体语言，身体语言对表达起着相当重要的作用。而"笔书"者以物质材料的形式出现，更多的是以书面文字本身的力量来展示表达。

三、"口笔"离

"口笔"离，人们往往讨论与研究"口笔"的不同之处，即把"口笔"分开来探讨其各自不同的形态及其各自不同的特点。

《诗经》的大、小《雅》中的政治讽刺诗述及的"言"，只有"好言""辟言""话言"是褒义的或中性的，而"讹言""谗言""莠言""谮言""巧言""迓言""盗言""行言""硕言"等都是贬义的，这表明时代对"口出以为言"应用的重视，其中包括谨慎与警惕。

"口出以为言"强调与人打交道，与对方的面对面，所以人们对各种"言"有各种评价。彼时人们痛恨坏话，更痛恨那种尖嘴利牙而强词夺理的"利口"，更痛恨把坏话说成是好话的"巧言"，称之为"覆邦家"者。荀子论"辩"则赞赏"君子之辩"，称"小人之辩"为"奸人之雄"。韩非子论"辩"，把它视为不合法令、不符功用之物。徐干《中论·和辩》论"辩"，完全把俗士之"辩"当作批评对象，反复论证其种种表现与种种危害。

"笔书以为文"的意义，所谓"上古结绳而治，后世圣人易之以书契，百官以治，万民以察"②。即认定"笔书以为文"的产生有益于政治治理。"笔书以为文"的产生令古时"三不朽"有了新的意味，本来"其次有立言，虽久不废，此之谓不朽"，是指"言得其要，理足可传，其身既没，其言尚存"③，是指"言"本身的力量。而曹丕《典论·论文》强调"寄身于翰墨，见意于篇籍，不假良史之辞，不托飞驰之势，而声名自传于后"④，除了

---

① （清）赵翼著，王树民校证：《廿二史劄记校证》，中华书局1984年版，第80页。
② 《周易正义》，《十三经注疏》，上海古籍出版社1997年版，第87页。
③ （唐）孔颖达注"三不朽"语，见《春秋左传正义》，《十三经注疏》，上海古籍出版社1997年版，第1979页。
④ （南朝梁）萧统撰，（唐）李善注：《文选》，中华书局1977年版，第720页。

强调"言"本身的力量，还强调"笔书以为文"者本来就可以留存久远。

在许多情况下，都是有"口笔之辨"的，如"修辞立其诚"的"口笔之辨"，祝史对鬼神的所出之"言"存在是否"荐信"的问题，那就要靠"笔书以为文"来验证。"口出以为言"的华丽，往往被视为"辩"，被批评为"利口""巧言"而遭鄙弃，而"笔书以为文"的华丽，则往往受到后世的夸赞，被世人定立为榜样等。

四、"口笔"合

刘勰《文心雕龙·总术》引颜延年语："笔之为体，言之文也；经典则言而非笔，传记则笔而非言。"①这就是认为"笔"是加工过的"言"，并具体指出"口笔"与何种文体对应。

从某些现有"笔书以为文"的文体，探讨其"口出以为言"的原生态状况，也是我们文学史研究者的工作之一。如我们读到的乐府歌辞，已是"笔书以为文"了，但乐府歌辞的原生态，应该是"口出以为言"的，因此，如何从"笔书以为文"追溯"口出以为言"的乐府歌辞，探讨其采集过程、编纂过程，也是我们的职责。

"口笔"合，是指二者相融相合以增加语言的表达能力。人们津津乐道的"言""笔"结合产生好文章的事例如《世说新语·文学》载：

> 乐令善于清言，而不长于手笔。将让河南尹，请潘岳为表。潘曰："可作耳。要当得君意。"乐为述己所以为让，标位二百许语，潘直取错综，便成名笔。时人咸云："若乐不假潘之文，潘不取乐之旨，则无以成斯矣。"②

乐广善谈论而不善著文，要请人代笔，善谈论者与能文者相结合，促成的"言"与"笔"的结合便成"名笔"。潘岳不是简单地把乐广的"述己所以为让""笔书"下来，而是把乐广之"言""直取错综"，有一个加工的过程。这是一个"口出"与"笔书"结合的问题，是口语、书面语相融相合的问题，乐广之"旨"与潘岳之"文"，缺一不可。王充往往强调"口出"与"笔书"的一致性，葛洪继之，而实际上自晋以来，世人就在探讨"口出"与"笔书"

---

① （南朝梁）刘勰撰，詹锳义证：《文心雕龙义证》，上海古籍出版社 1989 年版，第 1627 页。

② （南朝宋）刘义庆撰，（南朝梁）刘孝标注，余嘉锡笺疏：《世说新语笺疏》，上海古籍出版社 1993 年版，第 252~253 页。

如何结合，才能令作品的艺术效果更好，如诗歌、骈文的讲究音律，就是这方面的成果。

"口笔"合，又要讨论"口出以为言"与"笔书以为文"二者的互动。文学史上，即有从"口出以为言"到"笔书以为文"的进程。某些著述如《春秋公羊传注疏》，"实（公羊）高所传述，而其玄孙寿及胡母子都录为书"，"（公羊）寿距子夏凡六传，皆口相授受"①，至是才"笔书以为文"。又如《盐铁论》之成集，本是会议记录。又如"裴启撰汉、魏以来迄于今时，言语应对之可称者，谓之《语林》"②。又有从"笔书以为文"到"口出以为言"的，古时大臣持手版朝见，手版亦称笏，用以指画或记事的狭长板子，大臣把所要发表的意见纲要事先记在手版上，届时依此临场发挥。

我们的语言表达，往往是不拘一格的，往往是"口出以为言"与"笔书以为文"交替使用的，所谓"口诛笔伐"，所谓"鱼之侈口垂腴者，鱼畏之。人之利口赡辞者，人畏之。君子避三端，避文士之笔端，避武士之锋端，避辩士之舌端"③。文士之笔锋与辩士之舌锋都是很有威力的，因此，对我们的语言表达来说，口出以为言"与"笔书以为文"，缺一不可，"口笔之辨"目的就是更明确其特点，以更好地发挥其作用。

古代对语言如何表达是非常重视的。从"口出以为言"来说，孔子就提出"辞达而已矣"的顺利表达，而"子贡利口巧辞，孔子常黜其辩"④。"口出以为言"更注重与人的当面交往，《韩非子·说难》，就是陈述进说君王的困难，分析了其成功与失败的原因，这当然是让人们汲取历史上"口出以为言"的成功经验，避免失败。

从"笔书以为文"来说，也需要讲究技巧，《文赋》就是制定规则，其序曰："余每观才士之所作，窃有以得其用心。夫放言遣辞，良多变矣。妍蚩好恶，可得而言；每自属文，尤见其情。恒患意不称物，文不逮意。盖非知之难，能之难也。故作《文赋》，以述先士之盛藻，因论作文之利害所由。"⑤"论作文之利害所由"即制定规则。而《文选》就是优秀的"笔书以为文"的集合，即其序所谓"略其芜秽，集其清英"者。

---

① （清）永瑢等：《四库全书简明目录》，上海古籍出版社1985年版，第95页。
② （南朝宋）刘义庆撰，（南朝梁）刘孝标注，余嘉锡笺疏：《世说新语笺疏》，上海古籍出版社1993年版，第844页。
③ （汉）韩婴撰，许维遹校释：《韩诗外传集释》，中华书局1980年版，第242页。
④ （汉）司马迁：《史记·仲尼弟子列传》，中华书局1982年版，第2195页。
⑤ （南朝梁）萧统撰，（唐）李善注：《文选》，中华书局1977年版，第239页。

参考文献

1. 《周易正义》,《十三经注疏》,上海古籍出版社1997年版。
2. 《尚书正义》,《十三经注疏》,上海古籍出版社1997年版。
3. 顾颉刚、刘起釪:《尚书校释译论》,中华书局2005年版。
4. 《毛诗正义》,《十三经注疏》,上海古籍出版社1997年版。
5. 《周礼注疏》,《十三经注疏》,上海古籍出版社1997年版。
6. 《仪礼注疏》,《十三经注疏》,上海古籍出版社1997年版。
7. 《礼记正义》,《十三经注疏》,上海古籍出版社1997年版。
8. 《春秋左传正义》,《十三经注疏》,上海古籍出版社1997年版。
9. 《论语注疏》,《十三经注疏》,上海古籍出版社1997年版。
10. 《孟子注疏》,《十三经注疏》,上海古籍出版社1997年版。
11. (宋)朱熹:《四书集注》,岳麓书社1986年版。
12. 杨伯峻译注:《孟子译注》,中华书局1960年版。
13. (汉)司马迁:《史记》,中华书局1982年版。
14. (汉)班固:《汉书》,中华书局1962年版。
15. (南朝宋)范晔:《后汉书》,中华书局1965年版。
16. (晋)陈寿撰,(南朝宋)裴松之注:《三国志》,中华书局1982年版。
17. (唐)房玄龄等:《晋书》,中华书局1974年版。
18. (南朝梁)沈约:《宋书》,中华书局1974年版。
19. (南朝梁)萧子显:《南齐书》,中华书局1972年版。
20. (唐)姚思廉:《梁书》,中华书局1973年版。
21. (唐)姚思廉:《陈书》,中华书局1972年版。
22. (北齐)魏收:《魏书》,中华书局1974年版。
23. (唐)李百药:《北齐书》,中华书局1972年版。
24. (唐)令狐德棻等:《周书》,中华书局1971年版。
25. (唐)魏徵等:《隋书》,中华书局1973年版。
26. (唐)李延寿:《南史》,中华书局1975年版。

27. (唐)李延寿：《北史》，中华书局1974年版。
28. 黄怀信：《逸周书校补注译》，西北大学出版社1996年版。
29. 罗家湘：《逸周书研究》，上海古籍出版社2006年版。
30. 胡文波校点：《国语》，上海古籍出版社2015年版。
31. (汉)刘向集录：《战国策》，上海古籍出版社1985年版。
32. (唐)刘知幾著，(清)浦起龙通释，王煦华整理：《史通通释》，上海古籍出版社2009年版。
33. (唐)刘知幾著，刘占召评注：《史通评注》，中央编译出版社2010年版。
34. (清)章学诚撰，吕思勉评，李永圻等导读整理：《文史通义》，上海古籍出版社2008年版。
35. (清)永瑢等：《四库全书简明目录》，上海古籍出版社1985年版。
36. (清)永瑢等：《四库全书总目》，中华书局1965年版。
37. 黎翔凤撰，梁运华整理：《管子校注》，中华书局2004年版。
38. 任继愈：《老子新译》，上海古籍出版社1978年版。
39. (清)孙诒让：《墨子间诂》，上海书店1986年版。
40. (清)郭庆藩：《庄子集释》，中华书局1961年版。
41. (清)王先谦：《荀子集解》，《新编诸子集成》本，中华书局1988年版。
42. 陈奇猷：《韩非子集释》，上海人民出版社1974年版。
43. 《吕氏春秋》，诸子百家丛书本，上海古籍出版社1989年版。
44. (汉)韩婴撰，许维遹校释：《韩诗外传集释》，中华书局1980年版。
45. (汉)韩婴撰，屈守元笺疏：《韩诗外传笺疏》，巴蜀书社2012年版。
46. (汉)许慎撰，(清)段玉裁注：《说文解字注》，上海古籍出版社1981年版。
47. (汉)王充：《论衡》，上海人民出版社1974年版。
48. (魏)王肃注：《孔子家语》，上海古籍出版社1990年版。
49. 李维棻：《释名研究》，台北大化书局1979年版。
50. (汉)刘熙撰，任继昉汇校：《释名汇校》，齐鲁书社2006年版。
51. (汉)蔡邕：《独断》，《丛书集成初编》本，商务印书馆1937年版。
52. (魏)徐干撰，徐湘霖校注：《中论校注》，巴蜀书社2000年版。
53. (晋)葛洪撰，杨明照校笺：《抱朴子外篇校笺》，上海古籍出版社1991年版。
54. (南朝宋)刘义庆撰，(南朝梁)刘孝标注，余嘉锡笺疏，周祖谟等整理:《世说新语笺疏》,上海古籍出版社 1993 年版。

55. (南朝梁)萧绎撰,许逸民校笺:《金楼子校笺》,中华书局 2011 年版。

56. (南朝梁)萧绎撰,陈志平、熊清元疏证校注:《金楼子疏证校注》,上海古籍出版社 2014 年版。

57. (北齐)颜之推撰,王利器集解:《颜氏家训集解》,上海古籍出版社 1980 年版。

58. (宋)朱熹:《诗集传》,上海古籍出版社 1980 年版。

59. (宋)朱熹:《楚辞集注》,上海古籍出版社 1979 年版。

60. (宋)洪兴祖:《楚辞补注》,中华书局 1983 年版。

61. (南朝梁)萧统编,(唐)李善注:《文选》,中华书局 1977 年版。

62. (南朝梁)萧统编,(唐)六臣注:《六臣注文选》,中华书局影印涵芬楼宋刊本 1987 年版。

63. (南朝梁)刘勰撰:《文心雕龙》,詹锳义证:《文心雕龙义证》,上海古籍出版社 1989 年版。

64. (南朝梁)锺嵘著,曹旭集注:《诗品集注》,上海古籍出版社 1994 年版。

65. [日]遍照金刚著,王利器校注:《文镜秘府论校注》,中国社会科学出版社 1983 年版。

66. [日]遍照金刚著,卢盛江汇校汇考:《文镜秘府论汇校汇考》,中华书局 2006 年版。

67. (唐)虞世南:《北堂书钞》,中国书店影印本 1989 年版。

68. (唐)欧阳询:《艺文类聚》,上海古籍出版社 1982 年版。

69. (唐)徐坚等:《初学记》,中华书局 1962 年版。

70. (宋)李昉:《太平御览》,中华书局 1960 年版。

71. (宋)郭茂倩:《乐府诗集》,中华书局 1979 年版。

72. (明)吴讷,(明)徐师曾:《文章辨体序说 文体明辨序说》,人民文学出版社 1962 年版。

73. (清)严可均:《全上古三代秦汉三国六朝文》,中华书局 1958 年版。

74. 章太炎:《国故论衡》,上海古籍出版社 2003 年版。

75. 陈引驰编校:《刘师培中古文学论集》,中国社会科学出版社 1997 年版。

76. 余嘉锡:《目录学发微》,巴蜀书社 1991 年版。

77. 逯钦立辑校:《先秦汉魏晋南北朝诗》,中华书局 1983 年版。

78. 李零：《李零自选集》，广西师范大学出版社 1998 年版。
79. 朝戈金：《口传史诗诗学》，广西人民出版社，2000 年版。
80. 尹虎彬：《古代经典与口头传统》，中国社会科学出版社，2002 年版。
81. 钱存训：《书于竹帛》，上海书店出版社 2003 年版。
82. 郭英德：《中国古代文体学论稿》，北京大学出版社 2005 年版。
83. 逯钦立：《逯钦立文存》，中华书局 2010 年版。
84. 吴承学：《中国古代文体学研究》，人民出版社 2011 年版。
85. 何诗海：《汉魏六朝文体与文化研究》，北京大学出版社 2011 年版。
86. 林岗：《口述与案头》，北京大学出版社 2011 年版。
87. 赵辉：《先秦文学发生研究》，人民出版社 2012 年版。
88. 周裕锴：《"文无隐言"与儒家形上等级制》，《中国文化研究》2003 年春之卷。
89. 张毅：《口传文学对两汉文学传播的贡献》，《文学界（理论版）》2011 年第 4 期。
90. 陈桐生：《传播与战国文学语言的进展》，《湖北大学学报（哲学社会科学版）》2011 年第 9 期。
91. 孙少华：《论"言之无文，行而不远"的文学实践功能》，《上海大学学报》2012 年第 1 期。
92. 柳倩月：《从口头传统角度论刘勰之文体发生观》，《湖南社会科学》2013 年第 7 期。
93. 于雷：《鲍勃·迪伦、仪式性与口头文学》，《外国文学》2017 年第 9 期。
94. 赵辉：《先秦"语"体的发生、演化及内在脉络》，《中南民族大学学报》2019 年第 1 期。
95. ［美］约翰·迈尔斯·弗里（John Miles Foley）著，朝戈金译：《口头诗学》，社会科学文献出版社 2000 年版。
96. ［英］Joanna Thornborrow、Shan Wareing 著，刘世生导读：《语言模式：文体学入门》，外语教学与研究出版社 2000 年版。
97. ［法］乔治·莫利涅著，刘吉平译：《符号文体学》，四川大学出版社 2014 年版。
98. ［法］雅克·德里达著，杜小真译：《声音与现象》，商务印书馆 2010 年版。
99. ［法］雅克·德里达著，汪堂家译：《论文字学》，上海译文出版社 2015 年版。

100. ［英］丹·麦金太尔、雷蒙德·查普曼著，王士跃、于晶译：《语言学与文学——文学文体学导论》，春风文艺出版社1988年版。
101. ［美］沃尔特·翁著，何道宽译：《口语文化与书面文化：语词的技术化》，北京大学出版社2008年版。
102. ［德］毕翠克丝·布塞著，申丹导读：《语言与文体》，北京大学出版社2014年版。
103. ［美］夏含夷（Edward L. Shanghnessy）：《出土文献〈诗经〉口头和书写性质问题的争议》，《文史哲》2020年第2期。